河出文庫

フランス怪談集

日影丈吉 編

河出書房新社

◉目次

フランス怪談集

〔註について〕

・収録作品によって訳註のつくものがあります。原則として出典のスタイルを尊重したため、作品によって註の入り方が異なります。

註は割り註として本文に（　）つきで入るものと、奇数頁小口寄りに入るものと、作品の最後にまとめて入るものに分れます。

最後にまとめて入る場合は、行間に＊及び（1）（2）……の記号で註であることが示されています。

・著者紹介＝高遠弘美

魔法の手

ジェラール・ド・ネルヴァル

ジェラール・ド・ネルヴァル

一八〇八―一八五五。パリ生まれ。詩人にして小説家。生後まもなく母を亡くし、幼年時代はヴァロアで過ごす。高等中学時代、処女詩集を発表。同級のゴーティエと親しく交わった。一八二八年、ゲーテ自身からも絶讃された『ファウスト・第一部』の翻訳を刊行。気鋭の新人として嘱目されたが、しばしば狂気の発作に悩まされ、結局、パリの裏町で縊死した。しばらく忘れられた存在だったが、プルーストをはじめとする文学者たちの再評価によって、今日では十九世紀を代表する詩人・作家の一人に数えられている。代表作に、『東方旅行記』「シルヴィー」のはいった『火の娘たち』『幻想詩集』、「夢と人生」の副題をもつ『オーレリア』など。

一　ドーフィーヌ広場

ロワイヤル広場を取り囲んで、堂々たるたたずまいをみせている十七世紀の家並みほど美しいものはない。家々の、蛇腹《じゃばら》や隅石《すみいし》をそこここに配して組み上げられた煉瓦の正面や、高い窓が、夕日の壮麗な光に燃え立つのをまのあたりにすれば、だれしも、貂《てん》裏つきの赤い法服をまとった裁判官たちがいながれている最高裁判所の法廷を前にしたような、畏敬の念を覚えるのだ。そして、もしこれが幼稚なたとえでないとするならば、あの恐ろしい法官たちが正方形に着座する長い緑のテーブルは、ロワイヤル広場の四辺に沿って植えられて一分のすきもない荘重な調和を生みだしている菩提樹の列に、いささか通うところがある、といえるのではあるまいか。

さて、パリの市中には、いま一つ、家々の形がきちんと整い、しかも規則正しく並んでいるため、見る者に、これに劣らぬ満足感を与えてくれる広場がある。形も三角形で、前述の広場が正方形なのと好一対である。アンリ大王（アンリ四世、在位一五八九～一六一〇）の治世に造られたもので、「ドーフィーヌ広場」と命名したのもこの王様だった。この広場の建物がグールデーヌ島（シテ島の西端にあった島、新橋建設に際して埋めたてられた）の空き地をおおいつくしてしまうまでには、ほんのわずかの時間しかかからなかったので、当時の人々は感嘆を惜しまなかったものである。もっとも、この空き地に来て大声ではしゃぎまわっていた書記生たちや、ここに来て自分のたずさわっている訴訟のことに思いふけっていた弁護士たちにしてみれば、むっとする法院から出たばかりのところにあって、花咲き乱れた緑濃い散策の場であったこの土地が、広場に侵害されてしまうのは、たまらなく無念な話だったのだが。

張り出しや窪《くぼ》みをうねうねと備えた重々しい柱廊の上にこの広場の三辺をなす家並みが建てられ、壁には煉瓦がはりつめられ、手摺のある開き窓がうがたれ、そして、ずっしりした屋根組みがかぶせられる、と見るまに、法曹界のお歴々がわれもわれもと乗り込んで来て、各人その位階と資産にしたがい、すなわち上位の者ほど下の階にという具合に、ここに住みついたのである。こうして、この広場が大がかりな奇跡御殿《クール・デ・ミラークル》（パリの乞食、盗賊らの巣窟となっていた地域）、特権泥棒どものねぐら、「法院族《シカヌウ》」の巣窟となったところは、隠語族《アルゴ》（隠語を使う盗賊乞食などの連中）の巣窟もかくやとばかり、ただその違いは、こちらが煉瓦と石で建てられているのに、あちらは土と木でできている、という点にあった。

これらドーフィーヌ広場を囲む家々の一軒に、アンリ大王の治世の末年、名をゴディノ・シュヴァシューといい、パリ奉行所民事代官の肩書を持つ、かなり注目すべき人物が住んでいた。彼の職務は、収入はなかなか良かったが、また骨の折れるものでもあった。なにせ盗賊の数は現代にくらべてはるかに多く、身持のわるい娘もはるかに大勢いた時代である。今日そういう手合いが減っているのは、以来わがフランスでは、誠実の美徳がしだいに衰え、風俗も退廃の一途をたどってきたということなのだ！　人間の性《さが》はそうそう変化するものではなく、だれか昔の作家も言ったように、徒刑場内に悪党が少なければ、それだけ場外には多いと言えるのである。

それにまた、ぜひ言っておかねばならないのは、そのころの盗賊は今日の盗賊のような低劣な徒輩ではなく、この賤しいなりわいも、当時は一種の芸として良家の若者たちもその稽古をないがしろにしなかったほどだ、という点である。閉鎖的な特権社会から放逐され、踏みつけの目にあった才能ある人々の多くは、ためらうことなくこの方面に進出していった。彼らは個人にとっては危険な敵であったとはいえ、国家にとってはそうでなく、むしろ、この抜け道がなかったとすれば、国家の機関はおそらくはち切れてしまっていたことだろう。こういう次第だから、当時の官憲が大物の盗賊に対してとかくの手加減をしていたことは、なんの疑いもないところであるが、それにしても、このドーフィーヌ広場の民事代官は、いずれおわかりいただける理由から、他のだれにもまさって、この寛大さをすすんで発揮したのである。だが一方、腕の鈍い連中に対して、彼ほどきびしかった者もなく、こういう連中は他人の罪まで負わせられて、当時のパリを、ドーヴィニェ（アンリ四世の武将、文筆にも長じていた）の表現に従えば、昼なお暗くして群れ立っていた絞首台に吊り下げられ、町人たちは大満足だったが、その実、盗難は減るどころではなく、「無頼《トリュッシュ》」のわざは、ますます完全になるばかりだった。

ゴディノ・シュヴァシューは、小柄ながらもでっぷりした男、髪には白いものが混じりはじめていたが、世の常の老人とは逆に、それを大いに喜んでいた。というのも、生まれつき少々赤すぎる髪の色が、白髪になるにつれて消えていくからで、これまで彼はこの髪の色ゆえに

「赤毛どの」という不本意なあだ名を奉られていて、しかも、このあだ名のほうが言いやすく覚えやすいというので、知人の間では本名の代わりにもっぱら使われる始末だったのである。つぎに目だが、やぶにらみで、濃い眉の下でいつも半ば閉じられていたにもかかわらず、この目がひどく抜け目なく動くのだった。口はかなり大きく、いかにも笑い上戸のよう。しかし、顔つきはほとんどいつも皮肉たっぷりでありながら、この人が昔の言い方で呵々《かか》大笑といったたぐいの大笑いをするのを聞いた者はいない。ただ、何かおかしなことが口をついて出るときは、その最後にはきまって「はっ！」とか「ほっ！」とか、胸の底から吐き出すように言って結ぶのだったが、それがいかにも独特で奇妙な印象を与える。しかも、そんなことがかなりしばしばあった。というのも、この法官は、話に皮肉や地口やみだらな話題をやたらに混ぜるのが好きで、それを裁判所でも手控えようとしなかったからである。もっとも、それは、この時代の司法官に一般に見られる風習でもあったのであり、この風習は、今日では、ほぼそのまま地方の司法官に伝えられている。

彼の肖像を完成するためには、忘れずに、しかるべき場所に長いそして端の角ばった鼻を据えつけ、つづいて、かなり小さくて縁《へり》もろくにないくせに、四分の一里先からでも四分の一エキュー貨の音を聞きつけ、一ピストール金貨の音ならもっと遠くからでも聞きつけようという、敏感な耳を描きそえておかねばならない。それについてはこんな話がある。ある訴訟人が人に尋ねて、民事代官殿には、頼んで自分のためにとりなしてもらえるような友だちはないだろうか、と言ったところ、相手が答えて、たしかに「赤毛《ルツー》どの」が大いに重きをおいている友人方がある。なかでも「ドゥブロン金貨陛下」や「デュカ金貨閣下」、さらには「エキュー銀貨様」にいたる方々は大切で、この方々に多数の力を合わせて尽力してもらわねばならぬ、そうすれば、その熱烈な利《き》き目については安んじておれる、と言ったというのである。

二　固定観念

ある偉大な才幹とか、ある特殊な美点とかいったものに、とりわけ共感を覚える人々がある。ある者が度量の大きさとか武人の豪勇をわけても高く買い、武勇伝ばかり好むかと思うと、ある者は芸術、学芸、科学における天分や創意を何よりも上に置き、またある者は、同胞の救済を志してそれに献身する人々の仁慈と徳行に特に心を打たれる、といった具合に、各人その生来の傾向に従って実にさまざまなのである。ところで、ゴディノ・シュヴァシュー個人は何に心を寄せていたかというと、それはあのずるがしこいシャルル九世（聖バルテルミーの虐殺を指令した）と同じで、才知と術策の上をいく美点はなく、これを備えた人だけが、この世で賞讃され尊敬される値打ちがあるのだと思い定めていたのだった。そして、この才能がはなやかに発揮されているところなら、何といっても、日々彼の前に「気ままな生活」と非凡な手管を汲めどもつきぬ多様さでくりひろげている、かっぱらい、詐欺師、巾着《きんちゃく》切り、ジプシー、といった連中の一大部族にしくものはないと彼には思えたのである。

彼が愛してやまなかった英雄は、詩のわざに劣らず、つまみ取ったり、鉤《かぎ》でひっかけたりするわざにかけても名の高いパリっ子、フランソワ・ヴィヨン先生だった。それゆえ、『イリアッド』に『アイネイス』、またそれらにみごとさでひけをとらぬ『ユオン・ド・ボルドー』の物語でさえも、彼は、乞食王国の真の叙事詩である『無銭大饗宴《ルビユ・フランシュ》』の詩篇や『フェフォー先生行伝』のためには投げ出してもよいといわんばかり！　デュ＝ベルレーの『顕揚論《イリュストラシオン》』や『アリストテレス・ペリポリチコン』や『世の鐘《キュンバルム・ムンディ》』*も、『「卑語《ジャルゴン》」付「隠語王国国会」及び「道楽者《ポリソン》と病弱《マランゲ》者《ルー》の対話」、トゥールの市にてラシャ屋をいとなむ商家《クールトー・ド・ブータンシュ》の小僧著、テューヌの王の許可を得て印刷、ほら吹き別当社刊、トゥール、一六〇三年』**と並べると、彼にははなはだ影が薄く感じられたのである。

　ところで、何かある美徳を重んずる人は、逆にそれが欠けている者をとりわけひどく軽蔑するのが常で、シュヴァシューにとっては、血のめぐりが悪く心に含みのない単純な人物くらい厭《いと》わしいものはなかった。それが昂じて、裁判における正義の配分もすっかり変えてしまいたい、何か重大な盗みが発覚した場合でも、盗んだほうではなく、盗まれたほうを絞首刑にすればよいのに、と思うほどだった。いかにもこれは名案だが、これこそほかならぬ彼の考えだったのである。彼には、それが人民の知的能力の解放を促進し、当代の人間を才知と術策と創意との至上の進歩へいたらしめる、ただ一つの方法と思われた。彼に言わせれば、これこそ人類の真の栄冠、最も神の御心にかなう完徳の道というわけであった。

　以上は倫理上の見方である。さて、政治の面でこれを見ると、大がかりな組織を持った盗みは、何物にもまさって巨大な富の分散と小さな富の流通とに寄与するので、その結果生ずるのは、ひとえに下層階級の福祉と解放だ、と彼は理解していた。

二枚の舌をたくみに使いわけるぺてんの術、生粋のサン＝ニコラの学僧たちの悪がしこさや口先のうまさ（パリの同名の教会で行なわれた神秘劇や喜劇への暗示）、二百年来、塩とアルコール（塩には機知、アルコールには才気の意がある）のなかに保存されてきたゴナン先生（著名な魔術師）の老練な手管、こういうものだけが彼の心を酔わせたということや、また、彼が親しみを感ずる相手は、狡知の親玉ヴィヨンであって、ギュリたち（アンリ四世に反抗した野武士三兄弟）とかキャプテン・カルフール（追剥の異名）とかいった野武士、野盗のたぐいではなかったということは、読者にも十分おわかりいただけたであろう。街道に待ち伏せして、武器も持たぬ旅人から手荒く金品をはぎとるような悪党を、彼がすべての良識ある人々と同様に忌みきらっていたことは確かで、この点は、想像力なぞ少しも働かせようとせず、どこかの一軒家にずかずか押

＊　『イリアッド』はホメロスの作。以下『アイネイス』はウェルギリウス作のローマ建国詩。『ユオン・ド・ボルドー』は十三世紀初頭のフランス武勲詩。『無銭大饗宴』は十五世紀の作品。『フェフゥー先生行伝』は十六世紀ブルディニエ作。『顕揚論』は十六世紀、国語論『フランス語の擁護と顕揚』。『アリストテレス・ペリポリチコン』はアリストテレスの『政治論』をもじった十六世紀の戯作。『世の鐘』は十六世紀デ・ペリエ作。

＊＊　これはシュローの作品をさすと思われる。この本はしばしば改版されているが、現在までのところ一六二八年以前の版は知られていない。この点本文の年代とは一致しない。おそらく作者が創作の必要から年代を変えたものであろう。「道楽者」は隠語で「自分はことさらぼろを着て、恵んでもらった衣類を売り払う乞食」。「病弱者」は同じく、「にせの傷や病気をみせびらかして施しを求める乞食」のことである。

し入って荒らしまわり、ともすれば主人の喉笛《のどぶえ》を切ったりもするような悪党についても同じだった。しかし、だれかとびきりの盗賊が、壁を破って住居に侵入しようというとき、翌日盗難に気づいた人にこれぞまさしく腕もあり趣味もすぐれた男の仕業と思わせようと、その侵入孔を念入りにゴシック風のクローバー形に仕上げるなどという心きいた手口を見せたとすれば、たしかにこのゴディノ・シュヴァシュー先生は、その盗賊をベルトラン・ドゥ・クラカン（十四世紀の勇将ベルトラン・ド・ゲクラン元帥）やシーザー皇帝よりもずっと高く買ったであろう。いや、これでもまだ言いたりないくらいである。

三　法官のズボン

以上こまごまと述べては来たものの、もはや幕を開ける時間、われらの古い喜劇のならわしに従うならば、口を切ってからすでに三度も蠟燭《ろうそく》の芯《しん》が摘まれたほど、礼儀もわきまえずくどくどと述べたてる前口上語りのお尻を蹴とばして、追いはらうべき時間だと思う。してみれば、ブリュスカンヴィーユ（笑劇役者）にならって、見物の方々に、「口上の不行届きは、皆様方お情けの塵《ちり》はらいにて、よろしくお掃き清めをたまわり、はちきれんばかりの堪忍袋に、おわびの灌腸《かんちょう》をお受け入れたまわらんことを」と乞い願いながら、いそいで前口上を切り上げねばならない。では、口上はこれにて、つづいて演技の始まり、始まり。

ここは、薄暗い、壁は板をはりつめたかなり大きな部屋、曲がりくねった脚がつき、彫刻のある、ゆったりした肘掛椅子に腰をおろした老法官は、椅子の背に縁飾りつきの綾織のシャツをひっかけ、ラシャ服飾商グーバール親方の奉公人ユスターシュ・ブートルーが届けてきたばかりの、真新しいふくらんだズボンをはいてみている。シュヴァシュー先生は飾り紐を結んで、つづけざまに立ったりすわったりしながら、ときどき、若者に話しかけると、すすめられるままに床几《しょうぎ》の端に腰かけて、石の聖者像のようにこちこちになった若者は、おっかなびっくり彼をみつめている。

「ふん！　こいつももう寿命がきておるのう！」と、彼は脱ぎすてたばかりの古ズボンを足で押しやりながら言った。「すり切れて織糸が見えるところは、抜け穴だらけの奉行所の禁令同然。それに、布きれという布きれが永の別れをしようとしておる……身をさかれる別れというやつをな！」

とはいえ、冗談好きの法官は、また、その古い「必需衣料」を取り上げて、なかから財布を引っぱり出し、その財布から、貨幣をいくつか手のなかへあけると、言葉をついだ。

「まったくの話、わしら法律畑の人間は、同じ衣類をずいぶん長らく着古すのだが、それというのも法服のおかげ、これですっぽり隠してしまうから、下に着るものは、織目がもち、縫目がほころびないかぎり、いつまでも着ておれようというものだ。そうであるうえに、人はおのおの生きねばならぬ。泥棒でさえそうだから、ましてラシャ服飾商もそうであろう。なればこそわしは、グーバール親方が欲しいという六エキューを値切ろうとは思わぬし、あまつさえ、小僧どんにも、気前よく、端の欠けたエキュー銀貨のおまけまでやろうというのだ。ただし一つ条件がある。これを額面以下に両替えしたりせず、せいぜい知恵袋の底をはたいて、だれかろくでなしの町人めにりっぱな一エキューとして受け取らせてやるのだ。それができぬとあれば、わしはこのエキュー貨をとっておいて、明日の日曜のノートルダムの奉納金にするとしよう」

ユスターシュ・ブートルーは平身低頭して、その六エキューと欠けたエキュー貨を受け取った。

「どうだね、お若いの、そろそろラシャ屋稼業の『味がわかり』はじめたかな？　寸法の取り方や裁断の加減で利ざやを稼いだり、お客に、古ものを新品、焦茶を黒と言いくるめて売りさばいたり……要するに、大市場の場内商人の、昔ながらの評判を維持することができるようになれたかのう？」

ユスターシュはいささかぎくりとして法官のほうに目を上げたが、すぐに、これはきっと冗談を言っているのだと考えて、笑いだしてしまった。だが、法官は冗談を言っているのではなかったのである。

「わしは商人の盗みはきらいだ」と彼は続けた。「泥棒は盗みはするが、だましはせぬ。商人は盗むうえにだましもする。口達者で抜け目のない男がズボンを一着買う。しばらく値段についてやり合ったあげくに、六エキュー支払うことになる。つづいて来かかるのが、『かも』と呼ばれたり、『良い客』と言われたりするような、うぶなお人よしだ。もしこの男が、さきほどのと寸分たがわぬズボンを買うことになり、聖母マリアや聖人たちにかけておのが誠実を申し立てる服飾商を信用して、八エキューを支払うとしたところで、わしはその男を気の毒とは思わぬ。なぜかというに、それはそやつが間抜けだからだ。ところが、その商人が、受け取ったばかりの二度の代金を勘定し、前と後との差額の二エキューを手にのせ、満足そうにちゃらちゃらいわせているうちに、その店先を、だれかのポケットからぼろぼろのきたないハンカチを掏摸《す》ったかどで徒刑場へ引かれる一人の哀れな男が通っていく。すると商人は『ほら、大悪党めだ』と叫び、『もしも正義が正しく在るなら、あのならず者なぞは、生きながら車輪の刑にされるところだ、そしたら見物に行くのだがなあ』と、こう言葉を続けながら、手のなかには、やはり先刻の二エキューをにぎりしめている。どうだな、ユスターシュ、もしもその商人の念願どおりに、正義が正しく在ったとすれば、果たしてどうなると思うかの?」

ユスターシュ・ブートルーは、もう笑ってはおれなかった。この逆説があまりに突飛であったために、答える言葉も思いつかぬまま、この逆説が出てきた相手の口までが、何やら気味悪く思えてくるのであった。若者が罠《わな》にかかった狼《おおかみ》のようにあっけにとられているのを見ると、シュヴァシュー先生はあの独特の笑い方で笑いはじめ、若者の頰を軽く突っついて、その場をひきとらせた。ユスターシュは、すっかり考えこんで、石の手摺のついた階段をおりた。かなた最高裁判所の中庭で、名だたる大道薬売りジェロニモの道化ガリネット・ガリーヌが俄《にわか》を演じて客を集め、主人の薬を売りつけようとして吹くらっぱが聞こえたが、今はそれにも耳をかさず、大市場の地区に行くために、新橋《ポン・ヌフ》を渡りかかったのであった。

四　新橋《ポン・ヌフ》

アンリ四世治下に竣工をみた新橋《ポン・ヌフ》は、この王の治世を記念する主要な建造物である。大工事のあげく、この橋が十二の橋脚でセーヌ河をまるまる横切り、首府の三つの市区《シテ》をより密接に結び合わせるありさまを目《ま》のあたりにした人々の心にひき起こされた感激は、何にたとえようもなかった。

ほどなくこの橋は、パリじゅうのたくさんな閑人たちがことごとく落ち合う場所となり、したがって、ありとあらゆる辻芸人、膏薬売り《こうやくう》、掏摸《すり》、といった、水の流れに身をまかせた水車さながら群衆のまにまに浮き沈みする稼業の連中も、すかさず集まって来たのである。

ユスターシュが三角形のドーフィーヌ広場を出たときには、太陽は埃《ほこり》っぽい光線を真上から橋上に投げ、その場の雑踏はたいへんなものだった。そもそも、これまでパリで人が最もしげしげと足をはこんだ散歩場といえば、華やかなのは並べられた商品ばかり、地面は石畳、影といっては塀や家並みしかないようなところばかりだったからである。

ユスターシュは、セーヌ河を横切って流れる民衆の大河をかきわけかきわけ、大骨を折って進んでいった。人々は、まるで水面に浮かぶ流氷のように、ちょっとした障害物にも停滞し、ここかしこ、手品師、唄《うた》うたい、呼び売り商人などのまわりで無数の渦《うず》や逆流をつくりながら、橋の一端から他端へ、のろのろと流れていく。大勢の人が欄干《らんかん》沿いに足をとめて、アーチをくぐっていく筏《いかだ》や、行きかう舟をながめたり、あるいは、橋の下手にあたってセーヌ河がくりひろげるすばらしい景観に見入ったりしている。セーヌ河に沿って、右手にはルーヴル宮の建物がながながと連なり、左手はプレ＝オ＝クレールの広い野原で、美しい菩提樹の並木道が幾筋も走り、野のふちを髪ふりみだした灰色の柳や、しだれた枝を水にひたす緑の柳がとりまいている。また両岸にはそれぞれネール塔とボワ塔が、古い物語の巨人よろしくそそり立って、パリの市門の見張りをしているように見えるのであった。

突然、爆竹のはじける大きな音がして、散歩者や見物人の目を一個所にひきつけた。心をとめて見るに値する見世物が、いまや始まろうとしているというのである。それは小さな半月形の展望台の中央だった。こういう展望台は橋の両側、橋脚の上ごとに設けられていて、ついさきごろまで石造の店舗が載っていたりしたものだが、この物語の当時は何もない空いた場所だったのである。一人の奇術師がそこに陣取っていた。机を一つ前に立てていたが、その机の上を、黒と赤との悪魔の服装に身を固め、尾だけは本物のを垂らした実にみごとな猿が歩きまわり、恐れげもなく爆竹や車花火を打ち上げるので、すばやく輪をひろげそこなったみんなのひげや顔は大損害である。

主人はというと、百年昔にはざらにあったが、当時はすでに珍しく、今日では一般市民の醜い無表情な顔のなかにとけ込み、失われてしまったジプシータイプの容貌の持主だった。斧の刃のような横顔、広いが切り立った額、ひどく長くひどく曲がった鼻、といってもそれはローマ人のように前のめりではなく逆にぐっと反《そ》りかえって、薄い唇がうんと突き出ている口や落ち込んだ顎《あご》よりも、その先端だけがかろうじて高いといったところ、また、Vの字型に引かれた眉の下には切れ長の目が斜めに吊り上がり、そして、黒々とした長髪がそれら全体の印象の仕上げをしており、それに加えて、身ぶりやあらゆる体つきに見られる何かしらしなやかでのびのびした感じは、この男は手足が器用で、若いときから多種多様な職業を経てきた変わり者であることを示していた。

身につけているのは道化師の古い衣裳で、それをもったいぶって着込み、帽子は鍔広《つばひろ》の大きなソフト帽で、はなはだしく皺が寄り反りかえっていた。みんなは彼のことをゴナン先生という名で呼んでいたが、それは、彼の器用さ、手品の業のたくみさのせいだとも、また彼がほんとうに、シャルル六世治下（一三八〇～一四二二）に無憂者劇団《アンファン・サン・スーシ》を始めて、最初の阿呆大王《プランス・デ・ソ》の称号をほしいままにした有名な芸人の子孫だからだ、とも言われる。ちなみに、この称号は、この物語の当時は、アングールヴァンの殿様（ブルゴーニュ館で行なわれた阿呆劇の指導者ニコラ・ジューベール）に伝えられていて、彼は、最高裁判所を前にしても、やはりその至上の特権を主張したのだった。

五　運勢判断

奇術師は、かなりの人数が集まったのを見ると、いくつかの手品にとりかかったが、その手際はさかんな喝采をひき起こした。実はこの男、半月形のなかに自分の場所を選んだのは、いささか目算があってのことで、見たところは人の行き来の邪魔にならぬためにそうしているようだが、必ずしもそればかりではなく、こうすれば見物人は彼の前側にだけいることになり、背後には廻れないというわけだった。

というのも、今でこそ奇術師は観衆に囲まれて芸を見せるようになっているが、当時の芸は、実のところ、それほどのものではなかったのである。手品が一段落すると、猿が群衆のなかを一廻りして、たくさんの銭を集め、お辞儀をしては、こおろぎの声にさも似た小さな叫び声を上げ、ひどく愛想よく感謝を示すのだった。しかし、この手品は、まだほんの手はじめで、今様ゴナン先生は、口上もきわめてたくみに、自分にはこのほかに、カルタ占い、手相占い、ピタゴラスの数占いを用いて、未来を予言する能力があるのだと披露し、金では買えぬものではあるが、一スー支払うなら特別な好意をもってその占いをしてやってもよい、と言いだしたのである。そう言いながら、彼は一揃いのタロック・カード（古いトランプの一種）を切りまぜる。するとパコレ（フランスの伝説などに出てくる小人の名）と呼ばれていた彼の猿が、さもわけ知り顔で、その札を、手を差し出す人に一人のこらず配ってまわった。猿が希望者全部に札を配りおわると、主人は、物好きどもを、カードの名前でつぎつぎと半月形のなかに呼び入れて、一人一人に吉凶の運を予言してやる。一方、パコレは、手伝いの駄賃に主人がくれた玉ねぎに取り組んで、うれしいやら、苦しいやら、口では笑い、目では泣き、がぶりとやるたびに喜びのうなり声をあげながら、顔はあわれなしかめっ面になるありさまで、その滑稽な身ぶりに、群がる人々は大喜びだった。

　やはりカードを一枚もらっていたユスターシュ・ブートルーが呼び出されたのは、いちばんおしまいだった。ゴナン先生は彼の間のびした愚直な顔をしげしげと見まもっていたが、大仰な口ぶりで彼に語りかけた。

「過去はこうじゃ、父も母もなくして、お主は六年このかた、大市場内に店をもつラシャ商の徒弟をしておる。現在はこうじゃ、お主の親方は、お主に一人娘をくれると約束しておる。隠居して、商いはお主にまかせるつもりじゃ。さて、未来じゃが、一つ手を出してみなされ」

すっかり驚いたユスターシュは、手を差し出した。奇術師はその手の筋をためつすがめつ調べていたが、逡巡のていで眉をひそめ、意見を聞くとでもいうように猿を呼びよせた。猿は若者の手を取ってじっと見つめ、つぎに主人の肩によじのぼると、何やら耳打ちをするらしかった。といっても、動物たちが不満なときにするように、唇を非常に早く動かしたというだけのことだが。

「奇妙な話じゃ！」と、ついにゴナン先生は叫んだ。「かくも愚直な、しがない町人ふぜいが、かくまでただならぬ身の転変へ、かくまで高き終着点へと向かうなどとは！……ああ！　雛《ひよ》っ子どん、お主は自分の殻を割ろうとしておるのじゃぞ。高く、物すごく高く昇っていって……今よりもずっと大物になって死ぬのじゃ！」

「へん！」と、ユスターシュは腹のなかで思った。「そんなのは、こういった手合いの、いつもながらの安請け合いさ。だが、それにしても、そのまえに言ったことは、いったいどうしてわかったんだろう！　不思議だなあ！……とにかく、どこからか私のことを聞き出したのでないとすると」

こう考えながら、彼は財布から法官がくれた縁《ふち》の欠けたエキュー貨を取り出すと、奇術師に釣銭を求めた。たぶん、その声が低すぎたのだろうが、奇術師がそのエキュー貨を指の間でころがしながら、つぎのように言葉を続けたところをみると、彼にはまったく聞こえなかったらしい。

「お主が礼儀をわきまえた男であることはようわかった。そこでわしも、今お主に言うて聞かせた予言に加えて、さらにいくらか詳しいことを教えて進ぜることにしよう。今の予言には、嘘偽りはないのじゃが、少々あいまいなところがあるでのう。そうなのじゃよ、お客人、ほかの奴らのように、一スーぽっちで私への払いを済まそうなどと思わなかったのが、お主の幸いじゃった。もっとも、この一エキューはかなり縁が欠けておるがの。まあ、しかし、それはどうでもよい。この白いお金がお主の輝く鏡となり、まじりけなしの真実が、そこに映し出されようというわけじゃて」

「おや」とユスターシュは、気になって口をはさんだ。

「さきほど私が高く昇っていくと言いなすったのは、それでは真実ではなかったのですかい？」

「お主がわしに運勢を尋ね、わしはそれに答えたまでじゃが、しかし言葉の意味の取り方は言うてなかった……。それ、予言のなかで、わしがお主の身の行く末について言うた、高き目的地という言葉、あれをお主はどう受け取っておるのかな？」

「私がなれるということでしょう、ラシャ服飾商組合の理事とか、教区管財委員とか、民選役人とか……」

「いやはや、とんだ見当はずれのことを、めくらめっぽうに思いついたものじゃ！……そのくらいなら、なぜトルコの王様《サルタン》アモラバカンとでも言わぬ？……いや、いや、お主、そんなふうに取ってはいけないのじゃよ。この託宣の説明をしてほしいというのなら、言うて聞かせて進ぜるのじゃが、わしらのほうの言い方では、『高いところへ行く』というのは、月へ羊の番をしにやられる連中のこと、同様に『遠いところへ行く』といえば、一丈五尺のペンを使って大海原に自分の身の上話を書きにやられる連中のことなのじゃ……」

「ああ！　なるほど、でも、もしそのご説明の意味をさらに説明していただければ、十二分に納得がいくと思うのですが」

「今の二つの品のいい言い方は、『首吊台』と『漕役船』という二つの言葉を言いかえたものじゃ。お主は高いところへ、このわしは遠いところへ行くことになる。それをありありと示しておるのが、わしの場合には、この、やや薄れた線が直角に交わっておる中央の線じゃ。お主のはというと、真ん中の線と交わって、そこで止まっている一本と、その両方を斜めに横切っておるいま一本とが……」

「首吊台だって！」とユスターシュが叫んだ。

「お主はどうあっても身を横たえて死にたいというのか？」とゴナン先生は意見をする。「さりとは幼稚な了見じゃのう、死なねばならぬ人間の一人一人に、いつふりかかってくるかわからぬあらゆる他の死にざまを、しないでもすむということが、こうして保証されておるのに。それに、首吊台閣下が腕を突き出し、お主の首を吊り下げなさるのは、お主がもう世間のことにも、すべてにも、愛想がつきた老人になってからかもしれず……。だが、それ、正午の鐘が鳴っておるわ。パリ奉行所の命令で、わしらがこの新橋《ポン・ヌフ》から夕刻まで追いはらわれる刻限じゃ。さ、では、もしもお主が、身の危険とか色恋とか仕返しとかで、何か意見が聞きたかったり、何か魔法や呪文やほれ薬なぞを使う必要が生ずるような場合には、わしは、それ、あそこの、橋のたもとのシャトー＝ガイヤールに住んでおる。ここからもよく見えるじゃろう、あの破風《はふ》のある小さな塔が？……」

「もう一言だけ、どうか」とユスターシュは震えながら言う。「私の結婚生活は幸福でしょうか？」

「奥さんを連れて来なさるがいい。そうすれば教えて進ぜよう……。これ、パコレや、旦那にご挨拶じゃ、御手に接吻してな」

奇術師は机を折りたたんで小脇にかかえ、猿を肩にのせると、古めかしい唄を口ずさみながら、シャトー＝ガイヤールに向かって歩いていった。

六　苦難と辛酸

ユスターシュ・ブートルーがほどなくラシャ服飾商の娘と結婚しようとしているというのは、いかにも本当のことであった。彼は分別のある若者で、商売のこともよくのみこみ、ひまな時間も、ほかのみんなのように、玉ころがしやポーム遊びなどで過ごしたりせず、勘定書を作ったり、『六組合大鑑』《ボカージュ・デ・シ・コルボラシオン》（ラシャ、香料・食品、小間物、毛皮、洋品雑貨、金銀細工の各商の六つ）を読んだり、スペイン語をすこし学んだりするのだった。パリに住むスペイン人が多かったせいで、今日の英語と同じく、スペイン語が話せると商人は都合がよかったのである。

そんなわけで、グーバール親方にしても、六年のあいだに自分の店員の申し分のない誠実さとりっぱな性格を確信するようになっていたし、しかも、娘と彼の間に愛情がめばえ、それが実に清らかで、二人ともきびしく心を抑えていることに気がついたので、夏の聖ヨハネの日（六月二十四日）には二人を結婚させてやり、そのあとで自分は家産のあるピカルディのランに隠居しようと心を決めていた。

それにしても、ユスターシュには何の財産もなかった。だが当時は、金の袋を金の袋と結婚させるなどということは、一般のならわしにはなく、親たちは、おりにふれ、未来の婿となるべき人の趣味や融和性に考慮をはらい、縁組みしようと思う相手の性格や素行や能力を、長期にわたって研究する労をつくす、といった具合で、この点、未来の婿の品行の保証よりも雇い入れる召使の品行のほうをうるさく求める、今日の一家の父親たちとはずいぶん異なっていたのである。

さて、渡り芸人の予言は、ただでさえあまり融通のきかない見習いラシャ屋の心をいっぱいにしてしまったので、彼は茫然となって、半月形の壇の中央に立ちつくし、ラ・サマリテーヌ塔上の鐘楼で、響きうるわしい鐘声が「正午、正午、正午！……」と何度も繰り返し叫ぶのも、まるきり耳にはいらないほどだった。しかし、パリでは、正午の鐘は一時間のあいだ鳴りつづくのだから、まもなくルーヴルの大時計がいっそう荘重な響きで鳴りはじめ、つづいてグラン＝ゾーギュスタンの時鐘、つぎにはシャトレの時鐘と、順々に鳴りつがれていった。そこでユスターシュも、ひどくおそくなってしまったのに驚き、力いっぱい走りはじめて、わずかのうちにモネー街、ボレル街、ティールシャプ街を尻目にかけ、そこで速度をゆるめ、ブーシュリ＝ド＝ボーヴェ街の角をまがると、大市場の広場に並んだ赤い傘や、無憂者劇団《アンファン・サン・スーシ》の演台や、大梯子に十字架、晒台《ピロリ》の鉛の屋根をいただいたきれいな燈籠などが見えだすので、彼の顔もぱっと明るくなった。未来の妻のジャヴォット・グーバールが、彼の帰りを待っているのも、この広場の、あの赤い傘の下なのであった。構内に店を持つ商人の大部分は、こんな具合に、大市場の露天の舗石にも品物を並べ、家族のだれかに番をさせて、自分の薄暗い店の出店として役立てている。ジャヴォットは、毎朝、父の出店にやって来ると、商売物の真ん中に腰をかけ、時にはかがり紐を結ぶ仕事をしたり、また時には立ち上がって通りすがりの人を呼びとめ、腕をしっかりつかんで、何か買ってくれるまでなかなかはなそうとしない。とはいうものの、未婚の身でいながら「としより牛の年齢」（世間なみの分別のつく年齢のこと）に達した娘としては、やはり、だれよりも内気な乙女であることに変わりはなく、女らしい魅力にみちあふれ、かわいらしく、金髪で、背は高く、体つきのすらりとしてかぼそい商家の娘がたいていはそうであるように、ほんのわずか前かがみになっていて、店に並べた品のこと以外の話をするときは、どんなささいなことを言うにも苺《いちご》のように顔を赤くするくせに、それが商品のこととなると、「能弁《バグー》」と「多弁《ブラチーヌ》」（当時の商人の用語）にかけては、露店売場のどんな女商人にもひけをとらなかった。

正午になると、ふだんならユスターシュはその赤い傘の下へやって来て彼女と交替し、そのあいだに彼女は店へ行って、父と昼食をするのだった。こんなにおくれてはジャヴォットも怒っているのではあるまいかと、ユスターシュがひどく気をもみもみ今ここへ来かかっているのも、この役目があったからである。だが、はるかに姿を認めたところでは、彼女はいたって穏やかで、商品の反物の束に肘をつき、その同じ束に身をかがめた、どう考えても買い手らしくない一人の美男子の軍人の、元気な大声の話にじっと聞き入っている様子だった。

「これが私の夫になる人よ！」と、微笑みながら、ジャヴォットはその見知らぬ男に言った。男は姿勢を改めようともせず、ほんのこころもち頭を動かしたばかり。軍人が風采のあまりあがらぬ町家の者にみせる人を小馬鹿にした態度で、店員を上から下までじろじろとながめまわすのだった。

「この人は、うちのらっぱ卒とどことなく似たところがあるね」と、軍人は横柄に言った。「もっとも、あのらっぱ卒なら、脚はもっと『肉がはって』いる。だけど、なあ、ジャヴォット、らっぱ卒ってのは、騎兵隊では犬よりは少々ましだが、馬には少々足りないという役どころだぜ……」

「これ、私の甥《おい》なの」心からの満足の微笑をたたえた青い大きな目を向けて、ジャヴォットはユスターシュに言う。「私たちの結婚式に来るために、休暇がとれたの。良かったわね、ほんとに。この人、騎馬銃士なのよ……まあ！　みごとな体格ね！　あなたもあんな服を着てみたらどうかしら、ユスターシュ……でも、あなたってあまり背が高くないし、あまりたくましいほうじゃないから……」

「で、どのくらいのあいだ」と若者はおそるおそる言う。「パリにおとどまりいただけますので？」

「それが成り行きしだいでしてね」軍人はしばし相手を待たせてから、やおら身を起こして言った。「ぼくたちは、クロカンども（アンリ四世治下からルイ十三世治下にかけてつづいた農民一揆）を殲滅《せんめつ》するために、ル・ベリに派遣されているのです。で、もしも奴らがまだしばらく平穏でいるつもりなら、まる一月ぐらいはいてあげられますよ。でも、どのみち聖マルタンの日（十一月十一日）には、パリに来てデュミエール殿の連隊と交替することになるのですから、そうなれば、毎日、いつまででもお会いできますな」

ユスターシュは、先方と目が合わずにやれるかぎりで、騎馬銃士の様子を吟味したが、どうみてもこの男、とうてい甥というような年格好とは思えないのだった。

「毎日と言いましたが」と騎馬銃士が続けた。「まちがいでした。木曜日には大観兵式がありますからね……だが、そんな日でも、晩はあいているので、事実上、やはりいっしょに夕食はできるわけです」

「ほかの日には、昼食もする気なのかしら」とユスターシュは考えた……。「でも、グーバールお嬢さん、あなたはこれまで、ちっとも教えてくれませんでしたね、あなたの甥ごさんが、こんなに……」

「こんなに美男子だってこと？　ええ、ほんとうに、この人見違えるようになったわ！　だって、このジョゼフさんとは七年ぶりなんですもの。あれから、この人、橋の下にたくさんの水を流した（さまざまな経験をした）のだわ……」

「そして、鼻の下にはたくさんの酒を流したろうて」と、未来の甥の輝かしい顔をまばゆく感じながら、店員は考えた。「水割りぐらいでは、この顔色にはならぬ。これではグーバール親方の酒瓶は、結婚式のまえに、死人の踊りをおどる（みんな空っぽにされる）ことになろうし、たぶんそのあとでも……」

「さあ、お食事に行きましょう、きっとパパ、じりじりしててよ！」と、座を立ちながらジャヴォットが言った。

「ああ！　腕をかしてあげるわ、ジョゼフ！……ね、そういえば、昔、私が十二、あんたが十で、私のほうが背が高かったころ、私はママって呼ばれてたっけ……。でも、銃士と腕が組めて、今度は私がご機嫌よ！　散歩にも連れてってくれるわね？　私、めったに出歩かないし、ひとりっきりじゃ、行けないのよ。それに日曜の晩には、サン＝ジノサン聖母会にはいっているんだから、降福式に出席しなくてはならないの。私、騎兵隊旗手のリボンをつけて歩くわ……」

こういった、若い娘のたわいないおしゃべり、それを等間隔に区切っていく騎士の高い靴音、いかつい、がっしりした後ろ姿にまつわりながら、跳ねるような足どりで行く、優しい軽やかな後ろ姿、それらは、ほどなくトネルリ街の両側に連なる柱の暗い影のなかにまぎれ込んで、そのあとは、ユスターシュの目がぼうっとかすみ、耳がわーんと鳴るばかりだった。

七　辛酸と苦難

ここまでのところは、この市井の劇を、事件の進行のままに、ほぼ同じだけの時間をかけて物語り、一部始終をたどってきた。作者としては、小説においてさえ、行為と時間と場所との一貫性を遵奉《じゅんぽう》することをないがしろにせず、いやむしろ、絶大な評価を与えている次第だが、それにもかかわらず、今や、よんどころなく、三要素の一つである時間を、数日間だけすっとばさねばならない羽目になってしまった。未来の甥についてのユスターシュの懊悩《おうのう》ぶりは、話せばなかなかおもしろいかもしれないが、しかし、その見かけから考えるほどには、堪えがたいものでもなかったのである。ユスターシュは、許婚《いいなずけ》「に関するかぎりは」安心してしまった。実のところジャヴォットは、少女時代の思い出の多少なまなましすぎる印象を持ちつづけていたというだけのことで、こんな印象も、彼女の生活のような、これといって変わったことも起こらぬ生活では、とかく並みはずれた重みを帯びてしまうのである。彼女は最初、この騎馬銃士のことを、昔の遊び仲間の陽気で騒々しい男の子としてしか見ていなかったのだが、その男の子も今では成長し、振舞もいろいろと変わったのにほどなく気がつき、彼に対して、もっと慎み深い態度をとるようになった。

軍人のほうはどうかというと、かねてからの、幾分のなれなれしさを別にすれば、若い叔母に対してやましい下心を抱くなどという様子はすこしもなかった。彼は、世にかなり数多い、堅気の女にはほとんど心をそそられぬたちの男で、さしあたっては、タバラン（有名な笑劇役者）同様、「酒瓶こそわが恋人」と言うのだった。着いて最初の三日間は、ジャヴォットから離れようとせず、夕方には彼女とクール＝ラ＝レーヌ（遊歩場）へ、太った召使女だけをお供に出かけて行きさえして、大いにユスターシュをむしゃくしゃさせた。だが、それも長くは続かず、ほどなく彼女を連れて歩くことにも飽きて、一人で一日じゅう出かけるようになったが、かねて言ったとおり、食事時には、気をつけて必ず帰って来るのだった。

こうしたわけで、未来の夫がただ一つだけ不安に思うのは、結婚式がすめば自分のものになろうとしている家に、この親類の男がいかにも居心地よげに腰を落ち着け、しかも、日に日に固く根を降ろしていくように見えただけに、穏やかに立ちのかせるのは容易でないと思われることであった。それに、この男は、ジャヴォットの甥とはいっても、血のつながりはなく、グーバール親方の死んだ細君がそのまえの結婚でもうけた娘から生まれた子供にすぎなかったのである。

しかし、この男が、家族のきずなの大切さをとかく大げさに考え、親類の権利と特典について、あまりに広く、あまりに独断的な、そして、いわばあまりにも大家族制時代風な、受け取り方をしているのを、どうやれば当人にわからせることができるのだろう?

ともあれ、やがてはこの男も、自分が遠慮がなさすぎたことに気づくかもしれぬ。で、ユスターシュは、諺《ことわざ》に言う「宮廷がパリにあるときの、フォンテーヌブローの女官たちさながら」、心ならずも辛抱せねばならないと悟ったのである。

けれども、結婚式は万事とどこおりなく終わったが、だからといって騎馬銃士のしきたりには何の変化も起こらず、それどころか、クロカンどもが静穏を保っているおかげで、本隊が到着するまでパリにとどまっていてもよいということになりそうな気配さえ見せるのだった。ユスターシュは、商店を宿屋と勘違いしている連中があるとかなんとか、いろいろとあてつけがましいことを言ってみたけれど、それも相手に通じなかったり、利き目がなかったり、というだけに終わってしまった。それにまた、妻や舅《しゅうと》にあけすけに話すなど、何もかも彼らの世話になっている身としては、結婚早々、利己的な人間ととられたくない以上、やはりとてもできることではなかったのである。

おまけに、兵隊との付き合いは、何の気晴らしにもならないのだった。口を開けば自分の武勇伝ばかり飽きもせずに大声でくりかえす。武勇といっても半分は、何度かの決闘に勝って軍隊の虎と恐れられた話、あとの半分はクロカン相手の手柄話なのだ。そもそもクロカンというのは、タイユ税（一種の人頭税）が払えなかったばかりに、アンリ王の兵士に戦さをしかけられたフランスの不幸な農民のことで、彼らは名高い「鶏鍋」（アンリ四世は「貧しい百姓も日曜ごとに鶏鍋が食えるように」と言った）を楽しむどころではなかったのである……。

　こういう度はずれな自慢好きは、その時代の喜劇にたえず登場したキャプテン・マタモールとかタイユブラとかのタイプに見られるように、当時はかなりありふれた性格だったのだが、筆者の考えでは、これはナヴァール人につづいてガスコン人がパリに勝ちに乗ってなだれ込んだせいにちがいない（アンリ四世のパリ入城をさす）。この悪しき風潮は、やがて一般化しながら弱まっていった。数年後の『フェネスト男爵』（十七世紀、ドーヴィニェの諷刺小説『フェネスト男爵綺譚』）は、すでにかなりおとなしくなった自慢屋の像だが、滑稽さはよりいっそう完璧になり、そして、ついに、一六六二年の『嘘つき男』（コルネイユ作のことか）の喜劇に見られる人物は、ほとんど普通のつりあいをとりもどしている。

　それにしても、軍隊流のやり方のなかでも、人の好いユスターシュを最も不愉快にしたのは、いつでも相手が彼を小僧っ子のようにあしらい、風采のあまりよくない点をことさらにあげつらい、要するに、何かにつけて、ジャヴォットの面前で笑いものにしたことで、これは、新郎が貫禄をもってこの家に身を落ち着け、将来のための立場を築かねばならぬ新婚早々の時期にあたって、何とも具合の悪いことだった。まして、営業免許を受け、宣誓をすませて、店を持った男のできたてのぴりぴりした自尊心を傷つけるには、ほんのささいなことで足りるのだから、たまったものではない。

　ほどなく起こった、一つの、このうえもなく不快な出来事に、もはや彼の忍耐力も限度をこえたのである。ユスターシュは職業団夜警隊（商家の主人連によって組織される夜警隊）に加入しようとしていたのだが、律儀なグーバール親方のように、町人の服を着、市の警吏に借りた戟槍《ほこやり》を持って服務したくはなかったので、鍔《つば》付きの、といっても鍔はとれてしまっている剣と、円兜《まるかぶと》と、もはやいかけ屋の槌ででも破れそうな赤銅の鎖帷子《くさりかたびら》とを買いこんだ。そして三日がかりで、洗ったり、みがいたりして、以前にはなかった光沢をいくらかでもつけることができた。しかし、彼がそれらを一着に及んで店のなかを意気揚々と歩きまわり、おれの甲冑の付け方はたいしたものだろうと尋ねたとき、銃士は「日向《ひなた》に群がる蝿がわっと舞い立つように」げらげらと笑いだし、まるで台所道具一式を着込んだようだ、ときめつけたのであった。

八　つまはじき

おおよそこんな具合になっていたときのある夕暮、十二日だったか、十三日だったか、とにかく木曜日であったが、ユスターシュは、はやばやと店をしめてしまった。こんなことは、グーバール親方が家にいたらとても許されないことなのだが、親方は、その前々日、ピカルディの家産を見に出かけてしまっていた。あと三ヵ月もして、後継ぎが店主の座にしっかりと身を落ち着け、得意先や他の商人たちの信用も十分についてきたら、そこへ行って住もうというつもりだったからである。

さて、銃士が、その晩、いつものとおりに帰って来て見ると、戸はしまり、明かりも消えている。これには彼も大いに驚いた。シャトレの望楼で警鐘が鳴ったわけでもないのである。で、ふだんから、酒で少々ご機嫌にならずにはご帰館になることのけっしてなかった彼のこととて、その憤懣《ふんまん》は、口ぎたない罵声になってほとばしり、自分の決心の大胆さにはやおじけづいてまだ寝るどころではなかったユスターシュは、これを聞くにおよんで震え上がった。

「おうい！　おい！」相手は、ドアを蹴とばしながら叫ぶのだった。「それじゃ今夜はお祭りなのか！　聖ミシェルの祭りだってのか、ラシャ屋の、服ぬすっとの、巾着切りの……？」

そして、拳固で表戸をめちゃくちゃになぐりつける。だが、すりばちで水をすりつぶすほどの利き目もないのだった。

「やーい！　叔父ごに叔母ご！……おまえさんたちは、おれ様を吹きっさらしの舗石の上に寝かせて、犬やなにかのけものに咬《か》まれてもいいっていう気なのか？……おうい！　おい！　親類なんざ悪魔にさらわれろ！　それが身の報いってもんだ、ちくしょう！……ええい、親類の縁を忘れたのか、げすどもめ！　おう！　おう！　さっさと降りてきやがれ、あきんどめ、金を持って来てやったぞ！……貧乏神にでもつかれろ、けちな野郎めが」

あわれな甥が、こうした口説のかぎりをつくしても、ドアの木の面はいっかな動こうとせず、石ころに説教したベード尊者（八世紀、イギリスの宗教家、歴史家）同様、彼はむなしくわめくばかりだった。

しかし、扉はつんぼでも、窓はめくらではない。その目を開かせる実に簡単な手段がある。兵隊は、はっとこの理屈に思いあたると、暗い柱廊から出て、トネルリ街のなかほどまで引き返す。そして、足もとから陶器のかけらを拾い上げて、はっしと投げつけると、これがもののみごとに中二階の小窓の一つを片目にした。これはユスターシュのまったく思いもよらなかった出来事で、さきほどの軍人の一人台詞《せりふ》のすべては、いったいなぜ戸を開けないのか、という問いに要約されるのだが、飛び込んで来た陶器のかけらは、この問いの末尾につける恐るべきクエスチョン・マークというわけだった。

ユスターシュは、たちどころに心を決めた。かっとなった臆病者は急に金をつかいだしたけちん坊と同じで、とかくゆくところまでいってしまうものだからである。だが、それればかりか、彼の心には、一度新妻の前で、いいところを見せてやりたいという気持もあった。もう何日もまえから、あの軍人の槍的《やりまと》人形にされ、槍的人形でさえたえず突かれているうちには、相手にみごとなお返しをすることもあるというのに、何の仕返しもできないありさまを見ては、妻もいささか愛想がつきているかもしれなかったのだ。で、彼は、フェルト帽子をかなぐり捨てると、ジャヴォットがひきとめようと思ういとまもあらばこそ、中二階のせまい階段をころげるように駆け降りた。通りすがりに、店の奥にかかった長剣をとりはずしたが、しかし、剣の銅の握りの冷たさを燃えるようなてのひらに感じたとき、一瞬、足が止まって、そして先刻まではうって変わった鉛のような足どりになり、もう一方の手には入口の鍵を握って、のろのろとドアのほうへ進んでいく。けれども、二枚目の窓ガラスが大きな音をたてて割れ、あとを追ってくる妻の足音が聞こえると、すっかり元の気力をとりもどし、あっという間に重いドアを開け、「地上なる楽園の門」の大天使さながら、抜き身の剣をひっさげて敷居の上に立ちはだかった。「この夜遊び野郎、一杯一スーの安酒飲み、ひびのはいった皿をこわす（みかけだおしの空威張り）奴め、いったいぜんたい何の用だ？……」もしもここで、音符二つ分も低くしようものなら声に震えが出てしまいそうなので、ことさら声を高めて彼は叫ぶのだった。「それが堅気の人に向かってとる態度か？……さあ、ぐずぐずせずに引き返して、同類といっしょに教会の回廊の下へでも寝に行ってしまえ。さもないと、ご近所の方々や夜警隊の人を呼んで、とりおさえてもらうからな」

「おや！　おや！　これはまたご大層な歌いっぷりじゃないか、唐変木どん？　じゃ、今夜は、だれかに突撃らっぱでも聞かされたってわけか？……うん！　まったく人が変わったようだ……おまえさんがトランシュモンターニュ（やたらに大言壮語する軍人の典型）ばりの悲壮なしゃべり方をするところは悪くないぜ。けなげな連中を、おれはかわいがってやることにしてるのさ……。さ、ここへ来な、抱いてやろう、怒りん坊野郎！……」

「行っちまえ、遊び人め！　騒ぎを聞きつけて、ご近所の衆が目をさますのが聞こえないのか？　あの人たちは、おまえを第一衛兵所へ、かたりか盗賊みたいに突き出してしまうぞ。これ以上みっともないまねはよして、行ってしまえ。そして、もう帰って来るな！」

だが、立ち去るどころか、兵隊は列柱の間へ歩みよって来た。それで、ユスターシュのやり返す言葉も、終わりのほうは少々力がにぶってしまう。

「よう言うた！」と彼はユスターシュに言う。「ご警告ごもっともだ。しかるべくお礼をしなくてはなるまいな……」

数を二つかぞえるほどのあいだに、つとそばに寄ると、彼は若いラシャ商人の鼻を爪先でぱちんとはじいたからたまらない。鼻は真っ赤になってしまった。

「お釣りはいらないぜ、小銭がないのなら！」と彼は叫んだ。「じゃ、あばよだ、叔父ご！」

新妻の目の前で与えられた、平手打ちよりもさらに屈辱的なこのはずかしめに、ユスターシュはもう我慢ができなかった。やっきにとめようとする妻の手を振り払うと、立ち去っていく相手にとびかかって白刃の一撃をあびせた。ここで、もし剣がバリザルドの名剣だったなら、勇士ロジェ（十六世紀、イタリアの詩人アリオスト作『狂乱のオルランド』中の人物）の腕もかくやのほまれの一太刀となるところだったのだが、あいにく宗教戦争このかた物を切ったことのないという剣で、兵隊の牛革の短上着にもまるきり刃が立たない。兵隊は、すかさず相手の両手を自分の両手ではさみつけ、ぐいぐい握りしめると、まず剣がこぼれ落ち、それにつづいて、締めつけられている男が、これをかぎりの大声でわめきはじめ、足をのばして、自分を「いじめている男」の柔らかな長靴の上を、怒りくるって蹴とばしつづけるのであった。

ジャヴォットがなかに割ってはいってくれたことこそ幸いだった。近所の人々ときたら、争いを家の窓からぞんぶんにながめていたくせに、降りて行って争いを止めることなど、ほとんど思ってみてもくれなかったからである。ユスターシャは、青ざめた指を、それまで締めつけていた人間万力から離してもらいはしたものの、ひしゃげて角ばってしまった指の形を元にもどすには、長いあいだこすらなくてはならなかった。

「おまえなんぞ、こわかないぞ」と彼は叫んだ。「もう一度会おう！　いいか、犬ほどでも勇気を持ち合わせているなら、出て来るがいい、明日の朝、プレ＝オ＝クレールまで！……六時だぞ、ごろつき！　それも死ぬまで闘うのだぞ、殺し屋め！」

「場所の選び方はけっこうだ、豆闘士どん。そこで貴族ばりの決闘をやらかそうぞ！　では、明日。聖ジョルジュ（悪竜退治で有名な聖者）にかけて、今夜は貴公には、さぞ短く思われることだろうて！」

　軍人がこの言葉を口にしたとき、その調子には、これまで見せたこともなかった、相手を見直す気持がこめられていた。ユスターシュは誇らしげに妻のほうに振りかえった。決闘の申し込みをしたおかげで、三尺も背が伸びた気持だった。彼は剣を拾い上げ、大きな音をたてて、自分の店のドアを押した。

九　シャトー＝ガイヤール

　若い商人が目をさましてみると、昨夜の勇気はことごとく消え去っていた。銃士に決闘を申し込むなんて自分はほんとうに馬鹿だった。自分ときたら短剣以外には、武器の扱いを知らないのだし、それだって、徒弟奉公のころに、朋輩《ほうばい》と、シャルトルーのぶどう畑で、よくちゃんばらをしたというだけのことだ、と彼は実にあっさりと認めるのだった。したがって、彼が、自分はこのまま家にとどまり、決闘相手の生意気な青二才は、勝手にプレ＝オ＝クレールを「縛られた鵞《が》鳥《ちょう》の雛《ひな》」のようにもじもじ体をゆすりながらさまよわせておこう、という固い決心をするまでに、ほとんど時間はかからなかったのである。

　定めの時刻がすぎると、彼はすぐ起き上がり、店を開いたが、前夜の騒ぎについては、妻のほうでもすこしも触れまいとしていたので、一言もしゃべらなかった。彼らはだまりこくって朝食をとった。食事が終わると、ジャヴォットは、例によって赤い傘の下へ店を出しに行き、あとに残った夫は、召使女といっしょにラシャのきれを点検し、疵《きず》をチェックする仕事にいそしむのだった。もちろん、彼が、ともすれば戸口のほうに目をやって、あの恐ろしい親類がやって来て彼の臆病と約束違反をなじるのではないか、とたえず震えていたことは言っておかねばならない。さて、八時半ごろだったが、まだ影にひたされた柱廊の下に、まるでレンブラント描くところのドイツ騎兵のように兜と鎖帷子と鼻先との三つの点を光らせながら、銃士の制服が浮かび上がるのが、はるかに認められた。その忌わしい姿はみるみるうちに大きくなり、はっきりとしてくるのだったが、その金属的な足音は、一足ごとにラシャ屋の末期の刻一刻をきざむかと思われた。

しかし、制服こそ同じでも、包んでいたのはちがう中身、もっとあっさり言ってしまえば、例の男の戦友だったのである。やっとの思いで恐怖からさめたユスターシュの店先に足を止めると、きわめて穏やかな、きわめて礼儀正しい口調で話しかけてきた。

この銃士が彼にまず伝えたのは、こうであった。彼の相手は約束の場所で二時間彼を待ったが、不意の出来事が彼のそこへ来るのを妨げたものと判断し、あらためて明日、同じ刻、同じ場所にふたたびおもむいて、同じ時間だけとどまるものとする。もし、またしても同様の不首尾に終わる場合は、ただちに彼の店に乗り込み、彼の両耳を切り落として、これを彼のポケットに入れるであろう。そもそも一六〇五年、かの高名のブリュスケ（死刑になる一命を救われ、宮廷の道化となった）がシュヴルーズ公の従者に対し、同様の場合において行なったのがこれで、この行為は宮廷の絶讃を博し、良きたしなみとしてあまねく認められたところのものである。

ユスターシュはこれに答えて、そのような脅迫を加えるとは、相手が当方の勇気をないがしろにしているのであり、無礼のほどはかさねがさね思い知らせてやらねばならぬ、と言い、不都合があるとすればそれはほかでもない、自分の介添をつとめてくれる者がまだ見つからないことだけだ、と付け加えた。

先方はこの説明に満足の面持だった。そして商人に、新橋《ポン・ヌフ》のラ・サマリテーヌ塔の前に行けば、りっぱな介添人が見つかる、ふつうその辺をぶらついていて、ほかに何の職もない連中で、一エキュー払えば、だれの喧嘩にでも味方になってくれるし、剣まで持って来てくれる、と親切に教えてくれたのである。こういった忠告を与えたあと、彼はうやうやしくお辞儀をして、引き揚げていった。

一人取り残されたユスターシュは、あれこれと考えはじめたが、長いあいだ、どうしたらよいのかほとほと思いあぐねていた。心は三つの主要な決断をめぐって、さまざまに乱れるのだった。一つには、軍人から迷惑をかけられ、脅迫を受けていることを民事代官に申し出て、身を守るために武器をたずさえる許可を願いたいと思った。しかし、それでは、やはり結局は戦わねばならぬ羽目になる。つぎには、警吏たちに知らせておいてから約束の場所におもむき、まさに決闘が始まろうとするときに彼らが到着するように仕組もうと決めたりもした。だが、警吏の到着するのが、事が終わってからになるかもしれない。最後に、新橋《ポン・ヌフ》のジプシーに相談に行っては、とも考えてみた。そして、結局やってみることにしたのは、この最後の方法であった。

正午になって、召使女が赤い傘の下へ行ってジャヴォットと交替し、ジャヴォットは夫と昼食をしに帰って来た。食事のあいだ、夫は、午前中の来訪者のことは彼女に何ひとつ話さなかった。しかし、近ごろ着いたある貴人が服を作ろうと思っているから、自分がその家へ行って大いに宣伝をしてくるあいだ、店の番をしていてくれ、と頼んだのである。そして、その言葉どおり、生地見本の袋をさげて、新橋《ポン・ヌフ》のほうへ歩いて行った。

橋の南端にあたって、河沿いに立っているシャトー＝ガイヤールは、屋根に円い塔の載った小さな建物で、かつて華やかなりしころには牢獄として使われていたものだが、それが今では、まくずれたり、ひびがはいったりしはじめて、ほかに身のよせどころのない人でもなければ、まず住めるような場所でなくなっていたのである。ユスターシュは、土間をおおっている石のかけらの間を、不確かな足どりでしばらく歩いたあげく、中央に蝙蝠《こうもり》が釘で打ちつけてある小さな扉の前に出た。そっとノックすると、ゴナン先生の猿が、すぐさま掛け金をはずして開けてくれた。猿はこういう接待を仕込まれているのだが、ときには飼猫がこんなふうに仕込まれることもある。

奇術師はテーブルに向かって、本を読んでいた。重々しい態度で振り返ると、若者に、床几《しょうぎ》にかけるよう合図をした。若者が身にふりかかった出来事を語り終わったとき、彼は、これこそ世にもたやすく処理できることで、それにしても、自分のところへ相談に来たのはまったく幸いだったと請け合ってくれた。

「お主の求めるのは『まじない』じゃろう?」と彼は付け加えた。「お主の相手を確実に負かすための魔法のまじない、お主に入用《いりよう》なのはこれであろうがの?」

「そのとおりです、もしそんなことができますなら」

「そのやり方については、たくさんの連中がいろいろと言っておるが、わしのほどあらたかなものはどこにもあるまいて。それにこれは、他の連中のまじないのように悪魔の業で作られたものではなく、白魔術（錬金術など悪魔の力を借りずに行なわれる魔術）の蘊奥《うんおう》をきわめた結果であってみれば、どの点からみても魂の救済をあやうくするようなことはないのじゃ」

「それはありがたい」とユスターシュは言った。「そうでなくっては、用いることをさし控えねばなりませんからな。それにしても、あなたの魔法をやっていただくには、いかほどかかりましょうか？　私にお支払いできますかどうか、やはり心得ておきませんと」

「考えてもみなされ、お主が買おうとしておるのは、お主の生命、またそればかりか名誉なのじゃ。この点がのみこめておるなら、このけっこうな二つのものの代償として、百エキュー以下の請求しかしないなどということがあってよいとお思いかの」

「百匹の悪魔にさらわれてしまえ！」顔を暗くして、ユスターシュはつぶやいた。「それでは身代かぎりをしても追っつきゃしない！……パンのない命、着る物のない名誉なぞ、何になろう？それに、これは信じやすい人間をだます香具師《やし》の空約束かもしれないじゃないか」

「支払いはあとでいいのじゃぞ」

「それなら、いくらか話にもなるが……で、結局、代金のかたには何が欲しいのですか？」

「お主の片手だけで」

「へえ、それでは……、いや、あなたのでたらめに耳を貸すとは、私も大馬鹿者だった！　あなたは予言なさったじゃないか、私が首吊縄で殺されると？」

「いかにも。そしてそれをいささかも取り消しはせぬ」

「とすれば、この決闘で、私はいったい何の恐れることがあるのです?」

「何もありはせぬ。ただ、多少の突き傷、切り傷をつけられて、魂の出口がますます広く開くだけの話じゃ……。そのあとで、お主は取り押えられて、生きていようと死んでいようと、やはり半十字架(絞首台)に、高く短く、法の命ずるところに従ってぶら下げられ、こうして、お主の宿命が成就するというわけじゃ。この理屈、おわかりかの?」

ラシャ商人は、わかったのなんの、同意のしるしにいそいそと奇術師に手を差しのべ、必要な金額をととのえるため十日間だけ待ってほしいと頼みこんだ。すると相手は、壁に支払いの日限を書きつけたうえで、これを諒承した。つづいて、コルネリウス・アグリッパとトリテミウス僧正(いずれも十五世紀から十六世紀にかけての宗教家)の注釈にかかる『大アルベルトゥス』(十三世紀の神学者、アルベルトゥス・マグナスの作とされる魔術書)の一巻を取り上げ、「一騎打ち」の項を開いた。そして、これから行なう彼の術には、何ら悪魔的なところがないのを、ユスターシュにいっそう納得させるために、自分は術中でも何の支障をひ《ひっ》き起こす心配もなしに、神への祈禱を唱えることができるのだ、と教えた。それから一つの櫃の蓋を持ち上げ、なかから素焼の壺を取り出すと、小声で呪文のようなものをつぶやきながら、どうやら例の本に示されているらしい種々の材料を、そのなかに入れてかきまぜたのである。それが終わると、彼はユスターシュの右手をとった。若者はいま一方の手で十字を切る。奇術師は、今調合したばかりの混合薬をユスターシュの右手に、手首のところまでべっとり塗りつけた。

つぎに、またもや櫃のなかから、油でねとねとするいとも古めかしい小瓶を取り出し、司祭が洗礼に用いる慣用句に似たラテン語の言葉を口にしながら小瓶をゆるゆると傾けて、何滴かの液体を若者の手の甲にふりかけた。

と、そのとたん、ユスターシュは腕全体に電撃のようなものを感じて、たじたじとなった。手首から先は、彼自身には、痺《しび》れているように感じられるのだったが、それでいながら、奇怪にも、まるで目をさました動物のように幾度か伸びちぢみして、その節々がぽきぽきと音を立てたのである。やがて、もう何の感じもしなくなり、血のめぐりも元にもどったようであった。するとゴナン先生は、これですっかり終わったと叫び、今や、宮廷や軍隊の「最も勇猛な羽根飾《つわもの》りども」に堂々と剣の勝負をいどみ、当時の流行で彼らの服にやたらとついている伊達《だて》ボタンのために、片っ端からボタン孔を開けてやれる、と言うのだった。

一〇　プレ＝オ＝クレール

その翌朝、四人の男がプレ＝オ＝クレールの緑こい並木道をつぎつぎと横切って、人目を十分に避けた手ごろな場所をさがしていた。南の端にある小さな丘のふもとに着くと彼らは球戯場の用地に足を止めた。心ゆくまで剣を交えるのに、これこそうってつけの場所と見たのである。そこでユスターシュとその相手は胴着を脱ぎすて、介添人たちは彼らの体を、しきたりどおり、「シャツの下、腿引《ももひき》の下まで」点検した。ラシャ商人は不安でないわけではなかったが、それにしてもジプシーのまじないを心から頼みにしていた。それというのも、人も知る、この時代ぐらい魔法やまじないや媚薬や「呪い」といったことが信じられていた時代はかつてなかったのであり、このため裁判所の記録簿がいっぱいになっているほどの数多い訴訟事件が生じたのだったし、あまつさえ、裁判官たちまでがこの一般的な軽信にくみしていたのである。

一エキューで新橋《ポン・ヌフ》の上からやとわれてきたユスターシュの介添人は、銃士の友人に挨拶し、いっしょに戦う気でいるのかと尋ね、先方が、その気はないと答えたので、これであとはどうでもよいとばかり腕組みをして、決闘者同士がすることを見物しようと後ろにさがった。

相手が剣をあげて挨拶をしたとき、ラシャ商人は胸のむかつく思いを禁じえなかったので、あえて答礼をしなかった。ユスターシュが、剣を大蠟燭のように前に突き出したまま、腰もすわらずに立ちすくんでいるので、根は悪気のない軍人は、かすり傷の一つも負わせる程度にしておこうときめてかかった。ところが、剣と剣とが触れ合ったとたん、ユスターシュは、自分の手首が前へ前へと腕を引き、猛烈な勢いで動きだすのに気づいたのである。いや、むしろ、腕の筋肉がぐいぐいと引かれるので、初めて手の動きがわかったというほうがよい。その動きには、まるで鋼鉄のばねのようなしなやかさと力とがこもっていた。そのため、軍人は、第三の打撃を手首もくじけそうになりながらからくも耐えたが、第四の打撃をくらって、剣を十歩も向こうへはねとばされ、一方ユスターシュの剣は、息をもつがず、そのまますするすると突き出されて、相手の胸板を柄《つか》も通れと、激しく差し貫いたのである。体をひらいて剣を突き出したわけではなく、手の思いもかけぬ痙攣《けいれん》に引きずられただけのユスターシュは、ばったりと前に倒れて、もしも相手の腹に支えられなかったら、頭が割れるところだった。

「ちくしょう、なんという腕っぷしだ！……」と兵隊の介添人が叫んだ。「あの若僧にかかってはトール＝シェーヌ騎士（樫の木をねじ切るほどの怪力のある巨人）でもかなうまい！　風格もなければ体格もよくないが、腕の強さとなるとガル（イギリス、ウェールズ地方）の国の弓よりも手きびしいぞ！」

とかくのうちに、ユスターシュは自分の介添人に助けられて起き上がってはいたものの、先刻からの事の成り行きに、しばし茫然と立ちつくしていた。しかし、ようやく物のあやめがつくようになってみれば、なんと足もとに銃士が横たわって、魔法の円のなかに釘付けにされた蟇《ひきがえる》さながら、剣で地面に串ざしになっているではないか。これを見たとたん、彼はあたふたと逃げだしてしまったのである。裾に切れ込みがあり絹の飾り紐のついた晴れ着の胴着を草の上に忘れたままで。

さて、兵隊はもうすっかりこときれていたこととて、二人の介添人にしても、その場に残っていてどうなるものでもないので、さっさと引き揚げていった。百歩ばかりも行ったころだったが、ユスターシュの介添人が自分の額をたたいて叫んだ。

「や、貸してやった剣を忘れていた！」

もう一人の男を先に行かせて、自分は決闘の場所へとって返す。そして死人のポケットを念入りに裏返しはじめたが、見つかった物といえば、さいころや紐の切れ端、角のすり切れたタロック・カードぐらいのものだった。

「何もない《フルーテイエール》！　つぎも何もない《フルーテイエール》！」と彼はつぶやいた。「こいつもまた、銭《ミション》も時計《トカント》もない奴だったか！　悪魔にさらわれちまえ《ル・グリエ・タントール》、火縄ぷうぷう野郎め！」

この文句のなかで、最後の言葉が死んだ銃士の身分を暗示していることだけは言っておくが、その他についての説明は、当代の百科全書的教養に期待して、筆者はごめんこうむることにする。

くだんの男は、売れば足のつく恐れのある制服はさすがに失敬する気になれず、軍人の長靴を脱がしただけであきらめると、それをユスターシュの胴着といっしょにマントの下にたくし込んで、悪態をつきつき立ち去っていった。

一一　去らぬ呪い

ラシャ商人は幾日も家にとじこもっていた。ほんのわずかな侮辱を根にもったばかりに、あの悲惨な死をひき起こし、しかも自分の用いた手段は、現世来世にわたって、天人ともに許さぬ呪われたものであったことを思うにつけ、胸が激しく痛んだのである。ともすれば、あれはみな夢だったという気がした。胴着を草の上に忘れて来て、「現に手もとにないという事実」こそ、逃げもかくれもできぬ「明々白々たる」証拠であったのだが、もしそれさえなければ、彼は自分の記憶がまちがっているということにしてしまっただろう。

とうとう、ある夕方、われとわが目ではっきり確かめてみようと考え、散歩するようなふりをして、プレ＝オ＝クレールに出かけていった。決闘の行なわれた球戯場が見えてきたとき、目の前がぼうっとなって立っていられなくなった。そこでは、代訟人たちがいつものとおり夕食前の球戯を楽しんでいた。そして、ユスターシュは、目にかかっていた靄《もや》が消えたとたん、彼らの一人の広げた足の間の平らな地面に、大きな血のあとがありありと見えたような気がしたのである。

身を震わせて立ち上がると、彼は足を速めて散歩場から出ていこうとしたのだが、太陽を見つめたあとでは身のまわりを鉛色の汚点《しみ》が長いあいだ飛びまわるのが見えるように、あの血の汚点が、形もそのままに、始終目の前に浮かんでいて、通りすがりに目をやる物すべての上に二重写しになって見えるのだった。

家に帰っても、どうもだれかにつけられていたような気がした。このときになって、初めて思いいたったのは、あの朝も、また今夜も、前を通って来たマルグリット王妃の館の家人《けにん》たちが、あるいは自分を見覚えているかもしれぬということだった。当時、決闘についての法律はけっして厳格に施行されてなぞいなかったとはいうものの、そのころは後世のように人々が廷臣に直接手だしすることはとてもできなかったのだから、彼らへの見せしめに、あわれな商人の一人くらい絞《しぼ》り首にするのも悪くないとされることだってありそうな話だ、と彼は思いめぐらした。

こういった考えや、その他さまざまな思いに、その夜はひどく寝苦しかった。ちょっとでも目を閉じようものなら、きまって無数の首吊台が彼に拳固をつきつけ、そのおのおのから吊られた綱の端にぶらさがって、死人が身をよじり物すさまじく笑うかと思えば、大きな月面を背景に、吊りさがった骸骨のあばら骨がくっきりと浮かび出てきたりするのだった。

だが、一つの名案が浮かんで、こうした「おどろおどろしい」幻をのこらず吹き払ってくれた。ユスターシュは、舅《しゅうと》の古くからの顧客で、彼自身もすでにかなり好意的な扱いを受けていた、あの民事代官のことを思い出したのである。ジャヴォットを、ごく幼い時分から知っていて、かわいがってくれていたのだし、グーバール親方のことも高く買っているのだから、少なくともこの二人のためにでも、自分をかばってくれるだろうと思われたので、彼は翌日この人に会いに行ってすべてを打ち明けようと心を決めた。あわれな商人は、これでやっと寝つくことができ、この良い決心を枕に、朝まで安眠したのだった。

その翌日、九時ごろに彼は法官の扉をたたいた。従僕は、てっきり彼が服の寸法とりにか、それとも何かを売りつけに来たものと思って、すぐに主人のそばへ通した。主人は、小枕つきの大きな肘掛椅子にそっくり返って、楽しい読書の最中だった。手にしていたのはメルリヌス・コッカイ（十六世紀、イタリアの諷刺詩人フォレンゴのこと）の古詩で、わけても、パンタグリュエルの雄々しい原型であるバルドの武勇伝や、それにもましてサンガル――この人物になぞらえて、あのようにたくみに作り出されたのが例のパニュルジュなのだが、そのサンガルの狡知と盗みの物語を、わくわくしながら読みふけっていたのである。

シュヴァシュー先生は、そのとき、サンガルが自分が金を払った羊を海にほうり込むと他の羊たちがみなあとを追う、というくだりにさしかかっていたが、ユスターシュがたずねて来たのに気がつくと、本を卓上に置き、いかにも上機嫌な面持で、出入りのラシャ商人のほうに向きなおった。

彼は相手の妻や舅の健康を尋ね、また、その新婚生活に関する俗な冗談のかぎりをつくして、相手をからかうのだった。若者は、こういう話題のあいだに、おりをとらえて話を自分の事件のほうにもってゆき、銃士との口論の一部始終を物語ったのだが、それを父親のような態度で聞いてくれる法官の様子に元気づけられて、とうとう事件がどんな忌わしい結末を告げたかまでも打ち明けてしまったのであった。

法官は驚いて彼を見つめるのだったが、それは、まるで相手が大市場場内商人ユスターシュ・ブートルー親方ではなくて、今読んでいた本に出て来るお人好しの巨人フラカスか、それとも兎《グレ》猟犬《イハウンド》を従えた忠臣ファルケでもあるかのようだった。それというのも、このユスターシュを疑っている向きもあることはすでに知らされていたものの、それでもやはり、このグリブイユ（愚かな人物の典型）かトリブーレ（ちびで太った人物のあだ名）もどきのちびの商家の「小僧っ子」が、国王の兵士を剣で串ざしにするという武勇をあらわせたなどという報告は、とても信用するわけにはいかなかったからである。

しかし、この事実をもはやそれ以上は疑えなくなったとき、法官は哀れなラシャ商人に、できるだけのことをして司直の探索をくらまし、事をうやむやにもみ消してやろう、と請け合ってやり、介添人が彼を告発したりするようなことでもないかぎり、遠からず心安らかに「首輪を免れた」日々を送れるようになろうと約束した。

シュヴァシュー先生は、大丈夫だという約束を繰り返しながら、戸口のところまで彼を送って来てくれたが、うやうやしく暇乞《いとまご》いをしようというまさにそのとき、ユスターシュはいきなり相手に顔もひんまがるほどの平手打ちをくわせたのである。その平手打ちのみごとさといったら、顔がパリの楯章のように、半分は赤、半分は青になってしまうほどだったから、法官は「鐘を鋳出しそこねた鐘鋳造《かねつくり》人よりも」もっとびっくりし、口を一尺か二尺も開けたまま、舌を抜かれた魚同然、何ひとつ物も言えないありさまであった。

われとわが振舞に、恐れおののいたユスターシュは、シュヴァシュー先生の足もとに身を投げると、何とか身のあかしをとおろおろしながら、世にも哀れっぽい声で非礼をわび、今のは思いもかけず腕がひきつってしでかしてしまったことで、その気でしたことではけっしてないのだから、なにとぞ神のお慈悲を垂れていただきたい、とかきくどくのだった。老人は、怒るよりも驚きが先に立ち、彼を助け起こしてやった。ところが若者は、やっと立ち上がるやいなや、今度は手の甲で、さきほどの平手打ちと好一対の一撃を、法官のいま一方の頬にくわせたのだが、その激しいこと、五本の指の跡が深いくぼみになって、そのまま指の鋳型にでも使えそうであった。

今度こそ、もう我慢ができなくなったシュヴァシュー先生は、召使を呼ぼうと呼び鈴のところへ駆けよった。だが、ラシャ商人は、そのダンスを続けながら、彼に追いすがる。こうして、実に奇妙な光景が展開することになった。この不幸な男は自分の庇護者にこっぴどい平手打ちをくわせては、そのたびに、あわてふためいて涙ながらの言い訳をし、声をつまらせて許しを乞うのだったが、その言うことと、その振舞との対照は、まったく愉快だったのだから。それにしても若者は、何とか自分の動きを止めようと努力するのだが、手のほうが彼をひきずって跳ねまわらせてしまうので、どうにもならず、まるで大きな鳥の足にゆわえた紐をつかんでいる子供のよう。鳥はこわがる子供を部屋じゅう引っぱりまわすが、子供は、いっそ鳥を放してしまうこともできず、また引きとめておく力もない。こうして、不運なユスターシュは自分の手に引っぱられて民事代官を追いまわし、代官はテーブルや椅子のまわりを廻りながら、怒りと痛さにたえかねて、鈴を鳴らし、叫び声をあげるのだった。とうとう、従僕たちがはいって来て、ユスターシュ・ブートルーをつかまえて、息が詰まり気も遠くなりかけている彼を投げ倒した。白魔術など、およそ信じていなかったシュヴァシュー先生にしてみれば、何か自分にはわからぬ理由からこの若者に愚弄され、痛めつけられたとしか考えようがなかった。そこで彼は警吏を呼ばせると、決闘で人を殺し、また法官に対し、その自邸において殴打暴行を加えるという、二重の罪を犯したかどで、ユスターシュを引き渡してしまったのである。ユスターシュは、自分が入れられる石牢を開く閂《かんぬき》のきしりに、やっとわれにかえった。

「私は無実です!……」と、彼は自分をなかに押し込もうとする獄吏に叫んだ。

「ちぇ、べらぼうめ!」と、その男はにべもなく言い返す。「ここに入る奴にかぎって、みんな自分は無実だとぬかしやがる」

一二　アルベルトゥス・マグナスのこと死のこと

ユスターシュがほうり込まれたのは、シャトレの獄房の一つで、シラノが、こんなところにいる私を見たらだれしも私のことを吸い玉をかぶせられた蠟燭*だと思うだろうと、述べているような場所であった。

「もしも奴らが」と、シラノは、ぐるりと一回転しただけで隅々まで見てとってしまってから、付け加えている。「この石の衣を着物のかわりにくれたのなら広すぎるし、墓のかわりだというなら狭すぎる。そこでは、虱《しらみ》が体より長い歯を持っているし、身の外にあるといっても内にあるのとつらさは変わらぬ石の病（胆石病と石牢の苦しみ）に、人はたえまなく苦しめられるのだ」（シラノ・ド・ベルジュラック作『日月両世界旅行記』）

こういう場所で、われらの主人公はゆっくりとわが身の不運を思いめぐらし、あの奇術師から受けた宿命的な助力を呪うことができた。思えば、あの奇術師の力を借りたばかりに、自分の四肢の一つが本来の頭脳の支配をはなれ、そこから、あらゆる混乱がいやおうなしに生じたのだ。こういうおりであったから、ある日、その奇術師が石牢へ降りて来て、穏やかな口調で、居心地はどうかと尋ねるのを見たとき、彼の驚きはたいへんなものであった。

「おまえなんぞ、悪魔におのれの腸《はらわた》でぶら下げられてしまえ！　性悪のほら吹き、人に呪いをかける奴め！」とユスターシュは言った。「おまえの罰あたりの魔法の報いにな！」

「これはしたり」と相手は答える。「お主が十日目に約束の金を持ってまじないを解きに来なかったのを、わしのせいにするのか？」

「ああ！……だが、あなたにそんなに早く金がいるなんて思いもよらなかった」とユスターシュはいくぶん声をやわらげて言った。「物書きのフラメル（パリの大学書記で、錬金道士）のように、好きなだけ黄金が造れるあなたなのに？」

「どうして、どうして！」と相手が言う。「まるっきり逆じゃよ。なにもかも軌道にのってきておるのじゃから、いずれおそらく、この錬金の大秘法《グラントウーヴル》に達することもできようが、今のところは純金をきわめて純良な鉄に変えることにしか成功しておらぬ。これは偉大なライムンドゥス・ルルス（中世の神秘家、錬金術士）が、その生涯の末年に発見した秘法じゃがの……」

「ごりっぱな学問ですて！」とラシャ商人が言う。「ところで、ここへ来なすったのは、つまりは私をここから出して下さろうというのですかい。いやはや！　ごもっともなことで！　私はもう、そんなことなぞ、ほとんどあてにしてはいませんでしたがね！」

「それについては、たしかに、具合の悪い点があるのじゃよ、お主！　じゃがの、まったくの話、わしは近いうちに、鍵などなくともまんまと扉を開け、自由に出入りできるようにはなるつもりじゃ。そんなことがどうすればできるか、これから教えて進ぜよう」

こんなことを言いながら、ジプシーはポケットから例のアルベルトゥス・マグナスの書物を取り出し、持って来た角燈の光で、つぎのような一節を読み上げた。

悪者ドモ、家屋ニ侵入セントシテ用ウル
効験アラタカナル手段
絞刑囚ヨリ、手首ヲ、アラカジメ死ニ先立チテ買イトリオキ、コレヲ死体ヨリ切リトリ、心シ

＊（55頁）瀉血のために皮膚に傷をつけ、蠟燭を入れたガラスの吸い玉をあてがうと、やがて火は消えるが、玉の中の気圧がさがり、血を吸い出す。したがって、ここでは閉じこめられている姿のたとえであるだけでなく、風前のともしびという意味がこめられている。

テ拳ヲホボ握ラシメタルママ、じまっくト硝石トヲ脊椎骨ノ脂肪ト共ニ容レタル銅鉢ノ中ニヒタス。鉢ヲ、羊歯トクマツヅラトヲ燃ヤス明ルキ炎ノ上ニ置ケバ、カクスルコトニヨリ、十五分ノノチニ、手ハ完全ニ乾燥シ、長キ保存ニモ耐ウベシ。次ニ、アザラシノ獣脂トらぽにいノ胡麻《ごま》ニテ蠟燭ヲ造リ、火ヲ点ジ、カノ手首ヲ燭台トシテコレヲ立テル。シカルトキハ、コレヲ前ニカザシツツ行クトコロ、コトゴトク桟ハ落チ錠前ハ開キ、出会ウ者、コトゴトク不動金シバリトナル。

カクノゴトク整エラレタル手首ハ、『栄耀ノ手《ラ・マン・ド・グロワール》』ノ名ヲ与エラルルモノトス。

「何ともはや、ごりっぱな思いつきだ！」とユスターシュ・ブートルーは叫んだ。

「まあ、待ちなされ、お主はわしに手を売ったわけではないが、とりきめた日に質物をうけ出さなかったのじゃから、手は今ではわしのものじゃ。その証拠には、ひとたび期限が切れてからは、手は、おのれにとりついた霊の命ずるままに、このわしがなるべく早く利用できるよう振舞ってきたではないか。明日は最高裁判所がお主に絞首刑の判決をくだし、明後日にはその宣告が執行される。その晩にも、わしは、待ちに待った果実を摘みとって、しかるべき処置をほどこすことになる」

「そうはさせないぞ！」とユスターシュは叫んだ。「明日になったらすぐ、この秘密を『お歴々』に、すっかりばらしてやるからな」

「おや！　それはけっこうじゃ、まあやってみることじゃな……ただし、そうなればお主、魔法を使ったかどで生きながら火あぶりにされて、あらかじめ悪魔どのの焼串の味に親しんでおくということになるがのう……。しかし、それとても、ありえないことじゃろう。お主の星占《ほしうら》は絞首台と出ていて、何ものをもってしても、お主にそれを免れさせることはできぬのじゃからのう！」

するとユスターシュは、涙をぽろぽろこぼし、大声で泣きだしてしまったが、その姿はいかにも憐れだった。

「まあ、まあ！　お主」とゴナン先生は優しく彼に言った。「どうにもならぬ運命に、なぜそうさからおうとしなさるのじゃ」

「だって！　言うはやすしですよ」とユスターシュはしゃくり上げて言う。「でも、死が、もうそこまで来ている今となっては……」

「おい、おい！　死がいったい何じゃ、そんなに驚くほどのことがあるのか？……。わしには、死など蕪《かぶら》も同然じゃ！『どんな人も、死すべき刻《とき》が来ないうちは死なない』と、悲劇作家セネカも言っておる。そもそも、お主ひとりが、あの獅子っ鼻の奥方（死の女神）の家来なのか？……。わしとて同じこと、どいつもこいつも、また、あいつも、マルタンも、フィリップもな！……。死はなにものをも顧慮しない。非常に大胆じゃから、法皇も皇帝も王様も、奉行や警吏やその他の有象無象も同様に、なんのへだてもなく刑をくだし、殺し、連れて行く。で、あってみれば、ほかの連中がやがては一人のこらずすることを、一足先にするからといって、悲しんではいけない。彼らの立場は、お主のよりももっと痛ましいのじゃ。なぜかというに、死がつらいものだとしても、それは死なねばならぬ者にとってだけのこと。で、お主はもう一日だけこのつらさを味わえばよいのじゃが、ほかの連中の大部分は、二十年から三十年、さらにその上も、これを味わいつづけねばならぬ。

ある昔の人（セネカ）は『生命を与えた最初の時が、同時にその生命を刻みはじめた』と言うておる。お主は生きているかぎり死のなかにある。というのは、もはや生のなかにいなくなったときには、死の向こう側に出ているからじゃ。いや、もっとうまい言葉ではっきり言ってしまえば、生きようが死のうが、死はお主とはかかわりがないのじゃ。生きている以上はお主は死んでおらぬのじゃし、死んでしまえばお主はもはや存在しないのじゃから！

どうか、まあ、こういった理屈で満足して、このアプサントを顔もしかめずに飲みほす勇気をふるい起こしてもらいたいものじゃ。今からそのときまでのあいだは、ルクレティウス（前一世紀ごろのローマの詩人）のみごとな一句にでも、心をこらしてみるがよい。こんな意味の詩句じゃ。

『できるかぎり長生きをしてみても、死の永遠性からは何ひとつ奪うわけにはゆかぬ！』」

こんなふうに、古人今人の名句の粋をすぐり、たくみをこらし、当世風にこじつけて聞かせたあとで、ゴナン先生は角燈をふたたび取り上げ、石牢の扉をたたくと、牢番が来てそれを開け、四人の上には、またしても暗闇が鉛のマントのように落ちかかった。

一三　ここで作者が口をはさむ*

ユスターシュ・ブートルーの裁判について、あらゆる細かな点までお知りになりたい方々は、パリ最高裁判所主要判決集のなかに、その書類を見いだされるであろう。判決集は原稿保存館にあって、そこのパリス氏は、いつもながらの親切な態度で、研究の便宜をはかってくれるはずである。この裁判記録は、アルファベット順で、ブートヴィル男爵の裁判記録のすぐ前に収録されているのだが、それがまた珍しい事件であるというのは、ビュシ侯爵との特異な決闘事件だからで、ブートヴィル男爵は、ことさらに法律を犯そうとわざわざロレーヌからパリへ出て来て、（一六二七年の）復活祭当日の午後三時、ところもロワイヤル広場で戦ったのであった。だが、それは、いま述べていることとは別の話。ユスターシュ・ブートルーの裁判で問題にされているのは、決闘と民事代官への暴行だけであって、この騒ぎの一切の原因をなした魔法のまじないについては云々されていない。しかし、ほかの訴訟書類に付けられた注には、『ベルフォレ悲史集』（ラ・エー版。ルーアン版は不完全）を参照するように、とある。これからお伝えせねばならぬ事の委細は、ここに記されてあって、ベルフォレは、この事件に、いみじくも「魔に憑《つ》かれた手」という題をつけているのである。

＊ここで語られている諸文献の記載については、ネルヴァルの創作であろうと思われる。ただしブートヴィル男爵の事件は実際にあったことで、男爵は禁を犯して決闘したかどで、斬首の刑を受けた。歴史家フランソワ・ド・ベルフォレは年代は合わないが、『バンデルロ悲史抄』なる著作はある。

一四　結末

処刑の日の朝、それまでのところより明るい独房に移されていたユスターシュは、一人の教誨《きょうかい》僧《そう》の訪問を受けた。僧は何やら慰藉《いしゃ》の説教をぶつぶつと彼につぶやくのだったが、その言葉の大仰さは、あのジプシーの慰めの言葉に劣らず、効果のほどもまずそれ以上ではなかった。いくつかの名家では、一門の子弟の一人を僧籍に入れ、家名をなのる聖職者にしているものだが、これもそういう名門出の僧で、刺繍《ししゅう》をした胸飾りをつけ、蠟で固めた顎《あご》ひげは紡錘の先のような形によじ合わせ、左右一対の口ひげはいわゆる「鈎ひげ」で、それをいかにも粋にはね上げ、髪はというとひどくちぢれており、そして言葉つきに優しい感じを出そうとして、ことさらにねちっこいしゃべり方をするのだった。こんな軽薄で「おしゃれ」な様子を見て、ユスターシュは、とうていこの男に自分の罪過のすべてを告白する気になれず、罪の許しをいただくのは、自分自身の祈りの力に頼ることにした。

僧は彼に罪障消滅《アブソリュシオン》の宣告を授けたが、そのあと二時までは死刑囚のそばについていてやらねばならないことになっていたので、それまでの時を過ごすために、『悔悟せし霊魂の涙、別題おのが神への罪人の帰還』という書物を見せてくれた。

ユスターシュはその本の王による刊行允許《かんこういんきょ》の個所を開いて、大いにしかつめらしく読みだし、「ふらんす及ビなゔぁーるノ王、あんり、ワガ愛スル忠誠ノ臣、云々」から始めて、「カカル諸理由ニモトヅキ、該陳情者ヲ恩恵ヲモッテ遇セント欲シ……」のくだりまで読んでいった。が、ここで彼はあふれる涙をこらえきれなくなり、これは実に胸にせまる本で、このうえ読むと、もうどうにもたまらなくなってしまいそうだから、と言って、書物を僧に返した。すると教誨僧はポケットから彩《いろど》りも美しいトランプを一組取り出し、自分の告解者に向って、すこしばかり勝負をしようと申し出て、かねてジャヴォットが何か気晴らしになるものが手にはいるようにと差し入れてくれたわずかばかりの金を、この勝負でまき上げてしまった。あわれな男の心はゲームどころではなかったわけだが、それに、いまさら金をなくしたからといって、何の痛痒《つうよう》もなかったのも事実である。

二時になると、彼は歯の根も合わぬほどぶるぶると震えながらシャトレをあとにし、ドーフィーヌ街の入口になっている二つの拱門《アルカード》と新橋《ポン・ヌフ》の橋詰との間にあるオーギュスタン広場へ連れて行かれ、ここでかたじけなくも石の首吊台と対面した。彼はかなりしっかりした足どりで梯子をのぼったが、それは、この処刑の広場は最も人出の多い広場の一つで、大勢の人が彼を見まもっていたからだった。とはいえ、この大きな「虚無へのジャンプ」をするにあたっては、だれしもなるべくたくさん後ずさりしてはずみをつける必要があるわけで、今や、首吊役人が、縄をまるで金羊毛（容易に得がたい宝物）でもあるかのようにもったいぶって——というのが、この連中は公衆の面前で職務を執行する際、とかく、実に手ぎわよく、見た目もあざやかに、やってのけたがるものだからだが——罪人の首にかけようとしたときに、ユスターシュは口を開いて、聖イグナティウスと聖ルイス・デ・ゴンザーゴへ早口で祈禱を唱えるわずかのあいだ待ってもらいたい、この一六〇九年に福者の列に加えられたばかりの方々なので、すべての聖者たちのうちでも、お祈りをいちばんあとまわしにしておいたから、と懇願した。しかし、首吊役人は、こうして集まっている観衆にはそれぞれ仕事があるのだから、たかが一人の首くくりぐらいのささやかな見世物のために、そうそう待たせるのは具合が悪い、と答えた。そして縄をひきしぼって、彼を梯子から突き放したので、縄はユスターシュの抗弁を言葉半ばで断ち切ってしまった。

確かな話だとして言われているところによれば、すべてが終わったかに見え、首吊役人も家へ引き揚げようとしたとき、シャトー＝ガイヤールの、この広場に面した側の窓孔の一つに、ゴナン先生が姿を現わした。するとたちまち、ラシャ商人の体はもうすっかりだらりとなって、生気もなかったのに、その腕がおのずと持ち上がり、そして手が、主人にめぐり合った犬の尾のように、さもうれしげに揺れ動くのだった。このため群衆の間から驚きの長い叫び声が起こり、すでに引き揚げようとして歩きだしていた連中も、もう一幕残っているのに芝居が終わったと思って席を立った観客よろしく、大いそぎで引き返して来た。

首吊役人はふたたび梯子を立て直し、吊り下がった男の踝《くるぶし》の後ろを探ってみた。脈はもはや打ってはいない。動脈を切った。血は少しも流れぬ。それでいながら、腕だけが相変わらず勝手気ままに動き続けているのだった。

赤衣の首吊役人はいささかも驚かなかった。見物人たちの大喚声をあびながら、屍体の肩に登りにかかった。ところが、例の手が、彼のにきびっ面に、シュヴァシュー先生のときと同じ失礼な振舞に及んだからたまらない、首吊役人は悪態の叫びを挙げて、いつも服の下に持ち歩いている大ナイフを抜くと、この「魔に憑かれた手」を二打ちで斬り落とした。

手は驚くほど高く飛び上がると、血にまみれて群衆のただなかに落下し、人々は恐れおののいて二つに分かれる。すると手は、しなやかな指ではずみをつけてさらに何度も飛び跳ね、一跳ねごとに人々が左右に分かれてできる広い通路を進んで、ほどなくシャトー＝ガイヤールの小塔の下に着いた。そして、なおも指で、まるで蟹《かに》のように、壁の凸凹や割れ目にとりつき、こうして、ジプシーの待つ窓孔のところまで登っていったのである。

ベルフォレは、この奇怪な帰結で筆をとどめ、つぎのような言葉で結んでいる。「コノ椿事《ちんじ》ハ、注釈・注解・評釈ヲホドコサレテ、常ニ奇談怪談ヲ求ムルコト熱烈ナル一般庶民ノミナラズ、長ク上流人士ノ話題トモナリタルモノ。シカリトイエドモ、コレ、オソラクハナオ子供ダマシノ炉辺ノ『ホラ話』ノ一ニシテ、謹厳、沈着ナル人ノ軽々ニ受ケ入ルルベキモノニアラズトイウベシ」


（入沢康夫＝訳）

死霊の恋

テオフィル・ゴーティエ

テオフィル・ゴーティエ

一八一一―一八七二。タルブ生まれの詩人・小説家。初めは画家を志すが、ユゴーを識って文学に転じた。ユゴーの『エルナニ』をめぐる擬古典派との争いではロマン派の先頭に立って、決定的な役割を果たす。詩集に、『螺鈿七宝集』、小説に『モーパン嬢』(その序文は芸術至上主義の宣言として名高い)、『ミイラ物語』『カピテーヌ・フラカス』『千二夜目のシェーラザード』、「冷笑小説」の副題を持つ『青年フランス派』などがある。ボードレールが『悪の華』をゴーティエに捧げていることもよく知られていよう。

わしに恋をしたことがあるかとおっしゃるのですか、同門の衆。それはないこともない。しかも、実に奇妙な、恐ろしい恋でしたよ。あれを思い出すと、六十六歳になった今日でも、身の毛がよだつくらいですわい。あなたのおたずねには、なんでも隠さずにお答えしたいと思うが、こういう話になると、なかなか世馴《よな》れない連中には、打ち明けられることではないでのう。まったく、わしの身にああいうことが起こったとは、われながら嘘のような気がする、ほんとに奇怪きわまる事件でしたよ。三年以上も、悪魔的な、あやしいまぼろしに取りつかれましてのう。見る影もない田舎坊主のわしは、夜ごと夜ごとの夢のなかでは、――ああ、あれが夢であったのは、ありがたい仕合せ！――堕地獄の、俗臭ふんぷんたる、まるでサルダナパロスばりの生活をしていたものです。ひとりの女に、ただいちど、切ない恋の眼をむけたばっかりに、あやうく魂をほろぼすところでしたわい。だが、神さまと聖なる救い主《ぬし》のおかげで、わしの魂をがっしりおさえつけていた悪の精霊を、ようやく追っぱらうことができました。わしの生活は、夜と昼とでまったくちがう様相から、それこそ複雑怪奇をきわめましてのう。昼は信仰のあつい主《しゅ》のしもべで、祈禱と聖務のほかに余念もなかったのですが、日が暮れて、瞼《まぶた》をとざすかとざさないうちに、女心を知りぬいた若い城主となって、たくさんの犬や馬を飼い、博打《ばくち》もうてば酒ものむ、破戒無慙《はかいむざん》のおこないをしました。夜があけて眼がさめると、かえってふかい眠りにおちたように、司祭をつとめるのが、夢のなかのこととしか思われませんでした。しかも、夢のなかの生活は、わしの胸に事実や言葉の忘れがたい思い出を残しましてな。わしは司祭館の塀《へい》のそとへは一歩も出たことがなかったのですが、わしの話をきくものは、あらゆる放蕩《ほうとう》をやってのけて世の中に見切りをつけた男が、修道にはいって、あわただしい一生の残りを、神さまのみ胸のなかで終えようとしている、と思ったかも知れません。これが森の奥の人知らぬ司祭館で、当世のこととはまったく没交渉で暮らしてきた、あわれな神学生の古手だとは、とうてい想像もつかなかったでしょう。

そうです。わしは世の中の誰ひとり知るはずもない、けたはずれの恋をしたのでした。不条理で、気違いじみた、よくもこの胸がはりさけなかったと、われながらおどろくほどの、はげしい恋をな。ああ、なんという恋でしたろう！　なんという恋でしたろう！

わしはごく幼少のころから、神さまにつかえることを天職と心得ていました。じゃによって、勉強もそのほうのことばかりに熱中し、生活も、二十四歳の年まで、修業修業の明け暮れでした。神学の課程を終えると、小さい品級《ほんきゅう》をつぎつぎとわけなく越えてゆきました。それで、長上の方々は、わしがまだ年もいたらぬのに、最後の恐ろしい段階をひとまたぎする資格があるとお考えになりました。そして、わしの叙品式《じょほんしき》は復活祭の週におこなうということにきまりました。

それまで、わしはいちども世間へ出たことがありませんでした。世間といえば、わしには、中学や神学校の塀のなかだけでした。わしはこの世に女というものがいることを、おぼろに聞き知っていましたが、別段気にとめて考えることもしませんでした。つまり、純潔そのものだったのですな。年をとった病身の母とは、一年に一度か二度しか顔をあわせませんでしたが、そととの交渉といえば、ただそれだけでした。

　だから、わしは取り返しのつかぬ誓約を前にしても、未練がましい気持は少しもなく、いささかもためらうところはありませんでした。心のなかは喜びと待ちどおしさでいっぱいでした。どんなに若い花婿でも、あれほど有頂天になって時間をかぞえたものはありますまい。わしはろくろく眠りもせず、ミサをとなえる夢さえ見ました。神に一身をささげることは、世にもたぐいなく立派なことに思われました。王さまや詩人になれと言われても、わしはことわったでしょう。わしの野心はほかのことを考えもしなかったのです。

　こういう話をするのも、その後わしの身に起こったことが、どんなに予期せぬことだったか、またわしがどんなに不可解な幻想に苦しめられたかを、お知らせしたいからなのです。

　いよいよ晴れの日となりました。わしは宙に浮いたか、肩につばさでもはえたかのように、かるがるとした足取りで教会へ向かって行きました。まるで天使にでもなったような気持。仲間の連中が暗いわびしげな顔をしているのに驚いたものでしたよ。というのは、叙品式に出るものが五、六人いたからです。前の晩は祈禱にあかし、ほとんど法悦とでも言いたい気持ですごしました。年老いた司教猊下《げいか》は、身をかがめてわしの永生を見守ってくださる、天の父とすら思われました。そして、わしは教会の円天井のなかに天を見たのでした。

　あの儀式はあなたもくわしくご存知ですな。授福式《じゅふくしき》と、二種の聖体拝領と、洗礼志願者の聖油を掌《てのひら》ですりつける抹油式《まつゆしき》、最後に司教猊下といっしょにとなえるミサの聖餐《せいさん》。そういうことはあまりくどくど申し上げますまい。しかしヨブの言葉は真をうがっておりましたな。自分の眼と契約を結ばぬものは、じつに粗忽《そこつ》と言わなければなりません。わしはそれまで伏せていた眼をなにげなくあげたのですが、そのとたん、すぐ前に、ほとんど手でさわることもできそうなところに、と申しても、実際にはかなり離れていて、手摺《てすり》の向う側だったのですが、ひとりの世にも稀《まれ》なくらい美しい、そして、どこのお姫《ひい》さまかと思われるほど立派ななりをした、若い婦人を見てしまったのです。そのときの気持を申せば、眼のうろこがはがれたとでも言いましょうか、まるで盲目が急に見えだしたようなものでした。今まで光り輝いていた司教は急にどこかへ消え、黄金の燭台の大蠟燭《ろうそく》も、朝日に照らされた星のように影がうすれ、お堂のなかは隅から隅まで真暗になってしまいました。そして、その真暗ななかに、かのうるわしい婦人だけが、天使の姿のように、くっきりと浮かんでいました。その姿は自分自身の光に照らされて、ほかから光を受けるより、むしろみずからあたりを照らすと言いたいくらいでした。

わしは眼を伏せました。外物の影響をこうむらぬように、二度と眼をあげまいとかたく心に誓いましてな。と申すのも、わしはだんだん気が散りはじめて、自分のしていることすらろくに分からなくなってきたからです。

だが、一分もすると、わしはまた眼を開きました。例の婦人が七色の虹をまとい、太陽を見つめたときのように、赤い後光につつまれて、睫毛《まつげ》のうらに光り輝くのが見えたからです。

ああ！　その人はなんと美しかったことでしょう！　えらい画家たちは理想の美人を天にさがして、マドンナの神々しいお姿を地上にもたらしましたが、あのような、この世ならぬ現実には、遠くおよびもつきませんわい。詩人の文句も画家の筆も、あの人を想像ささえさせることはできますまい。かなり背が高く、態度といい物腰といい女神にもひとしい人でした。髪は色のうすい金髪で、それを頭のてっぺんで二つに分け、まるで黄金の流れのように、両方の頰へ垂らしていました。王冠をいただいた女王さまと言いたいくらいでした。額はうすい青味をおびて、透きとおるように白く、弓形《ゆみなり》のふたつの睫毛のうえにゆったりとさわやかにひろがっていました。その睫毛がまた、不思議なことに、ほとんど鳶色《とびいろ》で、じっと見つめていられないほど生き生きと光り輝く海緑色の瞳《ひとみ》をいっそう引きたてていました。何という眼でしたろう！　ただ一瞥《いちべつ》で、男の運命をきめてしまう眼、今までどんな人にも見たことのない、活力と、さわやかさと、熱気と、つやつやしたうるおいとをもった眼でしたよ。そして、その眼から、矢のような光がほとばしり、それがわしの胸に突きささるのを、わしははっきり見てとりました。その眼を輝かす光が天国から来たのか地獄から来たのか分かりませんが、たしかにそのどちらかから来たにちがいありません。あの婦人は天使でなければ悪魔でした。おそらくその両方だったかも知れません。たしかに、人類共通の母であるイヴの胎内から生まれたものではありますまい。美しい真珠のような歯が、真赤な唇の微笑のなかにきらめき、口元のうごくたびに、愛くるしい頰の桃いろの繻子《しゅす》のなかには、小さいえくぼがいくつもできました。瑪瑙《めのう》の珠が、なかばあらわれた肩の、なめらかであでやかな肌にたわむれ、あわい褐色で、ほとんど襟筋《えりすじ》とおなじ色の大きな真珠の頸飾りが、胸に垂れていました。あの人はときどき顔をあげましたが、その動作がまた、首をそらす孔雀《くじゃく》か、鎌首をもたげる蛇のようにしなやかでした。そして、銀の格子のように頸を取り巻いている、透かし模様の刺繡《ししゅう》をした襞襟《ひだえり》を、軽くふるわせました。

橙紅色のビロードの長衣の、貂《てん》のうらをつけた広い袖からは、かぎりもなく上品な貴族風の手がのぞいていました。指は長くふくよかで、オーローラの女神の指さながらに、陽の光をとおすほど透きとおっていました。

わしの眼には、そういうこまかい節々まで、まるで昨日のことのように、いまだにはっきりとうつっています。あのとき、わしは心も空《うつ》ろに取りみだしていたのに、なにもかもはっきりと眼に見えたのでした。ほのかな頬の色合や、頤《おとがい》のすみの小さい黒子《ほくろ》や、唇のわきのあるかなしの産《うぶ》毛《げ》や、額のつややかさや、頬にふるえる睫毛の影や、わしはなにもかも驚くほどはっきりと見たのでした。

その婦人をそういうふうにじっと見つめているうちに、わしは今まで閉じていた心のなかの扉がつぎつぎと開いてゆくように思いました。かたく閉じていた天窓がどこもかしこも広く開けはなされて、夢にも知らなかった眺望をのぞかせました。人生はまったく別の姿をしてわしの眼前にあらわれ、新しい思想の世界に生まれ変ったようでした。そうすると、恐ろしい苦悶《くもん》が心臓をしめつけはじめて、流れ去る一分一分が一秒とも一世紀とも思われるのでした。けれども、儀式は進んでゆきました。そして、新しく生まれた欲望が必死になってもがくにもかかわらず、わしはこの世界から遠く遠くはこばれてゆきました。そして、わしは「はい」と言いました。ほんとは「いやだ」と言いたかったのです。そういうわしの言葉が魂に向かってふるう暴力に対して、心のなかのすべてがはげしく反抗して異議をわめきたてました。なにか分からぬ力が、わしの喉から不本意な言葉をもぎとったのです。考えてみると、たくさんの若い娘が人からおしつけられた婿をきっぱりはねつけようと、かたい決心をしながら祭壇へ進んでゆくが、一人としてそうした計画を実行できないのも、おそらく、あのときのわしとおなじことなのでしょう。それからまた、たくさんのあわれな修練者が、誓約をたてるときになったらずたずたにひきちぎってやろうと思いきわめながら、やはり渡されたヴェールをかぶってしまうのも、そうなのでしょう。大勢の人の見ている前で大騒ぎをしでかしたり、たくさんの人々の期待を裏切るのは、なかなかできないことです。それに、まわりの人々の意志や眼《まな》ざしが、まるで鉛の外套《がいとう》のように、重くのしかかっていますからね。それに、準備万端、ちゃんと手筈《てはず》がととのい、だれが見ても動きのとれないほど、すっかりお膳立てができていますから、ご当人の考えなど、そうしたまわりの圧力におしひしがれて、へたへたとまいってしまうのですわい。

例の美しい婦人の眼つきは、儀式が進むにつれて次第に表情を変えていきました。初めはやさしくしっとりとしていたのが、しまいには心のなかを分かってもらえなかったのを怒るように、軽蔑と不満を表わしてきました。

わしは僧侶になりたくないと叫ぶために、山を動かすほどの努力をしました。だが、およびませんでした。舌が上顎《うわあご》にひっついてしまって、ちょっと一言でも気持を表わすことができませんでした。まるで、眼がさめていながら悪夢のなかにあるように、一言叫べば命が助かると思いながら、その一言がどうしても出なかったのです。

あの人は、わしのそうした苦しみを察したように、気高い約束のこもった流し目をよこしてくれました。その眼はまるで詩のよう、眼ざしのひとつひとつが歌になるかと思われました。

あの人はわしにこう言っていました。

「もしもあたしのものになる気がおありなら、神さまご自身が天国へあなたを迎えるよりもずっと幸福にしてあげましょう。天使すらうらやむ身分にしてあげましょう。あなたの身体を包もうとしている、その不吉な屍衣《しい》を破っておしまいなさい。あたしは美と若さと命です。あたしのところへいらっしゃい。ふたりは愛そのものになりましょう。エホヴァは献身の代償になにをくれるか分かりはしませんよ。ところが、あたしたちの生活は夢のように流れ、永遠の接吻にほかならないでしょう。その聖杯の葡萄酒をまきちらしておしまいなさい。すぐに自由の身になりますよ。そうしたら、あなたを人の知らない島々へつれてゆきましょう。あなたは金無垢《きんむく》の寝台で、銀の天蓋のしたで、あたしの胸を枕に眠るでしょう。あたしはあなたが好き、あなたを神さまから横取りしたい。今までどれほどたくさんの気高い心が神さまの前で愛の涙を流したかしれないのに、その涙は神さまのところまでとどかなかったのですわ」

わしには、こういう言葉がかぎりもなく美妙な韻律にのって聞こえてくるような気がしました。なぜと申して、あの人の眼ざしはほとんど音をもつかと思われるほどで、その眼がわしへ送ってよこす言葉は、まるで眼に見えない口が心へ吹きこんだように、わしの胸の奥に鳴りひびいたからです。わしは神を捨てる覚悟がすっかりできたような気がしました。だが、それにもかかわらず、儀式の順序を機械的に済ませていきました。あの美人は、もう一度、哀願するような、必死の眼ざしを送ってよこしました。わしはするどい刃で心臓を刺しぬかれたよう、苦悩の聖母よりもたくさんの剣で胸をえぐられるかと思いましたわい。

だが、万事窮《きゅう》す。わしは僧侶になってしまいました。

どのような人の顔でも、あれほど痛ましい苦悩に染められたことはありますまい。花婿が突然足もとへ倒れて死ぬのを見た娘でも、空になった子供の揺籃《ゆりかご》のそばに立つ母親でも、楽園から追いはらわれたイヴでも、財宝のかわりに石ころを見いだした守銭奴でも、かけがえのない傑作の原稿を火のなかに取りおとしてしまった詩人でも、あれほどうちのめされた、悲しい様子はできなかったでしょう。うるわしい顔からは血の気がうせて、大理石のように真白になり、美しい腕は筋がほぐれたように、ぐったりと垂れてしまいました。そして、よろよろとうしろの柱によりかかりました。足の力がぬけて立っていられなくなったのでしょう。わしのほうも、顔は真蒼《まっさお》になり、額は磔刑《たっけい》の丘のイエスさまよりも血みどろな汗にまみれ、よろめきながら玄関のほうへ歩いてゆきました。息がつまり、円天井が肩のうえへくずれてきて、わしの頭だけでその重みを支えているような気がしました。

玄関を出ようとしたとき、不意に誰かがわしの手を握りました。女の手！　それまでわしは女の手にさわったことがありませんでした。その手は蛇の皮のようにつめたかったが、わしには、真赤に焼けた鉄のように、握られた跡がいつまでも火照《ほて》っていました。あの人だったのです。

「ほんとに、薄情な人ったら！　なんてことをあそばしたのよ！」

あの人は小声でこう言うと、そのまま、人ごみのなかへ姿を消してしまいました。

そこへ、老司教が通りかかって、きびしい眼つきでわしを睨《にら》んでゆきました。わしは実際、世にも奇妙な様子をしていたのです。真蒼になったかと思うと、すぐ真赤になり、眼がくらんで、よろよろしていたのですからね。友だちのひとりが見るに見かねて、わしの腕をつかんで連れて行ってくれました。ひとりではとうてい神学校へ帰る道が見つからなかったでしょう。とある町角で、連れの若い僧侶が横を向いているすきに、妙ななりをした黒ん坊の小姓がわしのそばへ寄ってきて、足もゆるめずに、金の彫刻が隅についている小さな紙入れをわたして、すぐ隠すように合図をしました。わしはそれを袖《そで》のしたへすべりこませて、自分の部屋でひとりきりになるまで、じっとおさえていました。止め金を開けてみると、「コンティニ宮にて、クラリモンド」という文字を書いた、一枚の紙しかはいっていませんでした。その当時わしは世間のことを全然知らなかったので、あんなに評判の高かったクラリモンドその人すら知らず、コンティニ宮がどこにあるのやら、それもまったく見当がつきませんでした。そこで、わしはだんだん妙に変っていく、数知れない臆測をたくましゅうしましたが、実際を申しますと、一目あの人を見ることさえできれば、あの人が貴婦人でも遊女でも気にかけることではなかったのです。

この生まれたばかりの恋は、たちまちわしの胸のなかに抜くことのできない根を張ってしまいました。しかも、わしはとうていできることではないと思って、その恋をもぎとろうともしませんでした。あの人はわしの心を完全にとりこにし、たった一瞥《いちべつ》でわしという人間をすっかり変えてしまいました。そして、自分の意志をわしに吹き込み、わしはもう自分のうちに生きることをやめて、あの人のうちに、あの人によって生きる傀儡《かいらい》となりおえました。

わしは数知れぬ突飛なことをやりました。あの人がさわった手のその場所へ唇を押しつけたり、何時間もあの人の名を呼びつづけたり、眼をつぶりさえすれば、まるで実際に眼の前にいるように、はっきりとあの人の姿を見ることができました。そして「ほんとに、薄情な人ったら！　なんてことをあそばしたのよ！」と、あの人が教会の玄関で言った言葉を、何度も繰り返して自分に言いました。わしは自分の身の浅ましさを根こそぎ理解し、いましもみずから選んだ職業の悲しく恐ろしい半面が、はっきりと眼の前にあらわれました。僧侶になってしまった！　それはとりもなおさず、童貞を守って、人を恋いもせず、性別も年齢も眼中におかず、あらゆる美人から眼をそらし、修道院や教会の凍てついた暗がりをはいまわり、死にかかった人間ばかりを相手にし、だれとも知らない死体のそばで通夜をし、自分自身も黒い法衣を着て我とわが喪に服す、したがって、平生の着物がそのまま死出のよそおいになることなのでした！

しかも、わしは命が、刻々に水かさをまし、堰《せき》を切ってあふれる湖水のように、胸のうちに高まるのを感じました。血は脈管のなかで力づよく高鳴り、長いあいだおさえつけていた若さは、まるで花をつけるのに百年の歳月を要するアロエが雷のはためく音をたてて咲きいでるように、一時に爆発しました。

クラリモンドをいまひと目見るには、どうしたらよかろう。なにしろ町にはひとりも知り合いがなかったので、神学校のそとへ出る口実はまったくありませんでした。しかし、いつまでも神学校にいるわけではないので、やがてどこかの司祭館をあてがわれるだろうと思って、ただそれを心待ちにするほかありませんでした。窓の鉄格子をはずそうとも考えましたが、窓は恐ろしく高いところにあって、梯子《はしご》をもたない身には、思いもおよばないことでした。たとえ、抜けだすことができても、それは夜でなければならなかったから、網の目のように入りくんだ、勝手の分からない道を、どう歩いて行ったらいいのでしょう。そういう困難は、ほかの人ならなんでもないことでしょうが、恋知りそめたばかりのあわれな神学生で、経験も金も着物もないわしには、途方もないことでしたよ。

ああ！　もし僧侶にさえならなかったら、毎日あの人に会い、恋人にも夫にもなれたろうにと、わしは恋に眼がくらんで、よくそうひとりごとを言いました。この無様《ぶざま》な屍衣のかわりに、絹とビロードの服をまとい、金鎖をさげ、剣をつり、きれいな羽を帽子に飾り、若く美しい騎士のようにできたろう。髪も、剃髪式《ていはつしき》の大きな鋏《はさみ》でみっともなく刈りこまれるかわりに、波うつ巻毛を頸のまわりにたわむれさせたことだろう。蠟《ろう》をひいた立派な髭《ひげ》もつけ、あっぱれ男振りをひけらかすこともできたろう。しかし、祭壇の前ですごした一時間と、もぞもぞつぶやいた二言三言とが、わしを永遠に生ける人間のなかから切りはなしてしまった。わしはみずから自分の墓穴の石を封じ、牢獄の閂《かんぬき》を自分の手でおろしたのだ！

わしは窓によりかかってみました。空はうっとりするほど青く、樹々は春のよそおいをこらし、自然は皮肉な喜びを、これ見よがしに見せつけていました。広場は人の山で、行くものあり、来るものあり、若いハイカラ紳士と美しい娘とが、組になって、庭やあずまやのほうへ歩いて行きました。友だち同士つれだって、酒の唄をうたいながらとおるのもありました。それこそ清新潑《はつ》剌《らつ》の動きであり、命であり、喜びであり、楽しみであり、わしの喪服と孤独とを苦しいばかり際立たせました。若い母親が戸口で子供を遊ばせていました。そして、まだ乳の滴《しずく》の光っている薔《ば》薇色《らいろ》の小さな唇へ接吻し、子供をからかって、母親だけが思いつける、あの神々しいまでにあどけない仕草を、数かぎりなくやっていました。父親は二、三歩はなれたところに立って、二人のいとしい姿をにこやかに微笑しながら見ていましたが、組み合わせた腕は喜びをひしと胸に抱きしめているようでした。わしはそういう情景が見ていられず、はたと窓をしめて、寝台のうえへのめるように身体を倒しましたが、心臓は憎しみと嫉妬ではりさけるばかり。三日も物を食わない虎のように、爪をかみ、夜具を掻きむしるのでした。

何日ぐらいそういうふうにしていたか覚えていませんが、狂わしい身もだえのさなかにふと振り向いたとき、監督のセラピオン師が部屋の真中に立って、じいっとわしを見ているのに気がつきました。わしは我が身が恥ずかしくなって、頭をうなだれ、両手で眼を隠しました。

セラピオン師はしばらく口をとざしていてから言いました。

「ロミュオー君、きみの心にはなにか変ったことが起こっているにちがいない。きみの行動はほんとにわけが分からんじゃないか！　あんなに信心ぶかく、物しずかで、やさしかったきみが、まるで猛獣のように部屋のなかを騒ぎまわっているのだからなあ。くれぐれも用心して、悪魔のそそのかしに耳をかさぬようにしなさい。悪の精霊は、きみが永久に主へささげられたのを怒って、魔性の狼のようにきみの身のまわりをうろつき、きみをひきよせるために最後の努力をしているのだ。ロミュオー君、そういうふうにうちのめされていないで、祈禱の鎧《よろい》と忍苦の楯《たて》をかまえて、勇敢に敵とたたかいなさい。かならず勝つにちがいないから。試練は美徳にいたる道だよ。黄金が分析炉をとおってはじめて純粋なものになるようにな。だから、いたずらに恐れたり失望したりする必要はない。志操堅固で正しく守りぬいた魂にも、そういう時期はありましたわい。

祈りなさい、断食しなさい、冥想しなさい。そうすれば、悪魔は退散するでしょう」

セラピオン師の訓戒はわしを正気にかえらせ、多少心の落ち着きをとりもどさせました。

「今日きたのは、きみがC……の司祭に任命されたことを知らせるためなのだ。先住の司祭が最近なくなったので、司教猊下《げいか》はきみをそこへ送りこむよう、わしにお頼みになった。明日の出発だから、準備をしておきなさい」

承知した旨をうなずいて答えると、司祭は部屋を出て行きました。わしはミサの祈禱文集をひらいて、読みはじめました。だが、祈禱文の行と行とがすぐに眼の前でもつれあい、思想の脈絡が頭のなかでこんぐらかり、書物は知らぬまに手からすべり落ちました。あの人に会わずに、明日出発してしまうのか? ふたりのあいだに山と積まれている不可能へ、さらにまた不可能を重ねるのか! 奇跡にでも会わぬかぎり、あの人と相見る希望を永久に失ってしまうのか! 手紙を書こうか。しかし、誰にことづけたらいいのだ。わしのように神聖な身分をになっているものでは、事情をうちあけて頼む人もない。わしは非常に苦しみました。それから、セラピオン師が悪魔の策略について聞かせてくれたことが、記憶によみがえってきました。事件の不思議さや、クラリモンドの人間ばなれした美しさや、燐光をおびた眼の輝きや、燃えるような手の感じや、わしを投げこんだこの混乱や、わしの心におこなわれた急激な変化や、たちまち消え去った信仰心や、すべては悪魔の存在をはっきり証明していました。あの繻子《しゅす》のような手は、おそらく悪魔が爪をかくす手袋だったのだろう。そう考えると、わしは非常な恐怖におそわれて、膝から床へころげ落ちた祈禱文集を拾いあげ、またあらためて祈禱をはじめました。

翌朝、セラピオン師が迎えにきました。二頭の騾馬《らば》が貧弱な行李《こうり》をつんで待っていました。ふたりはどうやらこうやら騾馬に乗りこみました。町の通りを歩きながら、わしはクラリモンドの姿が見えはせぬかと、両側の窓やバルコニーをひとつひとつ注意して見ました。しかし時刻があまり早かったので、町はまだ眼をさましていませんでした。わしの眼は、通りすがるあらゆる屋敷の窓掛けや帷《とばり》のうしろをのぞこうと、骨を折りました。セラピオン師はそうした好奇心を見て、建物の美しさに感服しているとでも思ったのでしょう、わざわざ騾馬の足をゆるめて、見物する暇を与えてくれました。最後にわしらは町の城門にたどりついて、丘をのぼりはじめました。頂上へついたとき、わしはクラリモンドの住む町をもう一度見ておきたいと思って、頭《こうべ》をめぐらしました。雲の影が町全体をおおっていました。青や赤の屋根がいったいにぼやけた空にとけ、あちこちに、まるで白い泡粒のように、朝餉《あさげ》の煙が流れていました。しかし、不思議な光線のたわむれとでも申しましょうか、朝霧のなかにしずんでいるまわりの家々よりもひときわ高く、ひとかまえの建物が、雲をやぶったたった一筋の光のしたに、きらきらと金色《こんじき》に輝いていました。それは四キロ以上もはなれていたでしょうが、まるで手にとるように見えました。小塔や、バルコニーや、窓や、燕《つばめ》の尾をかたどった風見《かざみ》など、こまかいふしぶしまで、手にとるようにはっきり見ることができました。

「ずっと向うのほうに、陽に照らされている宮殿はなんでしょう」と、わしはセラピオン師にたずねました。

セラピオン師は小手をかざしてしばらく眺めていましたが、「あれは古い宮殿で、コンティニ公が遊女のクラリモンドに与えたものだ。あそこではひどいことがおこなわれているそうだよ」と、答えました。

そのとき、夢かうつつかいまだに分かりませんが、﨟《ろう》たけた白い姿がテラスのうえをすべってゆくのを見たように思いました。その姿は一瞬きらりと光って、すぐに消えてしまいましたが、たしかにクラリモンドだったにちがいありません。

ああ！　あのとき、あの坂のうえで、あの人とわしをへだてるあの坂、ふたたびくだってゆくべくもないあの坂のうえで、わしがあの人の住む館《やかた》を切ない思いで眺めたとは、どうしてあの人に分かるはずがありましょう。しかも、その館は気まぐれな光線のたわむれから、まるでわしに主人としてはいってこいと言わんばかり、ずっと近く、まざまざと見えたのでした。いや、それはあの人に分かっていたのです。なぜなら、あの人の心はかたくわしの心と結びついていて、わしの心のかすかな震動すら感じとったからです。そのためにこそ、あの人はまだ夜のヴェールをまとったまま、つめたい朝露をふみわけて、テラスの頂まであがってきたのでした！

しかし、館はまもなく雲の影におおわれ、眼のしたはいったいに屋根また屋根の大海原と化して、ただ遠山のようなうねりが見えるだけになってしまいました。セラピオン師は騾馬に鞭をあて、わしの騾馬もおなじように歩きだしました。そして、道のまがり角が永遠に、と申すのは、わしはふたたびそこへ帰るはずもなかったからですが、あのS……の町をわしの眼から掻き消してしまいました。それから三日のあいだ、うら悲しい野中の道をたどったのち、わしらはわしが代理司祭をつとめるはずの教会の鐘楼の雄鶏を、木立のあいだに遠くのぞみました。そして農家や菜園が両側にちらばる、まがりくねった道をいくつかぬけて、あまり立派でもない教会の前に立ちました。いくつかの迫持框《せりもちわく》と無様《ぶざま》に彫刻した砂岩の柱二、三本とを飾りにした車寄せと、瓦ぶきの屋根と、柱とおなじく砂岩の扶壁《ふへき》、ただそれだけでした。左手は中央に大きな鉄の十字架を立てた、草ぼうぼうのまったいらな墓地、右手は教会のかげの司祭館。それはごく質素で、味もそっけもない清潔な家でした。わしらは庭へはいって行きました。雌鶏が五、六羽、とぼしい大麦の粒を地面にあさっていましたが、僧侶の黒服には慣れっこになっていると見えて、少しもおどろかず、通り道をよけるのが関の山でした。

それから、錆《さ》びついてしゃがれたような犬の声が聞こえ、年とった犬がかけよってきました。それは先住の飼犬でした。眼がかすみ、毛皮は白っちゃけ、犬として最高の年齢に達したらしい徴候がはっきりうかがわれました。その頭をやさしく撫でてやると、それだけでもいいようのない満足の様子で、すぐにわしのそばに並んで歩きだしました。それから、前の司祭の家政婦だった、かなり年配の女も出迎えにきました。その女はわしを天井の低い部屋へ案内してから、今までどおりやとっておいてくれるかどうかとたずねました。

わしはその女をはじめ、犬も雌鶏も、前の主人が残していったすべての家具まで、全部受けつぐと返事をしました。それればかりでなく、セラピオン師がのぞむとおりの給料をすぐに約束したので、その女は有頂天になって喜びました。わしがいちおう落ち着くと、セラピオン師は神学校へ帰ってゆきました。そこで、わしはたったひとりぽっち、自分よりほかに頼りにするものもなくなりました。すると、クラリモンドのことがまた思い出されて、追いはらおうといくら努力してもなかなかうまくいきませんでした。ある日の夕方、小さい庭の黄楊《つげ》を植えこんだ道を散歩していると、生垣の向うで、女の姿がわしのことをじっと見ているような気がし、木の葉のあいだに、海緑色のふたつの瞳が光るのを見たように思いました。だが、それは幻にすぎませんでした。並木道の向う側へまわって見ましたが、子供の足跡ともいいたい小さな足跡が、砂の上についているだけでした。庭は非常に高い塀にかこまれていましたが、すみからすみまでさがしても、人っ子ひとりいませんでした。わしにはどうしてもそのときのいきさつが分からなかったが、それもその後わしの身に起こったことにくらべたら、物の数でもありませんでした。わしはそれから一年というもの、職業上のあらゆる義務をきちんきちんとはたし、祈ったり、断食したり、悪魔をはらったり、病人を助けたり、なくてはならない金まで出して施しをしたりしました。しかし、心のなかはからからに干からびたようで、聖寵《せいちょう》の泉はかたく閉ざされていました。聖なる使命の達成が与える、あの幸福感がどうしても味わえませんでした。心がまったくほかにあったのです。クラリモンドのあの言葉がときどき避けられないリフレンの文句のように、唇にのぼってきました。ああ！　同門の衆、このことをよく考えてください。たったいちど女へ眼をくれたために、ちょっと見ては何の変哲もないあやまりのために、わしは何年というもの無残な煩悶《はんもん》にせめられたのです。わしの一生は永久にみだされてしまいました。

わしはいつまでもあなたに内心の敗北や勝利を、しかもそのたびにいっそう深い没落へみちびくことの話を、くどくどと申し上げる気はありません。ある決定的な事件のことへ移りましょう。ある晩、戸口を手あらくたたくものがありました。年とった家政婦のバルバラが戸を開けにゆくと、あから顔の男が、立派な、しかし奇妙な好みの服をつけ、長目の短刀をつかんだ姿を、彼女のかざす提灯《ランタン》の先へぬっと突きだしました。バルバラはびっくりして逃げだそうとしましたが、その男は家政婦をなだめて、司祭の役目に関したことですぐわしに会いたいと言いました。そこで、バルバラはその男を二階へあげました。わしはちょうど床にはいろうとしていましたが、会ってみると、その男は、女主人の非常に身分の高い婦人が死に瀕《ひん》して、司祭に会いたがっていると言うのでした。わしはすぐいっしょに行こうと答え、終油をさずけるのに必要なものをもって、いそいで下へおりました。戸口には、夜のように真黒な二頭の馬がいらだたしげに脚を踏みならし、胸先へ二筋の長い鼻息を吹きつけていました。その男は一方の馬の鐙《あぶみ》をおさえて、わしが乗る手伝いをし、自分は別の馬の前鞍へ片手をかけただけで、かるがるととびのりました。そして、馬の腹を両膝でしめつけながら、手綱をゆるめたものですから、馬は矢のように走りだしました。わしの馬は、その男が手綱を握っていましたが、やはりまっしぐらに走りだして、完全に歩調をそろえました。わしらは宙を飛んでゆきました。地面は灰いろの縞《しま》をえがいて足もとを走り、木立の黒い影は敗走する軍隊のようにうしろへ流れました。あるとき朦朧《もうろう》と霞《かす》んだ、水のようにつめたい、陰惨な森を横切りましたが、ぞうっと迷信的な恐怖の戦慄《せんりつ》が背筋を走りました。馬の蹄《ひづめ》が砂利をけって散らす火花は、鬼火の筋を引いたように、うしろへ長くつづきました。あんな夜半、わしと案内人との姿を見るものがあったら、ふたつの亡霊が夢魔を走らせてゆくと思ったにちがいありません。ときどき鬼火が道を横切り、こくまる烏《がらす》が森の奥で頼りなげに鳴きましたが、そこには山猫の青白い眼が、ところどころに光っていました。馬のたてがみはみだれにみだれ、汗は横腹を滝のように流れ、鼻孔からはあらあらしい息をいそがしく吹き出しました。案内の男は、馬がよわるのを見ると、人間の声とも思われない、喉にからんだ叫び声をあげて、はげましました。すると、馬はまたいきりたって走るのでした。しかし、こうした竜巻のような疾走もようやくおわりました。明るい窓で五、六箇所えぐられた真黒な建物が、急にわしらの前にそびえたったのです。馬の足掻《あが》きが、跳ね橋の鉄板のうえではげしく鳴りどよめいて、わしらは、ふたつの大きな塔のあいだにくろぐろと口をひらいた円天井のしたへはいりました。

館のなかはただならぬざわめきでした。手に手に松明《たいまつ》をもった下男たちが中庭を縦横に駆けまわり、蠟燭《ろうそく》の光が踊り場から踊り場へ数かぎりなく上下していました。わしは豪壮な建物と、円柱と、円天井と、階段と、欄干《らんかん》と、その他王族にふさわしい夢幻境の善美をこらした気配をほのかにかいまみました。先年、クラリモンドの手紙をわしに渡したのとおなじ黒ん坊の小姓が、――わしはすぐそれに気がつきましたが――馬をおりるのを助けにきました。そして、黒ビロードの服を着、襟《えり》に金鎖をさげて、象牙の杖をついた執事が出迎えにきました。その眼からは大粒の涙があふれ、頬をつたわって白い鬚《ひげ》のうえへ流れていました。執事は首をふりながら言いました。

「遅すぎました！ 遅すぎました！ 神父さま。けれども、たとえもう御魂《みたま》をお救いくださるわけにはいかずとも、せめて、お気の毒なご遺骸のお通夜をしてあげてください」

執事はわしの腕をかかえて、遺骸を安置した部屋へ案内しました。わしは執事とおなじようにはげしく泣きました。故人が、あれほど、気も狂わんばかりに愛していたクラリモンドその人にほかならないことを知ったからです。寝台のそばに祈念台が据えてありました。青銅の平皿のなかをとぶ青っぽい炎が、部屋中によわよわしいほのかな光をなげて、闇にうずもれた家具や蛇腹のかどをきらめかせていました。

テーブルのうえには、彫刻した壺のなかに、しおれた白薔薇《しろばら》がいけてありましたが、その花びらはまだくっついている一枚をのぞいて、みんなかぐわしい涙のように、壺のしたに散っていました。黒い仮面と扇とあらゆる種類の変装道具とが、肱掛椅子のうえに散らばり、死が不意に、ことわりもなく、この豪奢な屋敷へおそってきたことを物語っていました。わしは寝台のほうへ眼をあげることもできずに、そのままひざまずいて、熱心に詩篇を暗誦しはじめました。心のなかでは、今後わしの祈禱にあの人の名を加えることができるように、あの人への追慕とわしとのあいだに墓をはさんでくれたことを、神さまに感謝しました。しかし、そういう熱情もだんだんしずまって、わしは深い物思いにおちました。なまあたたかい部屋のなかには、通夜の席で嗅ぎなれている気持の悪い死臭のかわりに、近東風の香水のねっとりとした匂いが、何とも言えない、情をふくんだ女の匂いがおだやかにただよっていました。また例のほのかな光は、遺骸のそばでふるえる黄色い光の常夜灯というよりも、快楽をあおるための薄明りのように思われました。わしは永遠の別れの刹那《せつな》にふたたびクラリモンドと対面させた、奇妙な偶然を考え、胸の奥から哀惜の溜め息をもらしました。すると、だれかがうしろでおなじように溜め息をついたような気がして、思わず知らず振り返ってみました。それは自分の声の反響にすぎませんでした。わしの眼はそのついでに今まで避けていた寝台のうえへ落ちました。大きな花を染めぬき、金糸の房をかざった、真赤な琥珀織《こはくおり》の帷《とばり》が、真直ぐに横たわって手を胸で合わせている遺骸をのぞかせていました。遺骸はまばゆいほど白い亜麻《あま》のヴェールにつつまれていましたが、そのヴェールは濃い赤の壁布の反射で、いっそうあざやかに見えました。だが、また非常に薄手で、あの人の身体の美しい形を少しも隠さず、死も硬直させられなかった白鳥の頸のように、波うつ美しい線をたどらせました。それはちょうど女王の墳墓のうえへ安置するために、練達の彫刻家が刻んだ雪花石膏《せっかせっこう》の像か、それとも若い娘の寝台のうえに雪が降り積んだのかと思いまどわせました。

わしはもう耐えられなくなりました。その部屋の閨房《けいぼう》風の様子がわしを酔わせ、なかば褪《あ》せた、よわよわしい薔薇の匂いが頭にのぼってきました。そこでわしは大股で部屋のなかを歩きはじめ、ひとまわりするたびに寝台の前に足をとめて、透きとおった屍衣《しい》のしたの美しい遺骸を眺めました。奇妙な考えがわしの心を横切りました。つまり、この人はほんとに死んだのではなく、わしを館へ呼びよせて恋を語るために、わざと死んだふりをしているのではないかと考えたのです。あるときなど、真白いヴェールのしたの足が少し動いて、屍衣の真直ぐな襞《ひだ》をみだすのを見たようにさえ思いました。

それから、わしはひとりごちました。「はたしてこれはクラリモンドだろうか。その証拠があるか。あの黒ん坊の小姓はほかの女へつとめをかえたのかもしれぬ。こんなに悲しがって取りみだすのは気違い沙汰《ざた》だ」と。だが、心ははげしくときめきながら、「たしかにあの人だ、たしかにあの人だ」と、答えました。そこでわしは寝台のそばへよって、遺骸を注意ぶかく見つめました。白状してしまいましょうか。その完全無比な形は、死の影で清らかに聖化されていましたが、けしからぬほどわしの情念を掻きたて、ただ静かに眠っているとしか思われませんでした。わしは葬式をしにきたことを忘れ、自分はうら若い花婿で、恥ずかしさから顔をかくした花嫁の部屋へはいってきたように想像しました。こうして、わしは苦悩になやみ、喜びにわれを忘れ、恐怖と快楽とにふるえながら、あの人のうえへ身をかがめて、ヴェールの端をつまみました。眼をさまさせてはいけないと、息をおさえながら、静かにヴェールをあげました。血管が顳顬《こめかみ》にうずくのが感じられるほどはげしく鼓動し、額からは大理石の敷石を動かしでもしたように、汗が流れました。はたしてそれは叙品式《じょほんしき》のときに教会で見たとおりのクラリモンドでした。クラリモンドは以前とかわらず美しく、死もかえって化粧を加えたとしか見えませんでした。頰の青白さ、少しうすれた唇の薔薇色、白い肌に鳶色《とびいろ》の縁飾りを浮かした長い睫毛《まつげ》。それらは言うに言われない魅惑の力をもって、うら悲しい貞淑と思い深げな苦しみの表情をそえていました。解きほぐした長い髪には、いまだに青い小さな花が二つ三つまじっていて、髪は枕がわりに頭を支え、あらわな肩を巻毛で隠していました。聖餐式のパンよりも清らかに透きとおった美しい手がつつましやかな休息と無言の祈りの形に組みあわされていて、いまだに真珠の輪をはずしてない素肌の腕の美妙な円みと象牙のようななめらかさとが死んでもなお魅惑的すぎるのを、いくらかやわらげておりました。わしは長いことものも言わずに惚《ほ》れ惚《ぼ》れと見つめましたが、見れば見るほど、命がこの美しい肉体を永久に捨て去ったとは思われなくなりました。はたしてわしの幻想だったのか、ランプの反射だったのか分かりませんが、艶気《つやけ》のうせた青白さのしたに、血が循環しはじめたように見えました。しかし、あの人は相変らず少しも身動きをしませんでした。わしはそっと腕にさわってみました。腕はつめたかったが、あの教会の玄関でわしの手にさわった日ほどはつめたくはありませんでした。わしはふたたび元の姿勢にかえって、あの人の顔のうえへ顔をかたむけ、あたたかい涙の露をしとどに降らせました。ああ！　そのとき、わしは何という絶望をあじわい、どんなにわが身の無力をなげいたことでしょう。あの通夜は何という苦悶だったでしょう。わしは自分の命を一塊の石のように手にとって、あの人におくることができたら、あの人のつめたい亡骸《なきがら》へ、この胸を燃やしている炎を吹きつけることができたらと、どんなにのぞんだことでしょう。夜もふけました。わしは永遠の別れの時刻がせまってくるのを知って、全心の愛をささげたその人の命なき唇へ接吻をよせるという、悲しい、無上の喜びをつつしむことができませんでした。ところが、何という不思議！　わしの溜め息にかすかな溜め息がまじって、わしが押しつけた唇へ、クラリモンドの唇がこたえたのでした。それから、眼があいて、その眼に少し光がよみがえってきました。あの人は溜め息をつき、腕をほぐして、言うに言われずうっとりとした様子で、わしの頸へ腕をまわしました。そして、竪琴の最後の顫動《せんどう》に似た、力ないやわらかな声で言いました。

「ああ、あなたでしたの。ロミュオーさま。あたしずいぶん長いことお待ちしていましたが、とうとう待ちきれずに死んでしまいましたの。けれども今こそあたしたちは女夫《めおと》になったのですから、いつでもあなたにお目にかかり、あなたのお家へも行くことができるわね。それでは、さようなら、ロミュオーさま、さようなら！　いつまでもお愛ししていますわ。あたしそれだけ申し上げたかったの。接吻で一瞬よびかえしてくださったこの命はあなたに差し上げますわ。では、またお近いうちにね！」

あの人の頭はふたたびうしろへ倒れました。だが、腕はわしをひきとめるように、いつまでもわしを抱いていました。ところが、急にはげしい旋風が窓を突きやぶって、部屋のなかへ吹きこんできました。散り残った白薔薇の花びらが、まるで鳥の羽のように、しばらく茎の先でふるえていましたが、やがて茎をはなれると、開けはなした窓から、クラリモンドの魂をいっしょにさらって、さっとばかり飛び去りました。ランプが消え、わしは美しい死者の胸のうえへ、気をうしなって倒れました。

我にかえると、わしは司祭館の小さな部屋で、床のなかに横たわっていました。先住の犬が夜具のそとへのばしたわしの手をなめていました。家政婦のバルバラは年寄りらしく身体をふるわせながら、抽出《ひきだし》を開けたり閉めたり、粉薬をコップにいれて掻きまわしたり、部屋のなかをうろついたりしていました。わしが眼を開けたのを見て、バルバラは喜びの声をあげ、犬もくんくん鳴きながら、ちぎれるほど尻尾を振りました。だが、わしはすっかり力が失せて、口をきくことも手足を動かすこともできませんでした。後になって聞くと、わしはあるかなしかの微《かす》かな呼吸よりほかには生きている徴候も見せずに、三日もそうしていたそうです。その三日はまったく空白の三日でした。そのあいだわしの精神がはたしてどこへ行っていたのか、全然記憶がありません。バルバラの話では、夜半に迎えにきた、あのあから顔の男が、朝方きっちり帷《とばり》をおろした籠《かご》に乗せて、わしを送ってきて、すぐに帰って行ったそうです。頭がしっかりしてくると、わしはあの恐ろしい一夜のことをあれこれと思い出してみました。最初わしは怪しい幻想のおもちゃになったのかと思いましたが、現実の明白な事実がすぐにそうした推量をぶちこわしてしまいました。なにしろバルバラがわしとおなじように、あの二頭の馬をひいてきた男を見、その服装や人相を正確に話すからには、一片の夢としてかたづけてしまうわけにはいきません。しかし、近所には、わしがクラリモンドと再会した、あの館の模様と符合するような館は、誰も知りませんでした。

ある朝、わしはセラピオン師の来訪を受けました。バルバラがわしの病気を知らせたので、取るものもとりあえず見舞にきてくれたのです。その心遣いはわしに対する愛情と関心とを明らかに示していました。だから、わしはあの人の見舞を心から感謝すべきなんですが、実際はあまりありがたく思いませんでした。セラピオン師の眼のなかには、なにか人の心の奥を見ぬくせんさく的なものがありましたので、それがうるさくてならなかったのです。あの人の前へ出ると、わしはなんとなく気づまりで、罪人《つみびと》のような気がするのでした。なにしろ、あの人はわしの心の混乱を最初に見破った人なので、わしはかねがねその眼力をうらんでいたのですからね。

セラピオン師は偽善者のように甘ったるい口調で、わしの容態をたずねながら、例によって、ライオンのような黄色いふたつの眼でじっとわしを見つめて、さぐり針をいれるように、わしの魂のなかをせんさくしたのでした。それから、どういうふうに教区の信者をみちびいているかということについて、二、三の質問をしました。信者からよろこばれているか、勤めの合間の暇な時間になにをしているか、土地の人々のなかに知り合いができたか、どんな本をおもに読んでいるか、まあそういう種類のことを根掘り葉掘り訊《き》かれましたよ。それに対しては、わしはできるだけ手短かに答えましたが、あの人のほうもわしの返事が終わらぬうちに、他の事へ話を進めていきました。だが、そういう話は、あの人の言おうとしていたこととは明らかになんの関係もなかったのでしょう。あの人は、なんの前置きもなく、まるでふと思い出したことを忘れないうちに言っておこうというふうに、明るい響くような声で、こういう話をはじめたのです。その声はまるで最後の審判のラッパのように、わしの耳をふるわせました。

「ところで、あの素晴らしい遊女のクラリモンドが死にましたよ。なんでも八昼夜ぶっつづけの大饗宴のあとだったそうだが、その饗宴というのが地獄のように華やかだったと言われていますよ。バルタザールやクレオパトラの歓楽の破《は》廉恥《れんち》ぶりをむしかえしたんですな。まったく、何という時代にわしらは生きているのだろう。給仕には人の知らない言葉を話す黒ん坊の奴隷たちを使ったというが、さながら悪鬼のごとしじゃありませんか。しかも、その奴隷の一番したっぱの仕着せでも、皇帝の礼服にさえできる品物だったそうです。あのクラリモンドという女には、昔から奇怪な噂がつたわっていて、恋人という恋人は全部悲惨な、または無残な最期をとげていますよ。夜中に死体を食うという東洋の大こうもりだとか、眠っているものの生き血を吸う吸血鬼だとか、世間では取沙《とりざ》汰《た》しているが、わしに言わせると、新約聖書で悪鬼の首領となっているベルゼブットそのものですよ」

　セラピオン師は口をとざして、この言葉がわしにおよぼした影響を見ようと、今までよりもいっそう瞳をこらしてわしを見つめました。わしはクラリモンドの名を聞いて、ぴくりと肩をふるわせずにはいられませんでしたが、あの人が死んだという知らせは、わし自身立ち会ったあの夜の場面との奇妙な符合からひきおこされた苦痛以外に、わしを非常な混乱と恐怖のなかへ投げこみ、それがいくら一所懸命に隠そうとしても、ついに顔に現われてしまったのでした。セラピオン師は心配そうなきびしい眼《まな》ざしでじろりとわしを睨《にら》んで、それから言いました。

「息子よ、わしはきみによく言っておかなければならぬが、きみはいま深淵のうえへ足をあげている。落ちこまぬように充分注意したがよい。サタンは長い爪をもっている。墓もまた信をおくにたらぬのじゃ。クラリモンドの墓は二重の封印でとざさねばなるまい。なにせ、人の噂によると、あの女が死んだのは、今度がはじめてではないのだからなあ。ロミュオー君、きみのうえに、神がご加護をくだしたまわるよう！」

こう言ってから、セラピオン師はゆっくりと戸口のほうへ歩いて行きました。だが、ふたたび姿を見せませんでした。すぐその足で、S……へ帰ってしまったのです。

やがて、わしは、すっかり元気が回復して、今まで通り仕事をはじめました。クラリモンドの思い出と老師の言葉とは、絶えず心にありました。しかし、セラピオン師の不吉な予言を実現するような、変った事件も起こらなかったので、わしは老師の心配や自分の恐怖が大げさすぎたと思いはじめました。だが、ある晩、夢を見ました。まだ寝つくか寝つかないうちに、寝台のカーテンのひらく音が聞こえ、帳竿《ちょうかん》のうえを吊環《つりわ》がはぜるような音を立ててすべりました。とっさにわしは片肱《かたひじ》ついて身体を起こしましたが、見ると女の幽霊が眼の前に立っているではありませんか。それがクラリモンドであることはすぐに分かりました。あの人は、墓のうえに置くのとおなじ形の、小さなランプを手にもっていました。そして、その光がほっそりした指を、透きとおるような薔薇色に染め、その色が段々とぼやけて、素肌の腕の乳色の不透明な白さのなかにまで沁《し》みていっていました。着物はあの最期の床でまとっていた屍衣だけ。その襞《ひだ》を、あの人は、そんなに薄着なのを恥じるように、胸のところでおさえていましたが、あの小さな手ではおさえきれませんでした。しかし、あの人の身体は真白で、ランプのおぼろな光のしたでは、着物の色とけじめもつかないくらいでした。そういうふうに、身体の輪郭のまざまざと分かる、うすい衣に包まれたところは、命をそなえた女というよりも、古代のあの湯浴みする女の大理石像に似ていました。あの美しさは、死んでいようと生きていようと、生身であろうと彫像であろうと、または幽霊であろうと死骸であろうと、いつも変りはありませんでした。ただ、瞳の緑色の輝きが少しうすらぎ、以前は真赤だった唇の色が、頬の色とおなじくらいにうすくぼやけた桃色に変っただけでした。わしが髪のなかにみとめた、あの小さな青い花はもうすっかりしおれて、花びらもほとんど散っていました。しかし、それにもかかわらず、あの人は非常に愛くるしく、事件の不思議さや、またあの人がどういうふうにしてこの部屋へはいってきたかも分からぬながら、わしは少しも恐ろしさを感じませんでした。

あの人はランプをテーブルのうえに置いて、寝台のすそに腰をおろしました。そして、わしのほうへ身をかがめながら、あの人からしか聞いたことのない、銀の鈴を振るような、そしてまたビロードのようになめらかな声で言いました。

「ずいぶんお待たせしましたわね、おなつかしいロミュオーさま、さだめしあなたのことを忘れてしまったようにお思いになったでしょうね。けれども、あたし、それはそれは遠いところから、今までだれも帰ってきたことのないようなところから帰ってきましたのよ。あたしの行った国には、お月さまもお日さまもございません。広い場所と暗い闇とがあるばかりです。街道もなければ山道もないのよ。足にふむ地面も翼をはる空もありません。けれども、あたしとうとうここへまいりました。愛は死よりも強いからですわ。死なんか、そのうちに愛の力で負かしてしまうでしょう。ああ！　どれほど陰気な顔や恐ろしいことを、旅の途中で見たでしょう！　意志の力だけでこの世にもどってきたあたしの魂が、身体のありかをさがして、元どおりにおさまるまで、どれほど苦労したことでしょう！　お棺《かん》にかぶせてあった石の板をどかすのに、どれほど骨を折らなければならなかったでしょう！　ご覧なさい！　あたしの可哀そうな手のうらが、こんなに傷だらけになっているではありませんか。さあ、接吻してなおしてやってくださいませな、恋しいロミュオーさま！」

あの人はつめたい掌《てのひら》を交互にわしの口へ押しつけました。わしは何度も繰り返してその手に接吻しました。あの人は言うに言われず楽しそうな微笑を浮かべながら、わしの仕草を眺めていました。

申し上げるのも恥ずかしいことですが、わしはセラピオン師の忠告や、自分の身におびている役目をすっかり忘れてしまいました。わしは手をつかねて最初の攻撃にころりとまいってしまったのです。魔物の誘惑をしりぞけようとすら考えませんでした。クラリモンドの肌のつめたさが、わしの身体に沁みこんで、全身を快い戦慄《せんりつ》が走るのを感じました。可哀そうな女よ！　いろいろのことを見せられてはいながらも、わしには相手が悪魔だとは、どうしても信じられませんでした。あの人は少なくとも悪魔のような様子は少しも見せませんでした。あれがサタンの化身なら、ずいぶん上手に爪や角《つの》を隠したものです。あの人は足を膝のしたに折りまげて、小さい寝台の縁にうずくまりましたが、その姿といったら、しどけない魅力があふれるばかり。そして、ときどき、小さな手でわしの頭をいじり、髪にちがった形をつけようとするのか、指に巻いてちぢらせたりしました。わしは世にも罪深い喜びを覚えながら、するままにさせていましたが、あの人はそうしながらも愛らしいおしゃべりをやめませんでした。その晩のことで、ただひとつ目立っていちじるしいのは、わしがその途方もない事件を、少しもおどろかなかったことです。どんなに奇妙な事件でも、夢のなかではごく平凡なことこととして、不思議に思わないものですが、それとおなじ安易さで、わしはすべてをごく自然のことのように受け入れたのでした。

「あたしあなたにお目にかかるずっと前から、あなたをお愛ししていましたのよ、恋しいロミュオーさま。そして、ほうぼうお捜ししていましたの。あなたはあたしの夢だったのです。教会でせっぱつまった瀬戸ぎわにお見かけしたとき、あたし〝あの方だ！〟と、すぐに言いましたの。そして、あなたに対して、それまで持っていたし、今も持っているし、将来も持つにちがいない、すべての愛をこめた眼ざしを送ったのです。僧正さまさえ地獄におとし、王さまでも宮廷にいならぶ人々の前で足もとにひざまずかせる眼ざしでしたわ。それなのに、あなたは知らん顔して、あたしよりも神さまをおえらびになったのね。

ああ！　あたしほんとに神さまがうらやましいわ。だって、神さまは昔からあなたに愛され、今でもあたしよりずっと愛されているのですもの。あたしくらい、不幸な、不幸な女はいないわ。

一度死んだものを、あなたの接吻で生き返らせていただきながら、あなたのお心をひとり占めにすることができないのですもの。クラリモンドはあなたのためにお墓の門を押しやぶり、あなたを仕合せにしたいばっかりに取りもどした命を、あなたに献げにまいりましたのにねえ！」

こういう言葉は、心もとけそうな愛撫をまじえて語られ、わしは身も心もすっかりしびれてしまいました。そして、あの人を慰めるために、恐ろしい冒瀆《ぼうとく》をはばからず口にし、神さまとおなじほど愛していると言ったのでした。

すると、あの人の瞳はいきいきとよみがえって、緑玉髄《ぎょくずい》のように輝きました。

「ほんと？　ほんとですの？　神さまとおなじほど！」と、あの人は美しい腕でわしを抱きしめながら叫びました。

「それなら、あたしといっしょに行ってくださるわね。あたしのゆくところへついて行ってくださるわね。そんないやな黒服なんか脱いでおしまいなさいよ。そして、一番立派な、人もうらやむ騎士におなりなさいよ。そうしたら、立派にあたしの恋人になれるのよ。法王さまさえ袖《そで》にしたクラリモンドの天下晴れての恋人になるなんて、そりゃ素晴らしいことだわ！　ああ！　どんなにか幸福な楽しい日々を、眼もくらむほど美しい生活を、あたしたちは送ることでしょう。それで、いつでかけましょう、いとしい騎士さま」

「明日にしましょう、明日に！」と、わしは我を忘れて叫びました。

「明日、いいわ！」と、あの人は答えました。「衣裳をかえる時間もありますから。これじゃあんまりお粗末ですし、旅のよそおいには向きませんものね。それにまた、あたしがほんとに死んだと思って、一所懸命に悲しんでいる召使いたちへも知らせなければなりません。お金や、着物や、馬車はすぐに支度《したく》ができるでしょう。では、今日ぐらいの時間にお誘いにまいりますわ。さようなら、いとしいロミュオーさま」

そう言いながら、あの人は唇の先でわしの額にさわりました。ランプが消え、カーテンがしまり、わしにはもうなにも見えませんでした。鉛のような、夢ひとつまじらない眠りが、わしを押しつけ、そのままぐっすりと眠ってしまいました。翌朝はいつもより寝坊しましたが、あの奇妙な幻の思い出が一日じゅう胸のなかで騒ぎました。そして、ついには、あんなことは熱しすぎた空想のたわむれにすぎないと考えました。だが、それには印象があまりあざやかで、あくまで現実ではないと考えるわけにもいきませんでした。こういう次第で、悪い考えを遠ざけて、眠りを清らかに守ってくださるように、神さまに祈ってから床にはいったときには、夜半に起こるはずのことが気にかかってなりませんでした。

それにもかかわらず、わしはすぐ深い眠りにおちて、夢が昨夜とおなじようにはじまりました。カーテンが開いて、クラリモンドがはいってきました。しかし、はじめのときのように、真白な屍衣を着、頰に菫色《すみれいろ》の死色を浮かべた幽霊の姿ではありませんでした。立派な旅のよそおいをこらして、快活で身軽で艶麗《えんれい》そのものといいたい様子でした。服は緑色のビロードで、金の飾り紐をつけ、繻子《しゅす》のスカートを見せるために脇がまくれていました。ブロンドの髪が、粋《いき》にねじれた羽をかざした黒いフェルトの大きな帽子のしたから、ゆたかな巻毛をなしてあふれていました。手には、金の呼び子のついた小さい鞭をもっていました。あの人はその鞭の先で軽くわしにさわって言いました。

「まあ、ほんとにお寝坊さんね。それでお支度をなさったおつもりなの。あたしちゃんと起きていてくださるとばかり思っていましたのよ。さあ、いそいでお起きあそばせな。時間がございませんから」

わしは寝台のしたへとびおりました。

「さあ、お召物をつけて、すぐに出掛けましょうよ」と、あの人は自分の持ってきた小さい包みを指さしながら言いました。「馬が門口で退屈して、轡《くつわ》を嚙《か》んでいますわ。今ごろはもう四、五十キロも向うへ行っているはずだったのですから」

わしはいそいで服をつけました。あの人は着るものをつぎつぎとわしに渡し、わしの不器用を大声で笑ったり、わしが間違えると、着方をおしえてくれたりしました。そればかりか、わしの髪にまで手を加え、支度ができあがると、銀の笹縁《ささべり》のついたヴェネチア・ガラスの小さな手鏡を差し出して、「ねえ、こういうお姿をどう思しめして。あたしをお小姓にお傭《やと》いくださいませんか？」と言いました。

わしは全然人が変ったように、自分ながら見分けがつきませんでした。仕上げた彫像が元の石の塊とは似ても似つかないように、元のわしとはまったく違ったものになっていました。元の姿は、鏡がうつしている姿の粗雑な下絵にすぎませんでした。わしは美しかった。わしの虚栄心はそうした変化にほくほくとよろこびました。優雅な服や縁飾りをした豪奢な胴衣は、わしをまったく別の人間にし、特別仕立ての何オーヌかの布がこうも力をもつものかと、つくづく感心しました。そして、服装のもたらす気分が知らず知らず身体に沁みこみ、十分もすると、いっぱしの自惚《うぬぼ》れ屋になっていました。

　わしは新しい服装になれるために、部屋のなかをぐるぐる歩きまわりました。クラリモンドは母親のような喜びをこめて、わしを見ていましたが、自分のしたことに大満足の様子でした。

「子供じみたお慰みはもうたくさん。さあ、ロミュオーさま、出掛けましょうよ。遠くへ行くのですから、ぐずぐずしていると間にあわないことよ」

　あの人はわしの手をとりました。あの人がさわるとすぐにどの扉もひとりでに開きました。犬の前を通りましたが、犬は眼もさましませんでした。

　戸口にはマルグリトーヌが待っていました。それは前にわしを案内した御者です。あの男は最初のときとおなじような黒い三頭の馬の手綱をおさえていました。三人に一頭ずつというわけです。その馬は西風をはらんだ牝馬からうまれたスペイン種にちがいありませんでした。なにしろ風のように速く走りましたからね。出発のとき、わしらの道を照らすためにあがった月が、まるで車からはずれた車輪のように空をころがりました。月は右手の木から木をとんでいきましたが、やがてわしらに追いつくのに息をきらせてしまいました。間もなく広くひらけたところへ着きました。そこには、木立の茂みのうしろに、逞《たくま》しい四頭の馬をつけた馬車が待っていました。わしらがそれに乗りこむと、御者は気が違ったように馬を走らせました。わしは片腕をクラリモンドの背にまわし、あの人は片手をまげて、わしの手にゆだねました。そして、頭をわしの肩にもたせかけて、なかばあらわな腕がわしの腕に触れるのが感じられました。わしはあれほどいきいきとした幸福を覚えたことがありません。なにもかも忘れてしまいました。そして、自分が僧侶であることなど、母親の胎内でしたこととおなじように、思い出しもしませんでした。それほど悪魔の加えたまやかしが大きかったのです。その夜以来、わしは幾分二重人格的になり、わしのうちには互いに面識のない二人の人間が住むようになりました。あるときは、わしは僧侶で、毎晩城主になる夢をみると思い、またあるときは、城主で、夢のなかで僧侶となると思いました。わしには夢とうつつとの区別がつかず、どこから現実がはじまり、どこで幻想がおわるのか分かりませんでした。自惚れ屋で自堕落な城主は僧侶を軽蔑し、僧侶は若い城主の放埓《ほうらつ》を憎みました。互いにもつれあって混同しながらも、決してまじわることのないふたつの螺旋《らせん》形があったら、わしの両頭蛇めいた生活を、充分表わすでしょう。しかし、わしはこのような奇妙な立場におかれながらも、気違いになったとは一瞬も思いませんでした。二重生活の意識がいつも非常にはっきりしていましたからね。ただひとつ自分ながらわけの分からない不合理なことがありました。それは、そんなに違ったふたりの人間のなかにおなじ自我の感情がそのまま残っていたことです。これは、小さいC……の村の司祭としても、クラリモンドの公認の恋人シニョール・ロムアルドとしても、とうてい理解できない異常事でした。

ともかく、わしらはヴェネチアに着きました。少なくとも着いたように思いました。この奇妙な事件のなかで、どこまでが幻想で、どこまでが現実だったのか、わしにはいまだに見きわめがつきません。わしらはカナレイオの運河に面した、大きな大理石の宮殿に住みました。壁画や彫像がほうぼうに飾ってあり、クラリモンドの寝室には、油ののりきった時代のティチアーノの画が二枚かかっていました。まったく王さまにふさわしい宮殿でしたよ。わしらはめいめい自分のゴンドラや仕着せを着た船頭や音楽の部屋や詩人をもっていました。クラリモンドは世の中を鷹揚《おうよう》に考え、多少クレオパトラじみた性質がありました。わしは、大公の御曹子《おんぞうし》といった生活を送り、まるでヴェネチア共和国の十二使徒か四人の福音書著者のだれかの家のものであるように、綺羅《きら》を飾りました。おそらく、天国から失墜したサタン以来、わしほど傲慢《ごうまん》で横柄な人間はなかったでしょう。わしはリドットーへ行って大博打《おおばくち》をうちました。そして、上流社会のお歴々や、破産した名家の子弟や、芝居女や、詐欺師や、居候《いそうろう》や無頼漢にも会いました。しかし、そうした放蕩三昧《ほうとうざんまい》にもかかわらず、クラリモンドにかたく操《みさお》を立て、無我夢中になって愛しつづけました。あの人はきっと女にあきあきした人間にすら欲情をめざめさせ、浮気な道楽者をさえ堅気にしたことでしょう。クラリモンドを恋人にもつものは、二十人の女を、いや、ありとあらゆる女を情婦にするにもひとしい。それほどあの人は移りやすく、変化にとみ、似ても似つかない女になれたのです。ほんとのカメレオンでした！　そして、こちらの好みにあいそうな女の性格や身ごなしや美しさを完全にまねて、まるで他の女と不貞をおかすような感じを味わわせてくれるのでした。あの人はわしの愛を百倍にして返し、若い貴族や十人会の長老まで素晴らしい申し出をしましたが、てんで相手にしませんでした。フォスカリ家のひとりはあの人を妻にしようとさえ言いましたが、それもすげなくことわりました。あの人は金が充分にあって、ただもう愛だけしか求めなかったのですが、その愛も若々しく清らかな、あの人によって眼覚めた愛で、しかも最初にして最後のものでなければなりませんでした。わしは、もし毎晩もどってくる忌々しい悪夢がなかったら、この上もなく幸福だったでしょう。その夢では、わしは村の司祭になったように思い、昼間の極端な享楽のあがないをするために、苦行をつまなければなりませんでした。わしはあの人といっしょに住むことに慣れて、あの人と知りあったときの奇怪な事件は、ほとんど考えてみることもありませんでした。だが、セラピオン師の言った言葉がときどき記憶によみがえってきて、わしを不安な気持にさせずにはおきませんでした。

さて、少し前から、クラリモンドは何となく健康がすぐれず、顔色が日に日に悪くなってきました。医者を何人か呼んで見せましたが、病気の正体が全然分からず、手のくだしようがありません。そして、役にも立たない処方箋を書くだけで、二度と診察に来ませんでした。そのあいだに、あの人は眼に見えて顔が青ざめ、身体もだんだん冷たくなってきました。そしてあの見知らぬ館での忘れられない夜とおなじように、蒼ざめて生気をなくしてしまいました。わしはあの人がそういうふうに次第に衰弱していくのを見て、悲しみに耐えられませんでした。クラリモンドはわしの悲嘆に感動して、死んでいくのを自覚した人のあのいたいたしい微笑で、物静かに悲しげに頬笑みかけました。

ある朝、わしはクラリモンドの寝台のそばに腰をおろして、小さなテーブルで食事をしていました。一分間もあの人から眼をはなしたくなかったのです。ところが、果物をむきながら、指へかなり深い傷をしました。血がすぐに真赤な網目をなして吹き出し、二、三滴がクラリモンドのほうへ飛びました。すると、あの人の眼が急に輝きだして、顔が今まで見たこともない残忍で野性的な喜びの表情に変りました。そして、猿か猫のような、動物的なすばやさで寝台からとびおり、わしの傷にとびついて、言うに言われずこころよさそうに、流れる血をすすりはじめました。あの人は、酒飲みがクセレスやシラクサの酒を味わうように、ゆっくり、大事そうに、ちびりちびりと血を飲みました。眼をなかば閉じ、それまで円かった緑色の眼の瞳孔も細くなりました。そして、ときどき、わしの手に接吻するために口をはなしましたが、赤い滴《しずく》をなおよけい吸い出そうと、また唇を傷口へ押しつけるのでした。血がもう出なくなったのを見ると、眼にうるんだ輝きをみなぎらせ、五月の朝よりも薔薇色《ばらいろ》に頬を染め、顔はふくぶくしく、手はねっとりあたたかく、要するに、今までにないほど美しく、健康に満ちて立ちあがりました。

「あたしは死なない！　あたしは死なない！」と、あの人は喜びに気が狂ったように、わしの頸にかじりつきながら言いました。

「あたしはもっと長くあなたをお愛しすることができるわ。あたしの命はあなたの命のなかにあります。あたしの力はみんなあなたからくるのよ。あなたのゆたかな気高い血が、世界じゅうのどんな良薬よりも尊く、ききめのたしかな血が、あたしに命を取りもどさせてくれるんだわ」

こうした場面を、わしは長いこと忘れられず、クラリモンドに対して、ある疑いを抱きはじめました。そして、ある晩、眠りがわしを司祭館へ連れもどしたとき、いつになくきびしい気づかわしげなセラピオン師を見ました。老師はじいっとわしを注意ぶかく見ていてから申しました。

「きみは魂を失うだけでは気が済まずに、身体までも失おうとするのか。不運な若者よ、きみはいかなる罠にとらわれたのだ」

あの人がこの短い言葉をいった口調は、強くわしの心をうちました。だが、その激しさにもかかわらず、そうした印象はやがて散りうせ、千百の雑念がそれを心から消してしまいました。

しかし、ある晩、クラリモンドが、いつも食後に香料を加えて調合する酒のコップのなかに、なにかの粉をこっそりまぜているのを、鏡のなかに見ました。鏡がそういう裏切りをする位置にあろうとは、あの人は夢にも知らなかったのです。わしはそのコップをとって、口へもっていくふりをし、残りはあとでゆっくり飲むからと言って、家具のうえへ置きました。そして、あの人が背を向けたすきに、中身を床《ゆか》へあけてしまいました。そのあとで、わしは寝室へひきあげて、寝床にはいりましたが、今夜は眠らないで、ことの成行きをよく見きわめようとかたく決心しました。待つほどもなく、クラリモンドが寝間着に着かえてはいってきて、ヴェールをぬぎ、寝床にはいって、わしのそばに身体を横たえました。そして、わしがすっかり寝こんでいるのをたしかめると、わしの寝間着の袖をまくりあげ、頭から金のピンをぬいて、それから小声でつぶやきはじめました。

「ひとしずく、赤い小さなひとしずくだけ、ピンの先がぽっちり赤く染まるだけ！……あなたはまだあたしを愛していてくださるのだから、あたしは死ぬわけにはいきません……。ああ！　お気の毒な恋人！　真赤な、輝くばかり美しいあなたの血を、あたしは飲もうとしているの。お眠りなさい、あたしのただひとつの宝！　お眠りなさい、あたしの神さま、あたしのいとし子。決してあなたをお苦しめするつもりはございません。ただ、あたしの命を消さないために、ほんの少しあなたの命を分けていただくだけよ。あなたをこんなにお愛ししていなかったら、他に恋人をこしらえて、生き血を吸いつくす決心もできるのですが、あなたという方を知りそめてからは、誰も彼もいやでたまらないのです……。ああ！　何て美しい腕！　何という円みでしょう。何て白いんでしょう！　こんなにきれいな青筋へ針を刺すなんて、あたしにはできない！」

そう言いながら、あの人はさめざめと泣きました。両手に抱いているわしの腕に、涙が雨のように降るのが感じられました。しかし、あの人はようやく決心して、ピンの先でわたしの腕に小さな傷をつくり、流れだす血を吸いはじめました。だが、まだようやく五、六滴もすわないうちに、あの人はわしの命をからしてしまうのを心配しはじめ、傷口に練り薬をすりこんで、小さい繃帯《ほうたい》を丹念に巻きました。練り薬のおかげで傷口はすぐにふさがりました。

もう疑いをさしはさむ余地はありません。セラピオン師の言ったとおりでした。しかし、わしは、そうした確信にもかかわらず、クラリモンドを愛さずにはいられませんでした。あの人の架空な命を支えるのに必要なら、身体じゅうの血を与えても、少しも惜しくはなかったでしょう。それに、わしはたいして恐ろしいとも思いませんでした。相手がたとえ吸血鬼であっても、女らしい心遣いから、無鉄砲なことをする心配が少しもなかったからです。現に見たり聞いたりしたことがわしをすっかり安心させました。当時、わしの血管にはありあまる血が流れていましたから、命の一滴一滴を惜しむ気持もなかったのです。むしろ、自分で腕をたちわって「さあ、飲みなさい。ぼくの愛がこの血といっしょにあなたの身内へ流れこむように！」と言ってやりたいくらいでした。したがって、わしはあの人が麻酔剤を酒にまぜたことや、ピンで腕を刺したときのことなどは、ちょっともほのめかさないように気をつけて、仲よく暮らしていきました。

だが、わしは僧侶としての懸念にますます苦しめられるようになりました。そして、肉体をさいなんで屈服させるためには、どういう新しい苦行を発明したらいいかと思いまどいました。ああした幻想はみんな自発的なものではなく、わしのあずかり知らないことではありましたが、わしは夢かうつつか分からない逸楽に汚れきった心と手で、キリスト像に触れることができませんでした。そこで、身も心もくたくたに疲れさせる夜ごとの幻覚を避けるために、断然眠るまいと決心しました。指で瞼《まぶた》を押しひらき、全身の力で睡魔とたたかいながら、壁によりかかって立っていました。けれども瞼はすぐ鉛のように重くふさがってしまいました。そこで、絶望と疲労とにぐったり腰をおろすと、たちまち激流がわしを不浄の岸辺へさらっていくのでした。セラピオン師はわしに手きびしい訓戒をし、わしの優柔不断や信仰の不熱心をはげしく責めました。そして、ある日、わしがいつもよりいっそう落ち着きを失っているのを見て、「その妄執《もうしゅう》を払うには、ただひとつの方法しかない。極端な方法だが、やってみなければなるまい。大患には劇薬を用いよ、でな。わしはクラリモンドを葬った場所を知っておるから、いっそあれを掘り出して、きみの恋の相手がどんな哀れな状態にあるか見せてあげよう。そうすれば、蛆虫《うじむし》に食い散らされて泥に変ろうとしている、汚ない死骸のために、魂をなげうつような馬鹿な真似は、いくらきみでもしなくなるだろう。そして、きっと正気にたちもどるだろう」と、言いました。

わしは、二重生活にすっかり疲れていましたので、すなおに承知しました。そして、僧侶と城主とのどちらが幻想に憑《つ》かれているのか、この際はっきりさせてしまおうと思って、身体のなかにいるふたりの男の一方を殺して他を生かそう、仕方がなければ両方とも殺してしまおうと決心したのでした。ああいう生活はいつまでも続けられるものではありませんからね。そこで、セラピオン師は、鶴嘴《つるはし》と梃子《てこ》と角灯とを用意し、夜半にわしらはなにがしの墓地へ行きました。あの人はそこの地形や配置をよく知っていたのです。いろいろの墓の碑銘を角灯の光で照らしてまわったのち、わしらは丈《たけ》なす草になかばうずまった墓石の前に立ちました。墓石は苔《こけ》と寄生木《やどりぎ》におおわれていましたが、それでも、

ここに眠る。生きて在《あ》りし時は類いなくあえかなりしクラリモンド……

という碑銘のはじめの文句を読みとることができました。

「まさしくこれだ」と、セラピオン師は言って、角灯を地面に置くと、石の隙間へ楔《くさび》をうちこんで押しあげました。石はやがて動きだし、師は今度は鶴嘴をふるいはじめました。わしは夜そのものよりも暗く黙りこんで、茫然と眺めていました。師は不気味な仕事に精をこらして、だくだくと汗を流し、苦しげに息をつき、いそがしい呼吸は瀕死の人のあえぎに似ていました。それはじつに異様な光景でした。もしもそのときわしらを見るものがあったら、神のしもべよりもむしろ墓をあばいて屍衣《しい》を盗む泥棒と思ったことでしょう。セラピオン師の熱意には、なにか無情で野蛮なものがあって、使徒や天使よりも悪鬼に似ていました。いかめしい大柄な顔も、角灯の光に深く刻まれたところは決して安心なりませんでした。わしは全身に氷のような汗が流れ、髪の毛が頭のうえでぎりぎりと逆立つのを感じました。そして、心の底では厳格なセラピオン師の所業を恐ろしい冒瀆と考え、折しも重苦しく頭上を流れていた黒雲のなかから鋭い天火がひらめい

て、この人を粉々にうちくだいてしまえばいいとさえ思いました。近くの糸杉にとまっていた梟《ふくろう》が角灯の光に怯《おび》えて、ほこりっぽい翼でガラスをどさりどさりとなぐりに来、哀れげな声をあげてうめきました。それからまた狐が遠くで甲高い声をあげてなき、うす気味悪い無数の音が、しんしんたる闇の底から湧いてきました。最後にセラピオン師の鶴嘴が棺桶にあたって、その板がにぶい、陰にこもった音を立てました。空洞にうちあたったときの、あの恐ろしい音です。それから老師が棺桶の蓋をはねましたので、わしは胸に両手をあわせた、クラリモンドの大理石のように蒼白な姿をみとめました。その人は頭から足まで真白な屍衣にきっちりつつまれ、色の褪《あ》せた口のすみに、赤い小さな滴が、薔薇の花のように光っていました。セラピオン師はそれを見て、むらむらと腹を立てました。

「ああ！　ここにいたんだな、悪魔、恥知らずの淫売、血と金にかつえた妖婦！」

老師はそう叫びながら、遺骸の上に聖水をまきちらし、灌水器《かんすいき》で棺桶のうえに十字の印をきりました。かわいそうなクラリモンド！　彼女は聖なる滴をあびたかと見るまに、美しい身体はたちまちこなごなに砕けてしまいました。そして、残ったものは、ただ灰と、なかば石灰に化した骨とが、見るも恐ろしくまじりあっているだけでした。冷酷無情な司祭は、その悲しい亡骸《なきがら》をわしに指さしながら、「君の恋人はこれだ、ロミュオーの殿さま。こうなってもまだきみは、恋人をたずさえて、リドやフジノへ散歩に行きたいかね」とあざけりました。わしは頭をうなだれていました。心のなかでは、なにか大きなものが一挙にくずれおちた思いでした。

わしは司祭館へ帰りました。クラリモンドの恋人ロミュオー侯は、あれほど久しいあいだ奇妙な付き合いをしていた、貧しい僧侶と袂《たもと》をわかちました。しかし、その翌朝、わしはまたもクラリモンドを見ました。あの人は、教会の玄関ではじめて口をきいたときとおなじように、「ほんとに、薄情な人ったら！　なんてことをあそばしたのよ！　なぜあの薄馬鹿な坊主の言うことなんかお聞きになったの。ずいぶん幸福だったのに。それに、いったい、あたしに何のとががあって、かわいそうなお墓をあばき、浅ましい死骸を掘りだしたのです。あたしたちの魂と身体とを結びあわせていた糸は、もうすっかり切れてしまいました。さようなら。きっと永久にあたしが恋しくてたまらなくなるでしょうよ」と言いました。そして、煙のように空中に消え去って、二度と姿を見せませんでした。

ああ！　まったくあの人の言ったとおりでした。わしは何度あの人を呼びもとめたでしょう。今でもあの人が忘れられない。魂の平和をあがなうには、あまりにも高価なものをなげうちました。神の愛もあの人の愛にかわるには足りません。同門の衆、これがわしの若い頃の思い出話です。決して女を見てはなりませんぞ。いつでも地面を見つめて歩きなされ。いかに邪心のない悟りすましたものでも、一刹那の気のゆるみが、手もなく永世を失わせるのですからなあ。

（田辺貞之助＝訳）

イールのヴィーナス

プロスペール・メリメ

プロスペール・メリメ

一八〇三—一八七〇。パリに生まれ、カンヌで死す。ギリシア語や英語、スペイン語に通じ、美術史から考古学や歴史学まで学んだ。二十歳のとき、スタンダールを識って影響を受ける。二八年『ジャックリー』、二九年『シャルル九世年代記』をつづけて発表し、作家としての地位を確乎たるものにした。三〇年からは官界や宮廷で活躍。合い間を縫うようにして『モザイク』『コロンバ』『カルメン』といった傑作群が書かれてゆく。収録作(三七)はホフマンの影響下に書かれた怪談だが、他の怪談に、晩年の作『ロキス』がある。

「お手やわらかにねがいたいものだ。力もあるらしいが同じくらい慈悲ぶかくあってほしい」と私は言った。

――ルキアノス作『うそつき*』

私はカニグーの丘の最後の一つを下っていた。すでに日の落ちたあとではあったが、平野の中にささやかなイールの町の家並が指呼のうちに望まれた。この町がめざす目的地である。

「ときに、ペイレオラードさんのお住居はどこか、むろん知っているだろうね?」前日から道案内を勤めているカタローニュ（カタルーニャ）の男に向かって私はこうきいてみた。

「知ってる段じゃありませんや!」と、その男は叫んだ。「あの旦那の家ならまるで自分の家同然に知ってまさあ。こんなに暗くなけりゃ、あれがそうですってお見せ申すところです。立派なことではイール第一等ですよ。何しろ金があるからね、ペイレオラードの旦那は。おまけに息子を自分よりもっと金持のところと縁組させようてんだ」

「その婚礼というのは間近かね」

「間近ですとも！　はや婚礼の楽隊の注文がすんだでしょうかね。今晩か、たぶん、あすか、あさってか。婚礼の式はピュイガリィグです。息子どんが嫁御寮にもらわっしゃるのは、ピュイガリィグのお嬢さんです。さぞかしみものでしょうよ、ほんとのことでさあ！」

私は友人のド・ペー*氏からペイレオラード氏にあてた紹介状をもらっていた。この友人の言によると、その紳士は学殖豊かなしろうと古代学者で、折紙つきの親切者だというのである。十里四方にわたる廃墟という廃墟を一つのこらず、喜んで案内してくれるだろうというのである。ところで、古代および中世の遺跡に富んでいることのわかっているイールの町の付近を見物するのに、私はこの紳士をあてにしていた。初めてきくこの婚礼の話は、私の計画をすっかり狂わせてしまった。

せっかくのお祭り騒ぎの邪魔者になるという寸法か、と私はひとり心中に思った。けれども先方が待っていたことは確かだし、ド・ペー氏の前ぶれがあるのだから、どうしても顔出しはしなくてはなるまい。

「賭を致しましょうか、旦那」と、すでに平地にさしかかった頃、案内人が言い出した。「葉巻を一本賭けましょう。ペイレオラードの旦那のところへ、旦那が何をしにいらっしゃるのか、ちゃんと当ててごらんにいれましょう」

「当ててごらんにいれるったって、たいしてむずかしいことではないじゃないか」葉巻を一本相手の方へさし出しながら私はこう答えた。「カニグーの山の中を六里歩いたあげく、こんな時刻になって、何よりも大事なことと言えば、晩飯にありつくことにきまっているさ」

「それはそうですが、明日のことです？……ようがすか、旦那はてっきり、偶像を見にイールへお出でになるのでしょう？　セルラボナの聖人方のお像の顔を写生していらっしゃるのを見て、ははんと思いました」

「偶像って！　どんな偶像かね？」偶像という言葉は私の好奇心を刺激した。

「へーえ！　ペルピニャンでおききになりませんでしたかい。ペイレオラードの旦那が地面に埋まっていた偶像をみつけなすったてんまつを誰か話しませんでしたかい？」

「君のいう偶像ってのは、土を焼いて作った、つまり粘土で作った立像のことだろう？」

「そうではねえんで。何のはや、銅ですよ。潰して赤銭のでかい奴をこしれえてもたいしたもんです。お寺の鐘ほどの重さありやすからね。わしらがそれを見つけたなあ、橄欖の木の根っこの、地面の下のだいぶ深いところでした」

「すると、君もみつけた時にその場に居合わせたのだね？」

「そうです。二週間ほど前に。ペイレオラードの旦那が、ジャン・コルとわしを呼びなすって、去年凍って枯れちまった橄欖の古木を抜いてくれろと言いつけなすったので。何しろ、御承知のとおり、去年はひどい寒さでしたからな。ところで、何です、喜んで出かけて行ったジャン・コルが仕事にかかりながら、つるはしを一つどっこいしょと打ちおろすと、ビーンって音がきこえるじゃありませんか……鐘をたたいたようなあんばいでしたよ。何だろ？　とわしは言いました。それからどんどん掘って行きました。どんどん掘って行くてえと、いきなり、真黒な手が一本出るじゃありませんか、地面からはい出してくる死人の手にそっくりでしたよ。わしはもう、怖ろしさで夢中でさあ。旦那のところへ飛んで行って言いました、――旦那様、橄欖の木の下に死人がいます！　司祭様呼ばなくてはならねえ。――死人て、どんな死人だ？　旦那あ、こう言いなすって、出ばって来なすったが、その片手を見るが早いか、えらい声でどなりなすった。――古代ものだ！　古代ものだ！　ってね。そのようすを見たらまるで宝物でもみつけたとお思いになるでしょう。それからたちまち、自分で、つるはしを使う、手で掘るで、汗水たらし、まあ、わしら二人分と同じくらいの仕事を、旦那一人でさっしゃりました」

「で、結局何が見つかったのかね？」

「真黒な大女です。それに、旦那の前で、何ですが、半分以上裸でね。全部銅です。ペイレオラードの旦那の言わっしゃるには、何でも異教徒時代の偶像だとかで……いや、シャルルマーニュ時代って言ったっけな、何でもそんなものですよ！」

「なるほどね……破壊されたどこかの修道院の青銅の聖母様か何かだな」

「聖母様ですと！　なんの！　聖母様なら、わしにだってすぐにわかりまさあ。偶像ですよ。ねえ、旦那。ようすでちゃんとわかるんで。大きい白い目でじっと見やがるんだからね。……穴のあくほど見やがるんじゃねえかと思うくらいですよ。嘘じゃねえんで、そいつを見てるてえと、こっちが自然に目を伏せるようなあんばいになるので」

「白い目？　きっと青銅のなかにはめこんであるんだな。そんなら、たぶん、何かローマ時代の立像だろう」

「ローマ時代！　それそれ、それですよ。ペイレオラードの旦那が、ローマ時代の女だって言わっしゃりましたよ。なるほどね！　わかりまさあ、旦那もあの旦那と同じ学者だね」

「その像は完全かね、どこも欠けたところがなく保存されているんだね？」

「そうですとも、旦那！　なに一つ欠けちゃいませんや。町役場に置いてある、石膏に色を塗ったルイ＝フィリップの胸像よりは、ずっときれいで、できも上等です。ところが、そのくせ、あの偶像の顔の形だけは、どうしても好きになれねえんで。意地の悪そうな顔をしていやがるが……全く悪いことは悪いんでね」

「悪い！　どんな悪いことをしたのかね？」

「なにもはっきりわしにしたって訳ではねえんですがね。これから申し上げればわかりますよ。ねているのを起そうと思ってね、みんなありったけの力でふんばったですよ。ペイレオラードの旦那も、綱につかまっていなすったが、なんのはや、牝鶏一羽ほどの力もねえくせに、ほんとにいい旦那なんだがね！　やっとこさ真直ぐに起こしましたよ。かい物をして置こうと思ってわしが瓦の破片を拾ってるてえと、がらがらと来やがって、その大きい奴が仰向けに倒れやがるんで、わしゃ、気をつけろ、下になるぞ！　って、どなったが、もう間に合わねえ。ジャン・コルの野郎、脚を引っこめる暇がなかったんでね……」

「けがをしたのかね？」

「かわいそうに、野郎の脚、添木のようにみごとに折れたんで！　かわいそうなもんじゃありませんか！　それを見た時にゃ、わしは、かーっと腹が立って来てね。つるはしでぶんなぐって、偶像のあたまに穴をあけてやりたかったんだが、ペイレオラードの旦那にとめられちまったんで。

ジャン・コルには、ぜにをやりなすったが、それでも奴あ、そのことがあって以来、二週間も床《とこ》についたきりでさあ。医者どんは、その足では丈夫の方の足のようには二度と歩けねえだろうって言わっしゃるがね。惜しいことをしたもんでさ。かけっくらじゃ第一等の選手だし、旦那のとこの息子どんの次に、ポームの名人だからね。だもんだから、ペイレオラードの若旦那のアルフォンス様は、愁傷さね。何しろ若旦那の相手はコルときまっていたんだからね。二人が球を打ち合うところはすばらしい見ものでしたよ。ポン！　ポン！　と言ったと思うと、一度も地面につかねえんだからね」

こんなうちとけた話をしながら、われわれはイールの町にはいった。まもなく、私はペイレオラード氏と向き合っていた。まだ年とは見えない元気な小がらの老人で、髪に粉を振りかけ、赤鼻の、快活な、冗談を言うことの好きらしいようすをしていた。ド・ペー氏の紹介状の封も切らないで、立派な御馳走の並んだ食卓の前に私をすわらせて、細君や息子に向かって私を紹介したが、何を言うかと思うと、学者の無関心が放置してかえりみない忘却の中からルシヨン*を引き出すべき使命をになっている高名の考古学者だというのである。

貪るようにおいしく食べながら（けだし、少しぴりっと身のしまるような山の空気以上にお腹をぐあいよくすかせてくれるものはないから）、私は主人側の人々をゆっくり観察した。ペイレオラード氏については先刻ちょっとのべたが、この老人は活気そのものだということをつけ加えて言わなければならない。しゃべる、食べる、立ちあがる、書斎へかけて行く、本を持って来る、版画をひろげて見せる、と思うとぶどう酒をついでくれる、二分間とじっとしてはいないのである。細君は、四十を過ぎたカタローニュ婦人の大部分がそうであるように、少々肥り出していたが、私の眼には、ひとえに家事に没頭している典型的な田舎女に見えた。夕飯は、少なく見積っても、六人前には十分だったにもかかわらず、彼女は台所へ走って行って、鳩を何羽も殺させ、ミリャッスの実を揚げさせ、ジャムの壺を幾つということはなしにあけたのである。たちまちのうちに食卓は御馳走の皿と瓶で一杯に埋まってしまい、すすめられただけの物で、全部ただ味を見るだけとしても、たしかに私は消化不良で頓死をとげたに相違ない。ところで私が一皿辞退するたびに、新たな言い訳のくりごとがくり返されるのである。客人がイールへ来て気持の悪い思いをなさりはしないかと心配でたまらないというのである。田舎では何をするにも不便なところへもって来て、パリの人々はなにしろ好みがむずかしいのである。

両親がしきりに行ったり来たりうろうろしているのに、アルフォンス・ド・ペイレオラード君はテルムの神様*然として身動きもしなかった。二十六になる背の高い青年で、立派な整った顔だちをしているが、表情の乏しい顔であった。この青年の身の丈といい、運動家らしいからだつきといい、疲れを知らぬポームの名手というこの地方での彼についての評判を十分に裏書きしていた。その晩のいでたちは存分に粋をこらしたもので、「流行雑誌」の最近号の口絵を正確にしき写しにしたものであった。とはいえ、見た目にはいかにもその着物はきゅうくつそうであった。ビロードのカラーをつけて杭のように固くなっており、振り向く時にはからだごとでなければ振り向かなかった。陽に焼けた巨大な両手と短い爪は衣裳とは奇妙な対照を形作っていた。それはダンディの服の袖から顔を出している百姓の手であった。のみならず、この青年は大いなる好奇心をもって、パリジアンたる私の頭のてっぺんから足の爪先までじろじろ眺めたにもかかわらず、その晩はあとにも先にもたった一度しか私に言葉をかけなかったが、それは何かというと、時計の鎖をどこでお買いになったかときくことであった。

「何をおっしゃる！　お客人」と、夕飯が終りに近づいた頃、ペイレオラード氏が言った。「あなたは私のものですぞ。私の家にいらっしゃる以上はだめです。この山岳地方の珍しいものをことごとく御覧になってしまうまでは、はなしませんぞ。我がルション地方をどうあっても知っていただかなくてはなりません。正当な評価を下していただきたいものですよ。どんなものをお見せするか、なかなか全部は推測がつきますまいて。フェニキア、ケルト、ローマ、アラビア、ビザンツの記念碑をお目にかけますよ。ありとあらゆるもの、セードルの木からヒソプの草に至るまで、御覧になっていただきます。隅から隅までひっぱって歩いて、煉瓦一つだって見落すことは許しませんからな」

咳の発作が言葉を中断することを余儀なくした。私はそのすきを利用して、一家にとってこのような重大な場合に御主人の時間を奪ってお邪魔をするのは心苦しくてたまらない旨をのべた。私のなすべき調査旅行に関して貴重な御教示をいただきさえすれば、わざわざ御同道くださらなくとも、私一人で十分……。

「わかりました！　こいつの婚礼のことをおっしゃるのですな」と私の言葉を遮って、相手は叫んだ。「なんのつまらんことですよ、あさってにはすんでしまいます。御一緒に式にも出ていただきましょう。ほんの内輪だけです。嫁になる娘が伯母の喪中でして、その相続人になっておりましてな。ですからお祭り騒ぎも、舞踏会もいたしません……残念ですな……カタローニュの婦人連の踊るところを御覧になれるのですのにな……きれいですぜ、たぶん、家のアルフォンスのひそみにならいたいという心持が起るに相違ありません。婚礼が一つあると、二つ三つ続くと申しますからな……土曜日に、若い連中が一緒になってしまえば、私は自由の身ですからな。一つ御一緒に歩き回りましょう。田舎の婚礼につらなるというような退屈なことは御迷惑でしょうが、どうぞあしからず。お祭り騒ぎにあきはてていらっしゃるパリジアンにはね。……それに踊り抜きの婚礼ですからな！　それでもとにかく花嫁を御覧になれますよ……花嫁をね……一つ評判をきかせていただきましょうかな……もっとも先生はまじめな紳士で婦人なんか眼中にありませんでしたな。なに、それ以上にすばらしいもので、お目にかけるものがありますよ。あるものをお見せしますよ……すばらしい掘り出し物でびっくりなさるにきまっていますが、まあ、あすまで保留しておきましょう」

「そいつはどうも！　家の中に宝物を持っていて世間に知れないというのはむずかしい仕事ですな。私のために御膳立てをして下さるというびっくりさせることというのも当てることができそうですよ。けれどももしそのびっくり云々の一件があなたの立像のことでしたなら、案内人のしてくれた説明は、ただもう私の好奇心をそそり、讃歎の念を抱かせるばかりでした」

「これはどうも！　偶像のことをもう話しましたかい。なにしろ俗人共は偶像偶像と言っていますからな。私の大切な美しいヴェニュス（ヴィーナス）・テュル……だがこのことは、まだ何も申しますまい。あす、夜が明けたら御覧下さい。そうして、私がこれを傑作だと信じているのが正しいかどうかおっしゃっていただきましょう。全く！　願ってもない、いい機会においで下さいました！　銘があるんですが、なにしろ御覧のとおりの無学者ですから、我流に解釈を下しているのですがな……だがパリからおいでになった学者だから！　たぶん私の解釈なんか嘲笑なさるでしょうな……つまり覚え書きを書いてみたのですよ……かく申す私がね……田舎の老しろうと古代研究家が思いきってやってみたのです……ひとつ新聞をあっと言わせたいと思いましてね……ひとつお読み下さって御叱正が願えれば、望みがあるのですが……たとえばですが、台石に彫ってある、こんな銘を何とお訳しになるか承りたいので、こういうのです、CAVE……いや、まだ何もおきき致しますまい！　万事はあすに致しましょう！　今日はヴィーナスについては一言も触れないことに！」

「それがよござんすよ、偶像なんていいかげんそのくらいにしてお置きなさいまし」と、細君が口を出した。「お客様の召し上るのを邪魔していらっしゃるってことは自分でもわかりそうなものじゃありませんか。何を言ってるのですよ、お客様はパリであなたのなんかよりずっと立派な彫刻をたくさん見ていらっしゃいますとも。テュイルリへ行けば何十というほどありますよ。しかもやっぱり青銅でこしらえてあるのがね」

「これこそまことの無智という奴だ！　聖なる田園の無智か！」と、ペイレオラード氏が遮った。「みごとな古代の作をクートゥ*作るところの平板な彫像にくらべるとは何たることだ！

　　何たる無礼もて

神々を語る内儀どの！* か

どうです、女房のやつ私に向かって、立像を鋳つぶしてここの教会の鐘を造れと言ったのですからな。なにその鐘の名づけ親になりたいからですがね。ミロの傑作をですよ！

「傑作！　傑作！　ほんとにとんだ傑作をやりましたよ！」　人の脚を折るなんてね！」

「おい、いいか?」と、ペイレオラード氏は決然たる調子で、絹の色糸で織った靴下に包まれた右脚を細君の方へ突き出しながら言った。「たとえ私のヴィーナスがこの私の脚を折ったとしても、くやしいとは思わんぞ」

「あきれたものですわね！　どうしてまあそんな口がきけるのでしょう！　ありがたいことにあの男はだんだんよくなるけれど……それでも、あんな害をする彫刻を尊敬するなんて、私にはがまんできませんよ。かわいそうですよ。ジャン・コルは！」

「ヴィーナスに傷を負わされ、ですからね」と、ペイレオラード氏は哄笑一番口を入れた。「ヴィーナスに傷を負わされ、ここな俗物、不足を申す、ですかな。

Veneris《ヴエネリス》 nec《ネック》 Præmia《プレミア》 noris《ノリス》

(汝はヴィーナスの贈りもの〔恋の喜び〕も知らぬな)*

ヴィーナスに傷を負わされざるものありや?　ですかね」

ラテン語よりもたしかにフランス語の方をよく解するアルフォンス君は、したり顔に目くばせをしたと思うと、どうです、パリのお方、おわかりですか、と、ききたげに私の方を眺めた。

晩飯は終った。私が御馳走を口にいれなくなってからかれこれ一時間はたっていた。疲れていたし、思わず頻発するあくびを噛み殺しきれなかった。ペイレオラード夫人がまっ先にそれに気づいて、もうお寝みになる時刻ですと注意した。すると、またしても私がこれから持つであろうところの粗悪なる夜の宿についての新たな言いわけの百まんだらが始まるのであった。私はパリにいるようなわけにはいかないであろう。田舎は全く、不便である！ ルションの民に対して寛大なる心を持ち合わせなければならないのである。山の中を走り回って来たのであるから、一束の藁でも十分無上の安眠のむさぼれる寝どこであると、いくら言い逆らってみてもだめだった。心持ばかりははやりながら、願いどおりに十分おもてなしができないとしても、どうかかわいそうな田舎者だと思し召して許していただきたい、とあいかわらず頼み続けるのである。それでもようやく、ペイレオラード氏に送られて、自分にあてられた部屋へ上って行った階段は、上の方の段は木造になっていたが、ちょうど廊下の真ん中に行き当るようになっていた。いくつかの部屋の戸口がその廊下に面して並んでいた。

「右手の方が、未来のアルフォンス夫人のにしようと思っている部屋です。先生のお部屋は反対側の廊下の突き当りです」それから、婉曲な言い回しにしようとして、主人はこうつけ加えた。「なにしろ新婚の若夫婦は隔離する必要がありますからな。先生は家の一方の端、奴《やっこ》さんたちはもう一方の端というわけです」

われわれは立派な家具を並べた部屋にはいった。その部屋で最初に私の眼にとまったものは長さ七尺幅六尺もあろうと思われる寝台であった。のみならず高さもずいぶん高いので、その上に登るには腰掛けの助けをかりなければならないしろものである。主人は呼鈴の在りかを私に教え、砂糖壺に砂糖が一杯はいっており、コローニュ水の瓶が然るべく化粧台の上に置かれていることを、みずから確かめると、さて、何か御不自由なものはございませんかと、幾度も念を押したあとで、やっと、ではおやすみ下さいと言いながら、私を一人残して行った。

窓は閉めきってあった。着物を着かえる前に、私は、夜の冷たい空気を吸おうと思ってその窓の一つをあけた。長い夕飯の後の冷たい空気は実に気持がいい。向こうにカニグーの山並みが横たわっていた。いつ見てもすばらしい山の姿であるが、その晩は特に世界中で一番美しい山のように思われた。あかるい月の光に照し出されていたのである。数分の間、私はそのすばらしい影絵に見とれて、じっとしていた。それから、窓を閉めようとして、ふと下をみると、家から二十間ばかり離れたところに、台石の上にのっている立像の姿を見つけたのである。その立像の置かれている位置は、小さな庭と、完全に平らにならした真四角な地面とをしきっている生垣の角のところであった。その平らな地面が町のポームのコートであることは、後にわかった。その地面はペイレオラード氏の所有地であるが、子息の懇望によって、同氏から町へ譲られたものである。

私のいる距離では、立像の姿勢を見わけることは困難であった。ようやく高さが判断できるだけであった。およそ六尺くらいはあろうか。ちょうどその時、町の若者が二人、美しいルションの俗謡「うるわしの山」の節《ふし》を口笛で吹きながら、かなり生垣に近く、ポームのコートの上を通りかかった。二人は足をとめて、立像を見ていたが、そのうちの一人は、立像に向かって勢いこんで何か大声に話しかけた。その男はカタローニュ語でものを言っていたが、私がルション地方に来てから相当日がたっているので、どうやらその男の言っていることは理解できた。

「いやがったな、畜生め！（もっともカタローニュ語はもっと力強いものであったが）いやがったか！」と、彼は繰り返して言った。「ジャン・コルの脚を折りやがったなあ、てめえだな！俺のをやってみろ、てめえの首ふっとばしてやるぞ」

「馬鹿をいえ！　何でふっとばすつもりだ？」と、相手の男が口をいれた。「銅だぜ。とてもかてえんだから。エチエンヌの野郎、こいつをやっつけようてんで、やすりを当てやがって、おっぺしょっちまいやがったからの。異教徒の時分の銅だとよ。何だか知らねえが、えらくかてえもんだよ」

「俺のひやのみさえありゃ（どうやら錠前屋の見習小僧らしかった）、すぐさまあのでっかい白い眼玉を巴旦杏を殻から出すように、えぐり出してやるぞ。銀にすりゃ、百スゥの上はあらあな」

こう言い捨てて五、六歩行き過ぎたと思うと、小僧のうちの大きい方が、突然立ちどまって、こう言った。

「偶像の奴におやすみを言わなくちゃならねえ」

彼は身をかがめた。たぶん石を拾ったものであろう。その若者が腕をのばし、何か投げるのが見えた。と、たちまち青銅にあたったらしい音がきこえ、同時に、小僧が、あっという叫び声と共に、手を額のところへ持っていった。

「畜生投げ返しやがった！」

そう言ったと思うと、くだんの二人のいたずら小僧は雲を霞と逃げ失せた。あきらかに、石がかねに当ってはね返り、この馬鹿者が女神に加えた侮辱を罰したのである。

私は心から愉快になって笑いながら窓を閉めた。

「またしてもヴァンダル人がヴィーナスの罰を喰ったか。ねがわくは、我が国の古き記念物の破壊者はことごとくこういう風に頭を割られることだ！」こういう慈悲深い祈願をこめておいて、私は眠りに落ちた。

目がさめた時は、日はすでに高く昇っていた。私の寝台のそばに、一方にはペイレオラード氏がねまき姿のまま、反対の側には、細君からつかわされた下男が、手にチョコレートの茶碗を捧げて、立っていた。

「さあ、もう起きて下さい。パリの先生！　どうも都の人は寝坊で困りますな！」私が大急ぎで着物を着かえている間、主人はしきりにこう言うのである。「八時ですよ、それだのにまだ寝てござるとは！　かく申す拙者は、もう六時から起きておりますぞ。もう三べんもやって来ましたがね、抜き足差し足で、戸口へ近づいて見ると、誰もいない。生きた人間のいる気配がないのですからな。先生くらいの年齢で寝すぎては毒ですぞ。それにわが輩のヴィーナスをまだ御覧にならないじゃありませんか。さあ、大急ぎでこのバルセロナのチョコレートを一杯召し上って下さい……正真正銘の密輸入品です……パリなんかでは飲もうたって飲まれないしろものです。今のうちに力をつけておいて下さい。と申すのは、わが輩のヴィーナスの前にお立ちになったが最後、動かそうたってあなたが動かなくなりますからね」

五分間で私のしたくはできた。換言すれば、顔を半分だけ剃り、でたらめに服のボタンをかけ、煮立ったチョコレートをぐいと一口に飲んで、胃をやけどしたのである。私は庭へおりて行き、すばらしい立像の前に立った。

それはまぎれもないヴィーナスであった。目もさめるばかりの美しさである。上半身は裸体であった。これは古代人が位の高い神々を表現するのに通常とるやり方である。乳の高さまで差し上げた右手は、掌を内側に、おや指と次の二本の指をのばし、他の二本を軽くまげた姿勢で、折りまげられていた。もう一方の手は、腰に近く、下半身を包んでいる衣を支えていた。この立像の姿勢はどういうわけかゲルマニクスという名前で呼ばれている「イタリア拳をする男」の姿勢を思い出させるものがあった。たぶん、イタリア拳をやっている女神の姿を現わそうとしたものであろうか。

それはとにかく、このヴィーナスの肉体以上に完全な何物かを見ようと言っても、それは不可能であった。その肉体の線以上に甘美な、かつみだらなものはほかに求められない。その着物の襞《ひだ》の線の現わし方ほど典雅な高貴なものは他に断じてない。私は帝政末期の作品か何かであろうと期待していた。私は実に立像制作の最盛時の傑作を眼の前にしていたのである。なによりも私を驚かしたのは、えも言われぬ線の真実さであった。現実の人間から直接型をとったものではないかと思われるくらいであった。もっともこれは、自然がこれほど完全なモデルを作り出しうるもの・と仮定しての話であるが。

額の上でかきあげられた髪の毛は、かつてはめっきされていたものらしかった。頭は、ほとんどすべてのギリシアの彫刻の頭がそうであるように小さかったが、軽く前方にかしげられている。顔面に至っては、とうてい私にはそのふしぎな特徴を筆に現わすことはできない。その型は私の想起する限りのいかなる古代の彫刻とも近似するところのないものであった。それは、流儀として、すべての顔面の線に荘重な不動の気分を与えたギリシアの彫刻家特有の静かな厳粛な美ではなかった。むしろここでは、反対に、芸術家が故意に、ほとんど邪悪に近いいたずら好きらしいようすを表現しようとしているあきらかな意図を看取して、私は意外の感に打たれたのである。顔面のすべての線はことごとく軽度ではあったがひきつめられていた。眼は、少し藪にらみで、口の両端がつり上り、鼻孔はいくらかふくらんでいた。軽蔑、皮肉、残忍、といったようなものが、それにもかかわらず信じられないくらい美しいこの顔の上に読まれたのである。事実、この驚歎すべき立像を眺めれば眺めるほど、このようなすばらしい美しさが、人の苦しみに同情するといったふうな気持の完全な欠除とどうして結びつきうるものだろうかという苦しい考えにますます胸を圧迫されるのである。

「万が一にもモデルが存在していたとすれば」と、私はペイレオラード氏に向かって言った。「もっとも、私は、天がこんな女をよもや作り出したとは信じられないのですがね、もしそうだとすると、この女の恋人たちこそかわいそうだと思いますね！　絶望のあまり命をおとすようにしむけて楽しんだに相違ありませんからね。表情の中に何かしら凶悪なものがありますが、それにもかかわらず、こんな美しいのを今までに見たことはありません」

「これこそ己が餌に心奪われし女神の姿」*

と、ペイレオラード氏が、私の感心ぶりに、すっかり満悦して、叫んだ。

この魔性を帯びた皮肉の表情はどうやら、非常によく光る銀象嵌のその眼と、時の力が立像全体に与えている暗緑の緑青との対照のため一そうきわだっているものらしかった。らんらんたるその両眼は現実を想わせ、生命を感じさせる一種の幻覚を生ぜしめていた。見る者の目を伏せさせると案内人の言っていたのを、私は思い出した。これはほとんど真実であった。この青銅の彫刻と相対してどうも何となく気のつまる感じがするので、我ながら自分自身に対して腹立たしさがこみ上げて来るのを押えることができなかった。

「さて、細部にわたって残らず歎賞を惜しまずに検分なさったのですから、我が親愛なる古代研究の同僚に申し上げますが、いかがでしょう、ここに学術会議を開催しようではありませんか。まだお気づきにならぬようですが、この銘についてはいかがです、なにか御意見はありませんか？」

主人は立像の台石を示した。そこには次のような言葉が読まれた。

CAVE AMANTEM

「Quid dicis doctissime《クイッド・ディキス・ドクティシメ》?（いかがです、何とおっしゃいます、碩学?）」主人は両手をこすりながらこうきいた。「このCave amantemの意味についてわれわれ両者の意見が一致するかどうか、一つやってみようじゃありませんか」

「ですが、意味は二つありますな。『汝を愛する者に気をつけよ。恋人たちに心許すな』と、訳すこともできます。けれども、この意味ですと、どうも、Cave amantemではりっぱなラテン語と言えるかどうか疑問ですからな。この女性の悪魔的な表情を見ると、むしろ芸術家が観賞者に向かってこの怖ろしい美しさに対して注意せよ、と警告しているものと信じたくなりますね。ですから、こう訳してみましょうかな。『もしこの女が汝を愛したら、気をつけるがよい』ではいかがでしょう」

「うむ! なーるほど、そういう意味にもとれますな。だが、お気をそこねたらまっぴらお許し願いたいが、私は最初の訳をとりますな。もっとも少し意味をひろげて考えるのですがね。ヴィーナスの恋人をごぞんじでしょうがな?」

「大勢いますよ」

「さよう。ですが筆頭第一はヴュルカン*です。で、こういうつもりではないでしょうか? 『お前がいくら美しくても、人を馬鹿にしてみても、お前は鍛冶屋を、醜いびっこを恋人に持つだろう』これこそ、男たらしの面々にとって、意味深長な教訓ではありませんか」

私は微笑を禁じ得なかった。どう考えても恐ろしいこじつけとしか思われない。

「ラテン語という奴はしまつにおえない言葉ですな、あまり簡潔すぎて」真正面から我が古代研究の達人に言いさからうことを避けるために、私はただこう言っておいて、立像をもっとよく眺めるために、五、六歩あとへ退った。

「ちょっとお待ち下さい。御同学！」と、私の腕を抑えながらペイレオラード氏が言った。「まだ全部を御覧になっていませんよ。まだもう一つ銘があるのです。台石の上に上って、右の腕を御覧下さい」こう言いながら、私の上るのに手を貸してくれた。

私はまっぴらごめんをこうむって、ヴィーナスの首っ玉にかじりついた。だんだんこの女神になれてきたのである。ちょっとの間ではあったが文字どおり鼻先きでこの女神像を眺めるほどの芸当さえやってのけた。そうして、近寄って見ると、さらにいっそう意地悪そうであり、いっそう美しいことを発見したのである。それから、腕に何か字が彫ってあるのを私は認めた。それは、私の見た感じでは、古代の草書体であった。眼鏡の力を借りることややしばし*、私は次のごとき言葉を拾い読みした。一方、ペイレオラード氏は、私が口に出すあとから、一語一語同じことをくり返し身ぶりと声で賛成の意をあらわした。さて私はこう読んだのである。

VENERI TVRBVL……
EVTYCHES MYRO
IMPERIO FECIT

一行目の TVRBVL という言葉の後に、何かまだ字があるのが消えたものらしかったが、TVRBVL までは完全に判読できた。

「どういう意味ですかな？……」あるじは上機嫌で、してやったりというような微笑をうかべながら、こうきいた。このTVRBVL だけは易々と片づけられまいと、考えたのである。

「まだ説明のつかない言葉が一つありますがね、あとはお茶の子ですよ。その命によりオイティケス・ミロこの品をヴィーナスに捧ぐ」

「みごと、みごと。だが TVRBVL はどうなさいます？ TVRBVL とは何でしょう？」

「TVRBVL は弱りましたな。何かよく知られているヴィーナスの性質を現わした言葉で助けになるようなものはないかと、さっきから探しているのですがね、だめですな。どうです。TVRBVLENTA ではいかがでしょう？ 人の心を乱す、さわがせるヴィーナス、です……ごらんのとおり、どうもいつまでもあの意地悪そうな表情が気になってしかたがないのです。TVRBVLENTA これならヴィーナスの形容詞としてはそんなに悪いものではありませんな」

謙遜な調子で私はこうつけ加えた。私自身、自分の説明にあまり満足していなかったのである。

「騒ぎ好きのヴィーナスですかな！ がさつもののヴィーナスか！ 驚きましたな！ 私のヴィーナスが酒場のヴィーナスだとおっしゃるのですか？ とんでもない。氏育ちのりっぱなヴィーナスですよ。ひとつ TVRBVL の説明を致しますかな……ですが、一つ約束をしていただけるでしょうな。私の覚え書きが印刷になる前には、どうか私の発見したことをいっさい口外しないでいただきたいのですが。つまり、なんですよ、この掘り出し物を自分としては一生の名誉と心得ているのですからな……ちっとは私どもにも、田舎に埋れているかわいそうなわれわれにも、落穂を残して拾わせて下さらなくちゃね。あなた方はたくさん持っていらっしゃるのだからな。パリの先生方ときたら！」

あいかわらず鳥がとまり木にとまっているようなあんばいにかじりついていた台石の上から、私はペイレオラード氏に向かって、彼の発見したものを盗むような卑劣な真似は断じてしない旨を、おごそかに誓った。

「TVRBVL……は」と、彼は近よりながら、私以外のだれかがきくのをはばかるように、声を低めて言った。「TVRBVLNERAE と読んでいただきたいですな」

「ますますわかりませんな」

「ひとつきいていただきましょう。こうなのです。ここから一里ばかり行くと、山のふもとにブルテルネールという名前の村があります。これはすなわち、ラテン語の TVRBVLNERA（テュルヴルネラ）のなまったものです。こういう種類の音の位置転換は非常によくある奴ですからな。ブルテルネールは、実に、ローマの一都市だったのです。実は、かねがねそうだろうと思っていたのですがね。何しろ証拠がなかったものですからな。その証拠が、ここにあるというわけです。このヴィーナスはブルテルネールの町の守護神だったのです。それからこのブルテルネールという字は、今私は古代に起原を持っていることを証明しましたが、さらに一そう好奇心をそそる事実を証明しているのです。すなわちブルテルネールは、ローマの一都市である以前に、フェニキアの町だったのです！」

彼はちょっと言葉を切って、息をいれ、ついでに私の驚きを楽しもうとした。私はやっとの思いで、ふき出すのをこらえた。

「事実、TVRBVLNERA は純粋のフェニキア語です」と彼は続けた。「TVR（テュル）をTOUR（トゥール）と発音して下さい。……TOUR それから SOUR 同じ言葉です。そうでしょう？ SOUR はティールのフェニキア名前です。意味を今さら申しあげる必要はありますまい。BVL バールです。バル・ベル・ブル、発音のちょっとした違いだけです。NERA に至っては、これは少々骨が折れますな。フェニキア語が見つからないものですから、私はこういう風に考えたいのですがね。すなわちこれはギリシア語の NEROS 湿気るとか、沼沢の多いとかいう意味の言葉から来ているのです。つまりこれは混成語ですな。ネロスがいかにももっともだということを証明するために、ブルテルネールへ行ったら、山から流れて来る小川がそこで悪い臭のする沼沢を形成しているところをお目にかけましょう。もっとも他方こういうことも考えられます。NERA という語は、ずっと後になって、テトリクスの妻、ネラ・ビヴェヴィアの名を尊び記念するためにつけ加えられたのかも知れません。この女はテュルブルの町に何かためになることでもしたのでしょう。けれども、沼地があるのですから、私はネロス語原説の方をとります」

彼は一つまみのかぎ煙草を鼻に当てて満足そうに吸い込んだ。

「フェニキア人はそのくらいにしておいて、銘の方へ立ちもどることにしましょうかな。そこで私はこう訳します。『その命により、ブルテルネールのヴィーナスに、ミロ、その作品なるこの像を捧ぐ』」

私は彼の語原説を批評することは差し控えた。けれども今度は自分の方でもひとつ洞察力のあるところを証明してやりたくなったので、こう言ってみた。

「ちょっとお待ち下さい。ミロが何か捧げ物をしたことは事実ですが、それがこの像だとはどうしても思われませんね」

「なんですと！　ミロは有名なギリシアの彫刻家ではありませんか？　彫刻家としての才能が長く彼の家に伝わり、この像を造ったのはたぶん彼の子孫の一人なのです。これほど確かなことはありませんよ」

「けれども腕に小さな孔が見えますね。それは何か、たとえば、腕輪か何かをとめておくのに使われたものだと思われますが、それをこのミロという男が罪滅しの奉納品に捧げたのです。ミロは恵まれざる恋人だったのです。ヴィーナスがこの男に対して腹を立てていたのですな。そこでこの男は金の腕輪か何かを捧げて女神の怒りを鎮めたのです。fecit が consecravit の意味になることがたびたびあることに御注意下さい。同じ意味の言葉です。手もとにグリューテル*かオレリウス*でもあれば、いくらでも例をお目にかけますがね。恋をしている男がヴィーナスを夢に見る。そうして女神が自分の像に金の腕輪を捧げよと命じたと思う。これはいかにも自然なことです。ミロは女神に金の腕輪を奉納したのです……それを後になって、芸術の美を知らぬ奴らかないしは不敬の盗人が……」

「いやはや！　わかりましたよ、たいへんな小説をお作りですな！」私がおりようとするのに手を貸してくれながら、あるじはこう叫んだ。「断じて、これはミロの流れをくむ派の作品です。

できばえを見るだけでたくさんでしょう。そうすればいや応なしに承服なさるでしょう」

がんこな古代愛好家連中にむやみに言いさからうことは夢々すべからず、というのを金科玉条としていたので、私は恐れいったというようすで頭を垂れ、こう言った。

「全くすばらしい作品です」

「やっ！　これは！」ペイレオラード氏が叫んだ。「またしてもヴァンダリスムの行なわれた形跡がある！　私の像に誰か石を投げつけたらしい」

彼はヴィーナスの胸の少し上のところに白い傷痕を見つけたのである。私も同じような痕跡を右手の指の上に認めた。その時想像したのであるが、それは、石が飛んで来る途中にさわったものか、それとも、ぶつかった拍子に破片ができて、それがはね返って手に当ったものであろう。私は主人に向かい、自分の目撃した女神に対する冒瀆行為と、それに続いて起った速かな天罰とを語った。彼は面白がって大いに笑いながら、その見習小僧をディオメデス*に比較し、このギリシアの英雄と同じように、この小僧も仲間がことごとく白い鳥に化したところを見ればいいと言った。

昼飯を告げる鐘が古代で持ち切りの会話を中断した。昨晩同様、私はまたうんとこさと詰めこまなければならなかった。それから、ベイレオラード氏が彼らと面会している間に、息子は私を引っ張って行って、未来の花嫁のためにツールーズで買った馬車を見せた。私はたいそうみごとですなと言ってほめた。むろんこれはいうまでもないことである。それから一緒に厩《うまや》の中にはいったが、そこで彼は三十分も私をとらえて、馬の自慢をし、系図をきかせ、県の競馬で勝った賞金の数を講釈するのであった。最後に、未来の花嫁の話をし出したが、これは花嫁のにするつもりでいた灰色の牝馬のことから話が自然に移ったのである。

「今日見られますよ。先生が御覧になってきれいだとお思いになるかどうかわかりませんがね。パリではあなた方の好みはむずかしいですからな。けれども、ここでも、ペルピニャンでも、みんなが美しいと言ってくれますよ。ありがたいのは、彼女が非常に金持なことです。プラードの伯母が彼女に財産を残してくれましてね。全く！　僕はしあわせ者になるんだな」

若い身そらで、未来の花嫁の明眸よりも持参金に心を動かされているらしいようすを見て、私はひどく心証を害した。

「先生なら宝石のことはくわしいでしょうな」と、アルフォンス君は続けた。「いかがです、これは？　あす贈ろうと思っている指輪です」

こう言いながら、小指のつけ根からダイヤをちりばめた大きな指輪を引き抜いて見せた。組み合わされた二本の手の形に作られているもので、暗示は大いに詩的なもので、私は感心したものである。細工は古いものであったが、ダイヤをはめるためにあとから手を加えたものであると私はにらんだ。指輪の内側にはゴチック文字で次のような言葉が読まれた。Sempr' ab ti《センペール・アブ・ティ》すなわち、永久に汝と共に、としるされていたのである。

「みごとな指輪ですな。ですが、このダイヤをつけ加えたのは、少々特質を失わせましたな」

「とんでもない！　これでずっとみごとですよ」と、相手はにやりと笑いながら答えた。「千二百フランだけダイヤがはいっているのですよ、母がくれたのですがね。非常に古くから家に伝わった指輪です。騎士道華やかなりし時代からですかな。祖母が使ったものですが、祖母もそれを自分のおばあさんからもらったのです。いつ頃できたものか誰も知りませんな」

「パリのしきたりでは、何も飾りのない指輪を贈ることになっています。通例、二つの異った金属、例えば金とプラチナという風に二つの金属で作ってあるものです。ちょっと、そのもう一つの方の指輪、その指にはめていらっしゃる方が、ずっと適当じゃありませんかね。この方は、ダイヤと浮彫になった手が邪魔になって、大きすぎるので、上から手袋をはめようと思ってもできないでしょう」

「ああ、そりゃ！　マダム・アルフォンスがどうにでもいいようにするでしょうよ。何と言ってもこれを持っていれば彼女としては大満足だろうと思いますよ。指に千二百フランつけているとなると悪い気持はしませんよ。この小さい方の指輪は」と、彼は手に持っていた平打ちの指輪を満足げにながめながらつけ加えた。「これは、謝肉祭の終りの日にパリである女がくれたものですがね。全く！　パリにいた時分は、やったものですよ、私も。もう二年も前ですがね！　全く、遊ぶとなるとパリだな！……」こう言って、彼は昔をなつかしむかのようなためいきをついた。

その日は、ピュイガリィグの未来の花嫁の両親の家で晩餐の御馳走になるはずになっていた。われわれは馬車に乗り、イールから一里半ほど離れたその邸へ出かけて行った。私はペイレオラード家の友人として、紹介され迎えられた。晩餐のことも、その後に続いた会話のことも、筆者は語らないであろう。それに、その会話には私はほとんど加わらなかったのである。アルフォンス君は、未来の花嫁の側に陣どって、十五分ごとに何か一言ずつ耳もとにささやいていた。彼女の方はどうかというと、ほとんど目を伏せたきりだった。そうして、求婚者が話しかけるごとに、つつましやかに顔を赤くしていたが、それでもひるまずに返事をしていた。

マドモアゼル・ド・ピュイガリィグは十八であった。いかにもしなやかな、きゃしゃなからだのつくりは、未来の夫の筋骨たくましい骨張った姿と著しい対照をつくっていた。美しいばかりでなく、何となく人をひきつけるところがあった。私は彼女の返答のすべてが完全に自然な調子をそなえているのに感心した。それから善良らしいそのようすにも心をひかれた。けれどもそれは、かすかに悪意の色を帯びていないこともなかったので、我にもあらず、私は主人のヴィーナスのことを思い出した。私は心中にこうした比較をしているうちに、一体、あの像に認めざるを得なかったすぐれた美しさは、大部分、その牝虎のような表情に依存するものではなかろうかという疑問を自分自身に発してみた。けだし、生活力というものは、よこしまな情熱にあっても、常にわれわれの中に驚愕の念と一種の我にもあらぬ感歎の念をひき起させるものである。

「なんとも惜しいことだな。あのような美しいひとが金持であるばかりに、その持参金のおかげで自分に値しない男に見こまれるとは!」私はピュイガリィグを去るに際して心中に独りこう思ったのである。

イールへ帰る道すがら、ペイレオラード夫人にも時々は言葉をかけなければなるまいと思ったが、どんなことを言ったらいいかわからないので、こう言ってみた。

「ルシヨンでは、みなさんなかなか迷信排撃派の方ですな、驚きましたな、奥さん、金曜日に結婚式をなさるとは！　パリでは、われわれなら、もっとかつぎますよ。金曜日というような日に妻をめとる勇気のある者なんか誰もいませんね」

「まあほんとに！　そのことでしたら私にはおっしゃらないでくださいませ。私一人の気持できまるものでしたら、それこそほかの日を選んだでしょうけれど。けれどもペイレオラードがどうしてもそうしろと申すのでございます。まあむりが通れば道理が引っこむでございましてね。それでも私は気がかりでしかたがないのでございますよ。何か悪いことが起ったらどうしましょう？　全く何か理窟があるものに相違ございませんわ。だって、とにかく、では、なぜ、誰も彼も金曜日を怖がるのでしょう？」

「金曜日！」と御亭主は叫んだ。「ヴィーナスの日じゃないか！　結婚には持って来いの日さ！　いや先生、御覧のとおり、私は例のヴィーナスのことばかり考えているのですがね。いや全く！　私が金曜日を選んだのもヴィーナスのためですよ。あす、もしおよろしかったら、式の前に、われわれ二人がちょっとヴィーナスに生贄《いけにえ》を捧げる式をやろうではありませんか。山鳩を二羽捧げるのですな。それから、香はどこにあったっけな……」

「まあ、なんてことを、ペイレオラード！」と、あまりのことに胆をつぶした細君がさえぎった。「偶像に香を供《そな》えるとは何事でしょう。神様をけがすことになるじゃありませんか！　そんなことをしたら、それこそ近所の人たちが私たちのことを何というかわかりませんわ！」

「せめて、ばらとゆりの冠をヴィーナスの頭にのせることくらいは、ゆるしてくれるだろうね。

Manibus《マニブス》 date《ダテ》 lilia《リリヤ》 plenis《プレニス》
（手一杯の百合の花をささげよ）*

ねえ先生、憲法は空文ですな。われわれは信仰の自由を持っちゃおらんです！」

翌日の手はずは次のようにとりきめられた。一同は十時きっちりに支度をし、身じまいをしていること。チョコレートを飲んだら、馬車でピュイガリィグへ出かける。法律上の結婚は村役場で挙行される。つづいて宗教上の儀式は邸内の礼拝堂で行なわれる。次に来るのはお昼の御馳走である。お昼がすんだら、七時まではどうにでもして時間をつぶす。七時になったら、イールに帰還する。ペイレオラード氏の邸へ帰るのである。ここで両家族の者が集って夜食という段どりになる。それから後は型のごとくである。踊れない以上は、できるだけたくさんの御馳走を食べようという寸法である。

朝の八時から、早くも私はヴィーナスの前に腰をかけ、鉛筆を手にして、さっきから二十ぺんもヴィーナスの首を写生しなおしているのであるが、どうしてもその表情を紙の上にとらえることはおぼつかなかった。ペイレオラード氏は、私のまわりを行ったり来たりうろうろしながら、横から口出しをしてみたと思うと、また例のフェニキア語原説をくり返し、それから、立像の台石の上にベンガルばらをのせ、悲喜劇然たる調子で、女神に向かい、女神の守護したまう屋根の下に今後生活しようとしている若夫婦のために祈願の言葉を唱えた。九時頃ペイレオラード氏は自分の身じまいのことを考えるために家の中へ引返したが、それと同時に、アルフォンス君が姿を現わした。仕立ておろしの礼服をきちんと身につけ、白手袋に、エナメルの靴、彫金を施したボタン、ボタン穴にばらの花を一輪さしている。

「家内の肖像も一枚描いていただきましょうかな？」私のデッサンの上をのぞき込みながら、彼はこう言った。「あれもきれいですよ」

ちょうどその時、前にのべたポームのコートの上で、勝負が始まっていた。それは、すぐにアルフォンス君の注意をひいた。私も疲れてきたし、あの魔性の顔を写しとることは絶望していたので、すぐにデッサンをやめて、勝負をしている連中を見物することにした。その中に昨日ついたスペインのらばひきが五、六人いた。アラゴン人とナヴァーラ人でほとんどいずれもすばらしい腕前を持っていた。だから、イールの連中も、アルフォンス君がその場にいてコーチしてくれるのに勇気づけられたとはいえ、この新しい選手連のためにかなりたわいもなくしてやられていた。フランス方の見物人たちは狼狽した。アルフォンス君は時計を出して見た。まだやっと九時半である。母親はまだ髪も結っていない。彼はもはや躊躇しなかった。礼服を脱ぎ捨てたと思うと、胴衣を貸してくれと言った。それから、スペイン人たちに挑戦した。私はほほえましい気持で、けれども少々驚きながら、彼のようすを見ていた。

「土地の名誉を保つ必要がありますよ」と、彼は言った。

その時こそ実際私はこの青年を美しいと思った。彼は興奮していた。先刻まであのように彼の気がかりのたねであった身じまいも、もはや彼にとっては何物でもなかった。五、六分前までは、ネクタイが崩れるのを恐れて、ろくに首を振り向けることさえしなかったのである。今では、もう、こてをかけた髪のことも、立派な襞を付けた胸飾りのことも念頭にはなかった。それから彼の未来の妻も！……いや全く、もしも必要とあれば、確かに結婚式を延期したであろう、と、私は信じている。大急ぎでサンダルをはき、袖をまくりあげ、自信ありげなようすで、シーザーがディラキウムに部下の兵士を収拾したごとく、敗軍の先頭に立つ彼の姿を見た私は、生垣をとび越えて、榎の木陰の、両方の陣をよく見わたせる場所に陣どった。

総員の期待に反して、アルフォンス君は第一球を打ち損じた。もっともその球は、スペイン勢の主将とおぼしきアラゴン人が打ったもので驚歎すべき力で打ち込まれ、地面とすれすれに流れ込んで来たことは事実であったが。

四十がらみの、身のしまった、六尺ゆたかの筋骨たくましい大男で、オリーヴ色にやけた皮膚の色は、ほとんどあのヴィーナスの青銅の色と同じくらいの濃さを持っていた。

アルフォンス君は憤然とラケットを地上に叩きつけた。

「畜生、このいまいましい指輪のおかげだ。指をしめつけやがって、間違いなしの球をはずさせやがった！」

彼は、かなり骨を折って、ダイヤ入りの例の指輪をはずした。私はそれを受けとろうとして進み寄った。けれども彼の方がその先を越して、ヴィーナスのところへかけ寄ったと思うと、その指輪を女神の無名指に通し、それから再びイール勢の先頭の自分の部署についた。

彼は蒼ざめていたが、落ちついた決心のほどを面に現わしていた。それからというものは、ただの一度も失策をしなかった。スペイン勢は完全に負かされた。見物の熱狂はすばらしい見ものであった。帽子を空に投げあげて歓呼の声をあげる者があると思うと、他の連中は、かけ寄ってアルフォンス君の手をにぎり、若旦那こそは土地の名誉だ、と叫んだ。ほんものの敵の侵入をしりぞけたとしても、彼がこれほど熱烈な心からの祝辞を受けたかどうか疑問である。負けた連中のくやしそうなようすは、さらにいっそう彼の勝利の栄光を輝かせた。

「また今度やろう、なあ。だが、君にはハンディキャップをつけてやろう」勝ち誇った調子で彼はそのアラゴン人に向かってこう言った。

私ははらはらしながら、アルフォンス君がもう少し謙譲な態度をとってくれればいいのにと思った。相手の受けた辱めはほとんど見るにしのびなかった。

その大男のスペイン人にはこの侮辱はよほどこたえたと見えた。真黒に陽にやけた皮膚の下でさっと血の気が引くのが私の眼にも見えた。歯をくいしばって悲痛な面持で自分のラケットを見つめていたが、やがて、押しつぶされたような声で、Me《メ》 lo《ロ》 pagarás《パガラス》（今に見ろ）と低く言い放った。

ペイレオラード氏の声が息子の勝利をかき乱した。あるじは、息子が新しい馬車の支度の裁量をしているかと思いのほか、その場にいないのに大いにびっくりしたが、ラケットを手にして、汗びっしょりになっている姿を見た時にはさらにいっそう驚いた。アルフォンス君は家の中にかけ込み、顔と手を洗い、ふたたび新しい礼服とエナメルの靴をつけ、さて、五分後には、一同ピュイガリィグに通ずる街道の上を大急ぎで馬車を走らせていた。町のポームの選手の全部と、見物人の大多数は歓呼の声をあげて、われわれのあとからついてきた。われわれをのせた車をひいている屈強な馬もさすがにこの向こう見ずのカタローニュの連中の先に立って走りつづけかねるほどであった。

われわれはピュイガリィグについた。行列は村役場に向かって行進を開始しようとしていた。と、そのとたん、アルフォンス君が額をはたと打ったと思うと、小声で私に言った。

「大失敗をやりましたよ！　指輪を忘れて来ちまったのです！　ヴィーナスの指にはまったままです。くそっ、いまいましいヴィーナスだ。母にだけは内密にしておいてください。たぶん自分からは気がつきますまいから」

「誰か使いをやったらいいじゃありませんか」と、私は言ってみた。

「それがねえ！　私の下男はイールに残して来てありますし、ここにいる連中はどうも信用できませんからな。千二百フランのダイヤですよ！　眼のくらむのは一人二人じゃありますまい。それればかりじゃない。私のうかつなことをここの人たちが何と思いますかね！　たださえだまっていないのですからな。さぞ軽蔑することでしょう。女神像の御亭主とか何とか言うでしょうよ……人が盗みさえしなければいいのですが？　ありがたいことに奴らは偶像をこわがっていますがね。手のとどくところまで近づく勇気はありませんよ。なあに！　なんでもありませんさ。別の指輪がありますからね」

法律上および宗教上の両儀式はいずれも然るべき盛大さをもってとり行なわれた。そうして、マドモアゼル・ド・ピュイガリィグは、自分の夫となるべき人が自分のために恋の形見を犠牲にしたとはつゆ知らず、パリのお針女か何かの指輪を受けとったのである。それから一同は食卓についた。食卓では一同は飲み、食い、いな、歌さえ歌った。すべて長々と時間をかけたのである。私は新婦のために彼女を取り巻いて爆発する上品とは言いがたい喜びを苦々しく思った。それでも彼女は私の思ったよりはるかにしっかりした態度を保ち、彼女の当惑は不体裁にもならずまたわざとらしくもなかった。

恐らく勇気は困難な事態とともに湧いて来るものであろう。

いつすむかと思われたお昼の御馳走が終った時は、四時であった。男たちは外へ出て庭を歩き回った。庭はすばらしく立派なものであった。晴着を着飾ったピュイガリィグの百姓の女たちが、邸の芝生の上で踊るのを見物する者もあった。こういう風にして、われわれは二、三時間つぶした。その間婦人連は熱心に新婦をとりかこみ、新婦は彼女らに結納の品を一々見せていた。それから、新婦の色なおしがあったが、美しい髪を早くも羽飾りのついた帽子とボンネでつつんでいるのを私は目ざとく見つけた。けだし女というものは、娘時代にはまだ習慣によって禁じられているような装飾を、つけてもいい時が来るが早いか、何をおいても急いで身につけるものである。

イールに向かって出発するために、一同が御輿をあげたのは、ほとんど八時に近かった。けれどもそれにはまず悲壮な場面が展開された。マドモアゼル・ド・ピュイガリィグの伯母さんは、母親代りをつとめ、だいぶ年をとった非常に信心深い婦人であったが、われわれと一緒に町へ来るわけには行かなかった。出発に際して彼女は姪に向かい嫁のつとめに関しての説教を行なった。その説教に続いて必然に滝のような涙とはてることを知らぬ抱擁が演ぜられた。ペイレオラード氏は、この別離の図はサビーヌ略奪*にそっくりですな、と言った。それでもとにかくわれわれは出発した。道中、めいめい新婦の気をまぎらせ笑わせようとやっきになったが、徒労に終った。イールでは、夜食がわれわれを待っていた。その夜食たるや！　午前中のあまり上品とは言えない人々の喜び方が私の心証を害したとすれば、この場の、特に新郎と新婦を対象とした当てこすりや冗談口はさらにいっそう私を不快にした。新郎は、食卓につく前に、一時ちょっと姿をくしたが、見ると蒼白な、氷のように冷たい真剣な顔をしていた。ひっきりなしにコリウールの古酒をあおっていたが、これはほとんどブランデーに劣らぬ強い酒である。私は彼のそばに坐っていたので、これは注意してやる義務があると思った。

「大丈夫ですか！　酒という奴は……」

私は一座の客人連と調和を保つために何かばかなことを彼に言ったのである。

彼は私の膝をつついたと思うと、小声でこう言った。

「食卓から皆が立ったら、ちょっとお話したいことがあるのですが」

その厳粛な調子は私を驚かせた。私は今までよりも注意深く彼のようすを眺めた。そして彼の顔つきが異様に変っているのに気がついた。

「気分が悪いのじゃありませんか？」

「いや、違います」

こう言って彼は再び飲み始めた。

そうしている中に、わーっという叫び声と拍手につつまれながら、十一ばかりの子供が、食卓の下にもぐり込んでいたのであるが、今しがた新婦の足首からといて来たとき色のリボンを一同の面前にかざして見せた。このことを新婦の足リボン《ジャルチエール》と言っているのであるが、たちまちこれはいくつにも細かく切られて若い連中にくばられた。若者たちはそれをボタン穴に飾った。これはある種の旧家に今でも残っている、昔からの習慣に従ったものである。これは新婦にとって眼の中まで真赤になる一つの機会である……が、彼女の当惑は、ペイレオラード氏が御一同の静粛を要求して、花嫁のためにカタローニュ語の詩を数行朗吟するに及んで絶頂に達した。なんでも本人の言うところによると、即興だとのことである。もし私が間違いなく了解したとすれば、次のような意味になる。

「こは何事ぞ、各々方？　我が飲みし酒が二重に物を見するか？　この家に二柱のヴィーナスあり……」

突然、新郎がおびえたようなようすで、顔をそむけた。それがまた一同を笑わせた。

「然り」と、ペイレオラード氏は続けた。「我が屋根の下に二柱のヴィーナスあり。一柱は、松露のごとく地中より我これを見出したり。他の一柱は、天上より下り、今、その帯を我らとわかちたり」

足リボンのことをこう言ったのである。

「我が子よ、ローマのヴィーナスとカタローニュのヴィーナス、いずれをとるか、選べかし。さては小僧、カタローニュの女神を選んだな。まことその方が上等じゃわい。ローマのは黒く、カタローニュのは白いわ。ローマのは冷たく、カタローニュのは、そばへ寄るほどのものを焼きつくすわ」

この結びは非常なる歓呼、耳を聾するばかりの喝采、破れるような爆笑を呼び起したので、私は今にも天井がわれわれの上に落ちかかって来るものと覚悟したぐらいである。食卓のまわりにはまじめな顔は三つしか浮かんでいなかった。新婚夫婦の顔と、それから私の顔である。私はひどく頭が痛かった。それから、どういうわけか知らないが、結婚式という奴はいつも私を憂鬱にする。それに、この場のは、いささか、もうたくさんだという気持を私に起させていた。

最後の対句が役場の助役によって唄われた。それがはなはだ場所がらをわきまえないものであったことを、私はここに言わなければならないが、それがすむと、一同は客間に移って、花嫁お立ちの光景を楽しむのである。花嫁はまもなく自分の部屋へ案内されるはずであった。もう真夜中に近かったのである。

アルフォンス君はとある窓の張出しのところへ私を引っぱって行ったと思うと、視線をそむけながら、こう言った。

「こういうとばかになさるかもしれませんが……しかしまったく我ながらわけがわからないのです……魔法にかかっているのですな！　まったくいまいましいったらないのですが！」

最初に私の頭に浮かんだ考えは、この青年が、モンテーニュやマダム・ド・セヴィニェの語っているごとき不幸に類する、何かの不幸におびやかされていると思っているのだな、ということであった。

「すべて愛の領域は悲劇的なる話にてみたされてあり、云々」というやつである。

こういう種類の事件は、頭のある人々にだけ起るものだと思っていましたがね、私は心中にこうひとり言を言った。

「アルフォンスさん、あなたはコリウールのぶどう酒を飲みすぎたのですよ。だから、御注意しておいたんですがね」

「そう、たぶんそれもあるでしょう。けれども問題はもっともっと怖ろしいことです」

彼の声は途中でかすれてしまった。こりゃまったく酔っぱらっているなと私は思った。

「例の指輪のことは知っていらっしゃるでしょうね？」ちょっと沈黙したあとで彼はこう続けた。

「ああ、それがどうしました？　誰かとりましたか？」

「そうじゃありません」

「というと、あなたが持っていらっしゃるのでしょう？」

「そうじゃありません……僕は……僕があのヴィーナスの奴の指からはずすことができないのです」

「なるほど！　十分力をこめて引っぱらなかったのでしょう」

「いや、やりましたよ……そうじゃなくって、ヴィーナスが……あいつが指を握ってしまったのです」

彼は血走った眼でじっと私を見つめた。倒れないように窓の掛金にからだをもたせながら。

「こりゃ、話ですな！　指輪を深く入れすぎたのですよ。あす釘抜きか何かを使ってとればいいじゃありませんか。けれども気をつけないと女神の像に傷がつきますよ」

「ちがいます。そうじゃないのです。ヴィーナスの指が引っこめられたのです。もとにまげられてしまったのです。手を握っているのです、おわかりですか?……形の上からは、僕の妻なのです、私が指輪をやってしまったのですから……返してくれようとしないのです」

私は突然全身に水を浴びたようにおぼえた、一瞬鳥肌が立った。と次の瞬間には、相手の吐いた深いため息が私の顔へまともに酒気を吹きつけたので、すべての感動が跡かたもなく消えうせた。

この先生、すっかり酔っぱらっているなと私は思った。

「先生は、古代の研究家でいらっしゃるから、ああいう立像のことはくわしいでしょうな」と、新郎は泣き出しそうな調子でつけ加えた。「……きっと何か僕にわからないからくりが、魔法があるんでしょうな……行って見てくださいますか?」

「いいですとも。私といっしょにいらっしゃい」

「いや、先生一人で行って下さる方がけっこうです」

私は客間から外へ出た。

夜食をとっている間に天気は変っていた。激しい勢いで雨が降り始めていた。私は雨傘を貸して下さいと言いに行こうとしたが、ふと思い返して足をとめた。酔っぱらいの言ったことをたしかめに行くとは、とんだばか者になるところだった! と私は心中にひとり言を言った。そればかりではない、たぶんあの先生は、りちぎな田舎者どもを笑わせようという魂胆で、何か性悪ないたずらをもくろんだのかも知れない。まあせいぜい一番災難が少ないとしたところで、ずぶぬれになって、みごとかぜを引くのが落ちである。

　戸口のところから、滝のような雨を浴びている立像に一瞥を投げておいて、客間へは帰らずに部屋へひきあげた。私は横になったが、なかなか寝つかれなかった。日中のいろいろな光景が、次々に頭に浮かんで来た。あの美しい清純な少女が、乱暴な酔漢の手にゆだねられることが考えられた。財産めあての結婚というやつは、何というあさましいものだろう！　私は何度も心中にこうくりかえした。村長が三色の綬を帯び、司祭がけさをかける。これだけでたちまち、世界一に純真な娘がミノトール*に投げ与えられるのである！　愛し合っていない二人の人間、二人の恋人が命をかけてあがなうあの瞬間に、そういう愛し合っていない二人はそもそもお互に何を言うことができるというのか？　一度不作法である姿を見た男を女は愛しうるであろうか？　第一印象というものは消えるものではない。私は確信する。あのアルフォンス氏はたしかに憎悪される値打ちがある……。

　こう独語している間、もっともここでは大いにはしょっているのであるが、この私の独語の間、家中を大勢が行ったり来たりする物音がきこえていた。いくつもの戸が開いたり、しまったり、続いて馬車の出て行く音、それから階段の方に当って幾人かの婦人の軽そうな足音が、私の部屋と反対の側の廊下の端の方へ向かって進んで行くらしいのがきこえた。それはたぶん花嫁のとこ入りを送る行列であった。それからまた一同は階段をおりて行ってしまった。ペイレオラード夫人の部屋の戸は閉められていた。かわいそうにあの少女はどんなに混乱し困っているだろう！　私はこうひとり言を言った。私は不機嫌になってとこの中で寝返りを打った。婚礼の行なわれる家の中で独身者という奴は実にばかな役割を演じる！

しばらくあたりがしーんと静まり返った。と思うと、突然、階段をのぼって行く重い足音がその静けさをかき乱した。木造の方の階段は激しくきしんだ。

「不作法な奴だな！」と思わず私は叫んだ。「きっと階段からころげ落ちるぞ」

すべてが再び静まり返った。私は頭の転換をはかるためにあり合わせた書物を取りあげてみた。県の統計表であったが、それには付録としてプラード郡におけるゴール時代の礼拝記念日に関するペイレオラード氏の覚え書きが錦上花をそえていた。私は三ページ目で眠りに落ちた。

寝苦しく、何度も目をさました。たぶん、朝の五時頃だったであろう。もう二十分以上も前から目をさましていたが、何時かしらと思うとたんに鶏が鳴いた。夜はまさに明けようしている。と、ちょうどその時である。私ははっきり、眠る前に聞いたのと同じ重い足音、同じ階段のきしむ音をきいた。どうも合点が行かなかった。私はあくびをしながら、アルフォンス君がこんなに早起きをする理由をいろいろと推測してみた。が、どうしてもそのようなことは思い当らなかった。

それでまた眼を閉じようとしたとたん、再び私の注意は、奇妙な、どかどかと足を踏む音のためにかき立てられた。まもなく、それに混って呼鈴の鳴り響く音、手荒く開かれる戸の音がきこえ、続いてがやがやいう人の声がききわけられた。

「酔っぱらいめ、どこかへ火をつけたな！」寝台から飛びおりながら、私はこんなことを考えていた。

大急ぎで着物を着かえ廊下へ出て見た。廊下の突き当りから泣き叫ぶ人の声がきこえていた。

そうして胸をえぐるような「息子や！　息子や！」という声が他の声をかき消してきわ立って響いていた。何かアルフォンス君の身の上に不幸が起ったことだけはあきらかであった。私は新婚夫婦の部屋へかけつけた。すでに一杯の人であった。最初に私の眼にはいった光景は半裸体で寝台の上に横に寝かされている新郎の姿であった。寝台の木は壊れていた。すでに鉛色になっており、生きているようすはなかった。母親はそのそばで泣き叫んでいた。ペイレオラード氏は興奮のためにうろうろしながらコローニュ水をつけてこめかみをこすってみたり、鼻の下に塩をあてがったりした。いかんせん！　息子はずっと前からこと切れていたのである。部屋のもう一方の端の長いすの上に怖ろしい痙攣に襲われている花嫁がいた。しきりにわけのわからない叫び声をあげており、力の強い女中が二人でやっとの思いで押えつけていた。

「とんだことですな！　一体どうしたというのです？」と、私は叫んだ。

私は寝台のそばに進みより、不幸な青年のからだをだき起した。すでに硬直し冷たくなっていた。喰いしばった歯とどす黒くなった顔色は世にも恐ろしい死の苦しみを語っていた。死に方が尋常のものでなく断末魔の苦しみが怖ろしいものであったことは十分外に現われていた。それでも着物には一点の血のしみも出ていなかった。シャツの襟をかきあけて見た。すると胸に鉛色の跡がついているのが見えた。その打身は脇腹から背中へかけて続いていた。鉄の輪の中へ入れてしめつけられた、とでも言うよりほかなかった。私の足がじゅうたんの上にあった何か固い物の上に乗った。かがんで見るとそれは例のダイヤの指輪であった。

私はペイレオラード氏と細君を彼らの部屋へ引っぱって行き、それから花嫁もそこへ移させた。

「まだ娘さんが一人残っているわけじゃありませんか、看護してあげる義務がありますよ」こう言い捨てて、私は二人をその場に残したままで出て行った。

アルフォンス君が殺人行為の犠牲となったものであり、犯人たちは夜花嫁の部屋に侵入する方法を見つけたものであることは、疑いないように私には思われた。胸の打撲傷、ぐるりと輪を描いているその傷の方向は、しかし、大いに私をなやました。棍棒とか鉄棒ではどうしてもできる傷ではない。突然私はこんな話をきいたことがあるのを思い出した。ヴァレンシアでは無頼漢が金をもらって殺してくれとたのまれた人間をやっつけるのに、こまかい砂を一杯つめた細長い革の袋を使う、ということである。と、すぐに、私は例のアラゴン人のらばひきとその捨てぜりふを思いうかべた。それでも、考えてみると、あんな軽い冗談に対してこんな怖ろしい復讐に及ぶということは、どうも考えにくいことであった。

私は家中を歩き回った。破損の跡はないかと方々探し回ったのであるが、どこにもそんなものは見当らなかった。もしやその方面から下手人たちが侵入し得たのではないか見とどけるために、庭にも出て見たが、なんら確実な徴候は見つからなかった。それに昨夜の雨が全く地面を水びたしにしてしまったので、はっきりした跡をとどめるということはとうていできない相談であった。それでも地面に深く印されているいくつかの足跡を私は発見した。それは二つの反対の方向についているものであったが、同じ線の上にあり、ポームのコートと境を接している生垣の角から始まって、家の戸口で終っているものであった。それはアルフォンス君が立像の指にはめていた例の指輪を取りに行った時の足跡かもしれなかった。けれども一方、生垣はその場所だけ、外より枝がすいていた。してみると、この所から下手人が生垣を乗り越えたものに相違ない。立像の前を何度も往き来したが、一瞬よく見ようと思って私は足をとめた。この度こそは、私は白状してしまうが、皮肉な悪意をたたえたその表情を身震いせずに眺めることはできなかった。たった今目撃した怖ろしい光景の数々で頭が一杯になっていた私には、この家を襲った不幸を眺めて、ひそかに快哉を叫んでいる地獄の女神を見るような気がしたのである。

私は自分の部屋にひきあげ、お昼までそこに閉じこもった。それから下へおりて行って、主人たちの模様をたずねた。彼らはいくらかおちついていた。マドモアゼル・ド・ピュイガリィグは、いやアルフォンス君の未亡人はと言うべきであろうが、意識を回復していた。のみならず、ちょうどイール巡回中であったペルピニャンの地方検事に向かって話さえしていた。検事は彼女の供述を正式に聴取した。検事は私に向かっても供述を求めた。私は知っている限りのことをのべた。そうして例のアラゴンのらばひきに対する自分の疑いをかくさず話した。検事はそくざにその男を逮捕するように命じた。

「アルフォンス夫人から何かうるところがありましたか?」供述がすみ署名が終った時、私は検事に向かってこうきいてみた。

「かわいそうに、あの若い方は気が狂っていますな」と、悲しげな微笑をうかべて検事は言った。「狂っていますよ! 全くだめになってしまっています。こんなことを言っているのですがね。

カーテンを引き、寝床《とこ》の上に横になってから、五、六分もたったと思う頃、部屋の戸が開いて誰かがはいって来た、と彼女は言うのです。その時アルフォンス夫人は、寝台の壁ぎわのところに、壁の方へ顔を向けていたのですな。自分の夫だと思いこんでいたものですから、身動きもしなかったそうです。と、一瞬の後、寝台が何か非常に重い物をのせられたようにきしんだのです。ぞっとからだがすくむほど怖ろしかったそうですが、振り向いて見る勇気はありませんでした。五分、それとも十分……彼女には時間のことははっきり思い出せないのです。それくらいの時間がそういう状態で経過致しました。それから彼女は動かすつもりでなくからだを動かしました。あるいは寝床の中へはいって来ていたその者がからだを動かしたのかも知れません。彼女は何か氷のように冷たいものが自分のからだにさわったのを感じました。氷のようにというのは彼女の表現をそのまま申しあげるのですがね。彼女は全身をわなわな震わせながら、寝台と壁の間へもぐり込みました。と、しばらくして、二度目に戸が開いて誰かはいって来ましたが、『今晩は、おやすみかい』という夫の声です。まもなくカーテンが引かれました。すると、あっと言う叫び声がきこえた、というのです。自分のそばに、寝台の上に寝ていた者が、上半身を起したと思うと、どうやら手を前方に差し出したらしいというのです。そこで彼女は振り返って見ました。……そうして、夫が寝台のそばにひざまずいて、頭は枕の高さくらいのところに見えたそうですが、緑青色をした巨人みたいな者の両腕にしっかりと抱きしめられている姿を見たというのです。彼女はそう言って、しかも何度も繰り返すのですが、全く気の毒なものですな！……彼女の言うにはその巨人に見おぼえがあったというのですがね……御想像がつきますか？　例の青銅のヴィーナスです。ペイレオラード氏の立像がその巨人だった、というのです……いや全くあれが現われて以来、この地方では誰も彼も妙なことを言いますな。ところで、かわいそうな頭の狂った女の話の続きですが、この光景を見ると同時に、彼女は意識を失いました。たぶん、そのしばらく前から頭が狂っていたのでしょうが。どのくらいの時間気を失っていたかは、どうしても、彼女自身にはわからないというのです。我に返った時、彼女は再び幻影を、いや立像を、彼女はあいかわらずそう言っているのですが、見たのです。その立像はじっと身動きもせず、両脚と胴体の下の方は寝床の中に、上半身と両腕を前方にのばし、両腕の中に自分の夫を抱えていたそうです。夫も身動きひとつしなかったというのです。どこかで鶏の鳴く声がきこえました。すると立像は、寝床から抜け出たと思うと、死骸を取り落して出て行きました。アルフォンス夫人は、呼鈴に飛びつき、それからさきは御承知のとおりです」

例のスペイン人がつれて来られた。落ちついており、非常に冷静な態度でまたなかなか頭のいい答弁をしたのみならず、その男は私のきいた例の言葉を否認しなかった。反対にそれに説明を加えた。あす疲れが休まったら、もう一度今日の勝利者とポームの仕合をして負かしてみせるという以外には、他意のない言葉であったというのである。思い出したが、彼はそのあとにつけ加えてこう言った。

「アラゴン人なら、侮辱を加えられて仕返しをするのをあすまで待つなどということはしません。アルフォンスさんが自分に恥をかかせるつもりだと思ったとすれば、その場で、相手の下腹に短刀を一突き食わせていたでしょうよ」

その男の靴と庭に残っている足跡とを比較して見た。彼の靴の方がずっと大きかった。

最後にこの男の泊っていた宿屋の亭主は、この男は自分のらばの中で一頭病気になったのができたので、夜通し、布でこすったり、薬を飲ませたりしておりました、と断言した。

のみならず、このアラゴン人は非常に名の知れている男で、この地方ではずいぶん顔の広い方であった。彼は毎年この地方へ商売にやって来るのである。だから、あべこべに、どうも気の毒だったと挨拶して、当局は彼を釈放した。

アルフォンス君の生きているところを最後に見たという下男の供述を筆者は忘れるところであった。それはアルフォンス君が妻の部屋へこれからあがって行こうというその前であった。その下男を呼んで、心配そうなようすで、私がどこにいるか、知っているか、ときいた、というのである。下男は私の姿はついぞ見かけなかった、と答えた。するとアルフォンス氏はため息を一つ吐いて、一分間以上も物を言わずにじっとしていたが、それからこう言った、というのである。

「ふーん、そうか！　畜生、あの人もつれて行かれたのだろう！」

私はその下男に向かって、アルフォンスさんが君に物を言った時はダイヤの指輪をはめていたかどうか、ときいてみた。下男は考え込んで返事をしなかったが、とうとう最後に、どうも持っていなかったように思うが、それにしても一向注意を払わなかったものですから、と答えた。

「指にその指輪をはめていらっしゃったものとすれば、きっと私も気がついたことと思いますが、何分にも若奥様におあげになったものだとばかり思っていたものですから」と、下男はいったん切った言葉を続けながら、こう答えた。

この男にいろいろときいている間に、あのアルフォンス夫人の供述が家中にひろげた迷信的な恐怖を、私自身も少々感じて来た。地方検事は薄笑いをうかべながら私を眺めた。私はしいて自説をたてることはもちろん遠慮した。

アルフォンス氏の葬儀がすんで数時間の後、私はイールを去ろうと思った。ペイレオラード氏の馬車がペルピニャンまで私を送ってくれるはずであった。弱りきっているからだをおして、かわいそうなこの老人は庭の門の所まで私を送ってくると言ってきかなかった。われわれは黙々と庭を横切った。老人は私の腕によりかかって、やっとからだをひきずるようにして歩いていた。別離に際して、私は最後の一瞥をヴィーナスに投げた。あるじは、たとえこのヴィーナスが家族の一部分の者にひき起させた恐怖と憎悪の感情を自分からわかつことは決してないとしても、世にも怖ろしい不幸をたえず思い出させるような物は早く片づけてしまいたいと思うであろう、ということは、十分私も予期していた。私としては博物館へ寄付するようにすすめるつもりであった。私がかんじんの用件を持ち出すのをためらっていると、ふと、ペイレオラード氏は、私が何か眺めているらしいのを見て、その方角へ機械的に頭を振り向けた。老人の眼が立像にぶつかったと思うと、たちまちどっと涙があふれ出した。私は老人に接吻を与え、とうとう一言も言えずに、馬車に乗り込んだ。

私の出発以来、その後いっこうに新たなる光明がこの神秘的な悲劇の終局をあきらかにしたという話をきかなかった。

ペイレオラード氏は数か月後、子息のあとを追って死んだ。遺書により氏の手記は私に遺贈された。私はたぶんいつかこれを公表するであろう。例のヴィーナスの銘に関する覚え書きは、ついにその中には見当らなかった。

追記

友人ド・ペー氏は最近ペルピニャンより手紙を寄こし、例の立像はもはや存在していない旨を知らせてくれた。夫の死後、ペイレオラード夫人の最初の心づかいは、この立像を鋳つぶして鐘を造ることであった。そうしてこの新たなる形態のもとに、立像はイールの教会に奉仕しているのである。けれども、と、ド・ペー氏はつけ加えて言っている。何かしら悪運がこの青銅を所有するものにつきまとうらしい。この鐘がイールの町の空に鳴り渡るようになってから、すでにぶどうが二度も凍ったのである。

(杉捷夫＝訳)

一一七　『うそつき』――ルシアン・ルキアノスは紀元後二世紀頃のギリシアの諷刺作家。メリメの愛読した作家である。この『うそつき』という対話のなかに出て来る立像が、夜ごとに台石の上からおりて歩き回る話は、メリメをして『イールのヴィーナス』を着想させるにあずかって幾分の力があったものであることは疑いをいれない。

一一八　ド・ペー――メリメの友人 François Jaubert de Passa.(一七八四―一八五五)をさすものと信じられる。地方在住の考古学者でおそらくまたペイレオラード氏のモデルであろうといわれているが、この方は疑問といわなければならない。

一二二　ルシヨン――スペインと境を接するペルピニャン、イールあたりを中心とする、南仏の一部の古い呼称。

一二三　テルムの神様――ローマ人の境界の神。ラ・フォンテーヌの『寓話』第九、十九行にもとづく表現。

一二六　クートゥ――クートゥという名前の彫刻家は十八世紀のフランスには何人もいる。いずれも兄弟親子、叔父甥の関係に当る一族である。ここではニコラ・クートゥの息子 Guillaume II Coustou（一七一六―一七七七）をさしているものかと思われる。

一二七　何たる……内儀どの――モリエール作『アンフィトリオン』の第一幕、第二景で、メルキュールがアンフィトリオンの下僕ソジに向かって言う台詞。「何たる無礼もて　神々を語る、ここな小憎め！」をもじったもの。

一二七　（汝は……知らぬな）――ヴェルギリウス『アエネーイス』第四歌、三三三行。

一三四　「これこそ……姿」――ラシーヌ作『フェードル』第一幕、第三景のフェードルの台詞、これはさらにホラティウス作『オード』第一編の十九の中からとったものである。「ヴィーナスその全身をもて我に襲いかかる」

一三五　ヴュルカン――ギリシア神話のヘファスタス。火と鍛冶の神。父母であるゼウス及びヘラににくまれ、天上から落されたのでびっこになったと伝えられている。ヴィーナス（アフロディット）の夫で、そのたのみによりアエネーアスの武器を作った。

一三六　眼鏡の力……しばし――この箇所は、メリメの愛読作家であるラブレー作の『ガルガンチュア』第一章の文句を借用したものである。有名な「ガルガンチュア」の系図もやはり「橄欖の木」の下から掘り出されたものであるが、作者は招かれて、「眼鏡の力をかりることしばし」この系図を判読するのである。

一四〇　グリューテル――グリューテル（一五六〇―一六二九）はベルギーの古代語学者。

一四〇　オレリウス――オレリウス（一七八七―一八四九）は有名なスイスの古代語学者。

一四一　ディオメデス――ギリシア神話の英雄。トロイ攻撃の勇士。例の木馬の中にはいって行った勇士の一人であるが、アエネーアスの母ヴィーナスを傷つけたために、終始この女神から迫害された。伝説によれば、晩年は故郷の者と不和となりイタリアに渡ったと言われている。彼の仲間はそこでことごとく白鳥にされてしまったのである。ウェルギリウス『アエネーイス』第十一歌、二四三行、オウィディウス『メタモルフォーズ』第十四歌、四五五行にあり。

一四六　（手一杯の……ささげよ）――ウェルギリウス『アエネーイス』第六歌、八八三行。

一五一　サビーヌ略奪――ローマ建国の後、女が不足していたために、ロミュルスが詭計を案じ、隣国のサビーヌ人をだまし、女を略奪し、それがもとでローマとの間に戦がはじまった、と伝説は伝えている。

一五七　ミノトール――ギリシア神話の半牛半人神。

深紅のカーテン

ジュール・バルベー・ドールヴィイ

ジュール・バルベー・ドールヴィイ

一八〇八—一八八九。母方の曾祖父はルイ十五世だったと伝えられるノルマンディーの名家に生まれる。事業の失敗で、生活自体は困窮していたが、終生貴族の誇りを失うことなく、しばしばその奇矯ぶりが話題となった。戦闘的カトリックの一面をも併せもつロマン派後期の詩人・小説家。写実主義を否定し、ゾラ打倒に情熱をもやした。主著に、『ダンディスムとG・ブランメル氏』『騎士デ・トゥーシュ』『ディヤボリック』『当代の笑うべき輩』『忘れられた韻律（散文詩）』などがある。

もう遥か以前のことですが、私は、水禽の狩猟のため西部フランスの沼沢地帯へと向っていました。——途中通らなければならない地方には当時まだ鉄道が敷かれていなかったので、私は、リュエーユの城の街道合流点を通る＊＊の乗合馬車に乗っていたのです。その時、その客室《クーペ》には、一人の人物が乗り合わせていただけでした。あらゆる点で際立ち、また私も何度となく社交界で出会ったことのあるこの人物。今、かりにド・ブラッサール子爵と呼んでおきましょう。おそらくは無用の心配でもありましょう！　なにしろパリの社交界に名乗りをあげている人々の内でも数百人が、この場合、彼の本当の名前を冠するにふさわしいのですから……。時は、夕方、およそ五時頃でした。太陽は、もはや勢いの衰えたその光を、平原とポプラの樹々に縁取られた埃だらけの街道に投げかけており、その街道の上を、私たちを乗せた四頭立ての馬車が全速力で突き進んで行くのでした。私たちは、御者が鞭を当てるたびに逞しいそれらの馬の尻の筋肉が重々しく盛りあがるのを眺めていました。御者——それは、旅立ちの最初の一鞭を、つねに余りにも高く響かせる人生の写し絵そのままではありませんか！

ド・ブラッサール子爵は、この時、もはや自分の鞭をほとんど打ち鳴らしはしない立場にありました……。しかし、それこそ、たとえ瀕死の重傷を負っても、それを断じて認めようとはせずに、生きていることを主張しつつ死んで行くという、イギリス人にこそふさわしい気質の一つでしょう。(彼は、英国で育てられたのです。)社交界においても、そして書物の中においてさえも、無経験と愚行という幸福な青年時代を過ぎてしまった人々には、若さが持つ自負心を侮蔑する習慣があります。その自負心の形が陳腐であるとき、そうした侮蔑にも道理があるというわけですが、もしそうでないとき――つまり、逆に、失望を望まず、かえって当人を鼓舞する自尊心のように、崇高なものである場合、――それが全く無分別でないなどと私は言っているのではありません。そんなことは無益ですから。――そのときこそ、それは、多くの無分別と同様、美しいものとなるのです！……ワーテルローにおいて英雄的であった不滅不屈の近衛兵魂は、私たちを感動させるべき銃剣のあの詩趣を持たない老境を前にしても、やはり英雄的であるのです。そして、軍人風に鍛えあげられた人々にとっては、何ごとにも屈服しないということが、ワーテルローにおいてと同様、問題のすべてなのです！

屈服しはしなかったそのド・ブラッサール子爵(まだご存命です。どのように生きておられるかは、後でお話しましょう。知っておくだけの価値があるからです)、彼は、従って、＊＊＊の乗合馬車に私が乗り込んだ時、若い女性そのままに残忍な社交界の人々が無作法にも《老いぼれ美男》と呼び慣わしている姿となっていたわけです。何歳に見られるかだけしかない、この年齢という問題で、言葉とか数字では納得しない人々に対しても、ド・ブラッサール子爵が、いとも簡潔に《美男》として通用できたのは事実でした。少なくともこの時期に、若者の間で盛名高く、またデリラがサムソンを欺いたように、彼らを一ダースは欺いていたに違いないあのド・V＊＊＊侯爵夫人は、歳月以上に悪魔が紅味を帯びさせているド・ブラッサール子爵の口髭の切れ端を、金色と黒の市松模様になった大きな腕環《ブラスレ》の中の青い布地の上に収め、これ見よがしに身に付けていたのでした……。ただ、老いていようといまいと、社交界が奉ったその《美男》という表現の裏に、それが通常思い浮ばせる軽薄さや、底の浅さ、狭小さなどを考えてはいけません。わがド・ブラッサール子爵の本当の姿をとらえそこなうことになってしまうからです。彼にあっては、精神、挙措、顔立ち、そうしたすべてが、ブランメル[*1]が発狂するのをこの眼で見、またドルゼイ[*2]の死に立ち会ったこの私の知る限りで最高のダンディにふさわしく、鷹揚で、豊かで、豪奢で、しかも貴族的な落ち着きを備えていたのでした。

実際、彼、ド・ブラッサール子爵は真のダンディでした。そう、もう少しだけダンディでなかったなら、きっとフランスの元帥となっていたでしょう。若い頃から、彼は、第一帝政末期の最も輝ける将校の一人だったのです。彼がミュラ[*3]風とマルモン[*4]風を兼ね備えた勇敢さを持って一頭地抜きんでていたことは、彼の連隊時代の同僚から何度となく聞かされていました。しかも――

＊1―ジョージ・ブランメル（一七七八―一八四〇）、イギリスのダンディの典型、ドールヴィイには評伝的作品がある。
＊2―アルフレド・ギョーム・ガブリエル・ドルゼイ伯（一八〇一―一八五三）、フランスの軍人、ブランメルに匹敵するダンディの典型。ドールヴィイは『ダンディスムとブランメルについて』の中で彼に言及、賞揚している。
＊3―一七六七―一八一五、ナポレオン一世の義弟、ナポリ王、フランスの元帥。
＊4―一七七四―一八五二、イタリア、エジプト遠征に従軍、ラグザ公、イリリア総督、元帥。

軍鼓が打ち鳴らされていない際には、非常に冷徹かつ整然とした頭脳の持主なのですから——彼は、ごく短時日のうちに、軍人階級の最高位に列せられていたに相違ないのです。しかし、あのダンディスムです！……　将校としての様々の資格、例えば、規律の観念、服務の方正さ等々、とダンディスムを組み合わせてみれば、その結合の中で将校の側に何が残るか、そしてそれが、火薬庫のように吹き飛んでしまわないものなのかどうなのかは容易にご理解できましょう！　彼の人生において何度となく襲ったそうした機会に、将校としてのド・ブラッサール子爵が爆発してしまわなかったのは、つまり彼が、すべてのダンディと同じく、幸福であったからでした。マザラン[*1]でさえ彼を抜擢していたことでしょう——そして、彼の姪たちもまた……。しかし姪たちには別の理由があるはずです。つまり、彼が素敵だという……。

　彼には、個人によりむしろ武人にとって必要な端麗さがありました。なぜなら、美に欠ける若さは無いのですし、軍隊といえば、まさにフランスの若さそのものでしょう！　その上やんごとない婦人のみならず、その取り巻きの——あの悪ずれした女たちまでも魅了し去るこの美貌は、ド・ブラッサール大尉の頭上を覆う唯一の庇護ではなかったのでした。私の信じているところでは、彼は、ノルマン人の、つまり征服王ウィリアムの民族の後裔だったはずで、しかも人の噂では実際多くを征服したらしいのです……。皇帝の退位後、彼は自然にブルボン側に移っており、百日天下の間にも、またごく自然にそちら側に忠誠を尽し続けていました。そして、再びブルボン家が帰り咲いた時、子爵は、シャルル十世（当時は皇太子）御みずからの手によって聖王ルイ騎士に叙せられたのです。王政復古の全期間を通じて、彼は、ダングレーム公爵夫人が参上の途中で彼に優しい言葉をかけない限りは、ただの一度としてチュイルリー宮へ参内しはしなかったのでした。不幸が魅力を圧殺してしまったかのように見えた彼女は、彼のおかげで、再び魅力を取り戻すことができました。こうした寵遇に気がついておれば、大臣は、皇妃がこれほどまでに眼をかけておられるこの人物の昇進のためには、いかなることも厭いはしなかったでしょう。が、しかし、社交界のそうした最も嘉《よみ》すべき意向を持ってしても、軍務査察に訪れた総務視察将校に対して——それも閲兵の当日に——戦闘隊形を取っている彼の連隊の軍旗列の面前で剣を擬してしまったこの激昂するダンディに対して何ができたでしょうか？…… 軍法会議を免除させるだけで精一杯だったのです。ド・ブラッサール子爵は、軍規に対するこうした憚《はばか》ることのない軽侮を、いたる所にひっさげて現われました。将校が完全にその本分を取り戻す野戦中を別として、彼は断じて軍規に束縛されることはなかったのです。例えば、無期営倉入りを覚悟で、駐屯地を抜け出し近くの町へ気晴らしに出かけ、しかも彼を敬愛する兵士か誰かに知らされても行進や閲兵のある日迄帰らないということが何度もあったのです。と言うのも、彼の上官連は、あらゆる軍律や慣例を本性から嫌悪している人物を自分の配下に持っていることに不安を多少抱いていたとしても、逆に部下の兵士たちは彼を慕っていたからでした。

　兵士たちにとって彼は、まさに卓越した人物だったのです。彼が兵士たちに要求していたのは、他でもありません、あの十時間の休暇とか、その他実際傑作ないくつかのフランス古謡の中に正

＊1—一六〇二—一六六一、ルイ十四世時代ブルボン朝全盛期最大の政治家。

確かつ魅力的な姿をとどめている「往古《いにしえ》のフランス兵士」の典型を体現し、この上なく勇敢で、あてこすりや冗談が好きで、そして非常な伊達者であるということだったのです。ややもすれば部下たちに決闘を奨励し過ぎていましたが、彼の言い分では、それこそが軍人魂を鍛える最良の手段であるというのでした。『僕は政府じゃない。だから兵たちが互いに勇敢に闘っても、彼らに与えてやれる勲章など少しも持ってはいないのだ。従って僕が総元締として与えている勲章（事実彼は個人的には非常に裕福だった）は、なべて手袋や交換用の革具とか、とにかく軍規に違背せずに彼らを飾り立ててやれるものとなるわけさ』と、こうなのでした。そのため彼が率いていた中隊は、当時すでにかなり絢爛たるものであった他の近衛師団中隊を、その軍装の華麗さによって圧倒し去っていました。このようにして彼は、自惚れと伊達者振りという二つの永久不変の挑発に、前者はそれが帯びる物腰によって、後者はそれがかき立てる羨望の念によって、いつでも乗せられてしまうフランスの兵士の個性というものを極度に昂揚させていたのでした。このことから推しても、師団の他の中隊が、彼の中隊に嫉妬を覚えていたことはおわかりになれるでしょう。さぞかし兵たちは彼の中隊に入らんとして、互いに決闘を競い、またそこから出されることのないように、決闘を競いあったことでしょう。

それが、王政復古下における大尉ド・ブラッサール子爵のまったく特異な地位でした。そして当時、すべてを容赦する英雄的行為を示すべき方途は、帝政時代のように毎朝あるというわけでもなくなっていたのですから、たとえ火刑に処せられようともと命を賭けていたに相違ない不敵さで上官連を向うにまわし、また同僚たちを驚愕させていた、不服従というマルタンガル[*1]が、いったいどれだけ続くものかは、誰一人として推測も予見も、おそらくできなかったでしょう。そこへ、あの一八三〇年の革命でした。それは、彼の同僚たちからは、もしもあったらの話ですが、気苦労を取り除き、そして無謀な大尉である彼からは、日々いや増しに彼を脅かしていた免官という汚辱を取り除いたのでした。例の「栄光の三日間」で手ひどく傷ついた彼は、軽蔑するオルレアン家の新王朝の下で軍務につくことを潔しとはしませんでした。七月革命が、オルレアン家の人間を、結局は統治できなかったにせよ国の指導者の地位に就けたとき、大尉は、ド・ベリー公爵夫人が催した最後の舞踊会で踊っているときに受けた傷がもとで、まるで敵の突撃でも受けたかのように、ベッドに身を横たえていたのです。ところが、軍鼓が鳴り響くや否や、起き上がる暇もあらばこそ、彼は中隊に合流したのです。傷で長靴が履けなかったため、まるで舞踊会にでも出かけるように、絹の靴下にエナメルの靴という姿でその騒乱に赴いたのです。その姿のまま彼は、大通り一帯を掃蕩するという任務を受け、バスチーユ広場から、部下の精鋭部隊の先頭を進んだのでした。バリケードがまだ築かれていなかったパリは、疑惑に満ちた重苦しい様貌を呈していました。人影ひとつ見当りません。太陽は、さらに次の襲来に備えてでもいるような炎の雨を一直線にその街に注いでいたのです。窓という窓にはよろい戸が下り、今にも死を吐きかけようとしてるかのようでした……。ド・ブラッサール大尉は、兵士たちを家並に可能な限り近くまで広く二列に展開させ、隊列が、正面からの銃撃にさらされるしかないようにしたのです。

＊1—敗者が倍増しに賭けていく遊戯法。

――そしてかつてないダンディである彼は、その道路の中央を進みました。バスチーユからリシュリュー街に至るまで、何千という小銃やピストルや騎兵銃に両側から狙撃されながら、彼は、自分でも少しばかり自慢でもあったその胸幅の広さにもかかわらず撃ち倒されずにいました。ド・ブラッサール大尉は、美女が舞踊会で自分の乳房を誇示してでもいるように、銃火に胸をさらしていたのです。しかし、リシュリュー街の角のフラスカティ[*1]の前までやってきて、前方に築かれた最初のバリケードを撤去しようと、中隊に自分の背後に集結するよう命令を下した瞬間、その幅の広さと、肩から肩へと煌めいている長い数本の銀の飾り紐とによって二重に挑発的であった華麗な胸板に一発の弾丸を受け、同時に飛んできた石に腕を折られてしまったのです。――しかし彼は、意に介せずバリケードを撤去し、熱狂した部下の先頭に立ってマドレーヌ街まで進出しました。そこでは暴動のバリケードを逃れようと四輪馬車に乗っていた二人の貴婦人が、当時まだ建設中であったマドレーヌ教会[*2]を取り囲む石材の上に血まみれで横たわっている近衛師団の将校を見て、馬車を提供してくれたのです。婦人たちによって、当時ド・ラギューズ元帥[*3]のいたグロ＝カユ[*4]に運ばれると、元帥に向い軍人口調で彼は、こう告げたのです。『元帥閣下、自分はおそらくあと二時間の命であります。が、その二時間の間《あいだ》、自分を、閣下のお望みのどこへなりとも配属願います。』でも彼は間違っていました……。命は二時間以上あったのです。彼を射抜いた弾丸は彼を殺しはしませんでした。彼と識りあったのはその十五年以上も後なのでしたが、その頃でも、銃創熱の続くかぎりはと、彼に断乎として飲酒を禁じた医師とその薬とを軽蔑しており、ボルドーの葡萄酒によって自らを確実な死から救ったのだと主張していたのです。

葡萄酒となると、実際彼はまったくの底無しでした！　何につけてもダンディであった彼は、飲むという点にかけても他のすべてにおけると同様彼なりの流儀でダンディで、しかもその飲み方は、まるでポーランド人そこのけでした。自分用に素晴らしいボヘミア・クリスタルの杯を作らせていたのですが、その杯ときたら、いやはや！　ボルドーの一壜分がそっくり収《おさま》ってしまう代物で、しかも、彼は一息で飲んでしまうのです！　そして、また同じ分量だけ注ぎ込む。真実その通りなのです！　しかし、力というものが、あらゆる形で衰え失われて行くとき、残るは、自惚れの強さだけということになるでしょう。彼はその点バッソンピエール[*5]流で、葡萄酒で酔いつぶれることなどなかったのです。例のボヘミア製の杯で十二杯たてつづけに飲みほすのを見たことがありましたが、顔色一つ変えなかったのです！　また、高潔な方々が催す例の《大饗宴》

＊1―大革命後期の執政官時代にナポリ人ガルチによって創設された歓楽場で、帝政時代まで残存し、当時の上流社会の社交場ともなっていた。
＊2―一七六四年に開始された工事は、一八四〇年に完成した。
＊3―マルモン元帥（一七七四―一八五二）のこと。ナポレオンによって侯爵に叙せられた。勇猛をもって知られる。
＊4―パリの第八区にあり、セーヌ河、ラ・モット＝ピケ街からシャン・ド・マルスの一帯を占める住宅地区。
＊5―一五七九―一六四六、アンリ四世の寵臣、連隊長からスペイン公使、のち陸軍元帥、リシュリューの政敵。

でもしばしば彼を見かけましたが、喉の灼けつくほどに杯を重ねた後でさえ彼は、軍帽に前立て飾りを装着する軍人独特の動作を行ないながら、武人風の典雅さを少しばかり見せて《少しほろ酔い加減ですね》とのたまう程度で、微醺《びくん》を越えてしまうことは断じて無かったのです。これから展開する物語のためを考えて、彼の人となりをご理解いただきたいと望んでいるこの私ですから、十六世紀ならば、その生気ある語法によって、勇敢なる冷笑家とでも呼ばれていたであろうこの十九世紀のダンディを、立ち話の合い間に同時に七人の貴婦人と引きあわせた顚末も、いずれ、ぜひとも語らなければなりません。彼は彼女たちを詩的にも、《たて琴《リラ》の七本の絃》と名付けていましたが、勿論私は、彼本来の悖徳性を語るに際し、こうした音楽的で軽ろやかな手法というものを認めるわけではありません。が、致し方ないことです。もし大尉ド・ブラッサール子爵が、これまであなたに申し述べてきた通りの人物像からいささかでも外れているようなことがあれば、この物語はもっと刺激の少ないものとなり、私としてもそれをお話ししようなど思いも寄らなかったでしょう。

リュエーユの城の街道合流点で＊＊＊の乗合馬車に乗り込んだとき、よもや彼にそこで出会うなど、ほとんど予期していなかったことは確かです。会うこともなくなって久しかったのですが、今なお当代の一流の人物であり、しかも当今の人間とは大きく異っている人物と出会ったことは、一緒に過すであろう何時間かへの期待も手伝って、私には喜びでした。ド・ブラッサール子爵は、フランソワ一世の下で鎧を身に着け、近衛師団将校のすらりとした青のフロックを着込んで濶達に行動できてもいたはずですが、その物腰や体つきは、どことなく、当世の得意の絶頂にある若者たちとは異なるものがありました。しかし、久しい間にわたって光を放ち続けていたこの壮麗典雅な太陽の落日は、今しも地平線上に昇りつつある、時流に乗った全ての卑少な三日月を、一層蒼白で細身なものに見せていました。その上半身は、あのニコライ皇帝[*1]の秀麗さを彷彿とさせる美貌でしたが、帝には、表情については理想性に、また横顔についてはギリシア的性格に一歩を譲っていた彼は、体質によるのか、それとも……何ぴとにも窺い知れない化粧法による神秘のおかげか、髪の毛と同様今もなお黒々とした短かい口髭をたくわえ、その口髭は、男性的で生き生きとした色合を両顎高くにまで広げていたのでした。女性の腕のように白く、皺一つない中高の額――そして冑でも被るように少しあみだにして髪を垂らし、近衛兵の褐色の制帽が一層広く一層誇らしげに見せている高雅な額の下に、ド・ブラッサール子爵は、まるで眉弓の下に嵌め込まれてでもいるような、二つの煌めく眼を隠しており、こよなく陰鬱な碧い眼は、尖鋭に裁断された二個のサファイアのように鋭利な光を眼窩から放っていました。そしてその眼こそ、穿鑿するように相手を眺めるまでもなく一瞬の内に、本質を見抜いてしまう眼なのでした。私たちは握手を交し、歓談しました。ド・ブラッサール大尉は、その号令なら練兵場の隅々までよく通るに違いないよく響く声でゆっくりと話しました。すでに申し上げたように、幼年時代に英国で育てられていたのですから、おそらく彼は英語で考えていたのでしょう。勿体ぶった所のない落ち着いた話し振りは、語る事柄に非常に特殊な色合を与えており、大尉の好みの、それも、ややきわ

＊1――一七九六―一八五五、ロシアの皇帝、ニコライ一世、在位一八二五―五五。

どい代物の冗談でさえも、その例に洩れはしませんでした。彼は、この所謂気の利いた話題に事欠かなかったのです。ド・ブラッサール大尉は、いつだって度を過しすぎます、とはF……伯爵夫人の言葉でしたが、この愛らしい未亡人ときたら、夫を失ってこの方、黒と紫と白の色しか身に着けていないのです。最低の伴侶と思われないために、彼には、絶好この上なしの伴侶と思わせておく必要があったのです。だが実際そうであっても、ご存知のようにフォーブール・サン＝ジェルマンでは、まったく何もかもが許し合われてしまうものです！

馬車の内での雑談の長所の一つは、お互い話の種が尽きればいつでも止められ、しかもそれが誰の迷惑にもならないことです。サロンに居ては、こうした自由はありません。礼儀というものが、そうした折でも話し続けなければならない義務を負わせています。ただ話すためか、愛想よくするため、たとえ生れは無口でも（実際の話）愚か者たちが、互いに欠伸で手足を伸ばし合い、頭を悩まし合っています。会話の空しさや倦怠によって、私たちは、いわば無知なる偽善をしばしば罰せられているのです。乗合馬車の中では、皆がそれぞれに自分の殻の中に閉じ籠ってはいますが――各人の享受している沈黙の中に入り込み、その夢想を破って会話に誘うのも、無作法ではありません……。ただ、不幸なことに、人生の偶然は、恐ろしいほどに平板ですから、かつて（それまでの話で、未だかつてなのですが）何度となく――そう今日では、何度となく列車に乗るようにですが――乗合馬車に乗りましたが、興味をそそる生き生きした話し相手に出会ったことなどなかったのです……。ド・ブラッサール子爵は、まず、街道でのいくつかの事故のことや、風景についての末梢的なこと、以前私たちが邂逅した社交の集りの思い出が蘇えらせた様々のことを私と語り合いました――が、やがて落日がその黄昏の中で沈黙を私たちに注ぎかけました。空から一直線に落ちて来るかと思われるほど迅速に訪れる秋の夜は、その冷気で私たちを捉えたのです。私たちは、旅する者にとっての枕である席際の固い隅にこめかみを落ち着ける場を求めながら、マントにくるまりました。子爵が客室《クーペ》の彼の方の隅で眠れたものかどうかそれは知りません。だが、とにかく私は、私の側の席で、まんじりともせずにいました。何度となく往き来したこともあって、馬車の進んでいたその道には飽き飽きしており、進行につれて消え去って行く、つまり夜の闇の中を逆方向に疾走して行くかに見える窓外の景色に、私はほとんど注意を払っていませんでした。よほど以前に短縮されてはいたもののかつてのその長さを記念して今なお御者たちが、《長い引裾》と呼んでいる名うてのその長い道すじの其処彼処《そこかしこ》に点在するいくつかの小さな町を私たちは通り過ぎました。夜は、火の絶えた炉のようにすっかり暗くなっていました。その暗黒の中、馬車が通り過ぎて行く見知らぬ町々は、異様な相貌を呈しており、さながら地の果を旅しているかのような錯覚さえ与えていました……。こうした種類の情調は、目前から消滅した事物に対する最後の印象の記憶と同様に、もはや今では存在せず、またけっして何びとにも再び戻ってくるものでもないでしょう。現代では、町々の入口に駅を備えた鉄道のおかげで、再び出発するためにすぐさま馬を継ぎ代えに向う乗合馬車の馬の速駈《ギャロップ》けにつれて次々と後退して行く街通りのあのパノラマも、その一瞬の瞥見の中では、もはや旅行者にはそれを捉えることさえ許されてはいないのです。通り過ぎたこれら小さな町々の大部分では、街灯という深夜の贅沢品は稀れで、それまでの夜の道と同じように、ほとんど何もはっきりとは見えなかったのです。勿論途中の街道では、少なくとも空がそれなりの広さと大きさとを持っていて、かすかな光を投げかけてはいましたが、町の中では家並が互いに抱擁しあっているかのように接近し、それらの影が狭い路地に落ちかかり、二列に並んだ屋根の間から僅かに空と星の光とが望めるだけ、見かける人間といえば——どこかの宿の戸口で——継ぎ馬を索き出して来て、不釣合に威勢が良く強情に反抗している馬を、叱りつけたり口笛を吹いたりしながら馬具の留金を嵌める、角灯を手にした馬丁の少年位なものです。しかしそうしたことが眠った町々に、一層の神秘性を与えていたのでした……。これ以外と言えば、眠りを醒まされて、窓を開け、静寂のため一層よく響く声で乗客が、『御者さん、今はいったい何処なのかね?』と尋ねる、あのいつも同じ質問が聞えるだけで、周囲には、生ある物の徴《しる》しを示すものは何一つ、聞えも見えもしなかったものです。こうした眠れる町の中に入れば、眠っている人々で満ちた馬車の中では、おそらく誰かまだ夢見心地の人が、私と同じように、客室の窓を通して夜の闇にぼかされた家々の正面を見分けようとするか、それとも、夜というものは眠るためにあるのだと考えている単純で厳格な道徳に縛られているこの小さな町々で、これほど夜遅くまで灯火を点じている窓などに眼をこらして、いぶかしく思ってもみたりしたものでした。疲労した動物性のまどろみとも言うべきまどろみの中に他のすべての人々が身を投じている時に、一人の人間がそうして目覚めていること、それには、——単なる見張りではないにせよ——つねに何かしら荘厳なものがつきまとっています。カーテンの下りた窓の背後の灯が生命と思考とを表示しているとなれば、そこで人を見覚めさせている理由がわからないことは、現実の詩味に夢幻的な詩趣を付け加えるものです。少なくとも私は、

——通り過ぎて行く寝静まった町に——深夜に灯の点った窓を見るたびに、必ず、その光の枠に思念の世界を想い浮べ、また、そのカーテンの背後に人間同士のドラマと深い絡みあいとを想像してしまうのです。そして今でも、そう、多くの年月を経た今であっても、私はなお、あの場所で永久に憂愁に満ちた光を放ったままの窓、想い浮べる夢想の中で再びまざまざと眼前に蘇ってくる窓のことが頭から離れず、

『あのカーテンの背後には、いったい何があったのだろうか？』

と、どうしても独り言ちてしまうのです。

さて、私の記憶に最も強く残っている（その理由は、すぐにお分りいただけるでしょう）窓の一つは、その夜私たちが通過した＊＊＊町のとある通りの窓でした。それは、——私の記憶が正確なら——私たちの馬車が馬を換えた宿の上手の三軒連なった家のもので、単なる交換の時間以上にじっくりと眺めることのできた窓でした。馬車の車輪の一つに故障が起き、車大工を起して連れて来なければならなかったのでした。寝静まった田舎の町で車大工を起し、その路線では競争相手の無い一台の乗合馬車の一本のネジを締め直すために連れてくるのは、数分間で片のつく些細な仕事ではありません……。ましてや私たちが馬車の中で眠っていたように自分のベッドの中で車大工がぬくぬくと眠っていたとしたら、彼を起すのは、なおさら容易ではなかったに違いありませんでした……。客室《クーペ》の仕切り板を通して、他の客たちの鼾声《いびき》が聞えていました。ご存知のように乗合馬車が停止するやいなや下車し、（なぜなら、フランスでは至る所、たとえ馬車の特別席であっても尊大さというものがはびこっていますから）再び乗車する際に自分たちの如才

なさを示したがる特等の乗客たちも、一人として降りていませんでした……。馬車が停車した宿屋が閉じていたのは事実で、誰もそこで夕食をとりませんでした。すでに前の中継地で済ませていたのです。宿屋は、私たちと同じようにまどろんでいました。いかなる物音もその深い静寂を乱しはしませんでしたが、ただ一つ、普段から御者口が開け放たれたままらしいその押し黙った宿の広い中庭を誰かが(男でしょうかそれとも女でしょうか、確めようにも余りに暗かったのですが)掃き清めている単調で疲れたような帚《ほうき》の音が聞えていました。敷石の上を掃く帚の音もまた眠たげな様子で、いや、少なくとも死ぬほどに眠りを望んででもいるようでした。通りに正面を見せた他の家々と同じように暗かったのですが、その中に一つだけ灯りの洩れている窓がありました……。そしてそれこそ私が今も記憶に留めており、しかもまざまざと思い出すその窓に他ならなかったのです！……　二重に下ろされた深紅のカーテンの厚さを神秘的に通して洩れてくるため、その灯りが果してどれだけ明るく輝いているものかわかりませんでしたが、その家は、二階建ての大きな家で——しかも非常に高い場所に建てられていました……。

「妙なものだ！　相変らずあのカーテンとは！」

ド・ブラッサール子爵が、そう独り言のように言いました。

私は、馬車の暗い坐席の中でも彼が見えているかのように彼の方を向き直りました。しかし、馬と街道を照らすため御者席の下に掛けてあった角灯は今しがた消されたばかりでした……。眠っているものとばかり思い込んでいた彼は、実は眠ってはおらず、私と同様、その窓に興味をひかれていたのでした。いや、むしろそれ以上だったでしょう。それが何故そうなっているかを彼は知っていたのですから！

さて、彼が私に話しかけた——実に単純な事実です！——その声のあまりに弱々しい調子に、すっかり驚いた私は、すぐに彼の表情を窺ってみたいという率直な好奇心に取り憑かれたのです。そこで葉巻を点ける素振りでマッチをすりました。青みがかったマッチの炎が暗闇を切り裂きました。

彼は、死人のように、どころか……まさに死そのもののように蒼ざめた顔をしていました。

何故彼は蒼ざめていたのでしょうか？……余りに異様な外見の窓、それについての疑念、そして、平生《へいぜい》は滅多に蒼ざめることのない人間のあの蒼ざめよう、多血質の彼は動揺したときには頭のてっぺんまで赤くなるはずなのに……。そして車が接近していく際に私の腕に触れていた彼のがっしりとした二頭筋を貫いていくのが感じられたあの戦慄、そうしたすべてから、私は何かが隠されていることを直感しました……。勿論私は奇談の渉猟者ですから、巧妙に振舞いさえすればそれがどんなものかを知ることができるだろうと見当をつけたのです。

「するとあなたもあの窓をご覧になっていたのですね、大尉。しかも前からご存知でおられるようですが？」

好奇心に対する偽善に他ならない、答など全く気にもとめないような無関心な調子で、私は彼に話しかけました。

「むろん、存知ております！」

彼はふだんと変らぬよく通る声でそうきっぱりと言いました。

ご存知でもありましょうが、心のあらゆる動揺を下等なものとして軽蔑し、世間知らずのゲーテのように驚愕こそが人間の精神にとって名誉ある地位となり得るなどまったく信じていないのがダンディたちです。しかもそれらのダンディたちの中でも最も決然とし、気高くさえあったこのダンディの心には、すでに落ち着きが戻っていました。

ド・ブラッサール子爵は静かに続けました。

「ここはよく通るというわけでもありません。むしろ避けている位です。ところで、世の中にはどうしても忘れられないというものがありますね。勿論多いわけではないが、とにかくあることは事実です。私にも三つほどありましてね。まず、最初に着た軍服のこと、それから最初の戦闘、そして初めて知った女のことです。よろしいですか！　私にとってあの窓こそは、どうしても忘れることのできない四番目のものなのです。」

言葉を切って、彼は前の窓を開けました……。それは、話していたその窓をよく見るためだったのでしょうか？……　御者助手は車大工を呼びに行ったまま戻っていません。遅れた継ぎ馬も、まだ中継所に到着していなかったのです。そこまで索いて来た馬は、まだ馬車から外されず、疲労でじっと動かずに頭を脚の間に垂れ、厩舎を思い浮べながら焦れたように蹄を静かな舗石に打ち鳴らすことさえもしていません。私たちの乗合馬車は、『眠れる森の美女』の森の中のどこかの空き地の岐れ路で妖精たちの魔法の杖のために釘付けにされてしまった馬車のようでした。

私は言いました。

「実際、想像力豊かな人間にとってあの窓は一寸気になる外観をしていますね。」

するとド・ブラッサール子爵はこう言ったのです。

「あの窓についてあなたがどうお感じなのかわかりませんが、私にとってどういう意味があるかは、よく承知しています。あれは、私が初めてここに駐屯したときの部屋の窓なのです……。そうです！　もうすぐ三十五年になります！　あのカーテンの向うに……これだけ年が経っているのに少しも変った様子も無く……、ちょうどあの時のように明るく、そう、まったく明るく灯が点って……」

彼は追憶を抑えつけるように、再び口をつぐみました。しかし私はそれをさそい出そうとしたのです……。

「大尉、あなたが小尉になりたてで精励なさって、戦術の研究をなさっていた頃ですか？」

すると彼は答えました。

「私を買い被っておいでのようですね。勿論当時私は小尉でしたが、あの頃過していた夜ときたら、いや決して戦術の研究になどあてはしませんでしたよ。まあ仮りにそんな不都合な時間にランプを点したとしても、お堅い人間の言い草ですがね、それはド・サックス元帥[*1]を読むためなどではありませんでしたよ。」

「しかし」

＊1—一六九六—一七五〇、当時最もすぐれたフランスの元帥、ジョルジュ・サンドの先祖でもある。

私はラケットで打ち返すように急き込んで言いました。

「それでもおそらく、彼にあやかろうとなさってのことでしょう?」

彼は私の羽子《はご》を打ち返して来ました。

「いや! お考えのようにド・サックス元帥のひそみに倣っていたのはその頃ではありません。あの頃の私ときたら、制服にしっかりピンで止められた駆け出しの小尉に過ぎませんでした。しかも、たとえ——そう、恐らくは私の顔立ちのおかげなのでしょうが——女たちがそう信じたくなかったにせよ、女性に対してはひどく不器用で、また臆病でもあったのです……。その臆病が何かの利益になったということは、絶対にありませんが。その上、あの素晴らしい時代に、私はわずか十七歳だったのです。陸軍学校は出ていました。当時は、現在だったら入学する位の年齢であそこを出たものです。もし人間の恐ろしい消費者であるあの皇帝の御代が続いていたなら、アジアの大守たちが九歳の寵姫《オダリスク》たちを蓄えたように、最後には十二歳の兵士を養うことになるはずだったからです。」

——もし彼が皇帝とか寵姫《オダリスク》とかのことを話し始めてしまったら、もうどうしようもない。——そう考え、私は言いました。

「しかし大尉。賭けても結構ですが、あのカーテンの向うにあなたにゆかりの女性が居なければ、あなたは、光の射しているあの上の窓についての思い出というものを今の今までお持ちではなかったのではありませんか!」

「それなら賭はあなたの勝ちです。」

彼は重々しく言いました。そこで私は言ったのです。

「ええ！　勿論です！　確信があるのです！　あなたのような方なら、駐屯して以来おそらく十度とは通り過ぎなかった田舎の小さい町のことです。何かの方法で暗闇の中でも今日ごらんのように灯を点してあなたのために家の窓を捧げられるのは、梯子を用いたあなたに捕えられた女性か、それともそうしたことのためにあなたが確保されているいわば前進基地のようなもの、そのどちらかしかありません！」

「しかし私は前進基地などあそこに保持していませんよ……　少なくとも戦術的には。」

彼は相変らず重々しく答えました。だが重々しさは、しばしば彼の冗談の手口なのです。

「それに、それほど簡単に見破られてしまうのなら、前進基地などと呼べるでしょうか？……だが、梯子を使う使わないを問わず女性を手に入れるという点については、先刻申し上げたように、私にはまったく不可能なことでした……。従って、あの場所で捕えられてしまったのは女性ではなかった。つまり、私だったのです！」

私は、どう致しましてと言わんばかりに彼に会釈をしました。――果して、あの暗い客室の中で彼にそれが見えたでしょうか？

「ベルク＝オプ＝ゾーム[*1]の陥落というわけですね？」

私は言いました。

＊1―オランダの要塞都市、長い攻城戦を耐え抜いたことで有名。

「だが十七歳の小尉などに、ベルク＝オプ＝ゾームの叡智も難攻不落の自制心も無いものです！」

彼は、答えました。そこで私は陽気に、こう言ったのです。

「それで今でもプティファール*1の奥方かそれとも娘さんが……」

「娘でしたよ。」

彼はおかしいくらい真面目な調子で遮りました。

「大尉、まず手始めというわけなのですね！　それがただ、ここではヨセフは軍人で……しかも逃げ出しそうもないヨセフだった……」

「ところが、徹頭徹尾逃げたのです。」

彼はこの上なく冷静に答えました。

「遅すぎたきらいもありますが、実際恐ろしかったのです!!!　それは、この私が実際耳にもした、しかもそれがあのネイ元帥*2のことばであるだけに、ややなぐさめでもある《恐怖などけっして感じたことがないなどと言っていたあのジャン＝フ……（彼はこの音をしぶしぶ発音しましたがね）がどんな人間かまったく知りたいものだ！》ということの意味が、はっきりと理解できる恐怖でした……」

「あなたにしてそうした異常な感動を受けられたお話なら、さだめし素晴らしく興味深いものでしょうね、大尉。」

「勿論です！　興味がおありならお聞かせしましょう。この話は、さながら鋼鉄《はがね》の上の酸のように私の人生を蝕ばみ、いつまでも私のあらゆる悪しき快楽に黒い染みを残している或る出来事にまつわるものなのです。……ああ！　邪悪なる者のごとくあるというのは、常に益があるというわけではありませんね！」

こう彼は付け加えたのですが、ギリシア帆船のようにしっかりと銅の被覆がなされているものと思い込んでいたこの恐ろしいまでに陽気な人物がこのときに見せた憂愁のかげりに、私はすっかり驚いていました。

彼は開けていた窓を閉じました。見棄てられたかのように凝っと動かずにいる馬車の周囲にたとえ誰一人居なかったにせよ、外の誰かに聞かれるのを恐れたためか、それとも、宿の広い中庭の舗石をけだるそうに往き来している帚の音を、煩わしい伴奏のように思ったからなのでしょうか。――私は、声のわずかなニュアンスにも注意しながら彼の話に耳を傾けたのでした。扉を閉じた車内の暗がりでは彼の顔が見分けられなかったので、私の眼は、相変らず魅惑するような光を放っている、深紅のカーテンの窓に釘付けのままでした。そして今、彼はその窓について語ろうとしているのです。

「そう、私は十七歳で、陸軍学校を出たばかりでした。皇帝が行なっていた、一八一三年の遠征

＊1―聖書に登場する人物で、妻がヨセフに関係を迫って拒絶される。

＊2―フランスの元帥（一七六九―一八一五）、ナポレオンの下で数々の武勲を立てたが、特にロシア遠征では中央軍を指揮し、功によりモスクワ公となる。百日天下ではナポレオンを助け、ワーテルローで奮戦したが王政復古後叛逆者として処刑された。

と歴史が呼んでいる遠征でドイツに進発する軍令、それを私は当時の人間なら誰もがそうであったように満を持して待機していたのです。従って、第一線部隊の一小連隊の小尉に任ぜられるや否や、片田舎の年老いた父を抱擁する暇もあらばこそ、晩には、今のこの町で、配属された大隊に合流したのです、人口はせいぜい数千というこの小さな町ですから、私たち二大隊がやっと駐屯できる位でした……。他の二大隊は近くの村落に向ってすでに進発した後でした。あなたは、西フランスから帰って来られるときでもおそらくこの町を通り過ぎるだけでしょうから、ここに住むということが、当時の私のようにそれを義務とされた者にとってどんなものであるか、いや少なくとも、三十年前にはどんなものであったかはおわかりになれないでしょう。それは、私のデビューのためにと、偶然が——しかしいずれにせよ当時の陸軍大臣のような輩《やから》が張本人に決まっていますが——私を送り込んだ最低の駐留でした。いやはや！　まったく何と退屈だったことか！　それ以後でも、あれほど退屈で気の滅いる駐留は、どこへ行ってもお目にかかりません。ただ年が若かったのと、それから初めて着た軍服の陶酔——ご存知ないでしょうな、着たものでなければまず分らない感動ですが……　そのおかげであの耐えがたい退屈をどうにか我慢していたのです。実際この田舎の退屈な町は私に何をしてくれていたでしょう？……　ですから私はここに住んでいるというよりむしろ軍服の中に住んでいたといえます……。トマッサンとピエの傑作ですね。心が浮き立ったものですよ！　夢中になったこの軍服は、私にヴェールをかけ、あらゆるものを美しく見せたのです。つまり——いや、極端に聞えるかも知れませんが、でも事実なのです……。この軍服こそ、私の真の駐屯地に他ならなかったわけです！　何の変化も面白いことも、そして生気さえも無いこの町に飽き飽きすると、飾り緒をすべて付けた正式礼装に身を固めるのです。——するとどうです。倦怠は、勤務章を前にこそこそと逃げ出してしまったものでした！　独りでいるときや待つ者の誰もないときには、化粧のほかすることのない女のようなものでした。つまり私は…… 自分のために着飾ったのです。四時頃になると、歓楽をともにする相手を求めるわけでもなしに散歩に出かけていた人気のない並木通りで、肩章やサーベルの下緒《ドラゴンヌ》を陽の光にかざして独り悦に入り、それからパリのゲント通り[*1]で後になってしたように、胸をぐっと反らせたものでした。もっともその頃には、その辺の女性に腕を取らせていて、背後には《あれこそ真の士官様じゃありませんか！》などという声を聞いていましたがね。しかし、商業も、またいかなる産業活動もないこの貧しい小さな町には、皇帝に不満を抱いている破産寸前の旧家があるだけでした。何しろ彼らの話では、皇帝は大革命の際の大泥棒たちが持ち去ってしまったものをすっかり吐き出させなかったというのですからね。ですから彼らとしても皇帝の将校たちをほとんどもてはやしはしなかったわけです。つまり集会も舞踊会も夜会も宴会も無しです。まあそれでも、天気が良ければ日曜日の正午のミサの後で、母親たちがあのみすぼらしい並木通りの外れのあたりに自分の娘たちをこれ見よがしに散歩させてはいました。二時、つまり晩課の時間までですね。晩課の始まりを告げる鐘が鳴り響くやすべてのスカートは姿を消し、その不幸な並木通りは人っ子ひとりいなくなってしまうのでした。それにこの正午のミサですが、

＊1—のちのイタリアン大通り。

勿論私たちは足も踏み入れはしませんでしたが、王政復古の際には連隊首脳が参加を余儀なくされる戦没者ミサになっており、それが、この死んだように何も無い駐屯地では、少なくとも生彩のある事件だったわけです。人生で、女性に対する愛情とか情熱とかが非常に大きな場を占める時期にいた私たちにとって、この戦没者ミサは恰好の材料でした。

分遣隊の任務についている者を別とすれば、将校たちは皆、喜々として教会堂のあちこちに座を占めたものです。ほとんどいつでも私たちは、ミサにやってくる美しい娘たちの後に陣取っていました。彼女たちだって見られているのは承知でしたし、私たちの方でも、聞えよがしの声で、どの娘の顔立ちが、身なりがすぐれているかなどと品評し合っては、うさ晴らしをしていたわけです。ああ！　戦没者ミサ！　いくつもロマンスが花開くのを眼のあたりにしましたよ。母親たちの傍で娘たちが祈りのために跪ずいたとき椅子に置かれるマフが愛の手紙でふくらんでいて、しかも彼女たちはその返事を次の日曜日にまた同じマフの中に忍ばせてくるのです。しかし帝政時代には戦没者のミサなどありはしませんでした。当然この町の良家の娘たちに近づく手段はなく、ただ私たちは遠くからヴェールの下に隠された私たちの秘めたる夢の対象を眺めるしかなかったのです。＊＊＊の町で最も興味を惹かれる住人たちのこうした味気ない損失の埋め合わせ、そんなものは皆無です。上品ぶった話など出る幕もないはずのご存知の旅酒場もひどいものでした。駐屯地の慄《ぞ》っとするような退屈の中で、ゆっくりと郷愁にひたるべき居酒屋でさえ、そんなありさまですから、肩章に少しでも敬意を抱いておれば、そんな所へ足など踏み入れられるものではありません……。それにまた、今では奢侈の風がいたる所にしみ込んでいるこの小さな町に、当時は、森へ出かけたときのように高い値を押しつけられずに将校が満足のいく食事のできるホテルも一軒とてなかったのです、だから私たちの多くは集団生活に見切りをつけ、あまり裕福でない町家の特別な下宿に分散していました。しかし彼らは、まったく法外な値で部屋を貸し、彼らの常の貧弱な食卓と僅かな家計のやりくりをつけていたのです。

私もそうしていました。友だちの一人がここの継馬亭に部屋を持っており、継馬亭は当時この通りにあったのです。――いいですか！　明るくなれば、今私たちがいる数軒後方に、鉛白の地に老いぼれた金色の太陽が半分ばかり顔をのぞかせ、その下に《日の出に！》の文字が刻み込まれている日時計のある継馬亭の正面が見えるでしょう。で、その友人が近くに下宿を探してくれました。――高い所についているあの窓のです。まるで昨日のように憶えています！　借りる手はずは彼に任せました。年上の彼は、長いことその中隊におり、無経験で向うみずな私の軍人生活の駆け出し時代に、様々のことの水先案内がしたかったらしいのです。すでに申し上げましたが、私がよりどころにしていた軍服に対するあの気持だけは別でした。そこにはまた、あなた方の世代が平和会議や、その他の人道的、哲学的道化芝居に対して抱く、やがて消えてしまうようなはかない感じがつきまとってはいましたが……。そして初陣の戦場で大砲の咆哮を聞き（この軍人風の言い回しをお許し下さい）軍事的処女性を失うという希望。私には、まあどちらも同じだったのです！　私はこの二つのことだけを考えて生きていました。――特に後の考えですが、それは一つの期待でもありまた、知らない生においてこそ人間は多くを知るからです。で、私は、それこそ守銭奴のように明日の私をいとおしんでいたのですが、また、物騒な場所で一晩を過すしかない人間が身じまいを正すように、この地上で身じまいを正す敬神家がどんなものかもよく知っていました。もはや兵士ほど修道僧に似ているものはなく、しかも私はその兵士だったのです！　まあこんな具合にして私は駐屯地と折り合いをつけていたわけです。先ほど申し上げた下宿の家の人々と一緒にする食事の時間と、毎日の軍務と演習の時間を除けば、私は、大部分の時間を、自分の部屋の、暗青色をしたモロッコ革張の長椅子に横たわって過していました。その冷たい感触は、演習の後で水浴でもしたような快い気分だったので、剣術を練習するときか、向いに住んでいた友人のルイ・ド・マンとカードをやるとき以外ほとんど身を起しませんでした。ルイ・ド・マンは私ほど退屈してはいませんでした。町の浮気娘の中からかなりの美少女を拾い上げて情婦にしたて、彼の言い草では、暇をつぶしていたのですから。しかし私が女性について知っていたことが、そのままルイの真似をするまでに私を駆りたてはしませんでした。私が知っていたことは、下衆ばったやり方で身につけたのですが、サン＝シールの学生[*1]なら、今では卒業の日には知っている始末です……。それに、後になって自然目覚めてくる気質もあるものです……。サン＝レミをご存知ではありませんか？　悪業ゆえに町中に知られた名うての悪で、私たちは《ミノタウロス[*2]》と呼んでいました。自分の妻の愛人を殺したとかで角を生やしていた[*3]という点だけでなく、大食いの点でも彼はミノタウロスなのでしたが……」

「ええ存知ております。」と、私は答えました。

「しかし老いて、頑固で、年々身を持ち崩した挙句、とうとういけなくなってしまった御仁《ごじん》ですね。勿論知っておりますよ。ブラントーム[*4]に出てきそうな、あの偉大なる挫折者サン＝レミでしょう。」

「実際あれはブラントームの人物でした。」と子爵は答えました。

「よろしいですか！　サン＝レミは、二十七歳になった時でもまだ、酒杯にもスカートにも触れたことはなかったのです。お望みでしたら彼はこう答えるでしょう！　二十七歳のときでさえ女性方面では生れたばかりの赤子同然に無知、また、乳離れはしていたにもせよ、まだ牛乳と水しか飲んだことはなかったのだった、と。」

「すると失われた時間をみごとに取り戻したわけですね！」と、私が言いますと、

「そうです。」と、子爵は言って、こう続けたのでした。

「それに私もです。しかし私はそれを取り戻すのにそれほど苦労しませんでした！　私に分別がつく最初の時期は、この＊＊＊の町で過した時期とほとんど重っていました。ですからたとえ、サン＝レミの所謂絶対の処女性というものは持ってなかったにせよ、この地で、私は、生れながらにそうであったが故に、名誉にかけて誓いますが！　あたかも真のマルトの騎士のごとく生活していたのです……。この意味がおわかりですか？　旧秩序を廃止してしまったあの大革命さえ

＊1―ルイ十四世とマントノン夫人が一六八五年に女子教育のために建設した学院、のち一八〇八年陸軍学校になる。
＊2―ギリシア神話中の牛頭人身の怪物。
＊3―妻を寝取られた亭主には角が生えるという俗信。
＊4―一五四〇―一六一四、フランスの軍人、伝記作者。主著『名士名将列伝』『艶婦伝』。

なかったら、私は叔父の一人からその騎士領を相続してさえいたはずでした。しかし全てが廃止されたとは言え、私も時々は騎士章を佩用しました。自惚れのなせる業です！」

ド・ブラッサール子爵は続けます。

「借りていた部屋の家主一家でしたが、あなたが想像できる以上に中産階級そのものでした。一家と言っても夫と妻の二人だけで、二人とも同じ年齢、下品な所はまず無い。いや、それどころか私が交際したかぎりでは、彼らには、今ではとりわけ彼らの階層には見られなくなってしまったあの上品さがあり、まさに消え失せてしまった一つの時代の残り香といったところでした。観察のための観察をするという年にはなっていない私は、昼と晩と、一日に二時間ほど食事をともにするという、まあこの上なく表面的な交わりの生活の中でこの二人の老人たちの過去にそれ以上足を踏み入れようと思うほどには彼らに興味を覚えなかったのです。彼らの会話には、彼らの過去を窺わせるものは何もありませんでした。会話は普通、町の出来事や人々についてで、おかげで色々なことを知ることができました。話しぶりは、夫の方は陽気な悪口が少々、そして信心深い妻には、いっそう遠慮がちな風がありましたが、勿論そうしたことに楽しみを全く感じていないというわけでもありませんでした。それでも私は、夫から、若い頃誰かと何かの理由で旅に出たことがあって、そのために彼を待っていた妻との結婚が遅れたというようなことを聞いたおぼえがあります。要するに、非常に穏やかな品格の、非常に落ち着いた宿命を生きる、善良な人たちだったのです。妻は夫の傍で彼のための靴下を編み、音楽狂の夫は、私の部屋の上の屋根裏部屋でヴィオッティ[*1]の古い音楽を上手くもないヴァイオリンできしませて、ともにその日その日を送っていたのです……。おそらく以前はもっと裕福だったことでしょう。そして、隠しておきたかった財産が失われてしまったため、やむを得ず、家に下宿人を置くことになったのでしょう。しかし下宿人以外、そうしたことを知る者はおりません。彼らの住居にある豊富な、手ざわりの良い衣類とか、心地良い重みの銀器類、そして造りつけの家具類。すべてはそうした旧き良き時代の安らぎに息づいていたのです。ああしたものなら、改めて新しくする気にはならないものです！　私も楽しい気分を味わっていました。食事も素敵で、それにまた、食べ終えて食卓を離れる許可を得る段になり、給仕を勤めていたオリーヴ婆やが《お鬚をお拭き下さい》と言うのを聞くのが、この上なく楽しかったものです。とにかくまだ生え揃ってもいない若僧小尉の、猫の三本鬚みたいな代物を、口鬚と呼んでもらえるのは名誉ですから。

それで私も家主夫婦と同じように静かにそこに半年ばかりも過した頃でした。とにかくその後出会うことになる少女の存在を示す徴《しるし》となるような一言も聞いていなかったのでしたが、或る日、いつもの時間に食事のために階下に降りて行くと、食堂の隅に、すらりとした少女が、たった今帰って来たばかりのその家の人間といった様子で、帽子掛けに帽子を掛けようと爪先立ちになっているのに気付いたのでした。高い所にその帽子を掛けるため、彼女は文字通り軀を弓なりにそらせ、仰向いた踊り子のようにその素敵に美しい肢体を伸ばしていました。すんなりした肢

＊1―ジョパンニ・パチスタ・ヴィオッティ（一七五三―一八二四）、ヴァイオリニスト、作曲家、パルペーも好んだ。

体は、腰をぴったりと緊め、着たときでも腰が外から見えてしまう心配のない当時の上衣と、その白い上衣の上から、縁飾りを垂らした緑色の絹のスペンサー[*1]の輝くばかりの胴着《コルセ》とにしっかと捉えられていたのです（そう、まさにその通り。それがじつにしっくりとしていたのです！）。両腕をまだ空中に差し出したまま、彼女は私の入って行く足音を聞いて振り返りました。かしげた首筋に彼女の顔が見えました。しかし彼女は、そしらぬふりで帽子を掛け終ると、帽子のリボンが皺にならなかったかどうかをたしかめていました。ゆっくりと、注意深く、そしてほとんど焦れったいほどに——、なにしろ、挨拶するつもりの私は、彼女が私に気付いてくれるのを立ったまま待っていたのです——それから彼女はやっと、その黒い瞳で私を見つめてくれたのです。ティテュス[*2]風に切って束が額にこぼれかかった彼女の髪は、その髪型が眼《まな》ざしに与える以上の一種の冷やかさを、その瞳に与えていました……。そんな時刻にその場所にいるのがいったい誰なのか、私には見当もつきませんでした。家主夫婦の所で一緒に食事をする人間なんて、それまで一人も居なかったからです……。しかし彼女は、おそらく食事に来ていたのです。食卓には用意ができており、四人分の食器が並べられてあったのです……。しかし彼女に会ったときの驚きも、彼女が誰であるかを知ったときの驚きほどではありませんでした……。ちょうどそのとき、家主夫婦が部屋に入って来て、彼女を寄宿舎を出たばかりで、これから一緒に住むことになった彼らの娘だと私に紹介してくれたのです。

彼らの娘とは！　あの娘くらい彼らのような人々に似つかわしくない娘もありませんでした。すべて世の美女が、こうした人々から生れないと言っているのではありません。そうした例は知っておりますし、あなたもご存知でしょう？　生理学的に言えば、最も醜いものが最も美しいものを生み出す可能性もあるのです。しかし彼女は！　彼女と彼らとの間には、人種の違いほどの深淵が横たわっていたのです……。それに生理学的にみて、あなたの時代のものであるこの仰々しい衒学的言辞を失礼ながら使わせていただきますが、それは彼女がたたえている、そして彼女のような若い娘にはそぐわないあの雰囲気を通してのみ気のつくことだったのです。それは、描き出すのが著しく困難な一種捉え所のない雰囲気でした。《ほらあそこに素敵な娘がいるよ！》などと気軽に言われるようなものではない。つまり、偶然に出会って、そんなことを言うが、後ではけっして口に出すこともないような、要するに世間にざらにある美しい娘程度の雰囲気ではなかったのです。そう、あの雰囲気といったら……　両親だけでなく他のどんな人間とも違っていました。彼女には、情熱とか感情とかが皆無のようで、あなたでも、立ちどころに驚きでその場に釘付けになってしまったことでしょう……。ヴェラスケス[*3]の描いた「スパニエル犬を抱いた王女」をご存じでしたら、あの絵が、傲慢でも軽蔑的でも侮蔑的でもない、ただ無感動であるだけのあの雰囲気がどのようなものであるかを伝えてくれるでしょう。傲慢で侮蔑的な雰囲気とい

＊1―一種の短外套。
＊2―ローマ皇帝（三九―八一）、賢帝で仁政をもって知られる。
＊3―スペインの画家（一五九九―一六六〇）、フェリーペ四世の宮廷画家として、グレコと並ぶスペイン画派の中心であり、油絵技巧の完成者である。特に国王、王族の傑れた肖像画で知られる。

えば、わざわざ傲慢にふるまい、侮蔑を与えるのですから、相手にその存在を認めてやってもいるわけです。ところが、彼女の持つ雰囲気は、こう語っていた、つまり、《私にとってあなたは存在さえもしていないのです》と……。打ち明けて申しあげれば、この最初の日とそれに続く日々、この容貌が私に投げかけた質問は、今日まで解けずにあるのです。つまり、早口でわかりにくい話し方をし、刺繍したモスリンのネクタイから首筋の瘤をはみ出させ、妻の手製のジャムそっくりな顔色をして、白いチョッキと黄緑色のフロックを着ている肥ったお人好しの父親から、どうしてあのように高雅な娘が生れたかということです……。それに夫の方でそうした疑問を抱いたとしても、もっとも、とてもそんな風には見えませんでしたが、妻の方だってその答を出せはしなかったでしょう。

アルベルチーヌ（それが、あたかも天がブルジョワたちを嘲弄しようと欲したかのごとく、空から降臨させた、あのやんごとなき大公妃の名でした）、長い名前を骨惜しみして両親からはアルベルトと呼ばれていましたが、それはいかにも彼女の容貌や人となりにぴったりしていました。そのアルベルチーヌは、両親のどちらの娘とも見えませんでした……。この最初の食事の折もまたその後のときでも、この若い娘は、私には、しつけが良く、もの静かで、ふだんから口数が少なく、また何かを語るにも上品な言葉遣いで話し、しかもけっしてある線を越えないように見うけられました……。その上、おそらく私たちの食事の間にはそれを示す機会がほとんどなかったこともあるでしょうが、私には気のつかなかった聡明さがあったのです。娘の存在は、必然的に老夫婦の世間話を変質させていました。町のささいなスキャンダルはすっかり拭い落されてしまったのです。食卓では、文字通り雨や晴といった他愛のないことが話題にのぼりました。最初にその無感動な雰囲気で私をすっかり驚かせたアルベルチーヌ、いやアルベルトは、私にしてくれるのはまったくそれ以外になかったためもあって、私をそうした雰囲気から無感動にさせました……。もし私がそのために生まれて来たような世界の人間で、そして私が彼女に会うのが当然であったとしたならば、彼女のああした無感動な様子は、さぞかし私を興奮させていたことでしょう……。しかし彼女は、たとえ眼差しを通じてさえ私が言い寄れるような娘ではありませんでした……。彼女の両親の家に下宿し、彼女と面と向っている私の立場は微妙なもので、ごく僅かなことでさえ、誤ちにつながりかねませんでした……。ふだんの生活では、彼女が私にとって何者かであるためには、彼女は私からほどよく遠く、ほどよく近かったのですから……。私は、まもなくごく自然にそしてどんな種類の下心もなく、彼女の無感動さに完全な無関心で答えるようになったのでした……。

しかもそれは、私の側からも彼女の側からも性格に反したことではなかったのです。私たちの間には、この上なく冷やかな礼儀正しさと、この上なく控え目な言葉しかありませんでした。私にとって彼女は、見えるか見えないかの幻でしかなかったのです！　そして私は、彼女にとって何であったのでしょう？……　食卓につくと——そこでしか私たちは顔を会わせませんでしたが——彼女は、私よりも水差しの栓であるとか砂糖入れとかを見つめていました……。彼女がそこで語るつねに正確ではっきりとしているが意味のないことがらは、彼女が持つ性格を知るどんな鍵も私に与えはしませんでした。しかし、それが私に何だったでしょう？……　ことによると私は、このもの静かで風変りな美少女の中に王女のようにその場にそぐわない雰囲気を、見つめつづけるだけの人生を送っていたかも知れません……。しかしそうではなかった。そのためには、これからあなたに申し上げようと思っているある事件が必要だったのでした。それはたとえ雷鳴はなかったにせよ、稲妻のように私を襲ったのです！

アルベルトが戻って来ておよそ一箇月ほど過ぎたある夕方、私たちは夕食の食卓についていました。彼女は私の隣の席でしたが、もともと彼女にそれほど注意を向けてはいなかったため、私を驚かせることになるこの日常的にささいなことを、気にも止めていませんでした、つまり、彼女が、父と母の間にではなく、私の隣で食卓に向っていたということです。そして私がナプキンを膝の上に展げていたとき…… いや、あのときのあの驚き、あの感覚、それがどんなものであったか、これはどうしてもあなたにお伝えできないようです！ 私は、彼女の手が食卓の下で大胆にも私の手を握ってくるのを感じたのです。夢を見ているのかと思いました……。いやむしろ何も信じられなかったのです……。ナプキンの下にまで私の手を求めてくるこの大胆な手の、その信じがたい感覚に私はただひたるのみでした。まさに思いがけないことでした！ しっかりと捉えられて火が点った私の全身の血は、まるでひき寄せられるように心臓からその手めがけて殺到し、ついでポンプで追い立てられるように狂おしく心臓に駆け昇ったのです！ 眼の前が真っ青になり…… 耳には早鐘が鳴っているようでした。私は恐ろしいほど顔を蒼くしていたことでしょう。今にも気を失いそうで――私の手をしっかりと包み込んだ、少年の手のように少し大きめで力のこもったその手の、引き締った肉の感じ、それが喚びおこした抗し難い肉欲。身もとろけるかと思うばかりでしたが、私は、この苦おしい手をふり解こうとしたのでした。しかしその手は、私の動揺を感じ取っていっそう官能をつのらせて握りしめ、心と同様に圧倒されてしまっている私の手を、威厳をこめて、この上なく熱く、息苦しいほど甘美に包み込んだのでした……。あれから三十五年です。女性の手に抱きとられる私の手が少しは無感覚になったとお信じ下さるでしょうね。しかし今でも、あのときのことを考えると、無分別に情熱を燃えたたせた暴君のように私の手をしっかりと握りしめている彼女の手の印象がまざまざと蘇ってくるのです！　握りしめてくるあの手が私の全身に射込んでくる何千という戦慄の餌食となった私は、あの父親と母親の前でその娘が、親の眼を盗んで大胆にしかけて来る、そして他ならぬこの私が今経験していること、それを思わず口に出してしまいはせぬかと恐れていました……。しかし今にも破滅する危険にさらされながら、しかも信じられない冷静さが錯乱を覆い隠している大胆なこの娘に劣らず自分が雄々しくなければ恥となると考えた私は、いささかの疑念も抱いていないあわれな夫婦の前にすべてを暴露しかねない欲望のおののきを抑えようと、唇を血の出るばかりに噛みしめ超人的な努力を傾けたのでした。それまで気がつかなかった彼女のもう片方の手を私の眼が探し求めたのはそのときでした。それはこの危険きわまりない瞬間に、日が落ちかかり始めていたため食卓の上に持って来られていたランプのつまみを落ち着き払ってひねっていました……。私はそれを見つめました……。私の手はさながら炉床のようになり、巨大な焔の刃が私の全身の血管をつたってひろがっていくかのようでした。そして彼女のもう一方の手は、それでは、ここに！　少しふっくらとしているが指は長く、美しい曲線を作っている手の先から、ランプの光が一直線に落ちかかり、透き通るようなその薔薇色を照らし出していました。その手は、確乎として、易々と、そして一種優雅なけだるさを見せながら、その比類なき動作を少しも震えずやってのけたのでした！……　しかし私たちは手をそのままにしておくわけにはいきません……。食事のために手が必要だったからです……。アルベルトの手は私の手から離れました。しかしそれが離れる瞬間、手と同じように情のこもった彼女の脚が、同じように平静に、情熱的に、そして絶対的な力で私の脚により添って来ると、あまりに短く思われたその食事の間ずっとそのままでいたのでした。その食事は、始めのうちは我慢できないほど熱いが、やがて慣れて心地よく感じるようになる、つまり熱湯の中の魚のように、いつの日にか地獄の火の真赤になった焼火の中で罪人たちが身も心も蘇った心地で、甘美な気分に浸っている気にさせてしまうという熱湯浴に入っている気分に私をさせたのでした……。私がその日食事ができたものか、そしてそのときテーブルの下で演じられていた恐ろしくも神秘的なドラマに、余りに温和なため少しも疑念を抱いていない誠実な家主夫婦と他愛ない世間話を交したものかどうか、それはご想像にお任せしましょう。彼らは何も気づきませんでした。しかし何かに気づくはずなのです。たしかに、私は、自分や彼女に対してよりむしろ、彼らに不安を抱いていました。私には十七歳なりの誠実さと、同情心とがあったのです。《彼女は恥知らずなのだろうか？　気が狂っているのだろうか？》などと自問してみたものです。そっと横目で彼女を見ました。そしてこの狂女が、儀式に参列している大公妃のような態度を少しも崩さずにおり、またその表情は、脚が――私の脚に対して！――しかけ、語りかけているこうしたすべて狂気じみたことを、あたかも何もせず、語りもしていないかのようにしているとり澄ました平静さに驚いていたのです。女性が慎しみのないように描かれている好色本は沢山読んでいましたし、私は陸軍学校で教育を受けたのです。少なくとも空想的には、自分のことを美男と考え、扉のかげや階段で自分たちの母親の小間使いの唇からの接吻を糧としてきたすべての若者たちが多かれ少なかれそうであるように、私も自惚れたラヴレイス[*1]でした。しかしこのできごとは十七歳のラヴレイスのささやかな心の落ち着きを狂わせてしまいました。それまでに本で読んでいたこと、女性に特有なものとされている虚偽という天性――彼女たちのいっそう激しく、底知れぬ情熱を包み隠すことのできる仮面の力――について聞かされていたこと、それらよりも遥かに強烈なものに、私には思えました。考えてもごらんなさい！　彼女は十八なのです！　彼女でさえも？……　彼女は、母親の道徳心と敬虔さとが娘のために選んだ寄宿学校、――勿論そこに嫌疑をかける理由はまったく私にありませんが――を出ていたのです。当惑ということのこうした完全な欠落、つまり、羞恥心の絶対的な欠除、うら若い乙女にとって最も危険で最も羞恥を感じてしかるべきことを実行してしまう安易な自制心――彼女は、ああした怪物じみた言い寄りによって自分の身を任せようとする相手の男に、どんなしぐさも目くばせも、あらかじめは見せはしなかったのです――それらが一度に私の脳裏を横切り、感情が動顛しているにもかかわらず、はっきりと私の精神に浮び上がって来たのでした……。勿論、この時も、そ

＊1―イギリスの作家、リチャードソンの書簡体小説『クラリッサ・ハーロウ』に登場する蕩児の名、転じて、蕩児の普通名詞にもなっている。

してそれ以後も、私はそのことを考えつづけました。悪に対してこれほど恐るべき早熟を示しているこの少女の行動に月並な恐怖を覚えたのではありません。それに、それは私が若かったからではないでしょう。ずっと後になってさえ、一目《ひとめ》、目があっただけで身を投げ出してくる女など堕落していると思われたものです！　またそうしたことは、反対に、まったく単純だと考えがちです。《可哀相な女だ！》と人が言うとき、すでにそれは、そうした憐れみよりははるかに慎ましさを含んでいるのです。そして結局のところ、私は、かりに臆病であったとしても、愚か者にはなりたくなかったのです！

それこそ、あらゆる悪事を良心の呵責なしに遂行するときのフランス的一大理由です。この美少女が私に愛情など抱いてないことには何の疑いもありませんでした。愛は、こうした羞恥心の無さや大胆さを伴って進行するものではありません。ところが、彼女が私に経験させようとしたのは、そうした羞恥心の無さであり、またそれ以上の何ものでもないことも、私は、同じく熟知していたのです。しかし、愛であろうとなかろうと……　こうしたできごとこそ、私の望む所でした！……　テーブルから立ち上がったとき、私の心は決っていました……。ほんの少し前には私の手を握るなど考えてもみなかったこのアルベルトの手は、ちょうど彼女の手が私の手にからみついたのと同じように、私の全身を彼女の全身にからみ合わせたいという欲望を私の心の奥底まで刻み込んでいたのでした。

私は狂人のように部屋に上って行きましたが、少し冷静になると、あれほど悪魔じみて挑発的な娘と、俗に言えば、手際よく人目を忍んだ恋仲を取り結ぶにはどうしたものかと考えたのでした。くわしく知ろうとは思わなかったものの、彼女がけっして母親の傍を離れないこと——つまり彼らには居間の役目を果してもいた食堂の窓辺で、母親と一緒に針仕事をしているのが普通だということ、それに、町には彼女に会いにくる女友達がいないこと、そこで晩課と日曜日のミサに両親と出かける以外はほとんど外出しないこと位は、どうやら知っていました。どうです？ますます勇気が出るというものではありませんか！……　尊大ではなかったにせよ、人生で二次的な興味しか惹かない人々を扱うときのような、時として投げやりな超然とした儀礼的な交際しかこの善良な家主夫婦と結んでいなかったことを、私はそろそろ後悔しはじめていました。勿論、私が隠しておきたいことに疑念を抱かせ、またそれを打ち明けたりしなければ、彼らとの関係が変えられなかったのだからと、私は自分に言い聞かせました……。ですから、アルベルトとひそかに話を交すには、私が部屋から下りてくるときか、上っていくときに階段で出会うしか無かったのですが、階段では、人に見られたり、話を聞かれてしまう可能性があります……。皆が肘をつきあわせているこの狭いがよく整理されている家で、私にできることと言ったら、手紙を書くことでした。それに、あの大胆な娘の手はテーブルの下でもあれほど巧みに私の手を探し出すのですから、私が渡す手紙を受け取るのに、おそらくそれほど厄介な儀式は必要ではないだろうと考え、私は手紙を書きました。それは、その場しのぎの手紙、つまり、すでに幸福を最初の一口だけ飲み、お代りを要求している男の、懇願するような、また命令的な、そして酔ったような手紙でした……。ただ、手渡すには、翌日の夕食まで待たなければならず、私にはとても待遠しく思われました。だがとうとうその夕食の時が来ました！　二十四時間前に私の手に触れて来たその扇情的な手は、前夜のように間違いなく、テーブルの下から私の手を求めて伸びて来ました。アルベルトは私の手紙に触れ、思っていた通りそれをしっかりとつかみました。思いがけなかったのは、あの無関心な取り澄した物腰で皆に挑みかけているあのヴェラスケスの王女の態度で、彼女が、その手紙を、胴着《コルサージュ》の胸もとに押し込むと平然としてレースのひだを直したことでした。眼を伏せてポタージュを盛るのに気を取られている母親は、無論何も気付きませんし、ヴァイオリンを弾いていないときでも、相変らずそのことを考えながら何かを口ずさんでいる愚かな父親は、ただ暖炉の火を見つめているだけでした。」

「そうしたことなら、何もそれに限ったことではありませんよ、大尉!」

私は陽気に口をはさみました。彼の話は、駐屯地での色恋沙汰の方向に、少しばかり早くそれ始めており、そうなればその行く末も見当がつくような気がしていたのでした！

「よろしいですか！　ほんの数日前のことです、オペラ座で、私の隣の桟敷にあなたのアルベルトとおそらく同じような女性がおりましたよ。そうですね年は十八歳より上でした、しかし、名誉にかけて申し上げますが、あれほど気品のある女性も珍らしかったですね。劇が続いている間彼女は、まるで大理石の台座の上にいるかのように、身じろぎ一つせず坐っていました。ただの一度も、右や左を見回しはしなかったのです。しかし多分、彼女はそのすっかり露《あら》わになった美しい肩であたりを見ていたのでしょう。というのは、他ならぬ私の桟敷席の、つまり私と彼女の二人の背後には、そのとき舞台で演じられていることなど、彼女と同じように、まるで上の空になっている若い男がいたからです。この若者は、公共の場で男が女にして見せる、言ってみれば距離を置いての恋の告白といった類《たぐい》のそぶり一つしなかったことは保証します。ただ、芝居が終って桟敷席を立つ人々の雑踏する中で、その貴婦人が席から、頭巾つきの外套を着るために起ち上がったときです。彼女が夫に向って、この上なくはっきりと、そして夫婦の間としては命令的な口調で、《アンリ、頭巾を拾って下さいな！》と言うのが聞えると、頭を傾けて行くアンリの背の上に、彼女は腕を伸し、まるで花束か扇子でも受け取るような何気ない様子で、その若い男から手紙を受け取ったのです。夫は起き直っていました。可哀相な男です！　頭巾を——赤いサテンの頭巾を手にしてです。その頭巾も、彼の顔ほど赤くはありませんでした。小さな腰掛けの下から急に体を起したため、今にも卒中の発作を起すかと思われるほど顔を紅潮させていたのです……。実際、そんなことを見た後では、私は、例の夫が、今起ったばかりのことを彼の頭から隠しておくために、あの頭巾を妻に返すかわりに、自分のために取っておけたら、などと考えながらその場を去ったわけです。」

「あなたのお話も悪くありませんね。」

ド・ブラッサール子爵は、かなり冷淡に言った。

「別の機会でしたら、おそらくもっと楽しめたでしょう。——しかし、どうか私の話を最後までお聞き下さい。そうした娘でしたから、私は、私の手紙の運命について少しも不安を抱きませんでした。たとえ母親の腰帯に釣り下げられていても無駄というもので、私の手紙を読んだ彼女は、返事の手段を必ず見つけ出すだろうと思いました。私たちが始めたばかりの、テーブルの下の小さな郵便ポストを、以後の手紙による会話のあてにさえしていました。翌日、前夜の私の手紙に対する明快な返事を、即刻その場で受け取るという確信を、心の奥底で愛撫しながら食堂に入って行くと、食器の並べ方が変えられており、アルベルトは、父と母の間の、以前の彼女の席に坐っていました。錯覚に襲われたような気持でした……。この変更は何故だろう。……私の知らない何かが起ったのだろうか？……　父親か、それとも母親が何かを怪しんだのだろうか？……アルベルトは正面でしたから、私は、ただ自分の気持を伝えたい一心で彼女を見つめました。しかし彼女の眼は、常のように静かで、沈黙し、そして無関心でした。私のことなど目に入らないかのように私を見ているのです。物でも見るように注がれているこれほど静かな、しかし永い視線を私は知りません。私の内部は、好奇心と、悔しさと、不安と、そして様々の興奮と絶望の入り交った感情で沸き立っていました……。繊細な皮膚の下には並の神経の代わりに私の筋肉に匹敵する強靱な神経が通っているに違いないこの娘、たとえこれが愛であろうとなかろうと、この秘密自体の中では私たちが互いに秘かな共犯関係にあるのだということ——つまり私たちが互いに意志を通じ合っているということを、彼女は、たとえどれだけ短かいものにせよ、私に告げ、知らせ、思いおこさせるような知性のひらめきを、なぜ敢えてでも示してくれないのか、それがわかりませんでした！……　テーブルの下のあの手と脚、そして前夜、花でも滑り込ませるように自然に、胴着の中に滑り取られていったあの手紙、あれは実際のことだったのだろうか、私は、こう自分に尋ねなければなりませんでした。私に見つめられれば取り乱しても不思議のないほどのことを彼女はしていたのです。だが！　何もありませんでした。私が待ち受け、期待し、私の眼差しに火を点けてくれるのを望んでいたその眼差しもなく、夕食はすっかり果てました。彼女の眼差しは燃え立ちはしなかったのです！　《いずれ何か返事の方法を見つけてくれるだろう》テーブルを離れ部屋へ上って行く途中、私は、自分に言い聞かせました。あれほど深入りしてしまった以上、どうしたって後もどりなどできはしないのだと考えながら。——彼女に恐れたり気にしたりするものがあるなど、とても思えません。しかし勿論、率直に言って、もし気まぐれだとすれば彼女が私にそうした気まぐれを起さなかったと思えないでもありませんでした。

私は、こうも自分に言い聞かせました。《もし両親が疑っていないとして、食器類の並べ換えが偶然だとすれば、彼女は明日また隣に坐るだろう》しかし翌日も、そしてその後も彼女が隣に坐ることはなく、アルベルトは小ブルジョワの食卓で語られるのが常の、つまらない、あたり障りのない話題を話すための、あの信じられないほどくつろいだ口調と、不可解な表情とを表わし続けたのでした。私が、はじめて物に興味を覚えた人間のように彼女を観察していたことは、おそらくあなたも見抜いておられますね。彼女が、依然として少しも苛立った様子も見せずにいるとき、私は、それこそ恐ろしいほどに苛立っていました！　それは激しい怒りに変っていました。——あの激しい怒り、それは私を二つに裂いてしまわんばかりでした。しかも、それを隠しておかねばならなかったのです！　彼女がけっして失わなかったあの物腰は、私たちの間のテーブルの大きさよりも、はるか遠くに私を追いやっていました。私は激しい絶望のあまり、ついに、危険を覚悟の上で、彼女を、彼女の冒しがたい大きな眼を正面から見つめたのでした。威嚇するようにのしかかり、情念を燃え立たせた私の眼に出会っても、彼女の眼は凍りついたままでした！　そうした彼女の振舞いは、一つの手管なのでしょうか？　思わせぶりの媚なのでしょうか？

気まぐれの後の気まぐれ、それらも単なる愚かしい行為にすぎなかったのでしょうか？……とにかくそれ以後、こうした女性は、まず始めのうちはすっかり感覚を昂ぶらせ、次いで、まったく愚かしい行為に走るものだということを思い知ったわけです。

《あの瞬間をご存知ならば！》と、ニノン[*1]はよく言っていたものです、ニノンの瞬間は、すでに過ぎ去っていたのでしょうか？　しかし私は待ち続けました……　だが何を？　言葉を、合図を、片付けられる椅子の音の中にテーブルを起つそのとき、低い声で、危険を冒してささやかれる何かを、です。しかし、そうした何ごとも無く、やがて私は、狂気じみた考え、世にあるすべて不条理なものへと身を任せて行ったのです。この住いの中は、あらゆる不可能が私たちを取りまいている。だから、彼女は、郵便を使って私に手紙をよこすのではないかという考えで一杯になっていました。――つまり細心な彼女は、母親と外出する折を見計らって、郵便受けにそっと私への手紙を滑り込ませるだろうというのです。そしてこの考えに取りつかれてからというもの、私は、日に二度、郵便配達夫がその家を通って行く一時間も前から、気をもんでいたのです……。頃合になるとオリーヴ婆やに向って咽喉をつまらせたような声で何度となく、《ぼくに手紙は？　オリーヴ》と訊ねるのですが、彼女はいつも落ち着き払って、こう答えたものでした。《いいえ、ございません》。ああ！　苛立ちは、ついに余りにも尖ぎすまされてしまったのです！　裏切られた欲望は憎悪に変わりました。私はアルベルトを憎みはじめたのです。裏切られた欲望が抱く憎悪によって、そして、私に対する彼女の行動を最もうまく説明できる原因をあれこれ考えるうちに、私は彼女を軽蔑するようになっていったのです。憎悪は軽蔑に飢えていますからね！　軽蔑、それこそ憎悪に最もふさわしい神酒《ネクタール》です！《臆病な女だ。一通の手紙を恐れるとは！》私は自分にそう言い聞かせていました。おわかりでしょうが、口汚く罵っても彼女が傷つくなどあり得ないと思いながらも、頭の中で彼女を罵っていたのです。私は、軍人風の荒っぽい形容詞でずたずたにし、彼女のことを忘れてしまおうと努力さえしました。そのことをルイ・ド・マンに話したとき……勿論彼に話しましたとも……　彼女のおかげで頂点に達していた私の怒りは、私の中の騎士道精神の火をすっかり絶やしていたのですからね——で、私は起ったことを洗いざらいルイ・ド・マンにぶちまけました。彼は私の話に耳を傾けながら、長い金髪の口髭を引き抜いていましたが、やがてこともなげに、こう言ったのです。なにしろ私たちは、二十七連隊の道徳家じゃありませんでしたからね。

《ぼくを見倣《なら》うがいい！　毒には毒のたとえもあるさ。町のお針娘を情婦《おんな》にして、そんないまいましい娘のことは、さっぱり忘れることだ！》

しかし私はルイの忠告に少しも従いませんでした。そうするには、余りにこの勝負にこだわっていたのです。私に情婦《おんな》ができたことを彼女に知らせることができるなら、彼女の心と高慢さを嫉妬で鞭打つために一人位は何とかしていたでしょう。しかし、彼女がそうしたことを知るはずはないのです。ぜんたい、どんな風にして知らせたものか？……　もし、ルイが継馬亭に情婦を

＊1——ニノン・ド・ランクロ（一六二〇—一七〇六）、美貌と才智で知られ、そのサロンには自由思想家が多く出入りした。

連れ込むように私が情婦でも連れ込んだなら、一緒に住んでいるその善良な夫婦たちとはおしまいで、すぐさま、どこか別の下宿を探すように懇願されるに違いないのです。しかしともあれあんなことをしでかしておきながら、また例の無感動大公妃になりおおせている、あの呪わしいアルベルトの手や脚と再び出会う可能性、今はそれだけしかないとしても、私は勝負を投げ出したくはありませんでした。

《むしろ不可能性と言いたまえ！》私をからかって、ルイはそう言っていたものです。

丸一箇月がたちました。アルベルトと同じ位物忘れのよい人間に見せかけよう、彼女と同じ位無関心でいよう、大理石には大理石、冷たさには冷たさで対抗しようという決心にもかかわらず、待ち伏せを——狩猟にでさえ私が嫌う待ち伏せをするだけの日々を私は生きていました。そうですとも。もはや私の生活には際限のない待ち伏せをするしか無かったのです！　夕食に下りて行くときの待ち伏せ。私は、最初のときのように食堂に彼女がただ一人で居るのを期待していました！　夕食のときの待ち伏せ。私の視線は彼女の顔を正面から、または横から見つめ、そして、明らかな地獄のような静けさに出会いました。彼女の視線は、私を避けることはないにしても、もはや何も答えはしませんでした！　そして夕食後の待ち伏せ。今や私は夕食を済ませてから少しの間、母と娘が十字桟窓《クロワゼ》の傍で再び仕事に取りかかるのを見ていることにしていました。あの女《ひと》が何かを、指貫《ゆびぬき》とか鋏とか布切れを落しはしまいかと窺っていたのです。——そうすればそれを拾いあげ、返すとき彼女の手に——今でもありありと脳に刻み込まれているあの手に——触れられると……。私の部屋での待ち伏せ。部屋に引きさがっていると、長い廊下を、あの脚の——

あれほど絶対的な意志を持って私の脚に触れた彼女のあの脚の音が聞えてくるような気がしました。待ち伏せの場は階段にまで及びました。彼女に出会えると信じていたその場所では、ある日オリーヴ婆やが、いわば歩哨に立っていた私の前に不意に現われ、大いにあわてさせられたものです。そして窓からの待ち伏せ。――ごらんになっているあの窓です――彼女が母親と出かけるときには、私はあそこに立ちつくし、帰って来るまで動きませんでした。だが、他のことと同じくこれまた無駄だったのです！　彼女が、若い娘風のショールをまとって――赤と白の縞模様のショールです。何一つ忘れはしません！　その両方の縞に黒と黄色の花が散らされているのです――外出するとき、彼女は、ただの一度もその取り澄した上半身《トルソ》を振り向かせはしませんでしたし、帰って来るときも、相変らず母親に寄り添っており、私が待ち受けている窓に向って、頭はおろか、眼も上げはしませんでした！　それらが、彼女が私に罰し与えたみじめな日課でした！女性というものが、男を多かれ少なかれ下僕のように扱うことはたしかに私も知っていました。しかし、あれほどまでとは!!　私の内部で死んだはずの昔からの自惚れが、今もなおそれに憤りをよみがえらせます！　ああ！　もはや私は制服を身に着ける幸福も考えなくなっていました！――教練や演習の後――一日の軍務を終えると、私はすぐ自分の部屋にとって帰しました。しかし、当時の私の唯一の読み物であった回想記や小説の山に取りかかるためでは、断じてなかったのです。もはやルイ・ド・マンの所へも行かず、剣術刀《フルーレ》に手を触れることもなくなりました。私には、人生において私たちの後に従いてくるあなた方若い人々がお持ちの、精神活動を痺れさせるあの喫煙という手段がありませんでした。近衛の兵隊同士が太鼓の上でブリスケ*1の勝負をするときを別にすれば、当時二十七連隊では、誰も煙草をやりませんでした……。ですから私は——それが愛なのかどうか知りませんが——心を悩ませ、まるで傍にある新鮮な生肉の匂いを嗅いで檻の中でのたうつ若いライオンのようになって、もはや以前ほどその冷たさが心地よく感じられなくなっている六平方呎の長椅子《カナペ》の上に、いたずらに体を横たえているだけなのでした。

昼がそのようですから、夜の大部分とて同じことです、夜遅くベッドに入るようになったのですが、もはや眠れはしませんでした。一度私の血管に火をつけ、次いで、焔が背後で燃え立ってもけっして振り向きはしない放火犯のように遠ざかってしまっているあの恐ろしいアルベルト、彼女が私を目覚めさせたままにしているのです。ですから私は、ちょうど今晩ごらんになっているように……」

ここで子爵は、水滴で曇り始めていた眼前の窓を手袋でそっと拭いました。

「深紅のカーテンを、あの窓に下ろすことにしていたのです。田舎の方が他所《よそ》より一層物見高い隣人たちに、部屋の奥までも、覗きこませないようにするには、まさにこれほど恰好なよろい戸はなかったのです。あそこは——当時の——つまり帝政様式《アンピール》の部屋で、床板の張り方はハンガリー式、部屋の内部には、いたる所桜材にブロンズが被されていました。ベッドの四隅のスフィンクスの頭と、下の脚のライオンの足になっている部分などです。それに、箪笥《たんす》や書きもの机のすべての引き出しには、カメオの獅子面がつき、その緑がかった口から銅の輪を垂らしており、開けたいときには、それを引くようになっていました。また、銅の格子の入った淡灰色大理石の上に、他の家具よりはやや薔薇色がかった桜材でできた四角いテーブルが、窓と化粧室の扉の間にベッドに向い合って壁に近く置いてあり、暖炉の正面には、さきほどお話した青のモロッコ革の長椅子《カナベ》があったというわけです……。天井が高く、またゆったりしたこの部屋のどの隅にも、支那趣味の漆塗りの隅戸棚が置かれ、そのうちの一つには、隅の暗がりの中に、うっすらと白く神秘的に古代様式《アルカイック》の古びたニオベー*2の胸像が見え、これは俗なブルジョアの家であることを考えれば、驚きでした。しかし、あの不可解なアルベルトの方が、はるかに驚くべきものではありませんか? 鏡板で覆われ、上に黄味がかった白の油絵具の塗られた壁には、絵も版画も掛けてありません。私がそこの、鍍金《メッキ》の施《ほどこ》された銅製の長い掛金具に、武器を掛けておいただけでした。

――ルイ・ド・マン中尉の優雅な言い方では、もっとも彼はものごとをけっして詩に歌いませんでしたが――この瓢箪形の下宿を借りたとき、私は中央に大きな丸テーブルを据え、その上に軍票やら書類やらを載せていました。それが事務机というわけです。書きものは、そこですることにしていたのです……。さて! ある晩、いやむしろ夜ごと私は、長椅子をその大テーブル傍まで押して行き、ランプの灯の下で、その一箇月浸っていた唯一の考えから気をまぎらすためでなく、むしろそこに一層深く没入するために、素描をなぐり描きしていました。描いていたのはあの謎にみちたアルベルトの顔です。敬神家なら悪魔の申し子と言うに違いない、そして他ならぬ

*1―トランプ遊びの一種。
*2―ギリシア神話の人物、タンタロスの娘で、七男七女を生んだのを誇って、レートーの怒りにふれ、アポロンとアルテミスによって子を皆殺しにされ、自分も悲しみの余り、石に化した。

この私が魅入られてしまった悪魔としての彼女の顔だったのです。夜は大分更けて、街通り——そこは毎晩二台の馬車が互いに反対の方角に通っていったものでした——そう、今日のように一台は零時四十五分で、もう一台は午前二時半。どちらもあの継馬亭で馬を換えるのですが——その街通りは、まるで井戸の底のように静まりかえっていました。それはもう、飛んでいる蠅の羽音でさえ聞えかねないほどで、いや偶然、実際に一匹部屋の中にいました。きっと、どこかガラス窓の隅か、さもなければ私が総掛《ふさ》けを外しておいた、窓の前に垂直にじっと動かず垂れている丈夫な絹綾織のカーテンの襞の皺かどこかに眠るつもりだったのでしょう。そしてその深く完璧な静寂の中で唯一の音は、クレヨンと擦筆を滑らせる音だけでした。そうです、私が描いていたのは彼女でした。しかも、ありたけの指の愛撫と、燃えるような思いをこめて！　と、突然、錠が音も無く回って、部屋の扉が蝶番に乾いた音を軋ませて半《なか》ば開き、あたかも自分がたてた音に恐怖を覚えたかのように、そのまま開きかけになったのです！　夜ならば、目覚めている人を戦慄させ、また眠っている人間を目覚めさせてしまう嘆くような音を長く引きながら、思いがけない時に開いてしまう扉のことなので、またよく閉めなかったのだろうと考えながら、眼を上げました。そしてテーブルから立ち上がり、それを閉めに行ったのです。ところが、半開きの扉は、相変らず静かに、しかし見る見る開いて来るではありませんか。しかも、呻き声のような鋭い音が、静かな家の中に、まだ尾を引いています。そして扉がすっかり開ききったとき、私はそこにアルベルトを見たのです！——アルベルト。彼女は、音を大きくしてはいけないと予《あらかじ》め注意してはいたものの、どうしてもその扉が呪わしい叫び声をあげてしまうのを防げなかったのでした！

ああ！　何という驚きでしょう！　幻の存在を信じる人々は、よく幻について語ります。しかしどんな超自然の幻でも、私にこれほどの驚きを与えはしなかったでしょう。扉が開けられたときの、そして再びそれを閉めようものならまたしても響きかねないその物音におびえながらアルベルトが――その開いた扉から――私に向って近づいてくるのを見たときの、あの胸の高鳴り！とにかく私は十八にもなっていなかったことを思い出して下さい！　おそらく私の恐怖を見て取ったのでしょう、彼女は、私の口から出かかった驚きの叫びをすばやくおさえました。――さもなければ、きっと私は叫び声をあげていたでしょう……。それから彼女は、今度はゆっくりでなく――ゆっくり閉めようとして扉が軋《きし》みはじめたのですから、この蝶番の軋みを避けるために――すばやく扉を閉めたのでした。――しかし、やはり、ただ一度だけでしたが非常に鋭い、それでもっとはっきりした音がしたのです。――扉が閉まると、彼女は、それに耳をあて、他の物音、もっと心配でもっと恐ろしい物音が、それに応えはしないかと耳を澄ましました……。彼女はよろめいているように見えました……。私は身を躍らせ、彼女を抱きしめたのです。」

「しかし、あなたのアルベルトにしては上出来です！」

私は大尉に言いました。

「恐らくあなたは……」

私のからかい気味の観察を聞かなかったかのように、彼は再び口を開きました。

「彼女が私の腕の中に飛びこんできたのは、彼女が追いつめられたからであって、恐怖と熱情とに我を忘れていたからと考えておいでなのでしょう。追いつめられた娘は何をしでかすかわかったものではありません。そもそも女性というものはすべて、自らのうちに魔性を秘めているが、同時にそれに対抗する二つのもの——つまり臆病心と羞恥心ですが——を持っている。しかしもしその二つが失われれば、その女性は究極の狂気にとらわれ、すすんで魔性に身を任せてしまうのだ、とはよく言われています。そしてあなたは、アルベルトもまさにそうした状況に追いこまれていたとお考えなのでしょう？　ところが！　どういたしまして！　そんな風にお考えでしたら、あなたは間違っておられます。そんなありふれた恐怖心などあの娘には、少しもありません……。私が彼女を腕の中に抱き取ったというより、むしろ、彼女が私を抱きしめたという方が正確なのです……。彼女の最初の行動は、額を私の胸に押しつけることでしたが、やがて顔をあげ、眼を大きく見開いて——何と大きな眼だったでしょう！——自分がそうやって抱きしめているのが本当に私なのかどうかを確めでもするように、凝っと私を見つめました。恐ろしいほど蒼ざめた表情でした。勿論、彼女が顔を蒼ざめるのを見たのはそれが初めてでした。が、それでも王女のような表情に少しの乱れもありませんでした。そこには相変らず、メダルのような不動のゆるぎなさがあったのです。ただわずかに張り出た唇に、何か錯乱のしるしが漂っていましたが、それは、至福にみちた情熱による錯乱でも、またそれを求める錯乱でもなかったのでした。この心の乱れには、同時にどことなく憂鬱のかげりが感じられました。ですからそれを見まいと、私は、王者のように勝ち誇った欲望の力強く激しい接吻を、美しくも情欲をそそるその紅い唇に押しあてたのでした。口が半ば開き……しかし、奥深い漆黒をたたえたまぶたが今にも私のそれに触れんばかりになっても彼女の黒い眼は、見開かれたまま——そう、微動だにしませんでした。そして私は、彼女の口だけでなくその瞳の奥深くに、一瞬狂気が横切るのを見たのです！　炎のようなこの接吻でつなぎ止められ、私の唇と奥深く入り込んだ舌に翻弄され、燃えるように熱い息づかいを貪られるがままの彼女を、私はしっかりと抱きかかえると、あの青のモロッコ革の長椅子に運びました。——それは、この一箇月、彼女を想って悶々と過した私の聖ローラン[*1]の鉄網だったのですが。——モロッコ革は、彼女の裸の背の下で情欲を煽るように軋んでいました。そう、彼女はすでに半裸だったのです。ベッドを抜けでた彼女は……　そこにやってくるため……、信じられますか？……彼女の父と母の眠っている部屋を横切らなければならなかったのです！　家具にでもつき当って、その物音で彼らを目覚めさせてしまわないように、彼女は、手を前に伸し、手探りでその部屋を横切って来たのです。」

「ああ！　塹壕の中でもそれほど勇敢にはなれるものではありません。彼女は、まさに兵士の愛人にふさわしかったのですね！」

　こう私が言うと、子爵は再び口を開いて、

「しかも、彼女は最初の夜からそうだったのです。そして誓って申し上げますが、私もそうだったのです！　だが、それはどうでも良いこと……　ここにその復讐が現われたのでした！　彼女も私も、激しい熱狂の嵐の中でも、私たち二人が置かれている恐ろしい状況を忘れ去ることはできなかったのです。彼女が私に求め、また私に捧げに来たその至福のただ中にあって、執拗なま

＊1——二五八年に殉教、伝説では、鉄網の上で炭火で火炙りにされた。

での激しさと確乎とした意志を持って行なっていたその行為に、彼女はあたかも自失したようになってはいました。私は驚きませんでした。そう、私も、我を忘れていたのです！　しかし、彼女に語りもせず、またその素振りも見せはしませんでしたが、彼女からその官能的な乳房を、息苦しいばかりに押しあてられているその間にも、私は心にこの上ない不安を感じていたのです。彼女の洩らす吐息、二人の唇がたてる接吻の音、そして安らかに寝静まっているその家に重くのしかかっている恐ろしい静寂。それらを通して、私は、あることに、そう、彼女の母親が目を覚しはしないか、父親が起き上がりはしないかと、耳をそばだてていたのでした。音を立てないよう彼女が錠を下ろしておかなかった例の扉が再び開き、私たちからこれほど大胆にあざむかれている二人の老人の、メドゥーサのような顔が、怒りに蒼ざめて、激しい敵意と正義の女神の姿そのままに、闇の中に浮び上がって来はしまいかと、私は彼女の肩ごしにそちらを窺っていたのでした。愛の訪れを私に知らせていたその青のモロッコ革の情欲的な軋みまでも、私を恐怖に戦慄させていました……。私の心臓は彼女の心臓に密着して鼓動し、彼女の心臓は、その鼓動を反響させているかのようでした……。それは陶酔をかき立てるようで、また同時にそれをさまさせるようでもありましたが、とにかく、恐ろしい気持でいっぱいでした。後になって、勿論そうしたすべてを克服しはしましたがね。盛名をたてることのないこの軽はずみな行為を、とがめられることなく繰り返すうちに、私は、その軽はずみな行為そのものの中で冷静になっていったのでした。いつ不意を襲われるか知れないこの危険の中に生きているうちに、私はそれに無感覚になってしまったのです。もはやそのことを考えなくなり、ただひたすら幸福を味わうことだけを考えるようになったのです。どんな人間でも恐怖したに違いない最初のこの恐ろしい夜以後、彼女は、私から彼女の所へ出向けないためなのですが——なにしろ、若い娘向きの彼女の部屋は、両親の部屋に通じる出入口しか無かったのですからね——一日おきに私の所へやってくる決心をしたようでした。そして事実、彼女は一日おきにやって来たのです。しかも、最初のときと同じように、彼女はいつも自失したようになっていました。時も、私に与えたような効果を彼女に与えはしませんでした。その夜ごとに直面する危険にも彼女はひるみませんでした。私の胸の上で安らいでいるときでさえも、沈黙し、ほとんど語ろうとはしなかったのですから、彼女があのときにあれほど狂おしく叫び声をあげるのが、なおさらのように疑われるのでした。そのことの後で、再び落ち着きが訪れると、それまで直面していた危険から解放され、目的を達した満足感から、私は愛人に語りかけるように、私たちの間のそれまでのこと——不可解で、矛盾した——とにかく私は彼女を現にこうして抱いているのですし、彼女にしても、最初にみせた大胆さを絶やさなかったのですからね——彼女の冷やかさについて話し、最後に、おそらくただ好奇心からでしょうが、睦ごとにつきものの、飽くことを知らぬ《何故?》を浴せたのです。彼女はただ長い抱擁でそれに答えるだけでした。彼女の悲しげな口は、何に対しても沈黙していました……接吻を別としてです。ある女なら、《あなたのためにあたしは破滅しそう》と言うかも知れませんし、別の女なら、《きっとあたしを軽蔑なさるでしょうね》などと言うかも知れません。そこには、愛の宿命を表現する様々の方法があるのです。しかし、彼女は別でした!　一言も話さないのです……。何と奇妙なことでしょう!　そしてそれ以上に不思議な娘でした!　彼女は、内側から暖められて燃え上がっている、厚くて重い大理石の蓋のようでした……。私は、その大理石がその熱のためにひび割れる瞬間がいつかは来ると信じていました。しかしその大理石は、強固な稠密さをあくまで失いはしなかったのです。忍んでくる夜、彼女は、さらに打ちとける様子も、言葉も示しはしませんでした。聖職者めいた言い回しを許していただければ、彼女は最初にやって来た夜と同じように、つねに、頑《かたく》なに懺悔を拒んでいたのです。これ以上は申しあげないことにしましょう……。昼の間に、それが一層冷たく、無関心であればあるほどかえって夢中にさせられてしまうその美しい唇から、無理やりもぎ取ることができたのは、せいぜい、うるさくつき纏われることに対するたしなめのそっけない言葉でしたから、なおさらこの娘の性格を知る明るい光を投げかけるでもなく、一層彼女は、私にとって謎の女《スフィンクス》となっていくのでした。彼女ゆえにその帝政様式のアパルトマンの中に、スフィンクスの幻が次々と現われては消えていくようにさえ思われたのです。」

「しかし大尉。」と、私は再び口をさしはさみました。

「そうしたすべてにも、一つの終りが訪れたのでしょう? あなたは強い人間でおられますし、そもそもスフィンクスは、想像上の動物ではありませんか。この世にそんなものは、存在しないのです。結局あなたは、彼女の下半身をかくす布の下に、何のことはない! よくしゃべる例のもう一つの口を見出したという落ちなのでしょう!」

「終り! そうです、終りが訪れました!」

あたかもその堂々とした胸が息苦しくなり、これから語らなければならない話を語り終えるために新鮮な空気が必要になったかのように、急いで客室《クーペ》の窓を開けながら、ド・ブラッサール子爵は言いました。

「今あなたがおっしゃった、あの美少女の下半身をかくす布は、もはやあのためにひき開けられることはなかったのです。私たちの愛、私たちの関係、私たちの陰謀――お好きなようにお呼び下さい――それは、私たちに、いやむしろ、私、私自身にですが、おそらく私を愛してはおらず、そして私自身もおそらく愛してはいなかったこのアルベルトほど奔放で生き生きした女性に出会うことはもうあるまいという感じを与えてしまったのです！　私が彼女に対して抱いていたもの、そして彼女が私に対して抱いていたもの、それが何であるか少しも理解できなかったのですが、それでも、このことは六箇月以上も続きました！　この六箇月の間に、私が理解し得たのは、つまり、それが、若者には考えもつかない種類の幸福であるということだけでした。私は、身を隠している人々のひそかな幸福を理解しました。私は、たとえ成功する望みが皆無でもなおしたたかな陰謀者であろうとする共犯関係の秘密の愉悦というものを理解したのです。アルベルトは、両親のいる食卓でも、また他のどこにいても、相変らず、最初会った日に私をあれほど驚かせたあの「王女」の態度を崩しません。あまりに黒いため青みがかってさえ見える髪が、わずかに巻き毛となって眉に触れている彼女のネロ風の額は、不義の夜にも何ら変わることなく、そこに赤みのさすことさえありはしませんでした。私は、彼女に劣らず不可解であろうと努めました。彼女は私が観察者たちと厄介をおこせば何度でも私を裏切るに違いなかったでしょう。が、こうしたみごとな無関心は、まさに私のものであり、もしかつて熱情が頽廃であり得たとするなら、私にとって、彼女は熱情の頽廃のすべてを有しているのだという考えを、心の底から、高慢にも、またほとんど肉感的に堪能していたのでした。私たちの他、この地上の誰もそれを知らない……。そうした考えは、実に素晴らしいものです！　至福を味わうようになって以来私はずっと慎重になっていました。友人のルイ・ド・マンにさえも！　しかしことによると、彼はすべてを見抜いていたかも知れません。彼も私と同じくらいに口の堅い男なのです。彼は、私に尋ねもしませんでした。私は何の苦もなく、正式軍装や略装での広場の散歩とか、アンペリアル[*1]、剣術、そしてパンチ酒といった、互いの親しさを示す習慣を、彼と再び回復しました。勿論！　心の激しい歯痛のようにきまって、夜ごと同じ時刻に、幸福が、若い娘の姿をしてあなたのもとに通ってくることを知っているならば、日々は、ただ単純に明るい気分になるものです！」

「しかしアルベルトの両親たちは、あの七人の眠れる幼な子[*2]のように眠っていたのですか？」冗談で、いにしえのダンディの回想を鋭どく切り捨てながら、私はからかい半分にそう言いました。惹きつけられてしまった彼の話に、かえってあまり気乗りしていないよう見せかけるためでもあったのです。ダンディを相手に、少しでも敬意をかち得たいと望むなら、まず冗談を飛ばすより他ほとんどすべはないのですから。

「それではあなたは、真実を離れて作家的効果を私が求めているとでもお考えなのですか？」と、子爵が言いました。

「しかし私が小説家なものですか！　油が差されて今では綿のように軽く開くようになった扉は、一晩中開け放しのままのこともなくなりましたが、時折アルベルトが姿を現わさないことがありました。おそらく、母親が物音を聞きつけて叫び声をたてたか、父親が、手探りで糸をたぐるように部屋を横切って行く娘に気づいたためだったのでしょう。アルベルトはその度ごとに、その鋼《はがね》のように鋭い頭でうまく言い訳けを見つけていました。気分がすぐれないとか……。誰かの目を覚してはいけないと、灯りもなしに砂糖入れを探していたとか……」

「鋼のように鋭いそうした頭脳というのは、あなたが信じ込もうと装っておられるほど、この世に稀ではありません。大尉。」

私は、また口をはさみました。苛立っていたのでした。

「あなたのアルベルトは、結局、毎晩カーテンの向うに祖母の寝ている部屋で、窓から入って来る恋人を迎え入れ、たとえ青のモロッコ革の長椅子は無かったにせよ、絨毯の上で気軽に想いをとげていたあの若い娘以上ではなかったのです……。この話は、ご存知だと思います。ある夜、余りの幸福感に酔った娘から洩れた、あきらかにつねよりも激しい吐息が祖母の目を覚してしまいました。祖母は、その恋人の心臓を絶え入らせんばかりに一言そのカーテンに向って《いったいおまえ、どうかしたのかい?》と叫んだのですが、その娘は答えていわく、《胴着《コルセ》の張り骨がきついのよ。おばあちゃま。留め針が絨毯に落ちちゃって、どうしても見つからないの!》」

「ええ、その話は存じております。」と、ド・ブラッサール子爵は答えましたが、彼のアルベル

＊1―カード遊びの一種。

＊2―キリスト教徒の子供たちが、生きながら洞窟に閉じこめられたが、奇蹟によって、眠りつづけ、二百年後に助け出されたという伝説。

ト自身を、そうした話の引き合いにされたことに屈辱を感じているように見えました。

「お話の娘は、私の記憶が確かなら、ギーズ家の一人でしたね。彼女は、その名にふさわしくうまく[*1]その場を切り抜けたわけです。しかし、その夜以後、彼女はその恋人、たしかド・ノアールムーティエ氏だったかと思いますが、彼のためには、もはや窓を開けはしなかったことをお忘れのようです。ところがアルベルトは、そうした恐ろしい事態を経験したその翌日再びやって来て、何ごともなかったかのようにその危険にいっそう平然と身をさらしたのです。当時私は、計算が大の苦手の陸軍小尉に過ぎず、しかもそれでさえけっして立派に勤めてはおりませんでしたが、それでも、最低でも確率の計算ができる人間にとって、いつの日か……、いつの夜か……、破局が訪れるのは、明らかでした……」

「ああ！　そうでしたね！」

私は、物語を始める前の彼の言葉を思い出して、言いました。

「あなたに恐怖の感覚を認識させることになる破局のことですね。大尉。」

「その通りです。」

彼は、私が装った気軽な調子とは対照的な重々しい口調で答えました。

「あなたにはお分りではありませんか？　テーブルの下で私が手を握られて以後、私の部屋の開いた扉の枠の中に彼女が、幽霊のように夜の闇に浮び上がった時に至るまで、アルベルトは、私に感情を安売りしてはいなかったことを。彼女は私の魂に、ある戦慄以上のもの、恐怖以上のものを経験させていましたが、それはまだ、周囲を風を切って飛ぶ銃弾や、その飛び去って行く風が感じられる砲弾のような印象に過ぎなかったのですから、たとえ戦慄を覚えても、相変らず前進するものです。ところが！　それがもはやそうではなくなってしまった！　それは、恐怖に、完全な恐怖、真の恐怖になってしまったのです。しかも、もはやアルベルトにとってではなく、私に、私にだけのです！　私が経験したこと、それはまさしく、顔はおろか心臓までも蒼白にさせてしまうに違いない感覚、連隊という連隊すべてを潰走させてしまう、あの大恐慌《パニック》だったのです。こう申し上げている私は、シャンボラン連隊、あの勇猛をもって鳴るシャンボラン連隊が、恐慌に陥った流れの中に、伍長から将校までも呑み込まれて、全員が、それこそ全速力で一目散に潰走するのを目撃したことがあるのです！　しかしこの頃の私はまだ何も見たことはなかったのです。そして、私は、思い知ったのでした。思いがけないことが起こり得るのだと……。

まあお聞き下さい……。ある夜のことでした。私たちが送っていた生活では、夜であるより他なかったのですが……。冬のある長い夜のこと……、私たちの最も静かな夜のうちの一つ、とは申し上げないでおきましょう。私たちの夜は、いつも静かだったのですから。それらは、至福に満ちたものであったがために、そうなっていたわけです。私たちは、そのいわば装填された大砲《カノン》の上で眠っていました。トルコの地獄の橋のように深淵に渡されたサーベルの刃《やいば》の上で愛しあいながら、少しも不安を抱いていなかったのです。より長く愛しあおうと、アルベルトは、いつもより早く来ていました。彼女がそんな風にやって来るとき、私の最初の愛撫の行為は、彼女の脚

＊1―ギーズは、英語読みではガイズ、つまり「口実」の意味がある。

に向けられるのです。そのときにはもはや緑か紫陽花《あじさい》色の編上靴を脱ぎすて、音をたてないようにと裸足になっている、私の歓喜の源であり、二つの可愛らしい生きものである彼女の脚は、両親の部屋から家の反対の端にある私の部屋に通じる長い廊下を歩いて来るため、敷煉瓦のひやりとした感触を私に伝えてくれるのでした。暖かいベッドを離れるとき、おそらく私のために健気《けなげ》に恐ろしい胸さわぎを抑えた彼女の、そして私のために氷のように冷たくなってしまったその美しい脚を、私は暖めてやりました……。私は、青ざめ冷たくなったその脚を暖め薔薇色や朱色を与えるすべを心得ていたのですが、その夜に限って、その方法は失敗でした。私の口は、弓なりに反った愛くるしいその足の甲に、かつてしばしばそこに刻印するのを好んだ小さな深紅の薔薇の吸い跡をもたらすことができませんでした……。アルベルトはその夜、それまでにない沈黙の中で愛を受け入れました。彼女の抱擁には、一種のけだるさと、同時に力強さとがあり、それが私には、一つの言葉となっていました。しかもそれは、たとえ私がいつも彼女に話しかけ、私の狂乱と陶酔のすべてを彼女に語りかけていたにせよ、それに対する答をもはや求めはしなかったほど、表情豊かな言葉だったのです。彼女の抱擁に、私は彼女の言葉を聞いていたのです。と、突然、それが聞えなくなりました。彼女の腕が、私を彼女の乳房に押しあてるのをやめたので、しばしばあったような失神の発作が起ったのかと、思いました。しかしいつもなら、彼女は、そうした失神の発作の中でも、全身を痙攣させながらも私にしがみつくのを忘れはしなかったのです……。この際お互い、お上品ぶったことは抜きにしましょう。男同士として話して差し支えないでしょう……。私は、アルベルトが激しい肉欲の昂《たか》まりの果てに躰を何度となく痙攣させるのを経験しました。そして痙攣が彼女を襲っているさなかにも、私は愛撫の手を休めはしなかったのでした。私はいつものように、彼女の乳房に顔を埋め、彼女が私の躰の下で感覚を取り戻し、彼女を襲った電光が再び彼女を襲いながら甦《よみが》えらせるだろうという思いあがった確信を抱いて、彼女が意識を回復するのを待ちうけていました……。しかし私の経験は裏切られました。私は、大きなまぶたの裏に隠れてしまった彼女の眼が、炎を宿した黒いビロードのように美しい瞳を再び見せてくれる瞬間を、そして、すばやく首筋に触れ、そこからずっと肩先までたどっていく軽い接吻にもキッと結ばれ、その光沢のある琺瑯質を砕かんばかりに食いしばった彼女の歯が、半ば開きかかりながら甘美な吐息を洩らすあの瞬間を窺いながら、私と結合したまま青い長椅子に横たわっている彼女を見つめていました。しかしその瞳は戻っては来ず、食いしばられた歯も、ゆるみはしなかったのです……。アルベルトの脚の冷たさが、私の唇の下の彼女の唇にまで昇って来ていました……。その恐ろしい冷たさを感じたとき、私は半身を上げて、彼女をさらに仔細に見つめました。それから、はっとして彼女の腕をふりほどきました。一方の手は彼女自身の上に、そしてもう一方は、彼女が横たわっていた長椅子から床へ垂れ下がりました。動顚したものの頭ははっきりしていたので、すぐに手を彼女の心臓にあててみました……。何も感じられないのです！　脈搏が、手首にも、こめかみにも、頸動脈にも、どこにも感じられないのです……。死がすでに全身に行きわたり、恐ろしい硬直が始まっていたのでした！

　私は彼女の死を確信しましたが、それを信じたくありませんでした！　人間の頭には、運命や明白な事実がもつあまりの明白さ自体に対する愚かしい意思というものが宿っているものです。

アルベルトは死んだ。だがどうして？……　私にはわかりませんでした。私は医師ではありません。しかし彼女は死んでいる。そして、何の手の施こしようもないのは、正午の陽光のように明らかであると知りつつも、無益に思われる為し得るすべてを、絶望的に試みたのでした。知識も道具も、良い手段も、とにかくまったく何も無いままに、手当り次第に化粧壜の中味をすべて彼女の額に空け、また、どんな小さな物音も私たちを震えあがらせたその家の中で、音を立てる危険を冒して、思い切って、彼女を平手で叩いてもみました。少佐を勤めていた叔父の一人が、卒中の発作に見舞れた友人を軍馬用の放血針で手早く瀉血を施して命を救ったという話を聞いていました。部屋には武器が沢山置かれてあります。短剣を取った私は、瀉血を施そうとアルベルトの腕を傷だらけにしました。彼女の美しい腕を切り刻んだのです。しかし、血は流れ出しません。ただ数滴の血が短剣にこびりつくだけなのです。血はすでに凝固していたのでした。接吻しようと、吸おうと、そして咬もうと、私の唇の下で死体となり、強直してしまった彼女のなきがらに、生気を取り戻させることはできませんでした。何をしているのかもはやわからなくなった私は、死者を生き返らせたという魔術師たちにならって、彼女の上におおいかぶさりました。勿論、それで彼女が甦えることを望んだのではなく、むしろそうなって欲しいという気持が、そうさせたのです。アルベルトの急死による動顚と混乱から解放されずにいた私に、非常にはっきりとした一つの観念……　つまり、恐怖という観念が浮んで来たのは、他でもない、この凍りついたように冷たい彼女の軀の上でのことだったのです。

ああ！……　だが、何と深刻な恐怖だったことでしょう！　アルベルトは私の部屋で死んでいる。そして彼女の死は、すべてを語ってしまう。私はどうなるのだろうか？　何をしたら良いのだろうか？……　そう考えたとき、私は、恐怖で針に化してしまったかと思われる私の髪の毛を、そのおぞましい恐怖が現実の手でかきむしっているような感覚に襲われたのでした！　私の脊柱は、凍りついた泥沼が融けるように融け崩れてゆき、この恥ずべき感覚と闘おうとする私の気持も、空しいあがきを続けるだけでした。冷静にならなければならない……とにかく自分は一人前の男なのだ……　軍人なのだ、そう私は自分に言い聞かせました。頭をかかえて考えました。脳髄が頭蓋の中でぐるぐる回っているそのとき、私は、自分が陥っている恐ろしい状況を反省し、また、狂った独楽《こま》のように回転している私の脳髄を鞭打っているさまざまの考えを整理し検討するために、鞭打つその手を一時止めさせようと努力しました。とにかくすべての考えは、かわるがわるやって来ては、私の部屋にある死骸、つまり、もはや自分の部屋に戻れなくなってしまい、翌日には母親が将校の部屋に辱しめを受けて死んでいるのを発見するはずのアルベルトの死体につき当っていくのでした。とくに、娘を凌辱され殺されてしまったと思うであろうその母親のことは、アルベルトの死体以上に重く私の心にのしかかっていました……。死は隠し立てできないにせよ、凌辱の方は、私の部屋の遺骸から証明されてしまうのだから、そこに何か方法はないだろうか？……　それが私の問題で、私が頭の中で注視したのは、まさにその一点でした。しかし考えれば考えるほど困難さはつのり、絶対的な不可能性が増していったのです。と、何と身の毛のよだつ幻覚でしょう！　時々アルベルトの死体が部屋全体を満たし、もはや外へ運び出せないかのように見えてくるのです！　ああ！　彼女の部屋が両親の部屋の向う側に位置してさえいなかったなら、私は、どんな危険を冒してでも彼女の体をそのベッドまで運んで行ったことでしょう！　だが、彼女の死体を抱いた私が、彼女が生きていたとき大胆にもやってのけていたことを行ない得るでしょうか？　父親と不幸な母親とが老人特有の浅い睡りに就いている、しかも一度として足を踏みいれたことが無いため様子が皆目見当もつかないその部屋を、彼女と同じような危険を冒して横切るなど！……　そうするうちにも、頭の中はますます混乱し、翌日に対する、また私の部屋の死体に対する恐れが激しく私をせきたて、ついに、アルベルトを彼女の部屋に運んでいくという、狂気じみた無謀な考えが、そのあわれな少女の名誉を守り、私をその父と母からの叱責の汚辱から免がれさせ、さらには結局不名誉から私を救う唯一の手段として私の心をとらえたのでした。お信じになれますか？　私自身でさえ、そう考えたときまだ信じられなかったほどなのです。私は勇気をふるいおこしてアルベルトの死骸を両腕で抱き上げ、肩に背負いました。何と恐ろしいマントでしょう！　そうですとも、ダンテの地獄の中で罪人たちが負っているよりもなお重いのです！　ほんの一時間ほど前には私の欲望の血をかき立てていたのに、今は私の意に背いているその肉体のマントこそ、一度運ばせてみたい位でしたよ！……　それがどんなものであるかを知るためにも。少しでも音をたてまいと彼女と同じく裸足になると、私は、彼女を背負ったまま部屋の扉を開き、両親の部屋に通じる廊下へと出ました。扉はその奥でした。私は一歩進むたびに脚を止めました。心臓の鼓動のためもはや何も聞えなくなっていながらも、夜の家の中を支配する静寂の中で耳を澄したのです。気力の失われかけた長い時間でした。何ものも動きません……。そして一歩、また一歩と進んでいくのです……。しかし、両親の部屋の恐ろしい扉のまさにその前にたどり着き、やって来るときの彼女が、帰りのために半開きにして完全には閉めておかなかった扉、私が思いきって通らなければならないその扉の前に立ったとき、そして、人生に対して全幅の信頼を置いて眠っている二人のあわれな老人たちの静かで長い二つの息づかいを聞いたとき、もう私は気力が失せてしまいました！……　闇に向ってぽっかりと口を開けたその黒い敷居《しきい》を、どうしてもまたぐことができなかったのです！　恐ろしさを一層つのらせながら逃げるように部屋にもどり、アルベルトの体を再び長椅子に寝かせ、その前にひざまずくと、私は哀願するような問いを繰り返していました。《どうすれば良いのだろう？　どうなってしまうのだろうか？》と。混乱した頭の中を、六箇月の間愛人だったこの美しい娘の体を窓から放り出してしまおうという、残酷で狂気じみた考えが飛び交っていました。軽蔑して下さい！私は窓を開き《ひら》……、あそこに見えるあのカーテンを引き放つと……　暗い穴の底をすかすように通りを見下ろしました。なぜかとても暗い夜でした。闇の底には舗道さえ見えません。《きっと自殺だと思うだろう》そう私は考えました。そして再びアルベルトを抱き上げたのでした……。と、そのとき、理性の稲妻が私の狂気を横切りました！

《明日になって私の部屋の窓の下で彼女が発見されたとなれば、彼女はいったいどこで自殺し、どこから身を投げたことになるのだろう？》　そう私は自問したのです。望む行為ができないので、私はうちのめされたようになりました。イスパニア錠をきしませて窓を閉め、私がたてる物音に生きた心地もせずカーテンを引き直したのです。とにかく、窓から投げ出すとか、階段や廊下に置きざりにするとかいう方法で、永遠の告発者である死体を処理するような冒瀆は、この場合何の役にも立ちませんでした。遺体を検査されればすべては明らかにされてしまうでしょうし、残酷な知らせを受けた母親の眼は、医師や判事たちが隠そうとする事実すべてを見抜いてしまうことでしょう……。

今まさに経験していることが、あまりに耐え難く感じられていた私が、部屋の壁に掛けられている武器が光っているのを目にしたとき、意気阻喪（後になって皇帝陛下特有の言い回しと知りました）という卑しむべき状態をピストルで一気に片《かた》を付けてしまおうという考えが浮んだのです。それも仕方ないでしょう?…… 率直に申し上げましょう。私は十七歳で……私の剣が好きでした。軍人になったのは、家系の趣味と感情からです。私には軍人としての大きな望みがありました。それに実戦の砲火を見たことのない私は、どうしてもそれをこの眼で見たかったのです。連隊では、当時の英雄であったウェルテルなど一笑に付されていました。私ども軍人から見れば、あわれで仕方がないのです！ 依然として私をとらえている忌むべき恐怖から自殺によって逃れようとする気持をやっと思い止まったとき、その袋小路の中に救いとも思える別の考えが浮んできました。《連隊長に会いに行ってみたらどうか?》 そう私は自分に言ったのです。連隊長、それは軍人にとって父親のようなものでした。――私は、奇襲を受け非常呼集がかかったときのように急いで身仕度しました。兵としての警戒心からピストルを身につけました。何が起るか誰にわかるでしょう?…… 私は最後にもう一度、十七歳が持つ感傷をこめて――十七歳なら誰しも感傷的なものです――死んでしまったアルベルトの無言の、そしていつも無言であった、六箇月の間私にとっては陶酔の愛のしるしであったその唇に接吻すると…… 死者を後に、その家の階段を爪先立ちに降りました……。逃亡者のように息をはずませ、一時間もかかったように私には思えたのです）通りに面した扉の閂を外し、その大きな錠に大きな鍵を入れて回し、盗賊のように細心の注意を払ってそれを再び閉めると、私は連隊長のところへ、逃亡兵のように駈けて行きました。

　私は火事でも知らせるように激しく呼鈴を鳴らし、その音は、敵に連隊旗を今にも奪われんとしているときのトランペットのように響きわたりました。転げるように中に入り、家具を倒しながら進みました。副官は、そんな時間に上官の部屋へ私を入れるのを制止しました。そのとき私のたてる嵐のような物音に目を覚した連隊長が姿を現わし、そこで私は、すべてを打ち明けたのです。時間も切迫していましたから、私は彼に、必死で自分を励ましながら手短かに一部始終を告白し救いを懇願しました。

　連隊長は立派な方でした！　彼は、私があがいている恐ろしい渦巻を一目で見抜いたのでした……。彼は、自分の子供たち、そう部下を呼んでいたのですが、その中の一番年下の私に、あわれみをかけてくれたのです。私でさえ、そのときの私は、充分あわれみを受ける資格があると信じています。彼は、最もフランス的な激しい罵りの言葉をまじえながら、即刻この町から連隊を引き払わねばならん、とか、すべては引き受けたとか、私が出発したらすぐにその両親に会うつもりだが、その前に私は、これから書く彼の指定する町に行くために、十分後に継馬亭で馬を交換するはずの乗合馬車に乗らなければならないとか、そうしたことを、矢つぎ早に語りました……。お金を持ってくるのを忘れていた私にお金を渡すと、その灰色の老いた口髯を私の頰にやさしくあててくれました。そしてその会見の十分後、私は、今も実際この通り路線の通っている乗合馬車の屋上席に(もうその席しか無かったのです)乗り込んでいました。そして、今夜のあのように灯の点ったままの、そして私が死んだアルベルトを残して来たその部屋の窓の下を、馬車は早駈けに通り過ぎていったのでした(どのような視線を私は投げかけていたことでしょうね)。」

ド・ブラッサール子爵は、こう言って口をつぐみました。彼の声は少し弱くなっていました。もはや私は、軽口をたたく気にはなれませんでした。だが沈黙は、私たちの間では長いものではなかったのです。

「で、その後は?」私は彼に言いました。

「いや! それでおわりです!」彼は答えました。

「その後など、何もありません! そしてまさにそのことが、永い間私の好奇心を苦しめたのです。私は盲目的に中隊長の指示に従いました。そして苛々しながら、彼の取った処置と、私の出発後のできごとを知らせてくれるはずの手紙を待ちわびていました、およそ一箇月も待ったでしょうか、その月の終りに連隊長から受け取ったのは、手紙ではなく、ただ敵の姿の上に彼のサーベルが描かれているだけのものでした。それは転属命令だったのです。彼は、前線に向う第三十五連隊に合流するよう命じていました。二十四時間以内に、新しく配属された連隊に出頭せよというのです。戦場には、何と多くの気晴らしがあったことでしょう! しかも私には初めての戦場です! 様々の戦闘、そして戦場以上に私が重きを置いた様々の女性との情事と疲労、そうしたすべてが、連隊長に手紙を出すことを忘れさせ、アルベルトとの傷ましい思い出をまぎらせてはくれました。しかしけっして完全には拭い去ってくれなかったのです。その記憶は、摘出できない弾丸のように私の中に留まっていました……。いつの日か連隊長に再会するに違いない、そしてそのとき彼は、私の知りたいと望んでいることの経過を伝えてくれるだろう、私はそう自分に言い聞かせていました。しかし連隊長はライプシックの会戦において、連隊の先頭に立って戦死したのでした……。ルイ・ド・マンもまた、そのおよそ一箇月前に戦死していました……。まったく軽蔑に価《あたい》すべきことでしょうが……」

大尉は付け加えました。

「……最も強靱な魂の中では、すべてが和らいでしまうのです。おそらくその魂が、この上なく強靱であるからでしょう……。私の出発後に起ったことを知りたいという激しい好奇心も、結局は、おさまってしまい、私を落ち着かせるようになりました。長い年月の間には、私も変わったのですから、人知れずこの小さな町を訪れ、少なくともここの人々の知っていることや、私の悲劇の情事から洩れ出た噂を知ることができたかも知れません。しかし、私が生涯を通じて愚弄した世評に対する遠慮とは明らかに異ったなにか、二度と経験しようとは思わないあの恐怖にも似たなにかが、私を今までそうさせなかったのです。」

一片のダンディスムさえ見せず、この悲しい真実の物語を語り終えたこのダンディは、ここで再び沈黙しました。この物語の強い印象に、私は夢見心地でした。そしてこのとき、ダンディスムの精華どころではなく、最も誇り高い真紅の罌粟《けし》の花であり、英国じこみの赤葡萄酒《クラレット》の酒豪でもある、この燦然たるド・ブラッサール子爵が、全くの別人、つまり見かけより遥かに深みのある人物であることを理解したのでした。初めに彼が、彼の生涯を通じて、その悪しき快楽に傷をつけてきた黒い染みと語っていた言葉が思い出されていました……と、そのとき突然彼は急に私の腕をつかんで、いっそう驚かせたのです。

「ほら！　あのカーテンをごらんなさい！」

彼は私に言いました。

すらりとした娘の影が、くっきりと浮び上がって今まさにそこを通り過ぎていったところでした！

「アルベルトの影！」

大尉はそう言うと、苦しそうにこう付け加えたのでした。

「偶然も、今夜は少しばかり冗談が過ぎるようですね。」

カーテンはすでに、あざやかな深紅の四角形を取り戻していました。子爵の話の間ずっとかかりっきりだった車大工も、今その仕事を終えたところでした。継ぎ立ての馬もすでに準備が整い、焦れたように前足を蹴上げ、しきりに蹄に火花を散らしていました。耳あてのついたアストラカンの帽子を被った御者は、名簿を口にくわえて調馬索を取ると、立ちあがり、屋上席の御者台に一息でよじ昇ると、夜の闇にもよく通る声で叫びました。

「よし行け！」

そして私たちは進んで行き、その神秘の窓のところを通り過ぎました。私は、今でも夢の中に見ます。あの窓を、そしてあの深紅のカーテンを。

（秋山和夫＝訳）

木乃伊《ミイラ》つくる女

マルセル・シュオッブ

マルセル・シュオッブ

一八六七—一九〇五。ナントで幼年時代を送ったあと、パリの伯父（学士院の図書館長だったレオン・カアン）宅に身を寄せ、その影響で過去の文学や言語に深い造詣をもつこととなった。ヴィヨンの隠語の研究（一八九〇）などをしたのち、しだいに創作に筆を染め、『二重の心』『黄金仮面の王』『モネルの書』『ギリシア猿楽』『小児十字軍』『想像的伝記』などの、精緻な文体で綴られた短中篇を発表した。自己の体験を基にした作品はほとんどなく、大方の小説が、古文書渉猟の成果を活かしたものであり、日影氏の言われる「自己の日常を忘れた現状脱却の作家」という評語はそういうこととも関係しているだろう。

アルフォンス・ドオデに

いまもなおリビアの、エチオピアに隣る辺りの、おそろしく年を取って、たいへん賢い人達が生きている土地には、テッサリアの女魔術師のそれよりも、もっと神秘な魔法が残っているというが、私にはそれを疑う気はない。テッサリアの夜が暗く、男達が皮を変えて気ままにさまようとき、月輪を鏡箱の中に降《くだ》らせ、満月のときには水に浸った星といっしょに銀の桶に漬けこみ、あるいは海の黄水母のように、揚鍋で揚げたりする女達のことを考えるのは恐しい。それはすべて恐しい。が、血の色をした砂漠で、またリビアのミイラ作り達と出会うことを思えば、それらの恐怖も薄められることだろう。

私達、弟のオフェリオンと私は、エチオピアを取巻いている、九つの異った砂の輪を横切った。遠く砂丘は海のような青緑に、また湖のような瑠璃の色に見えた。ピグミー達もこの漠地までは弥漫《はびこ》っていなかった。私達は日の光のかつて差しこんだことのない、暗い森の中にかれらを後にして来た。そして人肉を糧とし、お互いを腮の動く音で識別する銅色の人間達は、更に西の方はるかになってしまった。リビアをさして行く道に、私達が踏みこんだ紅《くれない》の砂漠は、見わたすかぎり市《まち》も人影もなく荒涼としていた。

私達は七日七晩、歩き続けた。この地方では、夜は澄み通って青くすがすがしいが、眼のためには危険なのだ。この青い夜の光が、六時間ものあいだ瞳孔を膨らますと、癩病者はもう日の昇るのを見られなくなる。これがこの病気の特徴なのだが、ただそれは顔を被わず砂の上に眠る者をしか襲わない。だが、夜も昼も歩く者達には、日の下で眼をいらつかせる砂漠の白い埃のほかに、懼れるものはないのだ。

八日目の暮れがた、血の色をした曠野の上に、環型に配置されている、ちんまりした白い円屋根を私達は見つけた。オフェリオンは、そこをしらべてみるのがいい、という意見だった。リビアの国の常で、日の暮れるのが早く、私達がそこへちかづいたときには、闇はもう深くなっていた。

これらの円屋根は地に浮かんでいて、最初は出入口が見つからなかったが、それが形づくっている環を越えると、中背の人の背丈ほどの高さを持った入口が、そこについていて、それが全部、環の中心に向けられているのが、わかった。その戸口の口もとは暗かったが、周囲に切開かれた狭い孔から光線がさし、私達の顔を長い赤い指のように染め出した。私達はそのうえ為体の知れない臭気に包まれていた。ちょうど香料と腐敗物の混りあったような、においだった。

オフェリオンは私を引きとめ、誰かがその円屋根のひとつから、私達に合図したといった。一人の女が、姿ははっきり見えなかったが、戸口に立って私達を招《まね》いていた。私はためらった。が、オフェリオンが私を、女の方へ引っぱって行った。円天井の下の円形の部屋は、入口とおなじように暗かった。そして、そこへ入ったときには、私達を呼び入れた女は見えなくなっていた。私達は静かな声が未開の言葉を話すのを聞いた。

それから、またさっきの女が、煙っている粘土の燈器《ランプ》を手にして、私達の前に現れた。私達が会釈すると、彼女は私達の国の言葉のギリシア語を、リビアなまりで話しながら、款待の辞《ことば》を述べてくれた。彼女は裸の男や鳥の形で飾られた素焼の寝床を示して、私達をそこに坐らせた。それから、食べ物を捜して来るといって、また姿を消したが、地面におかれた灯火の弱い光では、いったい彼女がどこから出て行ったのか、見極めることも私達にはできなかった。女は黒い髪と暗い色の眼をしていた。亜麻布の寛やかな服を着て、青い帯が乳をおさえていた。それに女は生土のにおいがした。

粘土の皿や濁ったガラスの器に盛って出してくれた晩飯は、冠形のパンに無花果や塩漬の魚が添えてあった。肉といえばほかには漬物の蝗があるだけだった。酒の方は薔薇色に薄められた色をしていて、一目で水を割ってあるのがわかったが、それでもたいへん口当たりの好いものだった。彼女は私達といっしょに食事をしたが、魚にも蝗にも手をつけなかった。この円屋根の中にいたあいだ、私は彼女が口の中に肉類を入れるのを、見たことがなかった。彼女は少しばかりのパンと、とっておきの果物に甘んじていたのだ。

この斎戒の理由はもちろん、この物語を読めば誰にでもすぐうなずける、ある嫌悪の中にあるのだが、それにたぶん、この女がその中に生きていた例の香気が、彼女から養分の必要を除き去り、その軽い微粒子で彼女を満腹させていたのに違いない。

彼女は私達のことを尋ねるでもなく、私達も話す気になれなかったのは、彼女の暮らし方が異様に思えたからだ。晩飯のあと、私達は寝床に身を伸ばした。女は私達のために灯火を残し、もっと小さいのを自分のために用意してから、立ち去ったが、私は彼女が屋内の向うの隅にある切穴から、地下に入って行くのを見た。オフェリオンは私の憶測にこたえるのにも、あまり気乗りのしないようすだった。で、私は、おちつかない眠りの中に、真夜中までまどろんだ。

爆《はぜ》るような灯火の音で私は眼をさました。灯芯が尽きて油まで燃やしたのだ。オフェリオンが私のそばに見えなかった。私は起きあがって、小声で彼を呼んでみた。しかし、彼はもう円屋根の中にはいなかった。そこで私は夜の闇の中に出て行ったが、そのとき私は地下で、泣き女達の嘆き叫ぶ声を、聞いたような気がした。その木精の音はすぐ、とだえ、円屋根の周囲をひとまわりしたが、何も見つからなかった。しかし、まるで地の底でしている何かの作業から、伝わって来るような一種の振動が感じられ、遠くで連れを呼ぶ野犬の悲しい声がしていた。

私は赤い光の湧き出して来る穴のひとつに、ちかづいて円屋根のひとつに登り、内部をながめることができた。そのとき私には、この国とこの円屋根の邑《むら》の異風俗がわかった。というのは、篝火の光に照らし出されたその場所は、死体で埋められていたのだ。そして泣き女達のあいだには、ほかの女達が器や道具を持って、せっせと働いていた。

私は彼女達がなまなましい胴中の片側を裂いて、黄色の、茶色の、緑の、青の、はらわたを引き出し、それを壺《アムフォール》の中へ漬込み、銀の小鉤を鼻からさしこんで、鼻柱の柔らかな骨を破り、箆で脳味噌を掻きだし、色のついた水で死体を洗って、ロード島の香料や、没薬、肉桂を塗り、髪を束ね、睫毛眉毛に色ゴムを引き、歯を色どり唇を固め、手足の爪を磨いて、金の線で巻きなどするのを見た。

やがて腹が平たくなり、渦を巻く皺の中央に臍がくぼんでしまうと、女達は白く襞の寄った死体の指を伸ばし、手頭と踝にエレクトロンの輪をはめ、長い亜麻の細布の中に、丹念に死体を転がして巻くのだった。

この円屋根の集りは、うち見たところ近くの都から死体を運んで来る、ミイラ作りの町だった。ある家では仕事は地上で行われるところもあるが、他の家では地下で行われる。ひとつの死体は、かたく唇をひき緊めていたので、そのあいだに桃金嬢《ミルト》の芽生がはさまれたが、まるでうまく微笑できない女が、歯を見せようと努めているような、その死体のようすは、ひどく私をおびやかした。

夜が明けたら、すぐオフェリオンを連れて、ミイラ作りの邑《むら》から逃げだそうと、私は決心した。そして、私達の円屋根の下に戻ると、燈器に新しい芯を入れ、掩蓋の下の爐に火をつけたが、オフェリオンは帰って来ていなかった。私は部屋の隅まで行き、地下に通じる階段の口を照らしてみた。すると下の方で接吻の音が聞こえた。私は弟が死体を扱う女と、愛欲の一夜を送ったことを考え、思わず微笑んだ。だが、三和土《たたき》の壁の内部に造られた通路に、通じているはずの出入口から、私達に応対した例の女が、屋内に入って来るのを見て、私はどうしたらいいか、わからなくなった。彼女は階段の方へ歩みをむけ、私がしたように聞き耳を立てた。それから私の方にむきなおったが、その顔は私をおびやかした。彼女の眉が寄った。そして、彼女はまた壁の中へ入って行ったようだった。

私はまた深い眠りに落ちた。あけがた、オフェリオンは隣りの寝床に横たわっていた。彼の顔色は灰のようだった。私は彼を揺さぶって、発足をうながした。彼は私を見たが、私が誰だかわからないらしかった。女が帰って来たので、きいてみると、私の弟を吹きつけた疫病の風のことを語った。

終日、彼は熱に浮かされて輾転反側していた。そして女は凝《じっ》と眼を離さず、彼を見まもっていた。日暮頃、彼は唇を動かし、そして死んでしまった。私は泣きながら彼の膝をかき抱いた。そして子夜過ぎの二時まで泣き続けた。それから私の魂は夢といっしょに飛び去った。オフェリオンを失った苦痛が、私の眠りを攪乱し、眼醒めさせた。彼の体はもう私の傍にはなく、女の姿も見えなかった。

そこで私は叫び声をあげ、部屋の中を駈けまわったが、階段は見つからなかった。私は円屋根を出て、赤い光線の方へ登って行き、眼を穴にあてがった。ところで、こんなありさまを私は見たのだ。

弟オフェリオンの死体は、鉢や壺のあいだに横たわり、小鉤と銀の箆で脳味噌を取りだされ、腹は開かれていた。もう既に爪は黄金《きん》を塗られ、皮膚には土瀝青がなすられていた。だが、彼は、どれが私達に応接した女か、私にも見分けがつかないほど不思議にもよく似た、二人のミイラ作りのあいだに挟まれていた。その二人とも、泣いては顔を掻きむしり、弟のオフェリオンに接吻《くちづけ》し、あるいは彼女達の腕の中に抱きしめるのだった。

それで私は円屋根の穴から呼びかけ、その地下の入口を捜し、他の屋へと駈けまわったが、何の答えも得られぬまま、澄切って青い夜の中を、徒らにさまようのだった。

そして私の考えは、この二人のミイラ作りが姉妹で、共に魔法使いで、嫉妬深いということである。彼女達は彼の美しい肉体をまもるために、私の弟オフェリオンを殺したのに違いない。

頭から外袍《マント》を被って、私は夢中で、この呪詛の国から逃げだした。


（日影丈吉＝訳）

水いろの目

レミ・ド・グウルモン

レミ・ド・グウルモン

一八五八—一九一五。ノルマンディー出身の作家・批評家。博捜をもって知られ、フランス象徴派の擁護者にして、かつ、代表的な理論家として当時もっとも注目を集めた一人である。「メルキュール・ド・フランス」創刊（一八八九）以来の有力な寄稿者だった。おもな作品に、『仮面の書』『思想の錬磨』『芝生の道』『恋愛の物理学』『文学散歩』『哲学散歩』その他があるが、我が国では堀口大學の名訳によって江湖に名高い「シモオン」詩篇（「シモオン　お前の毛の林のうちに／大きな不思議がある」）の詩人としても親しまれている。

小舟を漕いでゐるうちに思はぬ方へ着いてゐました。

その時私は、私を待つてゐる家の方へ、既に遠くから來るもの音にさへも、優しい胸を躍らせて、逢ひたさ、見たさの憧憬に心を焦しながら、花盛りの蘆の間に、首ながながと伸ばしてゐる鶚《らとり》の姿を、私の姿と見まがふ程に、私の來るのを待ちわびてゐる女の處へ行く途中だつたのです。

――それなのに！　それなのに！　今から思へば、私は浮氣だつたのでした。

あの目が私を其處に引き止めたのでした。その目と云ふのが、その時までに嘗て一度も、私がまだ見たことも無いやうな目だつたのでした。なかば空色の、なかば菫色の、紫水晶の青みの中に、濃い海の碧を溶かし込んだやうな色の目。既に多くの魂が、御空へ落ちる心地して、その中へ溺死を强ひられた目だつたのです。

單にこの目だけでして、それ以外には何もなかつたのです。この魅力ある二つの目の松明に照らされてゐる顔貌も、今はただ、美しい過去、上品な廢墟と云ふに過ぎぬのでした。其處に私は、初夏の雹が悉くは荒し盡さなかつた痲畑に殘る程の、美しさが尙ほ殘つてゐるのを見るだけでした。例へて云へば、晩秋の最後の一暴風《ひとあらし》を待つポプラの木立。又は、坐礁して綱具を取り去られた華奢な帆船！

朝早くから起きて舟を漕ぎ遊ぶ人々の爲めの、暫時の休息所にと設けられた、青葉の蔭のベンチのある岸へ舟を着けると、私は今日始めての客らしくは無く、日頃から馴染の客のやうにして、親切にもてなされるのでした。やがて、あの水色の目を持つた女が現はれると、忽ちに私は、この冷たげな瞳の云ひ知らぬ祕密に征服されて、その場に腰を据ゑてしまつたのです。思ひ掛けなかつたこの尤物との邂逅《めぐりあひ》に、私の來るのを空しく待ち詫びてゐる女の事などは、今は全く忘れ果てて、氣の毒な女は、遂に鵠《しらとり》のまことの姿を見ぬであらう。

或る不思議な夢見心地に誘はれて、私はすべてその時までの計畫を打ち忘れてしまふのでした。それは鎖で縛りつけるやうな、又、上から被ひかぶさつて來るやうな、極めて魅力のある夢見心地でした。私は他に行先あつて自家《うち》を出て來た自分の事さへ忘れて水上散策をこの郊外の、葡萄棚の蔭、赤い酒杯の前に、そ知らぬ顔して中止してしまつたのです。

それにしても不思議なことは、その水色の目を餘所にしては、何一つこれと云つて賞める程のものも無かつたのです。その顔はやつれて、凋れて、頬はこけてさへゐるのでした。その身體は未だしなやかだとは云ふものの、それとても、枯れた絲柳に過ぎぬのでした。私を引きつけるものとては單に、蠟のやうな爪を持つた細長い、品のいいその兩手だけだつたのです。

……CES MAINS PALES

QUI FONT SOUVENT LE BIEN ET PEUVENT TOUT LE MAL,

屢〻善いことも爲るが、またあらゆる惡いこともなし得る、女の白い手。

（註。ヴェルレエヌの詩句）

それは、見るから、愛撫と罪惡とに熟練した手だつたのです。然し、その手とて、かの女にあつては、ただにその目の結果に過ぎぬのでした——何故と云ふに、直接にものに觸れる官能と、間接にものに觸れる官能との間には、離す事の出來ぬ調和の關係があるものですから——それでその目だけが、恰も餓ゑた猜み深いスフインクスのやうに、あらゆる私の注意を奪つてしまふのでした。

要するに何物でせう！　この居酒屋の給仕女にしては、少し過ぎるやうにも見え、又、足りぬやうにも思はれるのです。然しやはりこの葡萄棚の蔭の田舍茶屋の給仕女なのでせう。兎に角、可憐な、控へ目な女なのです——それにあの水色の目は、その折々には、見て見ぬ振をする事までも心得てゐるのでせう。靑海の色を湛へたこの深く又、冷たい水色の目は、フレデリツク赤髭大王の墓が、その川底に埋もれてゐると云ふ、あのカリカドニユスの流れより、なほも冷たいのでせうか？

私の爲めの給仕を終へて、閑散《ひま》さうに、退屈さうに、腕組するのを見て、初めはかう云つてみました。

——もつと私の近くへ來て坐つたらいいでせう。そしてあなたの目が、私に善く見えるやうに、私をぢつと見つめてごらんなさい。」

かの女は私に近づいて、そして、答へて云ひました。

——私《わたし》の目、怖い目でせう！」

——怖い目かしら、——それにしても、惚れ惚れする目ですね。どんなにその目に、人が惚れ込んだ事でせう！　どんなにその目に、人が惚れてる事でせう！」

——私の水の目は怖いでせう。昔から不氣味な目なのです。水ですよ、ある川から汲んで來た水の、二つの滴のやうに見えるでせう！　私の母も、これと同じやうな水の目を持つてゐたのです。そして母が死んだ時、その心臟の動くのが止ると一緒に、母の目は二つの氷の塊かなぞのやうに、融けてしまつたのです。そして頰を傳つて、流れてしまつたのでした。私はそれを見てゐたのですよ。その時分、わたしはまだ幼かつたのですけれど、今でも毎朝、髮を梳《くしけず》る時には、きつとあの目のことを、私は思ひ出すのですよ。私の目も母の目のやうに、何時かは消えてしまふのです。ともすると、私がまだ生きてゐる中に、はや目は私を拔け出して、蘆のかげの小石の面を流れる爲めに、あの川へ歸りはせぬかと危まれるのです。私は泣いたことがありません。泣いたら私の可哀さうな目は無くなるでせう。それでも一度は、泣きたかつたことがあつたのです。もう、ずつと以前のこと。それもただの一度。それ以來、どんな事でも感動させる事の出來ぬ程に、心臟を固めてしまつたのです。——何故かと云つて、この目が大切だからですわ。この目が私の案山子《かかし》ですもの。この目が、男達の慾念に對する私の武器ですもの。もうこんなに年とつて、醜《きたな》くなつてゐますけれど、それでも男達が、お酒に醉つた時と、私の手を見た後の十五分間ほどは、私が欲しくなるのですとさ。度々私は、男達が喧嘩をしてゐる最中に、此處へ出て來ることがあるのです。そんな時には私は、かう下を向いたまま、振上げてゐる男達の手首を、靜かに抑へつけてやるのです。すると皆がおとなしく私の云ふことを聞くのです。皆私の指に、そつと接吻します。皆が色つぽい惡ふざけをして、私の血を涌かせようとするのです——けれどもね、私が顏を上げて、氣味わるい、冷たいこの水の目で、ぢつと見つめると、皆が私の手を放してしまひますの。私はね、男達の冷え果てた慾念が、遂には彼等の心臟を凍らせる時まで、ぢつと見つめてやるのですよ。でもあなたがはひつておいでになるのを見た時は、お優しさうなお方だと思つたので、あの怖い目で睨むことは容赦して上げたのですよ。」

——いいえ、あなたは私を容赦しませんでした。」と私が答へて云ひました。「私も氣味惡く思つたのです。然しそれにしても、一種不思議な氣味惡さでしたね。何故と云ふに、あなたのその目の前で、わなわなと顫へながら、然も私は、あなたのその目に惚れてゐたのですから。」

かの女は激しく答へて云ひました。

——それは虛言《うそ》です。今までに、誰あつて一人、私の目に惚れた男はありません。私はこの目のお蔭で、禍ひされてゐるのです。この世の中にたつた一人のその人の、優しい言葉の一節に死んでもみたいと思ひ込んだ、あの人に逃げられてしまつたのも、實はこの目のお蔭なのです。それなのに今あなたが、私のこの目に惚れたのですつて？　虛言《うそ》つき！　私のこの目をよくごらんなさい。そしてこの二つの憎しみの泉の中に、あなたの戀を溺れ死なせてしまふといい。」

——私の戀は、多分その泉の中で浮かみ上がるでせう。」と私は答へました。「虛言つきはあなたです。あなたのその、なかば空色のなかば菫色の目に、惱殺された男は、私一人ではない筈です。（私の最初の印象を云ひませうか？）その目の中へは、多くの魂が、空へ落ちると思ひ込んで、溺れ死なずにはゐられなかつた目ですよ。」

——うそ！　うそ！　私の目が地獄の道なことは、誰でもよく知つてゐますよ！」とかの女は怒りに青ざめて云ふのでした。「それに、空へ落ちるのですつて？　男達が天使でもある事かしら、空へ落ちると云ふからには？　あなたはまるで氣ちがひね。」

——ではあなたは？」

——私もよ、私は氣ちがひなの。」

と云つて、忽ちに、くるくると廻りながら、かの女は姿を消してしまつたのです。果してこの奇怪な會話は、私の腦の平衡を失はせたのでした。私は手先がぶるぶる顫へるので、酒杯を満たし得なかつた程です。やうやく心を押し靜めた後で、酒杯を脣へ運ぶ事が出來たのでした。それにしても、なんと云ふ不思議な女でせう。そしてまた、そしてまた、何と上下の激しい對照の中に、かの女の智力と言葉とがある事でせう！

程なくこの居酒屋の亭主が、私の側近くへ出て來て、なれなれしい言葉つきで、私に語るのでした。

——あれがお邪魔を致しませんでしたか？　惜しいものではありませんか。旦那！　あれが狂《きち》氣《がひ》だとは？　身投げ者ですよ。此處で救ひ上げられたのは、もう何年か前の事です。誰もあれを引取りに來た者はありません。それにあれは、身につけて金を持つてゐたのです。それでそのまま此處にああやつてゐるのです。誰もあれを識つてゐる者はありません。口が惡いだけで、惡い女ではありません。私どもには重寶ですから、可愛がつて置きますよ。あれの目と、あれの云ふことには、私どもはもう慣れてゐますから、何とも思ひはしません。それにしても、あれの云ふことは、以前に本の中からでも覚えたものでせうな、何しろあれの人がらに似つかぬものですからな。ともすると昔は立派な奥様だつたのかも知れませんよ。誰も何も知らぬのです。」

（堀口大學＝訳）

聖母の保証

アナトール・フランス

アナトール・フランス

一八四四—一九二四。セーヌ河岸の古本屋の一人息子として生まれる。ルメール書店で校訂の仕事につき、その縁で高踏派詩人たちと交わった。文芸批評、詩集を上梓したのち、一八八一年、『シルヴェストル・ボナールの罪』で一躍文名を高め、当代屈指の名文家の一人に数えられるに至った。代表作に『バルタザール』『舞姫タイス』『エピキュールの園』『現代史』『クランクビーユ』『神々は渇く』『赤い百合』その他があるが、印象批評家としても活躍した。わが国では芥川が親炙した作家としてもよく知られている。

ヴェニスのすべての商人の中で、ファビオ・ミュチネリほど、ものがたく約束をまもる者はなかった。彼はあらゆる機会、特に婦人や教会所属の人々の前では、自由に華美にふるまって見せた。彼の気風の都雅なまじめさは、全共和国中にひびき渡った。そして彼が元老議員アレッソ・コルナロの妻、佳人カテリーヌ・マニュへの愛のために、聖女カテリーヌに捧げたサン・ゾニポロの黄金の祭壇に、人々は驚嘆の眼をみはった。

彼は並はずれた富人だったので、たくさんの友達を持っていた。そして、かれらのためにお祭騒ぎをしてやり、彼の財布を用立ててやった。ところが彼は、ゼノア人との会戦とナポリの騒乱のあいだに、大きな損失をしてしまった。三十隻あまりの彼の持船が、同時にウスコック人に略奪され、あるいは海中に沈んでしまったのだ。

彼が巨額の金を貸していた法王は、幾分かを返却することも拒んだ。こうして華美なファビオは、またたく間に彼の富財の全部を剝ぎとられたのである。当座の支払いのために、邸宅や食器を売払った後で、彼はすべてのものから切離された自分を感じた。しかし、機敏で勇敢で取引の経験の深い、しかも壮年の元気に満ちていた彼は、彼の事業を再び盛りかえすことしか、考えていなかった。

彼は頭の中であれこれ計算した。そして再び海上を保有し、幸福で確実な成功をふやす見込みのある、新しい計画の実行を試みるためには、五百デュカの金が必要だと結論した。彼は共和国第一の富民、アレッソ・ボンテュラ殿に、五百デュカを借り受けたいむね、懇請したのである。

しかし善人の殿《セーニュール》は、もし大胆が莫大な財産を獲得するものならば、それを保管できるのは、ひとり謹慎のみである、という考えだったから、巨額の金を海と金もうけの冒険のために、提出することを拒絶した。ファビオは次に、かつて何くれとなく世話を焼いてやった、アンドレア・モロジニ殿のもとに出かけた。

「愛するファビオよ」アンドレアの答はこうだった。「きみ以外の人だったら、私は喜んで、それだけの金額を貸し与えたろう。私は金貨に愛着を持っていない。むしろ、その点では諷刺詩人オラチウスの道訓《マキシム》に身を固めている。しかし、きみの友情は私にとっては貴重である。ファビオ・ミュチネリよ。そして私は、きみに金を貸すことによって、それを失うことを恐れる。何故なら、最もしばしば心の交渉は、債務者と債権者とのあいだで、険悪になるものだからだ。私はあまりにも多くの例を見て来た」

こういってアンドレア殿は商人を、愛情をもって抱く風をした。そして彼の鼻先へ扉を閉めた。

翌日ファビオは、ロンバルジア人とフィレンツェ人の銀行家を訪ねた。しかし、どちらも無担保では、たとい二十デュカでも貸すことに同意しなかった。どこでも彼は、こんな答を聞かされた。

「ファビオ殿、われわれはあなたを町中で最も誠実な商人として、存じあげております。そして、あなたがお望みになるところを、お拒み申しあげるのは、遺憾でございます。しかし事業のよい嚮導が、それを強要いたしますので」

　夕方、彼が悲しげに家路をたどっていたとき、運河の中で沐浴していた娼婦のザネッタが、ゴンドラにつかまりながら、ファビオをなつかしげにながめた。彼の富裕の時代に、彼はある晩、彼女を邸に招いたことがあり、親切にもてなしてやった。何故なら、彼は笑ましく優しい心の持主だったからだ。

「優しいファビオ様」彼女はいった。「私はあなたのご不幸を存じております。それは町中の話の種でございます。お聞きなさいまし。私は金持ではありませんが、小匣《こばこ》の底にいくらかの宝石を持っております。もし御用の足しにそれを受けて下さいますなら、善良なファビオ様、神様も聖母様も私をおいつくしみ下さいますでしょう」

　そして青春の若々しさと、彼女の美の見事な花の盛りの中で、ザネッタが貧乏だったというのは、ほんとうだった。ファビオは答えた。

「恵み深いザネッタよ、お前が暮らしている小屋の中には、ヴェニスのありとある宮殿の中よりも、より以上の高貴がある」

　それから、なお三日間、ファビオは彼に金を貸すことを望んでいる人を、見つけることができずに、銀行や金のあり場所を訪ね歩いた。そして、いたるところで悪い返事をもらい、こんな風の言葉を聞かされた。

「あなたは負債をしはらうのに、食器を売ってしまうような、馬鹿なことをなさった。人は借金のある男には金を貸すが、家具も食器もない男に、貸すものではありませんよ」

五日目に絶望した彼は、ル・ゲットーとも呼ばれている、ユダヤ人の居住区、ラ・コルト・デル・ガリまで行った。

「誰が知るだろう」と、彼は独りごちた。「もし、キリスト教徒がおれに拒絶したものを、割礼を受けた人間から、手に入れられなかったとしても」

毎晩、元老院の命令で、入口を鎖で閉されてしまう、サン・ジェレミア街と、サン・ジロラモ街のあいだの狭い、臭いにおいのする運河を、彼はたどっていた。

そして、まず何という高利貸のところへ行ったものか、それを知る困難のうちに、莫大な富と不思議なまでに抜け目のない才気といわれた、エリエゼル・メーモニードの子、エリエゼルと名乗る一人のイスラエル人について、聞いたことがあるのを思いだした。

そこで、そのユダヤ人エリエゼルの住所を聞き出した彼は、彼のゴンドラをそこに止めた。扉の上には、灰の中から再び生れて来る殿堂に対する、希望のしるしとして、被割礼者《シルコンシ》が彫らせた七つの枝を持つ燭台が見えた。商人は十二の芯がくすぶっている、銅製の燭台に照らされた広間に入った。ユダヤ人エリエゼルは、彼の秤の前に坐っていた。彼は不信仰だったので、彼の家の窓は壁で囲まれていた。

ファビオ・ミュチネリは彼に、こんな風に話しかけた。

「エリエゼルよ、私はしばしばお前を、犬か見棄てられた異教徒のように扱った。私がもっと若く、若年の血気に燃えていた時分に、それによってお前の仲間か、あるいはお前自身を知ることのできた、あの黄色の輪型を肩に縫いつけた人が、運河の岸を通るのへ、石や泥を投げつけたようなことがあった。私がそれをお前にいうのは、恥をかかせようためではない。それどころか私は重大な用立てをしてもらいに来た、このときに、誠実をもっていうのだ」

ユダヤ人は葡萄棚の柱のような、ひからびた節だらけの腕を、まっすぐに空中にあげた。

「ファビオ・ミュチネリよ、天にまします父は、ひとりびとり私達を裁くだろう。どんな用件を、お前はたのみに来たのか」

「五百デュカを、一ヶ年のあいだ貸してもらいたい」

「人は無担保では貸すものでない。お前はもちろん、お前の所有物の何かを担保に持っているはずだ。何がお前の担保だね」

「エリエゼルよ、私には一ドニエも、一箇の金の茶碗も、一箇の銀の湯呑も残っていないことを、お前は知らなくてはならない。私には一人の友達も残されていない。すべての者が私がお前にたのむ用立てを、私に拒んだ。私は世の中に、私の商人としての幸福も、キリスト教徒としての信仰も持っていない。私はお前に担保として、処女マリアと彼女の神聖な子供を送ろう」

この答にユダヤ人は、黙考する頭を傾げながら、しばらく長い白髯を撫でていたが、やがて、

「ファビオ・ミュチネリよ、お前の担保の前に私を連れて行け。何となれば、貸し手は送られた担保を、自らの眼の前におくべきものだからな」

「それはお前の権利だ」商人は答えた。「立って、私について来い」

そこで彼は、モール人の野と呼ばれている場所のちかくにある、デルオルト寺院にエリエゼルを連れて行き、そこで額に宝石をちりばめた王冠をいただき、金の縫取りをしたマントが肩を蔽

い、両腕のあいだに御母とおなじよそおいの赤児イエズスを捧げて、祭壇の上に立った聖母の像を見せながら、商人はユダヤ人にいった。

「これが私の担保だ」

エリエゼルは狡そうな眼で、キリスト教徒の商人と聖母と幼児の像とを、順々に見まわしながら、小頭を傾げた。そして、この担保を承認したむねを告げた。彼はファビオを家に連れ帰って、かなりに持ちおもりのする五百デュカを彼に手渡した。

「これは一年のあいだ、お前のものだ。もし一年の日限に、ヴェニスの掟《おきて》とロンバルジアの習俗《ならわし》によって定められた、歩合の利子を加えて、この金を私に返さなかったら、ファビオ・ミュチネリよ、キリスト教徒の商人と彼の担保について、私が何を考えるか、お前自身考えてみるがいい」

ファビオは時を失うことなく船を買い、塩やその他、彼が莫大な利益を得てアドリア海沿岸の諸邑に売る、とりどりの商品を積みこんだ。それから新しい積荷を持って、コンスタンチノープルにむけ出帆した。彼はそこで敷物や香油、孔雀の羽毛、象牙、黒檀などを買い求め、次にそれをダルマチアの彼方に持って行き、彼の手代達によって、やがてヴェニスの人達に買われる木材に変えさせた。

こんな方法で彼は六ヶ月の後に、借り受けた金を十倍にした。

ところがボスフォロスに船を浮かべて、ギリシアの女達と遊びたわむれていた、ある日、海賊に襲われて、とりこになり、彼はエジプトに連れて行かれた。さいわい金と商品は無事だった。

海賊達は彼を酋長に売り渡し、彼は足に鉄をつけられて、この国の美しい麦畑を耕しにやられた。ファビオは彼の主人に巨額の身代金を払うことを提言した。しかし酋長の娘が彼に思いをかけ、彼女の望むところへ彼を連れて行くつもりで、どんな値段でも彼を手放すことを、父親に思いとどまらせた。彼の救助は彼自身がやるほかないのを悟って、彼は耕作用の農具で彼の鉄を磨り切って逃げた。彼はナイル河にたどりつき、一艘の小舟に飛びこんだ。こうして彼は、ちかくの海に流れ出て、数日のあいだ、その上を流され、飢えと渇きで死にそうになったとき、ジェノアへ行くスペイン船に助けられた。

ところが八日間の航海の後、その船が暴風雨に襲われ、ダルマチアの方に押し流された。陸にちかづくと、船は暗礁に乗りあげて破砕し、乗組員は総員、溺れ死んだ。ファビオは雛《ひよこ》の籠につかまって、ようやく岸にたどりつくことができた。彼はそこに気を失って倒れてしまったが、ロレタと呼ばれる美しい孀《やもめ》に助けられた。家は岸の上に立っていた。この婦人は彼をそこに運んで行き、自分の部屋に寝かせ、注意おこたりなく彼の看護《みとり》をした。

われに帰ったとき、彼は桃金嬢《ミルト》と薔薇の香を感じた。窓からは層になって海まで降りている庭《に》園《わ》が見えた。ロレタ夫人は彼の枕もとに立って、七絃《ヴィオル》を取りあげ、たおやかに奏でた。ファビオは感謝と満足の思いで、彼女の手に接吻を繰返した。彼は彼女に感謝を捧げ、彼が命を取戻したことは、それがかくも美しい人に負うものだったことに較べれば、より少く感動的である、といった。

彼は立ちあがり、彼女と共に園中を逍遥した。桃金嬢の繁みの中に坐って、若い孀を引きよせ、千の抱擁で感謝をあらわした。彼は彼女がよく気のつく人だということを見つけた。そして彼女のそばで数時間を愉快に過した。そのあとで彼は心配になり、その日が何月の、進んでは何日であるかを、女主人に質《ただ》した。

そして、彼女がそれについて答えると、彼はユダヤ人エリエゼルから、五百デュカを借受けた日から、満一ヶ年に達するには、あと二十四時間しかないのに気がつき、歎き悲しみだした。約定を違《たが》え、担保を被割礼者の非難にさらすという思いは、彼には忍びがたいものだった。ロレタ夫人が彼の絶望の理由を訊ねたので、彼はそのことを話した。

彼女は非常な信仰家で、神の御母に対して甚だ敬虔だったので、彼といっしょになって苦しんだ。困難は五百デュカを見つけることではなかった。隣町の銀行家はファビオの用意で、同等の金額を六ヶ月前からあずかっていた。だが、荒れ狂う海の上を向い風に逆らって、ダルマチアのほとりからヴェニスまで、二十四時間で行こうというのは、とても考えられないことだった。

「まず金を取りよせよう」と、ファビオはいった。そして、女主人の侍僕がそれを持って来ると、紳商は岸にちかく一艘の小舟を引かせた。彼はその中に、デュカ貨幣の入った袋をおいた。次に彼はロレタ夫人の祈禱所へ、赤児のイエズスを抱いた聖母の像を取りに行った。それは杉の木で造られた、見るからに神々しいものだった。彼はそれを舵にちかく小舟の中に据えて、いった。

「聖母様、あなたは私めの担保でございます。明日、ユダヤ人エリエゼルは支払いを受けねばなりません。それは私の名誉とあなたの、そして聖母様、あなたの御子の御名誉とに関しております。私のような罪深い者には、かなわぬことを、清らかな海の星、海の上を歩かれた御方を、乳房してお養い遊ばすあなた様は、もとよりおしとげ遊ばすでございましょう。あなたが、たよりない担保であるなど、被割礼者の口の端《は》にかからぬためには、ヴェニスのル・ゲットーのユダヤ人エリエゼルのもとへ、これなる金をお届けくださいませ」

そして小舟を波の上におくと、彼は帽子を脱いで静かにいった。

「では聖母様！」

舟は沖に出て行った。長いあいだ商人と媾は、それを見送っていた。夜が落ちた。船の通ったあとには一条の光明が、静まりかえった海の上に残っていた。

さて、その翌日、エリエゼルは家の戸をあけると、ル・ゲットーの狭い運河の中に、袋と黒い木の小像を乗せた一隻の舟が、朝の光にまばゆく輝いているのを見つけた。舟は七つの枝の燭台を彫った家の前に来て、とまった。ユダヤ人は、キリスト教徒の商人の担保の、幼児イエズスを抱いた処女マリアを、そこに見出したのだ。

（日影丈吉＝訳）

或《あ》る精神異常者

モーリス・ルヴェル

モーリス・ルヴェル

一八七六―一九二六。フランスのポーと言われた小説家。アルジェリアで育つ。パリで医学を修めたあと、病院で働いていたが、第一次大戦では最前線の医療で活躍。負傷してからは野戦病院の軍医となった。勤務の合い間に書いた作品は当時人気を博したが、現在では大部の文学辞典にも載らぬほど、フランスでは忘れ去られた作家になっている。それだけにこうした形での採録にはなおのこと意味があると言わねばなるまい。怪奇小説や戯曲もあるが、「怪奇と恐怖の物語」と副題のついたコント集『危機』を代表作とすべきだろう。雑誌「新青年」でたびたび紹介されていることも特筆しておいてよい。

彼は意地悪でもなく、といって、残忍酷薄な男でもなかった。ただ非常にかわった道楽をもっていたというだけのことだ。しかしその道楽もたいていいやりつくしてしまって、いまでは、それにもなんら溌剌たる興味を感じないようになったのである。

彼はたびたび劇場へでかけた。けれど、それは演技を観賞したり、オペラ・グラスで見物席を見まわしたりするのが目的ではなくて、そうしてたびたびいっているうちに、とつぜんに劇場の失火というようなめずらしい事件にでっくわすかもしれぬという、一種の期待からであった。

また、ヌイエの市へでかけては、いろいろな見世物小舎をかたっぱしからあさりあるいたが、それもある突発的の災難、たとえば、猛獣使いが猛獣に嚙みつかれるというような珍事を予期してのことであった。

ひと頃、闘牛見物に熱中したこともあったが、じきにあいてしまった。牛を屠殺するあの方法があまりに規則正しく、あまりに自然に見えるのがあきたらなかった。それに負傷の牛の苦悶を見るのもいやであった。

彼が真からあこがれたのは、思いもかけぬときにとつぜんわきおこる惨事、あるいは何か新奇な事変から生ずる溌剌たる、そして尖鋭ななやみそのものであった。実際、オペラ・コミック座が焼けた大火の晩に、彼は偶然そこへ観劇にいっていて、あの名状すべからざる大混雑の中から不思議にもけがひとつせずににげだしたのであった。それから、有名な猛獣使いのフレッドがライオンに喰い殺されたときは、檻のすぐそばでまざまざとその惨劇を見ていたのだ。

ところが、それ以来彼は芝居や動物の見世物にぜんぜん興味をうしなってしまった。

もとそんなものにばかり熱中していた彼が急に冷淡になったのを、友だちが不思議におもってそのわけをたずねると、彼はこんなふうに答えた。

「あんなところには、もう僕の見るものがなくなったよ。てんで興味がないね。我れ人ともにアッというようなものを僕は見たいんだ」

芝居と見世物という二つの道楽——しかも十年もかよいつめてやっと渇望をみたしたのに、その楽しみが無くなってからというものは、彼は精神的にも肉体的にもひどく沈衰してしまって、そののち数ヵ月間、滅多に外出もしないようになった。

ところがある日、パリの街々に、なん度刷りかの綺麗なポスターがはりだされた。そのポスターの図案は、くっきりと濃い海碧色《あお》を背景にして、一人の自転車乗りを点出したものであったが、まず一本の軌道が下へ向かってうねうねと幾重にも曲りくねって、しまいの方はリボンをたれたように垂直に地面へ落ちていた。そしてその軌道の頂上には、自転車乗りが今まさに駆けだそうとしてあいずを待っているのだが、軌道があんまり高いものだから、その自転車乗りは、ぽっちりと打ったひとつの点ほどにしか見えなかった。

このポスターは自転車曲芸団の広告だったのである。

その日の各新聞は、このきわどいはなれわざの提灯記事をかかげて奇抜なポスターの説明をしてくれていたが、それによると、かの曲芸師は、その錯綜した環状の軌道をば非常な快速力で風のごとく乗りまわして最後に地面へとぶのだが、彼は大胆にも、その危険きわまる曲乗りの最中に、自転車の上でさか立ちをやるということであった。

曲芸師は新聞記者を招待したさいに、軌道と自転車とを実地にしらべさせて、種もしかけもないことを証明した。そして自分のはなれわざは、極度に精確な算数によるものであって、精神集中作用が完全にいっているかぎり、万が一にも仕損じる気づかいはないと断言したそうだ。

しかしかりにも人間の生命が精神集中ひとつで保たれている場合、それはずいぶん不安定な懸釘にかかっているものだということもできるのだ。

さてこの貼りだされたポスターを見ると、わが精神異常者は少し元気が回復してきた。かれはそこになんらか新しい刺激が自分を待っているにちがいないという確信をもって、「今に見ろ」と友だちに公言もした。で、彼は初日の晩から観客席に陣取って、熱心にこの曲乗りを見物することになった。

彼はちょうど軌道の降り口のまっ正面に座席をひとつ取って、そこをたった一人で占領した。他人がまじると注意力が散漫になるのをおそれて、わざとひとりじめにしたのである。

もっともきわどい曲乗りは、たった五分間で終った。はじめ、白い軌道の上に黒い点がひとつひょっこりあらわれたと思うと、それがおそろしい勢で驀進し、旋回し、それから大跳躍をやった。それですべてが終っていた。まるで電光石火ともいうべき神速な、そして溌剌たる感激を彼にあたえた。

だが彼は帰りぎわに、大勢の観客《けんぶつ》といっしょに小舎を出ながら考えた。「こんな感激は、二三度はいいが、結局芝居や見世物と同じようにあきがくるだろう」と。

彼はまだ、自分のほんとうに求めているものが見つからなかったが、ふとこんなことを思いついた——精神集中といっても、人間の気力にはかぎりがある。自転車の力だっていわば比較的のものだし、軌道にしても、いかに完全に見えていたっていつかはだめになるはずだ——と。そこで、一度はきっと事故が起こるにちがいないという結論に彼は到達した。

この結論からおして、その起こるべき事故をみまもるという決心をするのは、きわめて手近い一歩なのだ。

「毎晩でかけよう」と彼は心にきめた。「あの曲乗りの男が頭蓋《あたま》をわるまで見にゆこう。そうだ、パリで興行中の三ヵ月間に事故が起こらなければ、おれはそれが起こるまでどこまでもおっかけていくんだ」

それから二ヵ月間というものは、一晩もかかさずに、同じ時刻にでかけていって、おなじがわの同じ座席にすわった。彼はけっして、この座席を変えなかったので、座方の方でもじきに彼を見知るようになった。が、座方の連中は、高い料金をだして毎晩根気よく同じ曲乗りを見物にやってくる彼の道楽がどうしてもわかりかねた。

ところがある晩、曲芸師は常よりも早くその曲乗りを終ったが、ふと廊下で彼にでっくわした。言葉をかわすのに紹介の必要などはなかった。

「お顔はとうから見おぼえています」曲芸師が挨拶した。「あなたは入りびたりですね。毎晩いらっしゃいますね」

すると彼はびっくりして、

「僕はきみの曲乗りに非常な興味をもっているんだが、毎晩来るっていうことを誰に聞いたんだね？」

曲芸師はにっこり笑って、

「誰に聞いたのでもありません。自分の眼で見ているのです」

「それは不思議だ。あんなに高いところから……あの危険な芸をやっていながら……きみは観客《けんぶつ》の顔を見わける余裕があるかね」

「そんな余裕があるもんですか。わたしは下の方の観客席なんかてんで見やしません。しょっちゅう動いたりしゃべったりしている観客に少しでも気を散らしたら、非常な危険ですからね。だがわたしどもの職業《しょうばい》では、技芸《わざ》や、理屈や、熟練のほかに、もっともっと大切なことがあります……いわばトリックのようなもんですがね……」

「えっ、トリックがあるかね」

彼はまたびっくりした。

「誤解しないでください。トリックといっても、わたしのはごまかしじゃありません。わたしのトリックは、観客のまったく気づかないことで、しかもそれが一等呼吸のむずかしいところです。いってみると、こうなんです……実際、わたしどもは頭をからっぽにしてただひとつの考えしか持たないということはなかなかむずかしいことで、つまりひとつのことに精神を集中するというそのことが困難なのです。しかしはなれわざをやるときはどのみち完全な精神集中が必要ですから、わたしは何かしら観客席に目標をきめて、そればかりをじっと見つめて、決してほかへ気を散らさぬようにします。そしてその目標の上に視線をすえた瞬間から、他のあらゆるものを忘れてしまうのです。

鞍にのぼって両手をハンドルにかけると、もう何も考えていません。バランスも、方向も考えません。わたしは自分の筋肉を頼みます。それは鋼鉄のようにたしかです。たったひとつあぶないのは眼ですが、いまもいったように、いったん何かを見すえるともう大丈夫です。

ところで、わたしは初日の晩に曲乗りをはじめるとき、偶然にもあなたの座席へ視線がおちたので、じっとあなたのお姿を見つめていました。あなたはご自分で気づかずに、わたしの眼をとらえたのです。

こうしてあなたはわたしの目標になりました。二日目の晩にもやはり同じ座席にいるあなたに眼をつけました。それからというものは、軌道のてっぺんに立つと、眼が本能的にあなたの方へ向かいます。つまりあなたはわたしを助けていらっしゃるので、いまじゃ、あなたはわたしの曲乗りに欠くことのできないだいじな目標になっています。これで、毎晩お見えになることをわたしが知っているわけがおわかりになったでしょう」

その次の晩も、わが精神異常者は例の座席にすわっていた。観客《けんぶつ》は鋭い期待をもって、例のごとくざわざわと動いたりしゃべったりしていた。

と、とつぜん、水をうったようにしいんとしずまりかえった。観客がいきを殺している深い沈黙なのである。

曲芸師は、自転車に乗って、二人の助手にたすけられながら、出発の合図を待っているのだ。彼はやがて完全にバランスをとって両手にハンドルをにぎり、くびをしゃんとあげて正面に視線をつけた。

「ホオッ！」

曲芸師が一声叫ぶと、ささえていた二人の助手がさっと左右にわかれた。

その瞬間にかの精神異常者は、もっとも自然な仕方で起ちあがると、つとあとずざりをして、座席の他の一端へ歩いて行った。と、はるか上の軌道でおそろしい事件が起こった。曲芸師のからだがとつぜん宙にはねとばされてまっさかさまに墜落し、同時にからっ走りした自転車がもんどり打って、観客席のまっただなかへ落ちこんできた。

観客はアッと叫んで総立ちになった。

そのとき精神異常者は、規則正しい身振りをひとつやって、外套を着て、袖口でシルクハットの塵をはらいながらさも満足げに帰っていった。


（田中早苗＝訳）

死の鍵

ジュリアン・グリーン

ジュリアン・グリーン

一九〇〇—一九九八。両親はアメリカ人だが、パリで生まれ、パリで育った。少年期にカトリックに改宗。二五年、『地上の旅人』を発表。続く『モン・シネール』『アドリエンヌ・ムジュウ』とともに好評を博し、作家として立つ。いくどか東洋思想や神秘主義に傾いたが、結局はカトリックに戻った。作品系列はそれゆえ、グリーンの精神の揺らぎを誠実に反映して、その点でも読む者の心をとらえてやまない。他の作品に、『漂流物』『幻を追う人』『ヴァルーナ』『真夜中』『モイラ』等の小説、『南部』『仇敵』などの戯曲、『日記』がある。

毎年、私はフェリエールへ何時間かを過しに行く。そこは母が死んで私が相続した、かなり大きな所有地なのだ。だが、そこには私の楽しみはなかった。そういうわけで、フェリエールは売りに出され、もう二年間も古家の写真は、近隣の町のどの代理店でも黄ばんでいる。

ときおり私は、一人の訪問者が現地へ行く気になったことを知る。それで私は番人に手紙を書き、代理店にも手紙を出す。だが、唯一人の訪問者も、かつてフェリエールにわざわざ行こうとした、ためしはない。それは私なのである。家に修理の必要がないかを、見なければならないからだ。

その訪問のある機会に、私は書物机の中から、やがて読まれる二種の原稿の、はじめのものを見つけ出した。いまここで、それが私に与えた感情を説明する必要はない。だが、それがいつか必ず読者の眼に、さらされるべきものとして、私はすぐさま、それを補う欲求に駆られた。

これが第二の原稿の原本である。

一九一〇年

別の日、私の家の前の草の中に寝転んで、うちの老いぼれの牝馬が引っぱる、いやな音を立てる車輪のついた機械のてっぺんに坐って、小さな牧場のはしから、ほかのはしまで行く、草刈り人の歌を聞いていた。だが、私には草刈り人は見えなかった。私のいたところは、草がまだ濃く、風と太陽の中で数日間の命の、力もなし匂いもない花たちでいっぱいだった。それはまるで私を草刈り人の眼から匿そうとしているかのように、私の顔の上にかたむきかかり、だが僅かの微風にも動いて、どの方角にも向きを変えた。そして茎と小枝の交叉するところでは、空は澄んで浄らかだったから、私の眼はそれを見るのに疲れ、疲労から瞼を閉じてしまうほどだった。

そのとき草刈り人の歌は、草の表面を吹く風に運ばれて、実にはっきりと私のところまで届いた。何を歌っていたかは、私にはわからなかった。それは、うちの畑の限界を示す樺の樹の影の中で、ひどく遠かったし、ときどきは、ほとんど何も聞こえなくなった。水飼い場のそばにある大きな窪の中に降りなければならなかったからで、そこで彼は石の水飲み桶の前を廻るのである。数秒間、私は風のつぶやきのほかに何も聞かなかった。それから草刈り人の声が、すこしずつ帰って来た。そして樺の樹まで行く広い面積の中に、私は田舎唄のすこし悲しげな響きを聞きとり、そうやって作業者の進路を追っていた。

私は自分にいった。「彼がもう一度、水飼い場から樺の樹へ行くのを待とう。それから起きて家に帰ろう」だが、私には、ほんとうは行く気がなかった。だから、あおのけに寝て、両手を頭の下で組んだまま、そこにいた。それなら私は家で、何をしなければならないのか。何もないのだ、確実に。どんな仕事も、どこにいようと、私を制限してはいない。

私は思いどおりに生きていて、どんな規律にも縛られていないし、一日中、草の中に寝たままでいるのが好きでも、だからといって私を咎める者がいるだろうか。それは顫える脚が並木の最初の樹のむこうまで、行くほど大胆になれない、私の母でもないし、近隣の町へ小さな旅をすることしか考えていない、私の叔父でもない。だが、何かが私に休息を、空の下の不動の状態を十分にたのしむことを、妨げている。私にはどういっていいかわからない、私の喜びを茶毒する、ふしぎな不安がある。

草刈り人が水飼い場の方へ降りて行き、彼の声がもう私の寝ていたところまで、届かなくなったとき、別の声がしたような気がした。ところが、その牧場の中には草刈り人と私のほかには、誰もいないことが、私にはよくわかっていたのだ。私は夢想家でもなく、馬鹿でもなかった。私にとっては、すくなくとも、大地は歌もうたわなければ話もしない。

だが、草刈り人が窪地の中にかくれ、彼の声が私のところまで届かなくなると、別の声が彼の声の代りをしていたのは、たしかである。とぎれた歌を受けついでいたとも、いえた。が、もっと高い、もっと単調な声でだ。風ではなかった。反対に、もし風が吹きだしたら、そのふしぎな声はすぐに黙りこんで、どこへ行きたいかも知らずに移動する空気の、ぼんやりしたつぶやきしか、そのとき私には聞こえなかったろう。

だが、沈黙と共に声は戻って来た。それは至るところからやって来た。近くからも遠くからも。そして、それが私のそばの草の中から生れたのか、うちの牧場を越えて、丘の麓までひろがっている大草原の涯《はて》で、生れたのか、私にはいうことができない。それは人の声にも、私がこれまでに聞いた何の音にも、似ていなかった。

だが、ここに、より奇妙な、私が誰にも打ちあけなかったろうことがある。もし私が、この声はそれ自身もともと異常なものであるが、私が耳を貸しだしてからは、もう聞きとれなくなったというとすれば、誰が私のいうことを信じるだろうか。事実、私は一種の無感覚に落ちこんで、何も考えないように努力しているみたいだった。私は眼を閉じた。そうすると、あの奇妙な音が四方から、私に流れよって来て、私の頭の中で歌っていた。私は身動きしないで、奇跡がすぐに消え去るのを恐れて、呼吸まで抑制した。

それは何千という語句が、私の知らない言葉で私にいわれたようなものだった。それから、私のよく知っている戦慄をともなって、声が一段と鋭くなる時が来た。そして、声は登った。私の中に痛々しく響きわたった叫び声で終るまで、恐るべき速度で登った。私は叫びといったが、ほかにどんないい方があるだろうか。

それは、私達の胸からほとばしるような叫びではなかったし、人間的感動の何ものも表現していなかった。だが、草刈り人の声がまた空に昇りはじめると、その度にそれが起こるのだ。そして、その不思議な声が戦慄して、それほど早く昇ろうとするのは、彼が到来を予感する人間の声、それにむかって、いってみれば壁にぶつかるように、ぶつかって粉砕するのを、避けるためだったと考えることを、私には妨げられなかった。

「それでは、ジャン、お前は何を考えてるの」

彼女は私がそれを彼女にいうと、思っているのだろうか。否、だが、彼女は私の不安気で黙りがちなのを見て、何を考えているかとたずねるのだ。彼女の良心がそれを求めていると、彼女には思えたからだ。もし私が必要を感じれば、彼女に打ちあける機会を、そうやって私に与えてくれ、彼女の責任を果たそうとするのだろう。それで、私はこたえる。

「さしあたり何も」

いま彼女がどんなに静かかを見給え！　彼女は私の椅子の背に片腕をもたせ、私の上に屈みこむ。私は私の額の上や、風が吹き乱す私の髪の上に、彼女の唇を感じる。それにもう彼女はまた立ちあがり、さまざまのこまごましたことが彼女を待ち受けている、そばの部屋に入っている。彼女が召使いといっしょに、検べて見なければならない、綺麗に洗った下着、それから彼女が心に記しておいたことや、そして、あるとき彼女が思い出すことなどだ。彼女は風がすこし家の中を吹き通るように、扉を開け放しておく。暑いからだ。そのため、彼女が細心な顫えるちょこまか歩きで、行ったり来たりしているのが見える。

二、三時間前から彼女は、病気になって、私の叔父さんがソワソンへ迎えに行ってる、オディルのことが心配だった。だが、いまはもう彼女は、そのことさえ考えていなかった。

最初の興奮が過ぎてしまうと、世帯の気配りが、またすっかり彼女をとらえ、彼女は彼女が穴ひとつ裂け目ひとつ見つけて顫えあがる、彼女の敷布や手巾や下着のことしか考えなくなる。彼女は彼女の白いブラウスや、木綿のスカートの中で、そんなにも小さく、そんなにも年とっている！　彼女がそんなふうに年をとるには、年季がかかっている。私には彼女が、いっぺんに白髪《しらが》になり、彼女の顔が一日か一時間で皺くちゃになり、彼女の肩が彼女の夫の死後、おなじように丸くなった気がするのだ。だが、彼女をそんなふうに叩いたり引き裂いたりした後で、人生は彼女を安らかに暮させようと、決意したともいえる。何故なら、この十五年間の日々は、私の母にとって、まるでおなじように流れ、おなじ型で、季節から季節に続けて彼女に精を出させる、あの小さな仕事でいっぱいだったからだ。

その鎧扉を半分閉めた部屋の中には、黄色い箱の上に下着が積み重ねられ、彼女は襦衣やタオルの上に屈みこんで、その皺を伸ばしたり、それを検べたりしながら、何かつぶやき、それからそれを、そばにいる召使に渡し、召使は手渡される順序で押入れの中へ、それを入れに行くのが見えた。それから彼女は両手に一枚ずつの敷布をとり、腕をいっぱいに拡げ、数歩あとにさがって、沈黙した。彼女達は窓のそばにいて、かぎ裂きを見つけるのを恐れながら、布地の端から端へ眼を配っていた。だが、何もなかった。「いいわ」と、私の母がいった。彼女達はそばに寄って、敷布を畳んだ。

私はそのすべてを私のいる場所から見ているのだ。私の子供のときから木曜日ごとに、それを見ているように。そして、それが今日、私の上にどんな結果を生み出すか知らないが、その場面は私にとって、とても親密なものなのだ。こうして何度も注意深く観察して来た、ある種のことがある。何年ものあいだ単純で自然なものと、見られて来た後で、ある日、ふとしたとき、そのおなじ物事が異常な顔つきになり、間違いなく、そういうことが、しばしば起っていたということになる。それはもう自然ではない。急に奇妙な、ほとんど異様なものになっているのだ。

それを、私は今日、実感した。伸ばした腕の先で大きな白い布を持って、窓の前を行き来する、この二人の女は、影法師か幽霊ぐらいの印象しか、私に与えなかった。そして、この鎧扉を半分しめた部屋の中には、実際には人間はいないで、その代り私をからかう幻影がいる、という気がした。白い服を着た二人とも、いまは薄暗がりの中に動かずにいて、ともに注意ぶかく、彼女達が運命を読んでいた、神秘的な大きな頁に対するように、その敷布に眼を引きつけられていた。

続いて彼女達が交わす言葉も蠱惑を破らない。ひどく低い声で話しているからで、彼女達の足も、その下で床は僅かに、たわむだけだが、その囁きあう声や、うめくような靴の軽い音は、私には私の生命が、何とも知れぬ暗い親密な魔法に、とらえられているような気がするのだ。

私は起きあがり、その部屋を出る。すると私の足音は生きているから、私の力を回復する。この影が宝物のように、しまいこまれている家の中に、とどまっているよりは、眼に見えず大地を粉砕する太陽から、その光を受ける銅色の空の下で、草をしおらせ花を枯らす、焼けただれた空気の中を、私はむしろ歩きまわりたいのだ。

鈴懸の木の影が私の足もとに青い。私は暑熱が色を奪った土の上に、やっとそれを見分ける。鳥は黙し、木の葉は動かず、何者も呼吸しない。私はこんな家の前にいたくはない。もっと遠く、大きな草地のへりの樅の樹まで行きたい。

私がむかしオディルと遊んだのは、そこである。その樹の下に分け入るためには、ゆっくりと元の場所に帰って、私達を奇跡の夜のようなものの中に、閉じこめてしまう、重くて黒い枝を掻きわけなければならない。何故なら、私達の周囲ぐるりには、葉のあいだから、草原の上に撒きちらされた、昼の光が見えるけれども、その私達がうっとりと手を握りあっていた場所は、私達の顔かたちも見分けられないほど、真暗だったのだ。

そのときから、嵐が何度も樅の樹を叩き、傷だらけにした。その影はもう前のように遠くまでは伸びない。そして一方に傾《かし》ぐように見える。梢から出ている枝の二本が、何年か前に地面に叩き落とされたからで、だが、その濃い繁みはまだ地上を掃いて、大風の日には、その力強い枝が海を行く船の音の、きしりを立てる。

私はここで彼女を待つだろう。四分の一時間後には、私の叔父の車が鈴懸の樹のところまで進んで来て、家の前にとまるのが見えるだろう。オディルは周囲に、たぶん樅の樹のあたりへ眼を配るだろう。だが私がそこにいて、彼女を見守っているとは知らずに。彼女は降りて来る。そのとき私の母が戸口にあらわれ、彼女にいう。「わたしを抱いて、オディル。ジャンは散歩に行ってるけど、すぐ帰って来るわ」

そこで私は凝と動かずにいる。オディルが何をいうか聞いている。私は彼女のどんな動作も見逃さないだろう。そして彼女が、私を捜そうとして、右に左に頭をまわしたとすれば、私の心はより以上の喜びに耐えないと思う。そして私は枝を掻きわけ、「そこにいたんだよ、隠れていたんだ」と叫びながら、彼女の方へ駈けて行くだろう。

一九二五年

私達、彼女と私とは、いっしょに成人した。そして私達の幼時が過ぎ去ったのも、ここだった。

家は古く、ひろびろしていた。それは褐色の屋根が鈴懸の樹の上に聳え、壁石は支出に気を使った建築家の、ひかえめな眼の下に、それが聳えていた過去の世紀の、遠い日とおなじくらい白く浄らかに見える。建築家がその屋根の下に宿らせようとしたのは、彼の家族だったからで、その道の人達がなくてはならないと考えていた、むだな装飾の支払いもしなければならない、かなりつつましい財源に依っていたからだ。

そういうわけで、窓の上には笠石もついていないし、露台も鋳物の手摺もついてなければ、家の角々にはいろいろな石の輪型もついてない。だが、上から下まで、ただのはっきりした区切りがあり、露台や手摺に関しては窓ごとに、鉄の棒ががっしりした石に鋲どめになっている。家には陰気な気分があるといえるだろうか。そういうことからは遠い。釣合は正確で、すべてが手広くゆとりがあり、背の高い正面のひろがりいっぱいに、樹々がたしかに神秘的な生存と、立派な装飾、しかも何の支出もいらないものを、彼に貸し与える、漠然とした影をさまよわせるのだ。

私の母は私達を二人とも育てた。私が話した建築家の孫娘は、彼女の兄が死んで、この家を相続した。そして彼女が生れてから決して、ほかの場所で生活したことはなかった。だから私のように、彼女も耳の中に平原のつぶやきを持って、成人した。そして、やはり私のように、空き部屋の沈黙が何度も彼女を、顫えあがらせたに違いない。

私が思いだせる限り古くから、私はいつも優しくて善良で、陽気でもないが苦渋もなく、私にお話をするとか、私といっしょに散歩するとかして、ちょっと私の気をまぎらわす暇も、決して彼女に与えない小さな仕事で、始終あくせくしている彼女を知っていた。たぶん彼女は、彼女のなくした従姉妹の一人の独りっ児の、小さなオディルを、遊び仲間として私にくれたことで、その点でもかなりのことをしたと考えていたのだろう。そして彼女の通り道で私達に出会う度に、いまでも憶えている、両手の掌をむかい合わせに内側に曲げ、次に雀を追うように、それを何度かに拡げて見せる手の動きといっしょに、満足そうに「遊びに行きなさい」というのである。私達が私達の十柱戯の柱や兵隊さんの中に、地面に坐っているときでも構わない。偶然、彼女が私達のいる部屋を通りぬければ、いつもおなじ動作、おなじ言葉で、遊びに行けと命令する。それ無しには、私達のそばを通りすぎるとき、立ちどまることも、私達の方へ顔をむけることもない。彼女がそこにいて、私達を見張っていることを、私達にわからせるために、気やすめにそんなことを、いってるということが、私達には二人とも、すぐにわかって、それからはもう注意をしなくなった。

私達の遊びは単純だった。私達の大きな喜びのひとつは、誰も決して行かない客間に滑りこみ、その大げさな部屋の中を隈なく、四つん這いで駈けまわることだった。それは篏木の床を蔽っている大絨氈が、すごく厚くて柔いほど、愉快だった。白い綿《めん》の覆いに包まれた椅子や肱掛椅子のかげで、何度もやった隠れん坊遊び！ 私達が頭の上に聞きつけると、急に押し殺された叫び声。または隣室の私達がよく知っている、うっかりした、と同時に忙しそうな足音！

それから、この練習に疲れて、私達が腹這いにぶっ倒れたとき、私達は、その上に寝ている絨氈の細部をしらべ、それが蔽われている複雑な花模様を、指でなぞったりして遊んだ。この絨氈は、いまはもう存在しないが、私がそれをあまりにも注意ぶかく、むさぼるようにながめたため、その正確な姿が私の心に残っていないほどだった。それは私の考えでは、ペルシア絨氈の模造だった。地色は薄青く、灰色の砂の色合いに近い。だが地色はすこししか見えず、枝付き燭台の枝のように左右対称に伸びあがる茎が、密生して強い異様な植物の森に蔽われたように、かくされていた。

虎や大豹やその他、私達の名も知らないたくさんの獣が、その奇妙な草木のあいだを這いまわったり、飛び超えたりしていた。思いきり大胆な色彩が野獣の毛皮を派手に見せた。だが、神秘的な大きな植物の中央に、眼についた、あの人達は、それでは何者だったのか。かれらは茎の生え際に足をおいて立ち、かれらの頭を巻く布、縫いとりした胴着、踝を紐で縛っただぶだぶのズボンなど、その豪華で風変りな衣裳は、私達を驚嘆に投げこんだ。かれらはみな茶色の、おなじ顔、黒い口髯をしていた。ある者は、かれらの攻撃から身をかくそうとする赤い虎や青い豹の方向に、かれらとほぼおなじ大きさの弓を引きしぼり、他の者は投槍を投げようとしていた。私がいままで書いて来た、そして絨氈の上に、たいした変化もなく二十例ちかくも繰返されている主題に、どんな意味が与えられなければならないか、ということは私には到底わからない。だが、私の眼には、私が限定に苦しむ不思議な性格が見える。それは今日では何か野蛮な、同時に東洋の古画の中にある私の気に入った神聖なものに、なれるように思う。そう。儀式中の司祭者のように、すべての同様の動作を復原する、不動の狩人達の態度に神聖さを、おなじく殺戮の最中の、あの平静さの中に野蛮さをである。

ではオディルは。この人びと、この獣達について彼女は何を考えていたのか。私のように膝をついて、繊維の中に両拳をおき、彼女は絨氈の端から端へ、ゆっくりと移動して行った。彼女の巻毛は両頰に沿って垂れ、スパニエル犬の耳といったぐあいに私には思えた。

「それでは」と、彼女が私からあまりに早く遠去かろうとするのを、とどめるために私はいった。「かれらはすべての獣を殺すのに、充分な矢や投槍を持ってるって、きみは思うのかい」

または、

「かれらがむかしは、こんな服を着てたって、きみは思うのかい」

オディルは首を振って、巻毛を顔から引きはなそうと、むだな努力をしていた。ひそまった眉毛のかげから私を見ている、彼女の灰色の眼が一瞬、眼についた。それから彼女の髪は、また頰の上に幕のように垂れ下った。

「あたし知らないわ」と、彼女はいった。「だいいち、これが本物の人じゃないかも」

彼女は私より二つ年下だった。そして、まだ、私を彼女よりずっと上等だと感じさせる、ズーズー弁でしゃべっていた。この小さな娘から、私がいったのと違う答えを引き出すのは不可能だった。ある日、ところが、私がもう一度、矢や投槍は充分あったか、ときくと、彼女はその何度も聞いた質問に、衝撃を受けたように見えた。そして彼女が私の方に向きなおるのを、私は見た。

「かれらは獣に弓を引きゃしないわ」と、彼女はいった。

私は笑った。

「獣にじゃないって。そういうけど、あれは狩だよ、そうじゃないか」

「いいえ」と、彼女はいい続けた。「かれらは獣達を狙ってない。かれらが狙ってるのは、私達よ」

それはほんとうだった。それらの眼は、すべて私達の上に固定していた。私は一種の不安を感じ、それが私にあらためて笑いを強要した。

「結局、かれらはかれらの弓で、私達を射るのじゃないのかい」と、一瞬の後、私は尋ねた。

「そうよ」と、彼女はいった。「ただ、あれは本物の人じゃないのよ」

そして彼女はまた半長靴の先で、絨氈の繊維に逆毛を立てながら、彼女の旅をはじめた。

奇妙な小娘よ！　私にも、ほかの誰にも、彼女は何を考えているのかわからない顔と、彼女が秘密に守っている或る考えで、いっぱいの眼をし、ときに彼女の心を横切ったことを当てさせるような何かを、うっかり私にいったとすれば、それは不注意に似ているし、彼女が私に裏切りのような負い目を持つのが、私には感じられた。それはまぎれもなく私を彼女に結びつけるものだった。世の中の眼に自分を拒みとおす、この早熟な意志を、私は漠然と不思議な想いで見ていた。

フェリエールで私達といっしょに生活していた、もう一人の人物のことを、いまこそ話すべきときだと思う。もしも私が読者に、その点で彼自身の意見を形にする用意を、残しておく決心をしなかったなら、その人物が決してそこへ足を踏みこむはずはないと、いう気になっていただろう。

き、クレマン・ジャロンのことを考えると、私にはほとんどいつも、彼が私達の家にやって来たときそのままの彼を見る思いがする。それは疑いなく、彼がその後どんなふうにも、ちっとも変ってないことに依るのだ。とにかく、その日、私が彼から受けた印象は、それほど強く、いってみれば、その鮮明さにおいて、私の記憶から決して拭い去れないほど、強烈だったのだ。

自動車の音が私を窓に引きつけたのは、五月か六月のある朝、まったく朝食の時間ではなかった。そのそばで、私がいまものを書いている窓である。すこし屈んで、私は鈴懸の樹のあいだに、いまならばひどくおかしな恰好に見える型の、小さな赤い自動車を見つけた。車は停った。肥った男がそれを動かしていた。ひどく覇気のなさそうな、かなり長い時間、身動きひとつしないでいそうな男で、両手をひろげてハンドルの上におき、鼻を下にむけていた。

沈黙の中で、階段の上から叫ぶ母親の声が、いきなり聞こえて来た。「いったい、どうしたの、誰なの」すると男は、深い夢から引きぬかれたように、頭をあげ、急に全身をひと揺すりして、席の上に立ちあがり、小さな車の扉をまたぎ越した。

私がありのままの彼を見たのは、この瞬間である。私が見るままの彼とも、いえるだろう。そこに私の眼の前に、彼が幽霊のようにいると、私は敢えて信じたろうからだ。彼は大きくはないが、強い。彼は身動きもしない。いま彼は立ったまま、たぶん誰かが迎えに出るのを待っている。

両手を彼の灰色の上着のポケットに突っこみ、脚をひろげて立ち、頭をすこし片方に曲げ、山高帽を斜に頭にのせている彼の仕草、そして彼が頭をかしげているのと反対の方向は、何か私の気をひどく悪くするものなのか。たしかにそう信じなければならぬ。私は彼の顔を見定めてもいないし、まだ彼の声を聞いてもいない。だが、彼にすぐ立ち去ってもらうのを願うためには、彼を一秒も見れば私には充分なのだ。

私の母は私を絶望させた機嫌のよさで、ジャロンを迎えた。彼女は彼のそばに行き、彼がさし出した手を握った。私の心は締めつけられ、私のそばで遊んでいたオディルのそばを離れ、何もいわずに降りて行った。

階段の途中で、私は母がクレマン・ジャロンの質問に、こたえているのを聞いた。哀れな女性は次第に自己を取戻して行くようにも見える、ためらい勝ちな声で話していた。彼女が陥っているように見える混乱は、私を突き動かした。私が石の上に立てる足音に、振返った彼女を私は見た。そして私の生涯で最初に、彼女の眼ざしの中に、その後はしばしば見かけた苦悩の表情を、私は読みとった。私の存在は多少、彼女を力づけたように見えた。彼女の歯が見える微笑のようなものを、浮かべたからだが、彼女の眼はあい変らず凄く緊張していた。私は彼女に駈け寄った。

「うちの坊や」と彼女はいいかけた。

「うちの坊や」と、ジャロンが私をつかまえ、続いて彼の顔の高さまで持ちあげながら、いった。

「私はムッシュウ・ジャロンという。きみのお母さんの従弟だよ、わかるかい」

彼は酒や煙草をたくさん飲む男の、喉声をしていた。彼が私を宙に吊りあげたので、私には彼の顔を見る暇があった。だのに私は眼をつぶってしまった。

「何故、眼をつぶるんだね」と、彼がいった。「眩暈《めまい》がするのかね。そいつは、いけない。なおさなくちゃあな。ほらよ」

彼は私を地面においた。だが、それが非常に速くて、彼が私を落っことしたと思ったほどだ。それから彼はまた、前の時よりももっと速く、私を腕の先で捕え、眼よりも高く差しあげた。

「あら」と、私の母がいった。

「何を恐れているんだね」と、ジャロンは私を解放しながら、たずねた。「たぶん私が、きみを毀してしまやしないかってことが、こわかったんじゃないのか。何という名なんだろう。坊や、きみの名は何というのかね」彼は両手を股の上におき、私の方へ身を屈め、重ねてきいた。

私は彼を見つめた。彼の顔は重く、肉が厚く、長い皺が条を引いていた。痙攣が彼に、早過ぎて頻度の多い眼ばたきをさせた。黒いもみあげが頬に沿って下がり、だが顔のほかの部分には毛がなく、顎は光っていた。彼の眼の色までは見分けられなかった。

「そら、いってごらん」と、彼は私を力づけるように、腕をにぎりしめて、いった。

私は彼に名前をいってやった。彼は頭をあげ、私の母にきいた。

「彼の父親も、おなじ名かね」

「彼の叔父とよ」と、母はいい直した。「私のお兄さん」

「そうだったな」と、ジャロンは立ちあがりながら、いった。「そいつはもう考えてなかった」

彼は眼ばたきすると、ポケットから鼻眼鏡を取り出し、すぐにそれを掛けた。この道具は彼を醜く見せた。彼の視線は瞬間、樹々のあいだに見える家の部分を、さまよった。

「どうぞ、よろしく」と、彼はいった。

母は頭をさげた。ジャロンが拳を上着の中に突っこみ、一方を見、他方に眼を配っているうち、沈黙があった。ちょっとたってから、私達は中に入った。私は母と彼のうしろを歩いて行ったので、この男のそばで母が、どんなに不幸なようすをしていたか、見届けたのである。

この日から、ジャロンは私達の家で暮した。この男がいつ立ち去るかを見ることに、感じた焦慮は、とてもいい尽せない。だが、一年が過ぎ、またもう一年、それで私は、人がいうように、彼は自分から足を出して、フェリエールから出て行こうとはしないだろうと、悲しい気持で繰返し考えたほどだ。彼は生涯の終りまで、そこに居坐ろうと、きめているように見えたからである。

彼が私の母を、彼女の息子でもないのに、母さんと呼ぶ習慣があったのを、思い出す。そして、私は、知らぬ間にそうなった習慣で、私の叔父でもない、父のひどく遠い親戚の一人に過ぎない彼を、叔父さんというほかの呼び方をしなかった。それはそのうえ、敢えていえば私達の家庭の習性の中に、坐りこむ彼の性格的な行為で、彼が受ける権利のない名を与えられ、あるいは私の母に持ちかけて、私とおなじ地位に、坐りこみに成功した、という点も考えられる。彼が母さんといったとき、私の息子よ、とか、坊やと答えてくれることに、彼は成功しなかったろうか。

事実、彼はそれを私の母に押しつけた。まず彼自身さほど大きくもないのに、彼は彼女よりもはるかに大きかった。そして、これが事態をよく説明している。彼に話しかけるには、彼女は頭を伸ばさなければならぬ。そして、そのとき彼女は何を見たか。そり返った茶色の顔と、非常に黒い眼。それは頭の普通の位置におかれ、瞼を越してしか決して物を見ない。それにたくましく攻撃的な、いつでも嚙める用意のできている顎。それは日に二回、さっぱりと剃刀を当てられ、青々と光っている。

それなら彼は何を見たのか。小さな細い顔と青ざめた眼、唇に色がなく、彼に語りかけながら、なだめようとする者に微笑むように、微笑みかける口。私の母とジャロンが話し合うのは稀だった。

しかしながら、はじめの頃には、母とジャロンは何度も長い話し合いを持ち、だが、かれらが何を話していたかを知るには、私が十六歳になるまで待たなければならなかった。それは、私にはよくわかったのだが、そのためには家族がとことんまで頑張りぬき、かれらの肖像やかれらの宝石を護るように、ねたみ深く護りぬき、かれらがある時代から別の時代へ伝えようとする、あの秘密のひとつを指していたのだ。

それでは、このクレマン・ジャロンとは何者で、どうやって彼は私の前で、彼の名を口にすることを絶対に禁じたのか。何によって彼は、傲慢無礼な冷静さで私達に話しかけることができ、フェリエールの主人然と、炉床の前に肱掛椅子を据え、薪掛に足をおき、母と私を彼の席の右か左の狭い場所で、満足させながら、私達の火で身をぬくめるようなことを、しなければならなかったのか。

ときたま母が私を見て、涙いっぱいの眼をいそいで拭おうとするのを、見たことがある。

「ここで何をしているの」と、彼女はそれまでに見たこともなかった、いらいらした調子で私にいった。「そら、オディルと遊びに行きなさい」

だが、オディルと遊ぶことは、もう昔のように楽しくはなかった。かつて私が讃美した彼女の沈黙や、彼女のかたくななようすは、いまは私をあきあきさせた。彼女が私を退屈させることに、私は気がついていたのだ。しかしながら、彼女がジャロンをどう思っているかを知ることには、興味があった。そして彼女はまるで、それが私を当惑させるために残された、唯一の方法だということを心得ているかのように、私のしかけた質問に答える気はないようだった。

しかし、もしも私が心を開いて彼女に話すことができ、私がこの肥った男に対して抱いていた、あらゆる不満を、彼女に説明できたとしても、どんな喜びになるのか！　私にはもう、彼の存在が私を苦しめる意趣のすべてを、担《にな》って行くことができない。ときには彼女が、私のジャロンに対して感じている感情を、分担してくれるかと空想した。彼女の顔の表情の何か、彼女が彼に投げかける眼ざしなどが、私にそう信じさせたのだ。

だが、そのすぐ後で、彼女は私の敵に微笑みかけ、大人の人のあいだの多くの会話の基本になっており、彼女が、ほとんどすべての小娘が持っている真似の才能で、仕方をつかんだ馬鹿げた質問を彼にして、彼女は私の錯認を消滅させてしまった。

「よい日をお過しになりましたか、あなた」

そのときジャロンは彼女を無視するために笑った。すると彼女も彼といっしょに笑った。何故、彼女はそんなことをしたのか。そのたわむれが私の中に引き起こした、すべての憎しみを、彼女は悟らなかったのか。かれらが眼の隅から私を観察しながら、笑っているのを聞いたとき、私には私の視界が暗くなったような気がし、私をとらえた憤激の中で、その二つの顔、ひとつは輝くばかり美しく、もうひとつは馬鹿げた醜さの、を私は混同した。そして、その声は奇妙な音で、遠いと同時に、そこを突き破りそうに私の耳に響いた。

やがて間もなく、私は私の声が従順にクレマン・ジャロンの問いに答え、すこし嗄れた私の声が、私の叔父でもない、私が喜んで死ぬのを見送ったろう、その男を、叔父さんと呼ぶのを聞いた。


このときオディルに対して何を感じたか、いうことができるだろうか。もちろん私が進んで彼女を殴りつけ、ビンタを食わし、地面に投げつけようとしそうになるほど、彼女は私をいらいらさせていた。だが、もしも私が、ジャロンのそばで彼女が、それほどの愉悦を示したのを我慢したとすれば、それは私がかれらのあいだに、一種の共犯関係ができていたと、見ていたからではないだろうか。彼女とこの男の意思疎通と見るのは、ちょっとの間のことで、私にとっては何という恥ずかしさだろう！　そうではあるが、読書とか縫物の最中とか、彼女が一人でいるのを見ても、彼女に話しかける気には稀にしかならない。独りでいる彼女は私には退屈だからだ。

それがどうあろうと、私は読者をその複雑な感情の迷路を通って、引っぱって行きたくはない。それに、いま私が話そうとする事実は、それ自身、その点に関するあらゆる言説よりも、雄弁なのだ。ひとつ極めて確実なのは、私がジャロンを恐れていたことである。彼は強かったし、彼の拳固は大きかった。それに、何故そういっては、いけないか。そのころの私は卑怯者だった。私は簡単に顫えあがった。私は闇の中にいるのが、こわかった。たとえばの話である。

ジャロンは時には私を、彼といっしょの散歩に誘った。私はことわることもできただろうのに、そうなるのが不思議なのだが、誘いに乗っていた。事実、忌みきらう者といっしょに散歩するなどは、不思議ではないか。だが、そういうことが週に一度や二度、私にはあったのだ。小さな赤い車が、冬も夏のように、私がうちの窓からよくながめた美しい田園を通って、私達を運んだ。クレマン・ジャロンは絶対に必要でない場合、ただの一歩も歩いたことがなかった。彼はゆっくりと重々しく、痛風に悩んでいると思わせるような、どこかぎごちない感じで歩いた。だが、彼の車の中に坐っている彼は、まったく別人のように見えた。彼はそこでは気儘にふるまっていたからだ。

それで、彼が上着に突っこんでいる手は、彼が立っていると、まったく、むだな道具のようなのだが、彼の大きな手はポケットから出ると、新しい命を持ったように生き生きとし、鍵をまわしたり、馬の轡をゆるめたりを、私にはとても馴染めないような軽快さで、やった。彼がそれを、私に見せびらかそうとしていたようにも見えるが、手がハンドルの上におかれたかと思うと、その鉄を砕くような大きさにもかかわらず、そういうとき、それは異様に繊細な印象を与えるのだった。彼が上手に運転したことはいうまでもなく、それに彼が望めば、当時の機関でできる限りの早さで、車をとめることができないほど、彼は車を早く走らせたことはなかった。

彼の機械が彼にもたらした、この種の敏速さは、ひろい範囲で、彼が徒歩であるくときの、身動きの重苦しさ、不愉快さの補いになり、歩行中ふだんは無口な彼の気風を、それほど不躾でなく、もうすこし愛想のある仕方に変える効果があった。

彼が私に話しかけるとき、私の答えをうながすためには、彼はいつも横眼を使えばよかった。そして私の言葉が風にさらわれでもすれば、そういうのはよくあることで、私達はのんびり話してはいなかったのだから、彼は私に聞かせるために、焦燥のうなり声みたいなものを、あげて、彼のように声を高くしろと命令した。この怒鳴りあいの会話で、彼は私に、恥ずかしいが不愉快ではない思い出を残している。

はじめ、私一人のために、そっとしておきたいような話をするのが、私をいらいらさせた。たとえば、私がオディルについて考えていたこと。しばしば蒸し返され、私には忘れられない問題だ。だが後には私の志向を侵す、この暴力は、私を完全に不快にするのをやめた。オディルはたぶん美しい眼をしている。だが、彼女は私を退屈させる、と叫ぶことが、私にはそれほど苦痛でなくなった。

こんなふうに話すことで、私の気は安まった。むしろ、しばしば、私自身の声の響きに刺激され、何によらず話す方へ引きずられるに任せた。私は嘘をどなり立て、私が感じたこともない感情をとりつくろい、自分の感情を抑えることが私自身には欠かせずにあった。

「オディルが、すぐにも彼女の面倒を見てくれる両親を、持つことが望ましい」と、私は何度かいった。「彼女が結婚するまで、私達の腕に抱かれていようなんて、誰が考えるかね」

今日《こんにち》でも、まだ、オディルが両親を持てるためには、どこへ捜しに行ったらいいのか、それを知るのに私は悩んでいる。たとえ私の母が、彼女はこの世で独りぼっちだったと、何度も私にいったとしてもだ。が、その私にはなつかしい、つっけんどんな調子は、ふしぎに私を力づけた。オディルの沈黙が私を苦しませた、そのすべてに、私は間違いなく一種の復讐を見ていたのである。

すべて、これらの事柄について、ジャロンはたいした応答をしなかった。だが、ときたま気だてのよさを見せて肩をすくめた。私には彼が、どんな利益があって私を理解しようとしたのか、正確に解きほぐすことが到底できなかった。たぶん彼は私のいうことを、聞いていなかったのだ。ひとりでいることの苦痛に、やっとこさ耐えて、彼は彼の散歩に、もし彼が犬を持っていれば、それを連れて行ったのと、おなじように、私を連れて行ったのだろうと、私はむしろ考える。そして、彼のスパニエルの耳をつまみ、ただ生あるものに、彼のかたわらで何らかの叫びで、その存在を示させるのと、おなじ理由で、私に話をさせたのだと思う。

私はこのすべてを、彼に責めを負わすためにいうのではない。何故なら、私もおなじ孤独の恐怖を持っており、おなじように誰かが私のそばで息をしているのを、感じる要求を持っている。そして、それに私はジャロンの性格の中に、すくなくとも当時、彼の性格と私に思うことができたものの中に、私の憎しみを正当化するために充分なほど、中傷化した特徴を認めるという、たいへんな過ちを犯していただろう。そして、私はそういうことになっていたのだから、度はずれの異様さで、私がジャロンを特定の時、特定の状況でしか忌み嫌わなかったと、急いでつけたしておく。

私はある日、散歩から帰って来て、それに気がついた。私の記憶は、どんな内的秩序による事態も、それに随伴している外的状況が、すぐに心に浮かばない限り、思いだせないように、できている。こうして、ある秋の朝、ジャロンの小さな赤い車から、ポプラの枝を手に持って降りて来る私を、私ははっきりと見るのだ。私は、雨あがりに小鳥が水を飲みに来る、鋳物の水盤のそばに、ちょっと立ちすくむ。この恰好で、私は二十の思考を頭の中で転がすのだ。

「何故だ」と、私は自分にいう。「彼があれほど私を不愉快にするのに、何故、彼といっしょに外出するのだ」

そして、その質問に、私はすぐ自答する。

「だが、彼はもう、それほど私を不愉快にしない」

「なんだって」そのとき、驚いて、いらいらしている、あの、もう一人の対話者が叫び、その声は私の中で響く。「ジャロンが、きみを不愉快にしないだって。だが、眼をあげて、誰が彼のそばに来るか、見ろ」

そこで私は眼をあげ、白い綿の長い服を着たオディルを見る。彼女は微笑をさそうほど美しい。彼女は私の方へ来るのだが、彼女の眼は私の顔の上を通りぬけるだけで、彼女が興味を持っているのは、私ではなく、それは彼女が今日はをいいに行く、あの滑稽で下劣なジャロンなのだ。たちまち私は真赤になる。私の心臓は動悸を打ちだし、私は突然あの、私がよく知っている混乱を感じる。だが、その理由はその瞬間まで、いかにも謎めかしく見えていたのが、そのとき彼女がいきなり、あばいて見せたのだ。

三人の人間の関係の中に、おかしなものが存在し得ることは、すべて結局、私にもわかる。この小さな娘は、一人でいるとき、私には関心が持てず、彼女を見るために顔をむけることもなければ、言葉をかけることもない。ほかのことでは、クレマン・ジャロンと過した一時間は、むしろ彼女が私の気をいら立たせないことに、興味があった。だが、オディルとこの男が、二人いっしょになると、かれらは変る。そうなのだ。すべての動作が私には鼻持ちならない、別の存在にかれらは変形してしまう。私は私の耳のうしろの、静脈の中で脈打っている血の音を聞く。

かれらは二人とも、夢の中の人物のように、私の前にいる。かれらの眼ざしも、かれらの言葉も、もう生きている人間の眼ざしのようでも、言葉のようでもなくなっている。では、かれらはどうしたのか。私にはもう、ありのままのかれらは見えない。かれらの顔だちはもつれ合っている。かれらは仮面をつけ、何かの役を演っている、ともいえるだろう。だが、私は、おどろきと次におそれが、そこにいろと私に命じた場所から、動かない。

しかし、この私を金縛りにした魔法は、長続きしなかった。はじめの苦悩に、急激な過剰な力のような何かが続いた。私は沈黙を守っているのだが、私の中はすべてが、ざわめきである。私は口をあけないが、私だけに聞こえる一種の続けざまの咆哮が、ふくれあがり、私の頭蓋骨の下で鳴り響くのだ。では、私はどうしたのか。私もだ。私は何でもない。この叫びも、この激しさも、私から出てはいない。私の手を顫わせ、汗が頬を伝って流れるほど、私を上気させている、この憤激にも私は関係がない。だが、私は他人の怒りを恐れる以上に、それを恐れる。それを抑制することも、そこから逃げることも、できないからだ。

彼女はそこにいる。ますます傲然として、悪魔のように哮る。私はへりくだって従い、私が打つことを彼女が望めば打ち、彼女を随意に解放しなければならぬ。化物じみた囚人が棲んで、彼の肩で壁を揺り動かしている、狭すぎる牢獄にいるのと、私はおなじことだったからだ。譲るほかなかった。それ以上、私にはやれなかったからだ。そのとき私は顫えるためにしか存在していなかった。私は、私が逆らっても苦にしない、眼に見えないものの肉なのだ。そいつが叫ぶ。体熱がきみを襲うとき、きみの静脈のなかで血が歌うのを、きみは聞いたことがないか。それは、ある調子までは上らない、極めて小さな鼻にかかった声で、だが長い物語を楽しそうに語る。ところが、私の血は私のからだを駈けめぐりながら、私にむかって叫び、淵かまたは何でも飲みこむ海に落ちこむ人の叫び声のような、恐ろしい響きを立てて、私の頭の中を上ったり降りたりする。

眩暈を感じて、眼を閉じようとするが、そのとき私の意志はどうなっているのか。私には眼を閉じられない。反対に私は、私の生涯に誰をも見たことがないように、オディルを見ている。彼女は私から二メートルのところにいる。風が彼女の項《うなじ》を私に見せるように、ちょっと髪を吹きあげる。私がいた一種の竜巻の中に、あらゆる小さな物事を記録するために充分な明るさを、私は持っている。さきほど私の視覚は濁っていた。だが、いまは、かつてないほど鋭く明らかなように見える。

彼女の耳のうしろの、皮膚の下を流れる小さな青い静脈は、なんと上品なのだろう。それは花の茎に似ている。そして彼女の皮膚に触れる太陽は、このとき、この少女の肌の上を照らすためにしか、創られなかったともいえるだろう。現《うつつ》のものかと私が心に問いかけたほど、彼女は美しかった。そしてそのとき私の中にいる悪魔が、いきなり、わかりやすい或ることを叫ぶのが聞こえた。「彼女はお前のものだ。彼女を好きにしろ」

好きにしろとは、青い静脈が鼓動するその顔、その頭、その肉を、にぎりしめ、手の中で押し潰せ、ということだ。それはすべてお前のものなのだ。他人に語りかけるあの口も、彼を見るあの眼も。

　私は私の地獄の中で、ひどく苦しむ。私のからだは、もう私の意に従わない。私の手は自分で上るが、私は一歩も踏みだせない。もう待ちきれなくなり、結局は欲望の充足が見たい群集の立てる音のような、騒がしい喝采のようなものが、私の中に響きわたる。

　何が起こるのか。ジャロンが私を見、話しかけようと立ちどまったとき。少女は彼の顔に混乱を読みとる。人が鏡の中に、彼のうしろを通るものを見るように。彼女は私の方を振り返って、恐れたようすもない。驚いてさえいない。冷静である。彼女の眼ざしは、もう子供のものではない。それは深く、きびしい。彼女の眼の瞳孔はまっくろになっている。もし、この沈黙がなかったら、彼女は私に話しかけるだろうと思ったが、すべての上に広がっている異様な沈黙があり、私の内にも外にも、もはや何の音も聞こえない。

　生活は、日のさす前の、眠る者が眼ざめ、暁の超自然の平和の中で、おのれ自身の息のざわめきに驚く刻のように、停止している。彼女は何を私にいうのか。私には日が暗くなりかけ、すべてのものが萎えおとろえて、彼女の背後に俄然、消えうせてしまうような気がし、そして私にはもう白い顔が川の底のようなところで顫え、眼ざしの動かない二つの暗い眼しか見えなくなる。

　それからしばらくして私は病いに倒れた。別にそれほどひどいものではなかったが、すくなくとも二月以上は寝ていなければならなかった。人生は時に書物に似ていて、ある時期から他の時期への推移を、自分でやりくりすることになる。それだから私は、この動けない二箇月を、二つの章のあいだの隙間にたとえるのだ。だが、同様に、一冊の本の中の、この隙間には、著者がほのめかすことしかしない、たくさんのことが詰まっている。だから、私がそれをなくしたのとは、まるで違う状況で、健康を取戻したことも、お察しがつくだろう。

私の母は私のそばで一日の大部分を過した。私の状態が実際に彼女を怯やかしたので、それに彼女は強い想像力を持っていたから、私が最初に彼女に与えた警告から、気をゆるめなかった。私の予後の最後の時間まで、彼女は私の部屋に頑張り、まるで、私が地面に落ちた枕を拾わなければならなくなったとか、あんまり遠くにおかれた水のコップを、取ろうと努力するとか、ということから突然起こる、何とも知れない、癒しがたい、ぶり返しを、彼女は恐れているようだった。

私は最初、彼女が私をいら立たせる絶え間のないやり方は、彼女の愛の深さだと思った。彼女は再三、私の熱を高くした。そして、彼女の強引な勧めは、彼女が私に飲めと強要した薬剤と、ほとんど同様の害を私に与えた。その後、彼女は以前の迂濶なやり方に気がつき、私も自分の独立性を認めたが、なにしろ私は病中だったから、彼女の熱意は鉾をおさめず、私には夜しか休息が与えられなかった。

おかしなことに、たぶん想像も及ばないことだが、彼女は私に、ひるま眠ることを絶対に許さなかった。私が眼をつぶって、頭をうしろにのけぞらしているのを見るのが、彼女をひどく怯えさせた。それだから、私が気分が悪いとかで、前の晩すこししか眠れなかったときなど、次の朝

の光の中で甘美な眠りの接近に、うっとりとしていると、母は不安そうに私のシャツの袖を引っぱって、

「ジャンや、ジャンや、どうおしだい。眠りかけているよ。気分が悪いんじゃないの」

私が動かないことは彼女を動転させた。彼女は私が死んでしまったと信じ、彼女の不安を鎮めるために大声を張りあげ、そうやって私を意識のある生活に呼び戻した。

だが、それはもうたくさんだった。そして、私がこの話を幼児の轍から、はずそうと思えば、急いでそうしなければならない時機である。私の病中に大きな変化が起こった、と私はいった。その主要なものは、子供として寝ていた私が、健康に戻ったとき、一人の男になっていた、ということである。それは外形のことではない。私が忍ばなければならなかった隠遁は、実を結び、私の熱望を抑え、命令や、尊敬はしていないが愛している私の母の、気まぐれにさえ従うことによって、私の虚栄の鼻をくじき、一口でいえば、私の中の、のぼせあがる若々しいものを、すべて取り去ったのである。そのとき私は十六歳になっていた。

なんらかのこの変化は、私の母の眼に、もう写っていたのだろうか。私に対する彼女の態度が、もう前とおなじでないのに、私は気がついていた。私がかつて彼女に感じたことのない調子で、彼女は私に話しかけ、何かにつけて私の意見を求め、私の答えを聞いた。ある日、彼女がいきなり打ちあけたのは、彼女が物事に退屈し、それを私に告白するのに充分なほど、私が大人になっている、ということだった。

「いずれ」と、彼女はいった。「お前が知らされなければ、ならないことがある。何故いままでは

いけないかね」

そして彼女はクレマン・ジャロンの話と、彼女が私達の親類だと信じようとした、この男が、どうやって私達の家に居すわろうとしたかを話した。

「思ってもみなさい」と、彼女は説明した。「彼はナントのパスカリス家の従弟だと、自己紹介するのよ。それはお前には、たいしたことじゃないでしょう。お前は生れてからパスカリスなんて、見たこともないんだから。わたしだって、そうなのよ。それに、だけど結局かれらはお前の父さんの家族と、つながってるし、かれらのことを何度か彼が、私に話したのを、おぼえてる。私は二年前に、パスカリスに手紙を出したけれども、返事は受けとってないわ。それはそれほど異常なことじゃなくて、ジャロンがある日、いったことによると、かれらはスペインに住むために、ナントを離れて、それきり完全に、かれらを見なくなってしまったそうよ」

「彼がここへ来る前に、あなたはジャロンのことを聞いたことがなかったの」

「あるわ」と、母は答えた。彼女はちょっと考えてから、いい足した。「そう思うわ」

私は、どうして彼が詐欺師でないと、確かめられぬうちに、ジャロンを彼女の家に受け入れられたのか、その点を聞こうとしたところだったが、彼女は私が口にしようとした言葉を悟ったと見え、すぐに続けていった。

「私に何ができたというの。不幸な人を追い帰すような習慣はないわ、私には。彼は私に失敗したこと、お前の父さんの若い頃の友達だったことを、話したわ。それだけで私の心を柔らげるには充分だったのよ」

「それで、もしジャロンが、あなたを欺いたのだとしたら」

　彼女は肩をすくめた。

「そういったすべての疑問を、私が持たなかったと思うの。もしも彼が私に嘘をつくことができるなら、同様にほんとうのことを、いうこともできるって、私は考えるわ。結局、何故、彼はお前の父さんの友達じゃないといえるの。そのことを考えれば考えるほど、私にはお前の父さんが、彼のことを話したことがあるような気がして来るのよ」

　彼女は嘆息した。

「結局、こまったことに」と、彼女はちょっと考えてから、いった。「彼は居すわり、私は彼のような肥った男を、外につまみ出せるような女じゃないわ。それから先はお前は知らない。私が彼に文句をいう度に、彼はお前の父さんの話をする手を用いて、私を泣かすのよ。結局、いつも勝つのは彼の方なの」

「文句をいったって、母さん。あなたがジャロンに文句をいうのを、聞いたことはないね」

「うちの坊や、お前の前では私が彼に話しかけないのを、知ってるだろう。すくなくとも、そのときまで、それはむだだと私は思ってた。でも、お前が私の手助けをできる日は、遠くはないよ」

　私の好奇心は、母の言葉の事実によって、どんな不愉快な状況か知れないものの中に、身をおくことになる恐怖よりも、強くはなかった。たぶん、それは非常に美しい感情とはいえない。私は彼女の秘密に可能な程度で、水をさすために、あい変らず沈黙をまもっていたり、母の眼を避けたりしていた。だが、彼女は一種の仰々しさで手を合わせ、またいった。

「私の息子がクレマン・ジャロンにいえる日は、そう遠くはないわ。きみの強迫は、もう私達を恐れさせない、きみはフェリエールから出て行け、とね」

彼女はこの最後の言葉をいうのに、立ちあがって私を見つめた。この哀れな女は、ジャロンの前では私よりも、もっと弱く、もっと臆病だった。

私はそんなふうに私の寝台のそばに立って、怒りに眼を光らせている彼女を見て、たくさんのことがわかった。彼女の頬に血を昇らせた憤懣は、ジャロンの前では神妙に圧しかくしていたもので、彼のいないいまは、彼女の反感を思うままにおもむかせ、彼女があまりにも長いあいだ、うちにしまっておいた憎悪を、一度に爆発させたのだった。

「きみはフェリエールから出て行け」と、彼女は私の役をやりながら、私がジャロンでもあるかのように、私の方へ指をさしのべ、その役を演じ続けながら、一段と強い声で繰返した。「きみは長いあいだ私の母の、人のよさや、彼女の信じやすさや、彼女の弱さを悪用した。五年という長い年月、ここで気儘に暮らせることが、きみに許されていた。きみの気のむくままに、きみの葉巻やきみの食事のことしか考えず、きみが絶えず母に約束した、その金の一文も払うどころか、反対に大金を彼女から巻きあげるには、ためらいもない。それも、きみは次に、きみのいう運の悪い投機で、なくしてしまう……」

私は一言もいわずに、その異様な議論を聞いていた。私の母の性格では、こんな話し方をすることはあまりなかった。唐突な羞恥にとらえられ、私は敢えて彼女を見ようともせず、ちょっとの間、眼を伏せていた。彼女の贋の雄弁、彼女の顔つき、すべてのこの過剰な滑稽は私をこっぴどく赤面させた。顔に手をやって、肉が燃えるようなのを私は感じた。

最悪の二分間が過ぎた。おのれの意志を導く力のない、多くの人のように、私の母は喋り続けていた。彼女はどこで話を終えたらいいか、わからなくなっていたか、またはたぶん、それは知っていても、もう彼女の舌のあるじではなかったのだ。

「きみは見下げはてた人だ」と、彼女は追及した。「夫に死別し、誰もたよりにする当てのない女から、金を巻きあげる男が、どのくらい不名誉なものか、きみは理解すべきだ。その女はきみに虐げられ、きみに言葉を返すことすらしない。それほど彼女は、きみの暴力や、きみの乱暴なやり方を恐れているのだ」

そのとき私は私の母の、紺サージのスカートと、私の眼の前で動いている、皺のよった両手しか見ていなかった。そして、彼女が馬鹿げた動作をしたのは、そのときだった。彼女の魂の惨めさのすべてと、彼女のうちにある小心で子供くさいもののすべてを、要約する動作である。彼女はこの想像のクレマン・ジャロンを罵り続けて、叫んだ。

「さあ、私はもう倦きた。きみは結構、眉をひそめたり、声をふくらませたりした。きみが相手にしてるのは、もう女じゃない。そして、きみは私を脅したりしない。きみはすぐにフェリエールから立て。そら！」

だが、彼女自身も弱さを感じた、この命令に一層の権威を与えるために、彼女はむかしやったように急いで両手を拡げた。彼女が通りすがりに私を見つけて、遊びに行けと私に命令したときのように。私はこの動作を、雀を追いはらうように見える、その手つきを見た。私は抑えきれずに、寝台の上で私を二つ折りにして、神経質な笑い声を立てた。

成就されて行くものに、私達が何も変えられないという事実の中には、何か恐るべきものがある。ある行為が未来に、そしていわば私達の前にある限り、私達にはそれをすることも、しないことも可能だが、時間の不当な魔術によって、それが私達のうしろにおかれ、私達がそれを、その後、手の届かぬところにおくように始末してしまうことも、あり得るのだ。一秒前だったら、何でも気軽に邪魔ができたろうが、たぶん、いまでは地上最大の権力があり、その前では何ものも永遠に不動である。

もしも私が信者だったら、私は心の中で刻《とき》に対する祈りを捜したと思う。私は神にいうだろう。「主よ。そんなことにならないようにしてください。この不幸な女の悲運を、私が笑いものにしないように」

ではあるが、母がお喋りを止めたとき、私はひどく笑った。そして彼女の沈黙は、私の上機嫌に終止符を打つには遠く、私の笑いを拡大するよりほかの結果を持たなかった。私には掛布団の中で、うまく押し殺せなかった一種のしゃっくりが、いまでも聞こえるような気がする。

それはいかにも気になる辛いものになり、こんなことが実際に起こるものだろうか、悪夢の餌食になったのではないか、と思ったほどだった。だが、時とともに私自身の声音が、この情景の真実性の新たな証拠になった。突然、私の母は私の前に膝まずいて、私の掛蒲団の中に顔をかくし、泣き出した。たちまち私の笑いはとまった。

「わが子よ」と、私の母はちょっとたってから、私を吃驚させたほどの確信をもって、いった。「私が何を話そうとしているかを知れば、お前は私を馬鹿にしなくなるよ」

彼女は眼をぬぐい、起きあがって私の寝台の足もとに坐った。いま彼女は、もっと冷静だった。

「私はかなり単純にお前をたよりにしているわ」と、彼女はまたいった。「お前はまだ若すぎる。そこへ行くとジャロンは、そうなられてはこまるほど強いわ。彼は私に対して、私達に対して、いつでも使える恐ろしい武器を持ってるわ。彼が私からお金を借りて、絶対に返さないものだから、私は渋い顔をするんだけど、もし彼が望むなら、私達の全財産を一時間で、私の手から彼の手へ、移し変えてしまいかねないわよ。わかる、小さな不幸な人、お前が寝ているこの寝台だって、その気になれば彼は、そこからお前をほうりだすことができるし、それでもお前は何もいえないのよ」

「お前が彼に勇敢に口がきけるようになるのを、仮定して、私はうずうずしていたわ。でも、私達は勇敢じゃないわ、わが子よ、お前も私もね。その結果、あの男に話すには何の役にも立たない。何故だか、わかるかい。何故だか知りたいかい」

私は吃驚して、何も答えられなかった。

「それなら私がお前にそれをいってあげる」と、私の母は私を凍えさせる冷静さで、続けた。「もっと後に、お前に打ちあけようと考えていた秘密を、お前は知ることになるんだよ。でも、私のいる立場では、私は既に忍んだものよりも大きな屈辱には、耐えられないわ。そこでお前は、お前の父親の家には、私にはお前にいう言葉が、実際に見つからないほど、恥ずかしい何かが起ったことを知らなければならないのだよ」

そして実際に、彼女は話をやめ、考えをまとめるように眼を伏せた。

「それは長いお話なのよ。ここが肝腎なところよ。お前の叔父さんの一人が、誰とはいわないけれど、ある事業の準備をするために、相当な金額が必要になったのよ。お前の生れる六年ばかり前、お前の父さんと私が結婚してから、二年とたたないうちに起ったことだわ。そのころ、お前の父さんは、たいへん必要だったフェリエールの修理に、かかっておいでだったわ。お前のお祖父さまが、板張りや屋根のだめになった状態に、お構いなしだったからよ。それで、お前には何度も話したけど、私は結婚の翌日に、雨が床を腐らした屋根裏部屋で、片足を折りそうになったのよ」

あらためて沈黙。

「そういうわけで」と、彼女は続けた。「そのとき私達が整えられる、ほとんどのお金は全部、修繕工事にあてられてしまったの。もしも、それと反対のことを主張するのを聞いたら、お前の母が、お前に話したとおりだと誓ったことを、思いだすといいわ。お前の叔父さんはパリで生活していたわ。彼は私達に一万七千フラン貸してくれと、ここへたのみに来たのよ。わが子よ、それはたくさんのお金だわ。お前の父さんの仕事は、後では彼のためになったけれど、まだ、そんな状態でなかった彼にとっては、莫大な金額だったわ。それで、彼はことわったの」

「彼の兄弟が彼に話した、その事業というのが、お金を手に入れるための口実で、成功に結びつくような、なんの真面目な措置もとってないことが、だんだんわかって来た。でも、お前の叔父さんは遊び人で、そういう人達に良心の動きを期待しても、だめなのよね。憐れな男は、やっと彼の怒りを飲みこんで、それから何ヵ月かは、彼はこの話に関係がないの。一八八八年七月の或る日、お前の叔父さんが失踪したことを、私達は知ったのよ」

「その翌日、お前の父さんは、ナントのパスカリスさんからの手紙を受けとった。それはお金持ちの貿易商で、お前の父さんの遠い親戚だが、親戚という以上に、いい、とてもいいお友達だったわ。そのパスカリスさんが、ところで私達に知らせて来たのは、お前の叔父さんに一定のお金を渡してあって、それほどお困りでなければ、これから六ヵ月以内に、お返し願えればさいわいだということ。この手紙を読んで、私達が何を考えたか、察してごらん。お前の父さんは、すぐパスカリスさんに、説明を求める手紙を書いたの。パスカリスさんは吃驚して、お前の父さんが二週間前に書いた手紙で、お前の叔父さんに金を渡してくれ、できるだけ早い期間で、彼自身が返済するという手紙を、現に持っているって返事をよこしたの」

「おどろいたったらないわ。お前の父さんはもう一度、大急ぎで手紙を書いて、その贋物に違いない手紙を、彼に送ってくれとたのんだの。パスカリスさんは断って、この手紙はほかの何よりも、現実に準備できる証拠だから、持っているといって来たわ。この信用の失墜はお前の父さんの顔いちめんに、鞭のひと打ちを喰わせたような影響を与えたのね。そこで父さんは行李をこしらえて、パスカリスに一言いうために、ナントへ行くことになるの。事態は悪くなっているわ。パスカリスさんは、ひどい怒り方で、お前の父さんに問題の手紙を見せたの」

「お前の気の毒な父さんは、この騙しの傑作をよく見ると、気が遠くなる思いだったのね。そこには彼の筆蹟が並んでいるが、手紙の常軌を逸した内容が反証ではないか、と彼は誓っていったわ。彼は嚇として頭のはたらきをなくしていたので、彼は一文も払わない、馬鹿がこんな安直な罠に引っかかっても、それは彼のせいじゃないって、叫んだの」

「パスカリスさんは彼に答えて、彼は最後の一文まで払うんだ。でないと、事件は世間に知れて、彼と彼の兄弟は、ナントでいちばん尊敬されている家族を食物にするために、手を握った二人組の名打ての悪党だと、あちこちで評判になるのは避けられない、といったわ。結局、こんなふうに騙されて嚇々している二人の男は、恐ろしい侮辱を投げかけあい、脅迫のあげくに別れたわね。お前の父さんは、彼を家に連れ戻る最初の列車に乗るために、駅に飛んで行く。ホームの上で、弱い理性の光がさしたのね。彼は列車を見すごして引返し、彼の敵の家へ駈けつける。取り返しのつかないことになる前に、取引きする方が利口だわね」

「その手紙を取り戻すのに、いくら払わなければならなかったかよ。パスカリスは彼に、彼の兄弟に渡したのと同額だというのよ。このパスカリスは、お金のことにかけては、情容赦もない男なのよ。彼は腹の虫がおさまるまでやって、どんな考えも彼を抑えられなかったでしょう。お前の父さんも、それはよく知っていたわ。その場で彼は小切手に署名して、パスカリスは引換えに手紙を手放したの。お前の父さんは、その紙切れを手に入れるのに、三万五千フラン支払ったわ。お前の叔父さんが苦労もしないで、自分のしたいことを要求したってことが、お前にもよくわかるだろう。お前の父さんはその紙切れを、フェリエールまで持って帰ったが、私には読めなかった。私達は二人の子供みたいに、泣きながらそれを燃やしてしまったわ」

「お前の父さんは、その金額を取戻すのに、六年かかったわ。それが喪失を示しているということがわかるには、お前はまだ若すぎる。それに、そうはいっても、これはまだ、いちばん嫌なことじゃないのよ。お前の叔父さんは性質《たち》がわるいと、おなじように悪賢こかった。彼は彼の思いつきを、想像できる限りの注意をして準備したのね。パスカリスが、ちょっとでも疑惑を持つのを避けるために、二三通の手紙を出した後で、彼にたのみごとをいったのよ。その手紙の中で、私がお前に話した、ある事業について、彼は詳しく話しておいたの。事業といっても、お前も知ってるように、根も葉もないものだけどね」

「フェリエール宛てのパスカリスの返事は、なんと、お前の叔父さんが買収した召使いに、横取りされちまったのさ。それから、お前の叔父さんが、私達のところの飛脚が出発するフォンテーヌへ、こっそりやって来ていたことも私は知っていたんだ。そこから彼の呪われた手紙を、彼も送っていたのさ。結局パスカリスは、お前の父さんには、あんなに高くついた最後の手紙を、受けとったとき、別に驚きもしなかった。彼は訪問を知らされていた、お前の叔父さんを待っていて、彼に金を渡し、いっしょに昼飯を食べて、それで、お前の叔父さんはどろんしたのさ」

「この情ない男が、筆蹟ばかりか、お前の父さんの自己表現の仕方まで真似をした、その巧みさを考えてごらん。識者だけが贋物を見抜くことができるのだろうよ。でも私を顫えおののかせるのは、お前の父さんの命を、死の日まで毒し続けたもの、それはわが子よ、あの彼が精神の混乱の中で、最後の手紙といっしょに、買戻すことを考えなかった、ほかの手紙の存在なのだよ。彼はそれを恐らく見たこともない、と思っていいよ。彼はその最も重要なものを手に入れるため、彼夢中だった。それはほかの手紙の内容を、想像することを私達に許した。だが、お前の叔父さんが思いつけたことを、誰が知っているの。たしかに、その手紙を全部、手に入れるためなら、お前の父さんは天と地を揺り動かしたでしょう」

「彼はナントに引返して、手紙を返してくれるように、パスカリスに嘆願したわ。パスカリスが答えたのは、それはなくなってしまった、たぶん、滅茶苦茶になってしまったろう、それをどうしたか、彼は知らないって。お前の父さんは彼にお金を贈った。パスカリスは、自分を強請《ゆすり》の名人とでも思っているのか、と聞き返して、彼を戸の外へ追いだしたのよ。お前の気の毒な父さんにとって、こんな話はすべて、どんな十字架、どんな煉獄だったでしょう。彼はそれで死んだのよ、わが子よ。断末魔のうわごとの中で、彼はパスカリスに嘆願していた。私は召使い達を追い出して、戸も窓も閉めなければならなかったわ。彼はすべてを語ろうとしていたの」

彼女はちょっと沈黙した。

「それで、ぼくの叔父さんは」と、私はきいた。

「お前の叔父さんだって。人がいうのは、彼は中央アメリカへ身を落ちつけに行ったそうだけれど、私は信じないね。彼はまだそのままフランスにいると思うよ。別の名でね。彼はどこへも行きはしないよ。彼はこの事件を、どう扱えばいいか知っていた。彼には何も恐れることはなかったのよ。当然、お前の父さんが彼に金をやるのを拒んで、国外に出ることを強要したんだって、人はいい兼ねなかったわ。それで彼は黙って、罪の言い訳をいうようなことをしなければいいのよ。私達だって、私達の行為を正当化するために、私達の名前の名誉をおとすようなことが、できるわけないでしょう」

「私達はお前の叔父さんが買収した召使いを、追い出すことさえしなかったわ。彼はここで死んだのよ。ジャロンについては、どういうことなのか、私は知らない。パスカリスが国境を越えたということは聞いたわ。四年前だわ。ジャロンはかれらの親戚だといっていたの。結局そうかも知れないわね。それなら当然、彼が、私がお前に話したようなことを全部、よく知ってたってことも、あり得るわね」

「彼がはじめて私に会ったとき、いった最初の言葉を、お前、知っておいでかい。おくさま、私はナントの、ベルナール・パスカリスの従弟です。私はクレマン・ジャロンと申します、とはいわなかったね。いいえ、私はナントのベルナール・パスカリスの従弟だと、彼はいったのよ。私はそれを聞くと、寒気がして死にそうになったわ。彼の書類の中に、お前の叔父さんの手紙がないなんて、誰が知ってるでしょう。そして、その気になれば、私達を泥棒のように、指さして見せることもできるような男を、何によらず私が拒むのを、どうしてお前も望むのよ」

「彼がその手紙を持ってるってことは、あなたには確かじゃないの」

「わが子よ、夜、眼をさましているためには、それを可能だと信じていれば充分よ。続けて五時間も眠るなんてことは、もう何年も知らないことだわ。ジャロンが私に言葉をかける度に、私はふるえる。お前、気がつかなかったかい」

「母さん、彼がその手紙を持っているか、いないかを確かめるために、あなたは何をしたの」

「ある日、彼のいないときに」と、彼女はゆっくり答えた。「私は親鍵であけて、彼の箪笥の中を掻きまわして見た。何も見つからなかったけれどね」

「それじゃ彼のポケットの中は」

母は答える前に私を見つめた。

「ジャロンのポケットだって。どうして彼のポケットを私に探らせたいの」と、彼女は非常な速口でいった。

「だが夜、彼が眠っているときだよ。彼はとてもよく眠るよ」

「それなら」と、母は努めていった。「それもやってみたわ。三年前よ。午前二時頃、彼の部屋に忍びこんだことが、あるの。冬だったわ。私はどうやって恐怖で死ななかったのでしょう。その決心に到達する前に、私が越えなければならなかった、不安の幾月も幾月もを想像して。私が盗人のように、ジャロンの部屋に忍びこむなんて！　一年前から私は、計画を実現する日を決めていたの。何週間か過ぎて、その日がちかづいて来るに連れて、私は気が狂うに違いないって気がしたわ。もう食べる気にも飲む気にもなれない。私が泣いているのを見た憶えはない。その頃のことよ、わが子よ。それっぽっちの勇気しか感じなかったのなら、計画の実行を遅らせれば、簡単だったじゃないかというでしょう」

「一度か二度やってみたわ。でも、どう説明したらいいか。日を遅らせるための勇気も欠けていたのね。私はぎりぎりのところにいて、ちょうど、いまならまだ実行の力が、かなり残ってると感じてたの。それに、そんなに長く待っていれば、もう頭の中は、ひとつの観念しか持たなくなるってことも。いつか、けりがつく、という」

「その晩、私は頭痛を口実に、いつもより早く寝る振りをしたわ。でも、ジャロンが部屋にあがって行ってしまうと、また食堂へ降りて行って、コニャックをすこし飲んだの。お前は、でも私がどれくらいアルコールを嫌ってるか、ご存じだけど、何か私を力づけてくれるものが必要だったのね。私は二時間、火のそばに、それが完全に消えるまで、ねばっていたわ。十二時半になってた。私はまた、すこし飲んだわ。頭がまわってた」

「私はそれから、あの男の部屋のすぐそばの階段へ坐りに行った。彼は鼾をかいていたわ。私は注意してそれを聞いた。コニャックは頭痛を起こしたわ。私は考えた。私は酔っている、醒めるまですこし待った方がいい、ってね。まるで犯罪か殺人でも犯す気になっていたのね、わが子よ。私はすこし待ったわ。一時間ほどしてから、立ちあがって五六段のぼり、ジャロンの部屋の戸から、それだけ私を引きはなしたわ。そして、そこの戸をあけた。それには全部でたっぷり四分の一時間かかっていたわ」

「もちろん私は灯火《あかり》を持っていなかった。四つん這いになって音を立てないように、手さぐりよ。闇の中で私には、どの家具の場所もわからなかった。それから、ジャロンが彼の上着を掛けておいた椅子が、見つからなかったから、私はうっかり、うしろにさがってしまったの。灯火《あかり》のない部屋の中を、さまよったことないでしょう。一度、方向を変えたら、どこにいるか、もうわからなくなってしまうには、充分なのよ。はやくいえば、私は数分間で完全に迷ってしまったのよね。どこに戸口があるかも、もう想像できなくなった。夜は暗かった。窓も見分けるのは不可能だったわ。もちろん、満月の晩を選ぶべきだったのね。でも、そんなことは考えなかった。私は強盗じゃないんですもの」

「私は絨氈の上に寝そべって、ちょっと休んだわ。興奮が手足をおっぴしょって、心臓は気が遠くなるのじゃないかと思うほど、強く打っていたんですもの。すこし気が静まると、私は起きた方がいいと考えたの。たぶん、そうする方が、容易に道が見つかるだろうって。数分後に、そこで私は立ちあがって、二三歩、前に歩いたの。ジャロンは鼾で、彼の寝台の位置を教えてくれたわ。それで私は、捜していた椅子の位置を、およそ割りだしたの。二度、間違えたわ。最初は肱掛椅子にぶつかった」

「そのとき私には、自分が寝台の都合のわるい側にいて、ひと廻りしなければならないことが、わかったの。さいわい私はジャロンを起さなかった。そこで私は、お前が想像できる、あらゆる考慮をして、寝台のもうひとつの側にまわったのよ。そこへ着くと、私は手を伸ばした。指の先が布地にたどりついたので、私は手いっぱいに、いきなり摑んだわ。ところが、それは私がそう思ったように、ジャロンの上着じゃなかった。わが子よ、彼の寝台の上掛けだったのよ。私はつかまえたものを放して、恐怖の溜息をあげるのを、抑えられなかった。彼の足にさわったと、たしかに思ったからよ。このとき、ジャロンが眼をさましたわ」

「その後の一分間、私がどんなに苦しんだか、お前にわかるかね。私はこの男が寝台の上で、寝返りを打つのを聞いたわ。それから彼の手が夜卓の上の、いろんな物を置き変えた。まるで何かを捜してるように。あとで、その意味がわかったけど、そのときは何も考えなかった。それほど、こわかったのよ。長い沈黙があったわ。私は息を殺して動かなかった。ジャロンの方も、じっとして、彼の呼吸の音が聞こえるかどうか、というほどだったわ。彼もやっぱり待っていたはずよ。そうやって数分間たつと、彼がまた鼾をかきだしたのが、聞こえたの」

「私は両手を左右に伸ばして、時間を潰したわ。椅子を見つけるためじゃなく、そのことはもう考えなかったけど、戸口にたどり着くために取る道を、すこし確かめておくためだったの。私がそんなふうに動いているうち、私の指が例の椅子と、私がもう捜していなかった彼の服の上に、おかれたときもね。私のさわっているのが、ジャロンの背中や肩だったように思えたわ、わが子よ。神のお赦しを、哀れな盗人は、どんな苦痛を通りすぎなければ、ならないのでしょう！」

「結局、私はすこしばかりの勇気を見出して、上着のポケットに思いきって手を突込んだのよ。つまり私はそこにいたんだから。ひとつのポケットからは鼻眼鏡、もうひとつからは小刀と鉛筆と楊枝、さらにもうひとつからは、刻み煙草の袋とパイプを見つけたわ。でも紙入れの痕跡は内ポケットにも、ほかのにもなかったわね。それが私をいらいらさせた。私はまた検査にかかるために、地面に膝をついたわ。何も見つからないのに、これほど苦労するとは、愚かすぎたわね」

母は話をやめた。私は彼女が眼を拭いているのを見た。

「最後に何か見つけたかい」と、私は性急にたずねた。

彼女は肩をすくめた。

「何が起こったか知ってるの」と、彼女はまたいった。「いい。私はそこで、その上着のポケットを探っている最中だったわ。そのとき急に鼾がやんで、マッチが静かに箱にこすりつけられる音が、聞こえたの。私は寝台の方をむいて、私を見つめているジャロンを見る。恐怖が叫ぶ力まで私から取りあげちまってる。彼自身は深い沈黙をまもってるのよ。けれども、彼は私が彼のポケットを探るところを見た。それは確かなのに、彼は何もいわない。そのとき、どのくらい彼が恐ろしく見えたか、お前には知ることができないわ。私には暗がりの中の彼の顔しか見えなかった。彼の眼は動かなかった。彼はとても冷静なようすをしてたわ。数秒後に、彼はマッチの方へ眼をさげて、それが彼の指を焦がしそうになってるのを、見たの」

「そのとき彼は最後に私を見た。真正面から。そしてマッチを吹き消したわ。だが、前もって、ほとんど同時に、彼は片眼をつぶって見せたの。私にはどうやって、その部屋を出たらいいのか、わからない。きっと本能が私に、私の道を見つけさせたのね。私は気違いのように私の部屋に駈けこんで、寝台に身を投げ出し、明方まで泣いていたわ」

彼女はつけ加えた。

「彼は私を驚ろかすために、眠ったふりをしていたのよ。いいかい。彼が夜卓の上で捜していたのは、マッチだったのよ」

そして彼女は黙った。私達がどちらも喋る気のなくなった、長い数分間が過ぎた。母はそっくり彼女の反省にひたっていたし、私はこんなにも臆病な女性が、いってみれば彼女に欠けていた勇気をつくりだし、私が二十ぺんも押し潰された恐怖に打ち克つことが、できたのを見て感動していた。私はちょっとの間、眼に涙を浮かべ、突然、母にいった。

「ぼくが快《よ》くなったら、今度はぼくがやってみるよ」

彼女は私に腕を巻きつけ、元気にいった。

「わが子よ、私はそうしてもらいたくないよ。もしもジャロンが手紙を持っていたら、私が欲しがってたのは、それだと彼にはわかっていたことが、お前にも確実に思えるだろう。私が彼のところへ取りに行ったのは、彼のお金じゃなかったよね。彼のお金だって。ポケットには私から取った一文も、入っちゃいなかったわ。それに、彼は決して私に説明を求めなかったわ。そのときも、その後も。彼が確実に知っていた証拠よ」

「その晩おこったことについて、彼も何もあてこすりをいわなかったの」

「一言もよ。それは大っぴらに脅迫するよりも、もっと悪いわ。ほんとうよ。この男がどんな点で考え深いか理解するには、お前はまだ若過ぎるわ。もしも彼の部屋に忍びこんだことが、確かでなかったら、私は夢を見たのかと信じられたでしょう。ジャロンの態度が、その事件の起こる前と、ちっとも変らなかったからね。彼の強さはそこにあるのよ。お金が欲しくなると、お前の父さんの話を持ち出す鉄面皮なことをやったわ。それが私をこわがらすと思ったのだろうか、私を慰めると思ったのだろうか。そういうとき、彼は私に愛想よく、やさしく話しかけるのよ。でも、彼の眼はまったく別の話をしているの。ゆっくり燃えるマッチの火に、跪いていた時を思い出せって、いってるようなの」

「あなたがそう思ってるだけだよ、母さん」と、私は自分を安心させるために、いう。

「どうして、どうして」と、彼女は勢いこんで、いう。「さっきは、お前があの男を戸口に追いだす日が来る、といったけれども、それはほんとうじゃない、その日は決して来ないよ。彼はここを彼の家のように、彼の日の終りまで住んでいるよ」

そして彼女はまた泣きだした。

「母さん」と、ちょっとたってから私は彼女にいった。「彼と話をつけて、その手紙のために、素直に彼に金をやった方が、よっぽどいいよ。それで、この悪夢と手を切った方が」

母は泣くのをやめて、私をじっと見た。

「それで、もし彼がそれを持っていなかったら、その手紙をよ。もしも彼が、そのことを聞いたこともなかったとしたら。私が彼にそれを知らせることになるんじゃないの。なんですって。あなたの従兄のパスカリスに一杯食わした方法を、あなたが聞いたこともないんですって。誰かが彼から贋物を使って、三万五千フランしぼり取ったのよ。そして、もし私の夫が、あれほど正直でなかったら、あのパスカリスのとんまは、いまだにそれを、彼の三万五千フランを、捜しまわっているでしょうってね、うちの可哀そうな坊や!」

「この種の騙りに対しては」と、私はまた彼女にいった。「法律があることは確かだよ」

「法律、法律」と母は我慢できなくなったように、いった。「ジャロンを低能だとでも思ってるのかい。彼がちょっとした言葉を書いたことも、わずかな脅迫の文句をいったこともないのを、知ってるかい。私達には誰かの証言も、何かの証拠もないんだ。わかるかい」

私はわれわれが無力だという思いに、いきなり怒りが私をつかむのを感じた。

「いいだろう」と、私は考えた。「或る日、ぼくはあいつを殺す」

深い水が音もなく流れている。私が抱いた計画は私の中で、少しずつ静かにひろがって行った。

この男を殺す。それは彼が私達をおいた不可能な状態を与えられてみて、いかにも容易にできることだった。私の母をさいなんだ恐怖のむなしさを理解するには、私は実際、若すぎ、素直すぎたのだった。今日《こんにち》では年月の後退によって、彼女は抑制のない想像力の犠牲になった、哀れな女のように見える。彼女よりも強い性質の女だったら、受けた打撃から立ち直れたろうが、私の母の精神の中では、兇日《まがつひ》の思い出が現実にとどまり、彼女がうまく追い払えなかった幽鬼を、つくりだしている。

ジャロンのようなぺてん師にとって、こんなにも臆病な心の中に恐怖を持ちこむのは、遊戯みたいなものだ。手紙のことを話す必要もなければ脅し文句をいうこともない。彼が姿を見せるか、名をいうだけで充分だ。私の母の狂ったような頭脳が、後をまとめてくれる。私はまだ私を彼から解放するために使う手段を知らなかった。私は時間をかけて、それを考えようと思った。

この母との会話から数日たって、私は病床から起きあがった。たしかに病気は私を弱らせたが、前にも説明したように、私は自分をまったく別のものに感じていた。私の殺人計画が私を年よらせたのだ。私は私自身の中で、はっきりとものを見ていた。クレマン・ジャロンを殺すという考えが浮かんだとき、恐れも感じなかったことを私は知っていた。私の心臓はきっと鼓動していた。だが、それは怒りによるものだ。それは緊めつけられていず、反対に喜びの中にあるように、ゆったりしていた。そして私の胸を揺さぶっている大きな打撃の中には、何か寛大で雄壮なものがあった。

ジャロンは、最初の数か月、私が家の前の立樹の下を散歩していた頃には、フェリエールにはいなかった。そのうえ、かなり頻繁に汽車で小旅行をし、彼の仕事の秘密を私達に洩らすようなことをしないが、私達、私の母も私もわかっていた。彼がプロヴァンに行ったことも、ソワソンに行ったことも、たまにはパリまで出かけたことも。どんな用事が彼を、これらの都市に引きつけたのか。ジャロンは私達の質問に答えるような男ではなかった。だが、私達のお金で買った葉巻の二吹きの煙のあいだで、私達にいうところまで、寛容さを押しひろげることもあった。「パリは上天気だ」または「ソワソンは綺麗な町だ」さらにまた「プロヴァンは汚い町だ」と。こうして、彼が私達の家にいないとき、どこで時間を潰していたかが、わかったのだ。

ある三月の朝、私は家の前の樹々の下を散歩していた。母は私が癒ったのを見ても、肝腎な気がかりを打ちあけたあと、もう私にいうことがなくなって、私に興味がなくなってしまい、母はぼろ裂れを手に、家の部屋から部屋へ小走りに駈けまわっていた。

晴れた日だった。枝々はまだ裸だったが、草は生々した色をしていた。そして私は土のにおいを、ゆっくりと嗅いだ。生きている満足感が、語りたい、たった一人で話したいという欲求を起こした。その朝、私は私自身、奇妙な印象を持った。突然、自分の頭の中で、私が強力な財産を持っているような気がしたのだ。私は新しい物で、秘密で、自分の見分けられない暴力に満ちた未来で、いっぱいだった。それは私を酔わせた。眼の前の見知らぬすべてのもののことを考えて、私は強烈な酒の支配下にあるように、眼を閉じた。

ちょっとたってから、私はオディルが私の方にやって来るのを見た。私の病気中、彼女は一度も訪ねて来たことはなかった。それでも彼女は、まるで昨夜《ゆうべ》まで話をしあっていたように、こんにちは、といった。

「大きい道を掃く手伝いをしてくれない。めいめい反対の端からはじめて、しまいにお互い、ぶつかるようにしましょう。あんたには熊手を貸すわ」

私は暗い顔をして、答えなかった。彼女に私にいうべき、ほかのことが見つからなかったのが、私の気を悪くしたのだ。

「どうしたのよ」と、彼女はいった。「何故、返事をしないの」

「ぼくらが四ヵ月も会わなかったのに、そのように、いわないからだよ」と、私はいい返した。

「病気がぼくを変えたかい」

「そうね」と、彼女は落ちついて答えた。「あんた痩せたわ。背が高く見えるのは、たぶんそのためね。顔色がわるい。あんたの眼も、おなじものじゃない」

沈黙の間があった。私はオディルを見つめた。もしも私が変ったとしたら、彼女はいつもの、私が知ってるままの彼女だった。たしかに彼女は美しい。とても美しい。彼女のきれいな静かで物思わしげな眼は、私のほかの誰もかもを魅了しただろう。だが、その日の彼女は私の幼い日の一部であるが、過ぎ去ったすべての年から、私がその象徴を愛し、私に強い感動をもたらした未来の中に、何の位置も占めていないように思えた。

彼女がそこに、私の前に、現実の中に、私の現実の中にいることが、既にかなり奇怪だと私は思った。彼女はジャロンに話しかけたのだから、昔なら私が腹を立てたということも可能なのだ。私は辛うじて、そう考えた。

彼女は私の視線を受けとめ、ちょっとしてから、優しさと、私のよく知っている強情さで、きいた。

「それじゃあ、大きい道を掃くの手伝ってくれる」

私は肩をすくめた。

「いや、オディル、手伝わないよ」

「いいわよ」と、彼女はいった。「私が、もうじき、フェリエールを離れること、知ってる」

「いや、それは知らなかったな」

「あなたの母さん、あなたにいわなかった。私はソワソンのおくさま方の家に、下宿しに行くのよ。こないだ、ジャロンさんが、私がどうするか知るために、私にたずねたのよね。そうしたら、あんたの母さんが、そこにいて、私が何も知らないことに気がついたの。マドモアゼルでは、もう役に立たないのよ、と彼女はいったわ」

マドモアゼルとは週に三度、フェリエールにやって来て、私達、オディルと私に授業をしてくれる家庭教師だった。私は喜びの微笑も、この無邪気な質問も抑えられなかった。

「マドモアゼルは行ってしまったのかい。それじゃあ、ぼくのことはどうするんだ」

「あんたはパリの高校へやられるのよ」

「誰がきみにそういった」

「私が間違っているかどうか、あんたにはすぐわかるはずよ」と、オディルはいった。「そら、あんたに熊手を渡すわ。あんたは或る方向から道を掃く。私は別の方から。行きましょう」

彼女は私の手を取ろうとした。が、私は急いで逃げた。実際に道を掃くつもりだったのだ。私はその小娘と彼女の庭仕事をそこに残して、家の裏に駈けて行き、新しい事態を考えるために、ひとりでベンチに腰かけた。宝物をたしかめるのに、適当に後ずさりして見るのとおなじように。私のような小さな田舎者の眼には、パリへの旅は、何か世界一周みたいな驚異的なものだった。そして、もしも私がかつて話し、たった一人で調子よく話したとしたら、それはたしかに、この日、この時のことだと思う。

すこしたってから、母を捜しに行くために、家の前を通りかかって、私は遠くに、道を掃いているオディルを見た。彼女は彼女の手には重すぎる熊手を持ち、その不器用さが私を、私がもうすこし忙しくなかったらと、後悔させたようだ。彼女の長い髪は顔の両側に垂れていた。彼女がひどく熱心なようすで、頭をさげていたからだ。それはもうだいぶ古い、私達がいっしょに客間の絨氈の飾りの奇妙な模様を、ながめた頃を私に思いださせた。彼女の振り乱した髪が、羊毛の風景の中で、人のかくれている不思議な樹々を払っていた、オディルの沈黙に、私が見惚れていた頃をである。

実際に、私の母が私をパリに送る計画のときが来た。だが、私はまだ完全に回復していなかったし、それと大休暇がもう三カ月半しかないこともあって、彼女は私の高校入りを、来年のことに決めた。何という期待はずれだ！　それでもオディルは数日後ソワソンに送られた。

その後の二週間を私は急速に通り過ぎた。私の母が私のたのみに負けて、マドモアゼルに暇を出し、私の義務は私が一人で果すことを、単純に私にまかせたのを、知ってもらえば充分だ。クレマン・ジャロンは、オディルが出発した日の翌日、フェリエールに帰って来た。そして生活は私の家の慣れた暮しぶりに戻った。

私達の生活の習いになった歩みを、私に話させる見せかけの魔術は、とはいえ、その根底は永久に変ってしまった！　私はそれでは、あの私達の習慣の遵守の鴨にされていたのだろうか。これほどたくさんの、ありふれた物の中で、私は自分が新しい心を持っていることを、知らなかったのではないか。実際に、私はフェリエールを離れることができない、という欺瞞に何時間か呆然としていて、オディルが私に彼女の出発を告げる前に、私がそうだったことを、やがてまた見出したのだ。私は犯罪を完遂したとき、フェリエールを去る！

たぶん私の母とクレマン・ジャロンは、おなじ時刻に食卓に坐ったり、過去からやっていたように生き続けるだろう。だが、いま、かれらのあいだに席を占めているのは、殺人者だったのだ。かれらが、たぶん悪意のない子供に過ぎないと、思っているにしてもである。この静けさ、この見せかけは私を驚ろかす。私は恐ろしい決心をした。どうして何も起こらないといえようか。たぶん私には、私のやろうとすることを、やりとげる能力がまだ充分にあるとはいえない。

しかしながら私の右側に坐っている、この男は、私の手がナイフやフォークを使い、グラスを唇に運ぶのを見ている。そして、彼のものに較べれば柔軟な、そのおなじ手が、いつの日か彼を死におとしいれようとは。彼はそれを疑ったこともないのか。それを彼に知らせる何かがなかったのか。犯罪はその思いつきが、犯す者の精神にあらわれた瞬間から、存在する。絶対の審判者の眼には、遂行の必要があるだろうか。ところで、ほとんど一日中、見ている二人の人物に、人は犯した罪を匿すことはできない。必ず、ある言葉なり眼ざしなりで、自分を裏切ってしまうはずだ。

私がジャロンを殺す計画を抱いたときから、ある眼に見えないものが、家の中に忍びこんだような気がしていた。そして、うまく好奇心を避けるために、そいつは私の中に隠れ、私の声や私の身振りを自分のものにした。私が肉を切るためにナイフを手に取ると、指のあいだで銀の柄を顫わせるのは、そいつだった。私の眼がジャロンにむけられると、そいつは私にいうのだ。「だが、きみはいったい、どうしようというんだ」それは私のかわりに、ながめている、ほかのものだった。そして私は、彼が彼の見たいと望んでいたものを見たときしか、うなずかなかった。

誰かが私に暴力を用いさせようとしたとも、いえないし、ある男を殺そうという考えは、もしも私が彼に、わずかの抵抗でも加えたとしたなら、私の心や頭の中に、居残ることもなかったろうとさえ考えられる。それは突然、私の中に起こったのであるけれども、それを押し戻すことは容易だった。だが、私はそうしようと思わなかった。心を惹くものがあったし、美しいことのように見えたからである。もしもそれが私の中に起こらなかったとしても、私はその前に駈けつけたろう。

私の上に続いた静穏は、過ぎて行ったことの重要さについて、私をあざむいた。それからオディルの出発が私の精神を、しばらく別の道に連れて行った。だが、私がいったように、私は続いて、前にいたところに自分を見出したのだ。しかしながら、私は確かにおなじ点にいただろうか。

いや違う。緩慢な仕事が完了した。私は知らぬ間に、たくさんの地歩を譲り渡してしまい、私が二三日前の私に、見たところおなじだというのが、正しければ、同様に私が自由でないことも事実なのだ。

読者は、たぶん私に一風変ったところがあるのを見つけて、私に起こって来ることに、私が大きな恐怖を抱いたと信じるだろう。だが違う。私の新しい状態は私を怯えさせなかった。毎日、私は私の意志が弱まり、いうなれば私の中でゆっくり育って行く、あの別の意志によって吸収されて行くのを感じた。この既に私の肉体、私の声、私の動作をとらえ、そのうえ私の心臓と私の頭脳を望んでいる、あの異様な存在に、私は毎日、すこしずつ余分に場所を譲っていた。私は私の中に罪の考えをうかがうことによって、そのすべてに同意したのではなかったか。

この考えは、精神が受け入れ、次に気がむけば遠ざける他の考えのようなものではなかった。それは私によって、私の肉によって培われ、昼も夜も私から離れず、私達のような組織されたものとして、息をし、話し、見る、生きた考えだった。私はもう、それによる以外に何も望まなかった。私の頭脳の活動を導き、私の心臓の感情を整えるのはそれで、私にはもう、その私がおちいった隷属を認め、楽しまなければならない、ということしか残っていなかった。

事実、すべての恐れが消えうせ、すべての弱さがたちまち油断のない強さで救われる、この新しい道に、かくも素晴しく導き入れられたことを、どうして喜ばずにいられようか。私は私の敵を殺そうと欲した。そうしたいことを、もうやめるわけには行かなかった。

この物語の糸をたどり直して、その終りに持って行く前に、もうひとつの、いままで読んで来たことにより、もっと不思議に思える点を、急ぎお話したいと思う。クレマン・ジャロンを殺す決心が、私の中で固まって行くに従い、この男に対して私が抱いていた憎しみは、それが段階的に、なくなるまで減って行き、私の中に、もはや殺すという欲求しか残らなくなるまでになった。たぶん、それは始めて見たときと違って、もっと単純なものだったのだ。私のジャロンに対する不満、私達の食卓に坐っている彼を見る憤懣、私の屈辱、私のいらだち、この男に私が抱いている憎悪を、つくりだすあらゆる部分は、私の過去の状態、ジャロンがオディルに話しかけているのを見て、再び感じたこと、私の病気の予後に、母が私に教えたことなどから、来ているのではあるまいか。

だが、そうなると、この我慢強く臆病な存在は、私がなった新しい人物に場所をあけるために、すこしずつ後じさりして行った。たしかに粗暴な男だが、その敵を倒すためには、顫えもしなければ猶予もしない、最も有効な手段と最も恵まれた時を、知っている男である。

私はいまから殺人者だ。ほかの者がそこに愛を抱いたように、私は心に犯罪を抱いた。私の母は私を抱くとき、人殺しを抱いた。ジャロンは私に話しかけるとき、彼の殺害者に話しかけた。これは私が先程、話したかったことだ。私達の家では、見かけはほとんど何も変らない、と私が書いたとしても、実際には、すべてが変っていたのだ。

私がクレマン・ジャロンと頻繁に話をし、彼に誘われて、しばしばいっしょに外出した、といっても、人を驚かすことにはなるまい。何故それがいけないのか。私は彼に対して何の感情も持っていなかった。彼を避けるどころか、反対に、私は彼の同伴を求めた。彼のいうことに興味を持ち、彼の性格については数限りない考察を加えていたのだ。彼が死ぬという事実、しかも私の手で死にいたるということは、私の眼に、それまで私が見ていたのとは全く別の面貌を、彼に与えていた。

憐愍としては何の痕跡もないが、好奇心としては、彼のそばにいることに奇妙な楽しみがあった。そのうえ時には、私は自分でも驚くほどジャロンに愛想がよく、それには彼も驚いているように見えたが、私の母の眼ざしにも、そのときは非難をこめた一種の詰問を、読みとったと信じた。結局、たぶん私は間違っていたのだ。

私の母はうっかり者だったから、彼女の不幸を私に語りながら、同時にそれを無にしてしまうような印象を、私ははっきりと持っている。長い危惧の習慣から、彼女は不安そうな顔と、ジャロンが大きな声をしたとき、肩を引っこめる困難なやり方を知っていた。だが、それは彼女にとって、もう、たいしたことにはならなかった。彼女は大いに苦しんで、避難所にむかうような、ほとんど完全な無関心への道をたどるには、年をとりすぎていた。

私が働かなかったことを、いう必要があるだろうか。私の母の精神には、私の勉強がどこにあるか、私にきこうという気は、決して起こらなかった。従って、その点では全く自由だった。一日いっぱい、その中で私は内心の大きな静寂を楽しみながら、日を過ごした。私は私自身と共にいて平和に感じた。他方、私の健康は回復し、私の力は帰って来て増進し、時がたつに連れ、その感興の煽情的なもののすべては、言葉ではいい現わせないもののようになった。それに新しい季節のこのうえない楽しさ、小鳥達、若い葉むら、あたたかい空を加え、私が幸福について話しても、驚かないように。

私は良書と呼ぶにふさわしいものを、進んで読んだ。私の父の書斎はそういうもので、いっぱいだった。だが、今日、私がそこに見出した喜びを語るには、妨げが多いだろう。たぶん、それらの本は何らかのかたちで、私が話した、心と精神の静寂に答えていた。そして、そのうえ私には、私が頭の中で引きまわしていて、決して私を離れない殺人思考にも拘らず、善良であり、自分を正しいと感じたいという、大きな望みがあったのだ。

もしも私の母が、私が日を送っている仕方を、私に質問したとしたら、私は彼女が要求しない以上に、こと細かに彼女に答えたろう。常により以上の正確さに努力して、些細なことの真理に敬意を払うことを喜びとし、たとえ他方で、大きくて深い嘘の中へ、踏みこんでしまうとしてもだ。私自身と戦う私の良心の真実が、そこにあったのだろうか。私はこの難かしさを他人に任せる。だが、私は、もしも悪魔が実在するとしたら、善がこのようにして悪に打ち勝つ、無意味な復讐に、大笑いするはずだということを知っている。

この静寂の時機に活動の時機が続いた。といっても過激でない活動で、単に私が解決しようとする問題を熟視するといったことだ。つまりジャロンから私を解放する、最良の方法を見つけだすといった……。その期間、私は本が読めなかった。そして私は、私がやるべきことを必ず私にいうのを欠かさなかった、一種の内部の声の命令によるほかの、動きをしなかった。もしも、たとえばジャロンが、いっしょに外出してくれと、私にたのんだとすれば、その声は私に「承知しろ」といった。または、より少く「ことわれ」と、彼の言葉を終らぬうちに、いった。私は喜んで従うのだった。

ある日、夜になると私が罪を犯すだろうということが、決まった。そのために、私は適当なナイフを用意しなければならないし、それを料理女が野菜畑へ行ってるあいだに、炊事場の中へ匿しておく。私はその盗みを自分でやって、午後の一部を家のうしろで、そのナイフの研ぎと刃附けに費した。それをできるだけぴかぴかに、尖って、よく切れそうにすると、二三枚の手巾にくるんで、私の部屋にある簞笥の抽出しにかくした。そのあとで私は日が暮れるのを待ち、いつものように母とクレマン・ジャロンのあいだで、夕飯を食べた。

私は黙り勝ちだったが、心の中には異常な、楽しい冷静さが潜んでいた。私の母はあまり話しをしなかった。ジャロンは雑々しく食い、長いおもしろくもない話をしていた。私は自分に、こういうのを妨げられなかった。「これは物食う男だ。そして彼がこの肉や野菜を、消化し終えるその前に、生命が彼のからだから離れてしまうだろう」ジャロンがそれを持って、彼の食物に襲いかかる、一種の熱意が私にもたらした平凡卑俗な考察である。それに私はジャロンのことを考えてはいなかった。彼を殺す仕方しか考えていなかった。それは実にいろいろある。

もしも彼の心臓を突いたとして、私の打撃が高すぎたり低すぎたりする危険がある。いちばんいいのは、救いを求めるのを妨げるように、喉に傷を負わせることだった。それに最後の刻の暗示には完全な自信があった。この男の上にナイフを振りかざしたとき、気おくれはしないし、私の仕事をうまくやることもわかっていた。

私があっという間に失神に襲われたのは、私の部屋にあがって行ったときでしかなかった。発作に襲われたとき、私がどうなるか私は自問した。必ず起こり得ることだ。そして一分間、私は恐怖を持ち思考力をなくした。だが、それは長くは続かなかった。私はすぐ考え直したからだ。十七歳にもならない私の非常に若い年齢が、私を死刑の埒外におき、そして死を除けば如何なる罰も、私の計画がもたらす深く神秘的な喜びに、較ぶべきではなかった。私はそのとき夜のしじまの中に私の声を聞いた。

「お前にはそれが、お前の叔父がパスカリス氏に書いた、手紙のせいだとしか、いえないだろう。それは彼の長枕の下にある、ジャロンの紙入れの中から、見つかるよ」

「ええ」と、私は小さな声で答えた。

「お前は我慢のできぬ状態を、お母さんのひどい苦しみを、止めさせるために行動を起こしたんだね」

「ええ」やや高い声で、私はいった。

声はちょっと止んでから、居丈高な調子になった。

「お前をそこへ押しやったのは、お前の母さんだと、お前はいうんだな」

私は立ちあがり、激しい興奮の餌食になって、足を踏み鳴らし、「ええ」と叫んだ。

半時間後に私は、ジャロンがいちばんいい部屋を占領している、一階に降りて行き、階段の中の、むかし私の母が彼女の敵の呼吸が立てる音を聞くために、佇んだ場所から、あまり遠くないところへ位置を占めた。十一時頃だったろう。ジャロンが十時に寝て、すぐに寝つくことを私は知っていた。実際に彼の部屋の灯りは消えていた。

私はナイフを手に持っていた。私の母がやったように、あがる代りに、私はジャロンの戸口に着くためには、さらに四五段、降りなければならなかった。何故、命令されたように、私が最初からその戸口まで降りて行かなかったのか、今日《こんにち》でも、なお私は理解に苦しむ。こわかったのか。そうは思えない。そして、もし私の手が顫えていたとしても、それは焦燥からだ。しかし私は壁にもたれたままで、眠る者の力強い寝息をよく聞くために、息を殺していたのだ。

その音はなんと私を惹きつけたか！ 官能的な快楽を以って、ゆっくりした深い旋律を観察した。私は甘美な音楽のように、その音で私の耳を、私の頭を満たした。あまりにそれを聞いたために、それはもう一人の男の息ではなくて、闇の呼吸そのものだという気がした。同時に私は聞き馴れた私の声も聞いた。「時が来た」と、それはいった。「進め。その三つの段を降りろ。戸をあけて、彼の寝台に駈けつけろ。進め。降りろ」

私は動かなかった。私の四肢はもう、いうことを聞かなかった。最初、私はそれに気がつかなかった。声がもっと緊迫になったとき、足を動かそうとしてみて、私はやっと私の無能に気がついたのだった。おなじように夢の中で腕や手を動かそうとしてみて、できないことがある。私は石のからだの中に閉じこめられた印象を持った。

このとき奇妙なことが起こった。私が何週間か前から聞いていた囁きや叫びの声、その声が急に、ぴったりと止んでしまったのだ。それは突如と消えてしまう灯火にしか譬えることはできない。

数分間、私は眩暈《めまい》の餌食となり、そして突然、恐怖が私の上にあって、四肢の働きを私に返してくれたのだ。私は私の立てる音を気にしないで、また、できるだけ早く階段を登った。私の部屋に入ると、私はすっかり恐怖に顫えて、寝台に倒れこんだ。私は急に二ヵ月前に連れ戻され、そのとき自分がどんなだったかを、すべての危惧と、唯一の考えが嫌悪と混同していた罪を、犯そうとしていたという恐怖と共に、思いだしていた。

翌日はしかし私は非常に冷静で、前夜の私の失敗の前の、精神の傾向とおなじだった。眼ざめから、私の声が私に話しかけるのが聞えた。「馬鹿もの」と、声はいった。「何故ゆうべ、あの男を殺してしまわなかったのだ。絶好の機会だったのに」そして声は非常な軽蔑の調子で、つけ加えた。「お前はこわかったんだな」

「私は、こわがってはいなかったようだ」と、私は考えた。「もしも、きみが最後まで話しかけてくれていたら」

返事は、すぐには戻って来なかった。

「独りで歩く癖をつけるんだな」と到頭、声はいった。

私は起きあがって、服を着た。

「きみは今夜また、やるだろう」と、声がまたいった。「今日は、きみのナイフをポケットに入れておけ」

私のナイフ。私はそれをどうしたろう。混乱の中で、私はなくしてしまった。

「抽出しの中だ」と、声がいった。

私は抽出しをあけた。ほんとうだ。ナイフは二枚の手巾に丁寧に包まれて、そこにあった。私は気がつかずに、それをしまいこんだのに違いなかった。

私はちょっとたってから、下に降りて行き、階段の途中で母親と擦れちがった。彼女は二枚の敷布と枕カバーを抱え、急いでいるようだった。

「今日は、母さん」

「お前かい」彼女は私が彼女を、乱暴に眠りから引きはがしでもしたかのように、いった。「うちの可哀そうな坊や、私はお前に口づけもしないで、お前のそばを通り抜けるところだったよ。お前は何が起こったか知らないんだね。贖罪会の婦人方が今朝、私達に電報を打って来たんだよ。オディルが病気になったんだって。ジャロンがソワソンに立って行ったよ。半時間前にね。彼が彼女をいっしょに連れて帰って来るよ」

「彼女はどうしたの」

「私は何も知らないよ。彼女はとても元気なようだったのにね。あれは好い子だよ。通しておくれ。彼女の部屋の支度に、行かないとね」

そして彼女は、急がしい夢中な歩き方で、小走りに消え去った。私は一人で昼飯を食い、それから樹々の下を散歩しに行った。六月がはじまっていた。昼は晴れあがっていたが、まだ九時にしかならないのに、既に暑すぎるさまを示していた。ときたま微風が起こって、背の高い牧草を揺るがせ、そのとき私の眼の前にひろがる草原は、草と若い土の香を乗せて、その上を通過する息吹きを、官能的に呼吸しているように、私には思えた。

私はその朝、しあわせではなかった。私は私達、オディルと私が子供の頃、そこで遊んだ大きな黒樅の中へ、身をかくしに行った。いま、その枝の下には、なんという孤独があったか。たぶん、おなじ時間に、ジャロンはオディルに話しかけている最中だろう。それこそ私には、おもしろくないことだった。その感情を感じなかった、長い何週かがあったが、あの過ぎ去った夜からは、私はまた、ときどき昔の悲しみの中に落ちこむのだった。それは発作的にやって来た。ときには私は逆らった。より多くの場合は、その弱さに従ってしまう。まさに、ちょっと抵抗してから、眠りに身をまかせてしまうように。

一瞬の後に、私は野原に転がった。草は高く、私を完全にかくした。太陽はまだ、その根本まで温めてはいなかった。そして草はその底に夜露の涼しさを、すべてまもっていた。私のからだは水に浸っているように思えた。遠くの、樺の木のそばで、野良ばたらきの男が、彼の草刈り機の上に坐って、野原の端から端へ行き、歌を歌っていた。たっぷり一時間が、こうして流れた。

眼を閉じると大地が私を押しあげ、当てもなく、ここかしこに空の方や右に左に、持って行くような印象を受けた。私はもう何も考えなかった。野原の一方から他の方向へ、まるで宙を遊歩する神秘的な存在のように、行ったり来たりする歌を私は聞いていた。

しかしながら、草刈り人が地面の窪み、石の飼桶のあるそこに隠れ、もうその歌が聞こえなくなると、漠とした不安が私を捕えるのだった。私は独りぼっちの、ひどく独りぼっちの自分を感じた。何かが私のすぐそばを通りすぎた。私の顔から数メートルのところを飛んで行った、見えない鳥のような。それから沈黙の中で、あのへんな音が、地上で聞くどんな音にも似ていない、私の頭の中か、草原の中の非常に遠くか非常に近くかで、鳴っているのだとも私にはいえない音がした。それは登った。声のように登った。たしかに、それは私の声だった。それは一時間ちかくも沈黙していた。その朝、私が樅の木の下にいたとき、私はそれを聞かなかったし、それが私に残した異様な空虚は、私を悩ました。だが、こうしてそれはまた登って来た。しかし、なんと変ってしまったことか！ それはもう話さなかった。歌っている、草刈り人の歌の繰返しを、だがもっと鋭い単調な調子に乗せて、なぞっているともいえたろう。そして、いきなりそれは戦慄をはじめ、次に恐るべき速度で上昇した。急に私は耳の中で、脳髄の中で大きな叫び声を聞き、ほとんど同時に、坂をあがる草刈り人の声を聞いていた。

五六回、私はその叫びを聞いた。その度にそれはより大きな絶望を、ほとんど超人的な広大な絶望を暴いて見せた。それは何か、言葉を声に出していおうとする唖者の、叫びのようなものだった。私は動かなかった。草刈り人の不在が続いているあいだ、私は地に釘づけになっているような気がした。私の血は私の頸の動脈の中で打っていた。鳥の飛翔のように私の外に感じる、その怒りを、私は恐れた。

草刈り人が私を意識して、私のかなり近くを通ったとき、私は彼を呼んだ。私達はいくつか言葉をかわし、彼がまた消え去るのを待つ前に、私は逃げ出した。

私はまず家に駈けて帰り、そこで物を考えるために私の部屋に坐った。あいている戸から、廊下を通った母が、考えこんだ私を見、私をそんなに陰鬱にしているのは何か、聞くためにやって来た。もし彼女がそこに気がついたら、オディルの病気のせいだと信じたろう。だが、彼女は三時間前に受けとった電報のことを、もう忘れてしまったようだった。千の小さなことが彼女の気配りをそそのかし、そして、この年老いて呆けかけた頭の中では、当面のこととして、検査する必要のある綺麗な下着のほかに、何も勘定に入らなかったのである。

何分か後で、私はまた外出した。この家の中では何かが私のあとについて来る。私のまわりで昆虫の飛翔の、ぶんぶんいう音に似たつぶやきとか。ちょっとのあいだ、私は樹々の下を散歩した。それから芝生のへりの樅の樹の下へ逃避しに行った。そこが私の声の響く範囲の外側だと、信じていたからだ。そして事実その樹の根本では、私は何も聞かなかった。私は枝のあいだから、草刈り人が風の渦に満ちた高い草を切り払ってしまったいまでは、もう呼吸をしていない、光線で真白になった野原をながめていた。まるで、彼の鼻にかかった声で始終歌いながら、楽しそうに彼が彼を暗殺してしまったようであった。

長い四分の一時間がたった。何故、私はそれほどの重大さを、オディルの帰還へいっぺんに結びつけたのか。それは私にはいえないだろうが、しかし私は、ひどく神経質な、腰をおろさなければならないほど疲れた、自分を感じていた。私がこの樹の下にいたとき思ったのは、ここからもう遠のくべきではない、もしこの影の下から出たら、何か不吉なことが私に起こるかも知れない、ということだ。黒い枝のあいだから、いまはもう草刈り人がいなくなった野原が見えた。それは陰気なようすをしていた。いうなれば、その上を巨大な凶鳥のように、ぐるぐる廻っている、あの瞋恚に、身をゆだねているように。なんとあやういことか、と私は考えた。そこで私が危険を冒すとは！　暑さは更に強くなった。空は少しずつ降下しているように見えた。

到頭、ジャロンの車が鈴懸の樹の下に来て停るのを見たとき、私は一足跳びに立ちあがった。

たぶんオディルは私の方に顔をむけるだろう。彼女が私を見つけ、すくなくとも私が樹の中に隠れているのに、気がついてくれるのを私は望んだ。だが、彼女がジャロンに助けられて車を降り、わき目もふらず、まっすぐ家の方へ行くのを見て、私はあてがはずれた。

オディルはその日、昼食にも出て来なかった。だが、母とジャロンの会話によって、彼女は電報が心配させたほど悪いようには見えない、ということがわかった。前の晩、彼女は気を失った。それで贖罪会の婦人方は彼女を、彼女達の家にとめておく気がなくなった。つまり、学校は病院ではない、それにこの小さな娘は、親もとの方が手篤く面倒を見てもらえる、と彼女達はいったのだ。

「つまり彼女達は、不幸が生徒達を怯えさせるのを恐れたのよ」と、私の母は腹も立てずにいった。「可哀そうな娘が」と、彼女は小声でつけ加えた。「いさえしなければね」

そのときジャロンはポケットから経済新聞を取りだし、珈琲を待ちながら読みだした。

「何があなたに、そういわせるんだい、母さん」と私はきいた。「彼女がよくなっているようだからかい」

母はあたりを避ける恰好をした。

「反対のことはいわないよ」と、母はいった。「だが、オディルが死ぬときは、はっきりした理由なしに、そうなるっていう気がするね」

「でも何故」と、私は拘泥した。

「お前は、それを私が答えられることのように、きくね、うちの坊や。まったく彼女は、何故だか誰にもいえないように、死ぬんだよ。それに、私はあの子については、何もわからないんだ」

「そのとおり」と、ジャロンは新聞をおろして、いい、彼の鼻眼鏡の上から、私の母をながめるために、頭を傾げた。「彼女はあなたには、まったくの他人だったね」

「では、あなたには」と、私は一種の猛々しさと共にきいた。

「私には、だって」と、彼は私の方へ向きを変えて、いった。「私の話が出たのは、どういうわけなんだ」

私は答えなかった。

私をちょっとながめた後で、彼は肩をすくめ、新聞を叩んで、またポケットに入れた。それから彼は立ちあがって、部屋の中の私の母と私の前を数歩あるき、深い熟考に沈んでいるようだった。

部屋女中が珈琲を運んで来て、食堂から出て行くと、ジャロンは食卓の前に来て立った。彼は煖炉に背をむけ、指の先を卓布の上におき、私達に顔をむけて、何か話しかけようとするように、私達をながめた。私の母と私は彼の方に眼をあげ、だが口はあけなかった。彼が急に物々しい様子になって、私達に沈黙を要求したからである。

ちょっとためらってから、彼は鼻眼鏡をはずし、私達から眼を離さず、彼の上着に手を持って行った。内ポケットのひとつを探り、そこから彼の紙入れを取り出すのを、私達は見た。母はひどく赤くなった。彼はそのとき微笑して、それから親指と人差指のあいだで、紙入れの仕切りのひとつに滑りこませてあった、二通の手紙をつまみ、それを私達に見せびらかすように、こめかみの辺りまで持って行った。

私の母がした動作から、母が話したがっていることはわかったが、ジャロンはそれが無用だといってるのと、おなじ様子に頭を振り、紙入れをポケットに返し、煖炉の方に足をむけた。

そこで、ほとんど宗教的な重々しさで、彼は壁に引掛けてあった箱から、マッチを取り、それを石の上でこすって火をつけ、そして一通ずつ手紙に火を移した。彼は二本の指のあいだに一通ずつ持って、腕を炉床の上に伸ばしていた。紙のへりを流れる小さな真直な炎と、動かない空気の中へ顫えずに登る、黒い煙を立てて、手紙はゆっくりと燃えていた。ほとんど燃えてしまったとき、彼はそれを石の上に落として、私達の方へ帰って来ると、食卓の上に屈みこんで、私の母から私に眼を移しながら囁いた。

「あんなことをしたのは、あなた方のためじゃないことを、信じるように願いたい……」

彼は天井を指で示した。

「彼女のためなんです。彼女がソワソンから帰って来る途中、それを私にたのんだのです」

「彼女があなたに、おたのみしたって！」と、母は驚愕の絶頂で叫んだ。「そのことを誰が彼女に話せたのかしら」

「ぼくじゃないよ！」と、私は唐突にいった。

ジャロンは肩をすくめて私をながめた。

「いいや、それはあなたじゃない」と、彼は低い声で答えた。「誰でもないのさ。彼女はその通り、いくつかのことを知っていた。いくら秘密にしておこうとしても、彼女にはわかってしまったのさ」

　私はそれ以上、聞いていたくはなかった。私は食卓から立ちあがって、逃げだした。

　午後は、私がそこで眠るために、部屋に残ったほど暑かった。暴れ模様の天気が頭痛を起こした。上着を着ていなかったので、ナイフをズボンのポケットに入れておいたが、眠っているあいだに自分を傷つけないため、それを取出し、箪笥の抽出しにしまっておいた。それから私は自分の寝台に寝た。私がなかなか寝つかれぬうちに、長い何分かが経った。私の中に、私の頭の中に、うとうとするのを妨げる何かがあるのを感じる、いらだちで、私は輾転反側していた。外では、風がもう吹くのをやめていた。一声の鳥の叫びも、すべてのものの上に広がっている、深い陰惨な沈黙を乱しには来なかった。

　私は読もうと試みた。だが、私の眼の下にあるものを、或るいつもおなじ章句が、私の脳の中を右往左往しているとき、私には理解できたか。「いま彼は自分の部屋で眠っている。いまこそ確実だ。この時を利用しなくてはならない」

　間もなく私は本を棄て、立ちあがって部屋の中を、歩きまわりだした。大きな不安が突然、私をつかんだ。私はもう前の週のような勇気もなければ、冷静でもない自分を感じ、何度も呻きながら胸を叩いたのを、思い出すのだ。

　到頭、私は自分の部屋を離れて、客間に降りて行った。私はそこでしばらく肱掛椅子に坐り、両腕を卓につき、足もとの、子供のころ私の好奇心を惹いた、大きな複雑な模様を見ながら、ぽかんとしていた。完全に冷静ではなかったにしろ、その部屋では、さっき寝台に寝ていたとき、私に話しかけるのをやめなかった声に、私はそれほど悩まされなかった。ここでは、それが完全に私のところまで届くのを、何かが妨げていると、いってもよかった。私は四時が鳴るのを聞いてから、どんなふうにしてかわからないが、眠りについた。

眼がさめたとき、声は私のすぐそばに、私の耳もとにいた。それは私に叫んだ。「今夜、十一時に！　今夜、十一時に！」私はいきなり立ちあがって、外に出た。控え室の中で、声が私に叫んだ。「ナイフを忘れたね。行って取っておいで」声は私のそばを走り抜けた。私は気違いのように階段を登った。そのときオディルに会ったのだ。

彼女には私が来るのがわからなかった。私が草底のズック靴をはいていたからで、彼女は急にそばに私を見て、恐怖を感じたのだ。彼女の顔は私が吃驚《びっくり》したほど青かった。そんな彼女を見るとは思いもよらなかった。彼女は壁にもたれかかった。

「ジャンなのね」と、彼女はようやくいった。「何故、私をおどかしたの」

私はその朝ジャロンが彼女について、いったことを思いだす。そして彼はこの小娘の前に長居をして、私を嫌な気持にしたのだ。

「ぼくだよ」と、私はかなり酷《むご》くいった。

私の声はしゃがれていて、私の意に反して喉から出た。

「行かせてくれ」と、私はいい添えた。「上って行かなきゃならない」

「そうね」と、彼女は優しくいった。「あんたは上って行かなきゃならないわ。明日、私の部屋へ来てね」

私は返事もしないで、彼女のそばを通り抜けた。

私の部屋の戸口まで来ると、あんまり速く上ったので、ちょっと立ちどまらなければ、ならなかったほど、心臓が激しく打っていた。それから私は中に入った。部屋は暗がりに沈んでいた。誰かが簞笥の前にいて、抽出しのひとつを閉めたような、奇妙な印象を私は受けた。だが私には、恐怖を持つ暇はなかった。得意でない素速い跳躍をやって、抽出しに飛びついた。私はそこに私がおいたままに、私のナイフを見つけた。


夜が進むにつれて、不安は私の中で大きくなって行き、そして私は、ジャロンの部屋に降りて行ける前の、残りの二時間をどうやって使ったらいいか、わからなかった。オディルは私達といっしょに夕食をとらなかった。私の方は私の部屋に上り、いまいったような精神状態で待っていた。母が寝た。次はジャロンだ。そして田園が墓穴の中のように何もなくなる沈黙に、家全体が沈む前の、わずかな時が過ぎた。私は眠るためではなく、だが私のからだの不動さに、やがて精神の安静がこたえるだろうという希望で、私は寝台に横になっていた。だが、あらゆる休息が私には禁じられていることが、いちはやく現われた。

このとき私の苦悩は深かった。私は犯罪をおこなう決心をしていた。私の計画を遂行するのは、決してそれほど近くはない、という気がしていた。ジャロンの戸口に立った瞬間は、おなじではなかった。しかし、現に何かが欠けていた。それは、かつてこの殺人の考えに抱いていた喜びだったのだ。私はいま私を引きはなすことのできない道に、踏みこんでいる私を知っている。だが、その終りに達しようとする点にいたので、私は唯一の記憶が私を驚愕と混同させた、熱意と熱中とを以って私の道を歩きはじめたときに、重く恐ろしい悲しみに打ちひしがれるのを感じた。

私は起きあがって数歩あるいた。時計を卓上においてあったので、ときどき時間をたしかめた。一時間後に、と私は考えた。四分の三時間後に、私はあの男を殺しに行くだろう。ほとんど誰もが自分にいわなければならないようにいった。一時間後に、四分の三時間後に、私は死ぬだろう。

私の手はポケットに収ったナイフから、もう離れなかった。その柄は汗で粘っていた。私の中で、もうどんな声も私に話しかけなかった。それまで私を支えていた、すべてのものから見離された自分が、私にはわかった。いつからか。着ているものをすっかり脱ぎ棄て、裸になって寝台に寝たいほど暑かった。だが、何になろう。ある時期、降りて行くべきではなかったか。帰って来たら、と私は考えた。私は休むだろう。いつ帰って来るのか。何故か知らないが、この考えは私を戦慄させた。

私は窓に肱をついていた。空気は前よりも重くなかった。だが、空が明るくなったような気がした。その瞬間、何かが私の中でなく、私のまわりを通りすぎたような印象を受けた。子供らしい恐怖の動作で、私は戸がよく閉《しま》っているか確かめに行った。だが、私が恐れていたのは、人間の手ではなかった。そして、私はそれを知っていたのだ。

私は食堂の大時計が十時半と、それから十一時十五分前を打つのを聞いた。私が余計に動揺しているのを感じる代りに、私の心臓は、私は信じるのだが、より緩慢に、おなじくより弱々しく打っていた。数分後、私は戸をあけるために、私は錠前の中で鍵を廻した。次に握りに手をおいた途端、私は甲高い叫びを聞いた。私は手をはなし、後じさりに戸から離れた。私は通り道にある家具の椅子や卓に、まるでそれに、つかまりたがっているように、さわったのを憶えている。私のベッドにたどりつくと、そこに倒れこんで意識を失った。

翌日は前よりももっと暑い一日だった。七時から、母は私達みんなよりも先に起きて、僅かな涼しさが家の中に残るのを希望して、窓々の鎧扉を閉めた。その炸裂しない雷雨は彼女を不愉快にし、何度も彼女に伸びをさせた。

私はちょっと外出したが、ほとんどすぐに戻って来た。どんよりした空の中に、眼は徒らに太陽を捜した。そして影は私の足もとに青白かった。その場所で大地は傷つけられているように。ひとつの音も畑地から樹々から響いては来なかった。私の前には、背の高い揺れ動く草を刈りとってから、死の刻印を打たれた草地がひろがっていた。

私は朝のうちいっぱい私の部屋で、窓のそばに坐って過した。鎧扉の隙間から、私はときたま大きな葉の動かない鈴懸の樹を見た。だが、そのながめは私の心臓を絞めつけた。思い出の波が一度に私のところへ戻って来て、悲しみで私を圧し潰した。私が起きあがる力を持てないうちに、一時間がたった。私の脳髄の中、私の全存在の中には、何か外部の陰鬱で悲痛な沈黙と、呼応するものがあった。

私の手は聖遺物か、私が幸福を期待する御守りのように、私のナイフをしっかり握っていた。

幸福！かつて私は、これほど悲惨で、これほど見棄てられた自分を、感じたことはなかった。どんな考えも、もう私の中では動かなくなり、何ものも私に話しかけなかった。私は砂漠の中にいて、私の魂はそこで渇きで死んだ。

この世の何だとしても、私の前夜きいた叫び声が何だったか、私は尋ねなかっただろうし、私は常に誰かがその話をしに来ないかと危惧していた。「それは人間の叫びには似ていなかった」と、私は自分にいった。私はそれを、たぶん想像したのだ。「私は気を失ったとき、耳に血が登っていた。そのせいなのだ」

何度か、はからずも戸があき、また閉まる音を聞いた。そして私には、どの部屋に人が侵入するのか、わかったが、そのことを考える気がしなかった。とはいえ、私は神経を尖らせていた。私のところに届かない、そして同時に私に判断できない音はなかった。私は母親の足音を知っていた。彼女が急いで階段を登り降りし、その部屋に入ったり出たりする、その大急がしの中の恐怖が、私にはわかった。おなじように、いつもは彼の肱掛椅子から動いたことのないジャロンの、行ったり来たりするのも聞こえた。何をかれらは二人とも、静かにしていられないのか！

四分の三時間後に音は止んだ。そして私が、いつものように私の中にでなく、私の耳に囁く声を聞いたのは、十一時半から遠くはなかった。私は顫えあがって、何かいおうとした。が、声が私に沈黙を強いた。

「音を立てるな」と、声は私にいった。「お前の母が客間に寝ている。ジャロンは彼の部屋で眠っている。いまが最も可能な時だ。それにお前にはもう、あまり時間がない」

「では、彼女は」と、私はオディルのことを考えながら、はっきりと訊いた。「彼女だって」声は私の心を凍らせる厳しさで繰返した。「彼女は眠っているよ、わかったかね。彼女は眠っている。起きろ。いうとおりにしろ」

声は黙った。そして、その時から私に話しかけるのを、完全にやめた。しかし私は立ちあがった。私のナイフは掌の中で湿っていたが、手を替えようと思っても、それは指に貼りついたようになっていた。

日の終りのように暗くなった。数分前から、風は私を脅やかす、低い唸り声を立てて吹いていた。私は左手で静かに戸をあけ、二三歩、踊り場の上を進んだ。暗がりがそれほど大きかったせいか。私は不意に、知らない土地にいるような、印象を受けた。血が私の耳で、鐘の旋律のように鳴っていた。その鼓動は私の気を狂わせそうだった。私の眼の前には、長い廊下の端に、オディルの戸口が見えた。私が下へ行く代りに、歩いて行ったのは、その戸口の方向へだった。どうやってその戸口に行き着いたのかは、わからない。ただ風の音が、次第に大きくなる恐怖を、私に吹きこんだことだけは憶えている。すぐ後で、私はオディルの部屋の、彼女が寝ていた寝台のすぐそばにいた。

彼女は腹這いに寝て、頭を枕に乗せていた。薄暗がりの中で、彼女の髪が白い顔のまわりに燃えているのを見た。私は彼女が眠っているものと思っていたが、彼女は眼をあけず、すぐ私に話しかけた。彼女の声は、やっと聞きとれたくらいに静かだった。

「ジャン」と、彼女はいった。「あんたなの。あんたはまだ、あのナイフを手に持ってるの。おはなしなさい」

こんなふうに彼女が私に話すのを聞いたとき、何が私に起こったか、私にはいうことができない。その声は私を、いっぺんに私に帰らせ、私の手はナイフを放して、私の足もとに落した。無限に大きな絶望が私の心を占め、私は何かいいたくても、何もいえなかった。

「あとで悲しくならないで」と、彼女はまたいった。「すべてが消え去るってこと、そして私があんたにそういったことを、憶えているでしょう」

彼女はちょっとの間、黙った。そして、その新《あら》たな沈黙の後で、声を変えてまた話しだした。

「いま、あんたに手を貸してもらいたいの。寝台の上に坐りたいわ。枕を背中のうしろに、おいて」

私はできるだけうまく彼女を坐らせた。が、私は実に不器用で、彼女を困らせるようなことをしたに違いないと、ひどく動揺した。彼女が呻くのを聞いたからだ。彼女は坐ったとき、またいった。

「窓をあけて」

私は彼女のそばに膝をついた。

「何故、窓をあけたいんだ、オディル。ここは、すごく暑いよ」

そして急に私は泣きじゃくりだした。

「窓をあけて」と、彼女は繰返した。「いまは窓をあけなきゃならないのよ」

この最後の言葉は大きな権威のある調子でいわれたので、私は従わなければならなかった。私は窓際に行って、鎧戸を押した。風は前よりも強く吹き、樹々を一方へ、次に別の方向へなびかせていた。

「ジャン、樅の樹が見える」と、彼女がたずねた。

「ああ」

「あれは動かない。それとも傾いでる」

「ひとつの側から、次に別の側へ傾いでるよ、オディル」

私は彼女が繰返すのを聞いた。「ひとつの側から次に別の側へ」そして彼女が譫言《うわごと》をいってるのが、わかった。

「窓からそれを見たいから、寝台をそっちへ引っぱって」と、その次に彼女はいった。

私はすぐ、いうとおりにしたが、彼女にこう訊くのを、やめられなかったほどの、不安に駆られてだった。

「オディル、きみは死ぬんじゃないね。ねえ、そうだろう」

彼女はこの質問には答えなかったが、窓の前に行くと眼をあけ、もっと高い声でいった。

「ほんとうに傾いでるわ。よく見て。あんたに見えるのは何」

私は彼女のそばに坐った。

「あの樹が見えるよ、オディル。樅が……」

「ええ」と、彼女はいった。「でも、樅の樹の中に……おお、ジャン、それじゃあ、あんたには見えないの。樅の樹の中に、男がいる。大きな黒い男が」

彼女はちょっと喘いでから、またいった。

「彼の足の片方は、根本のそばの二本の太い枝の股にある。彼の頭は梢を越してるわ。あれは彼よ」

私は彼女がこわがっていると信じて、彼女にいった。

「あの樹の中には誰もいないよ、オディル。あれを傾《かし》がせているのは風だよ」

だが、彼女は言い張った。

「彼があそこにいると、私あなたにいうわ。彼の弓と長い矢を持って」

彼女は更に、ほとんど小声になって、いった。

「どいてよ、ジャン。彼が見ているのは私よ」

このとき彼女は叫び声を立て、お辞儀をするように、からだを二つに折った。血がどっと彼女の唇から吹きだし、彼女の胸の上にひろがった。

何時間か後に、私は一階の部屋にいた。私の前には悲しみに酔いどれた男が、腕を口にあてて叫び声を殺していた。それはクレマン・ジャロンだった。彼は戸口から窓へ、鎖につながれているかのように、あぶなっかしく歩いて行った。ときどき彼は私の方へ、汗と涙の流れる青ざめた顔をむけた。

「どうなんだ」と、彼は絞めつけられたような声で、繰返しいった。「お終いなんだろう」

そうだ、と私は合図した。

「彼女はきみに何をいったんだ」

「彼女はいった」私は繰返して、またいった。「彼女はいったよ。大きな樹の中に誰かいるのを見たって」

「えっ」ジャロンは部屋のまんなかに立ちどまって、ぼんやりした調子でいった。

彼は神経質な動作で頭を振り、またふらふら歩きはじめた。ちょっとたってから、彼は肱掛椅子に腰をおろし、すこし気が静まったようだった。ボタンのはずれた彼のシャツは、彼の頸や胸のたくましい形を見せていた。彼は強く、そして苦しそうに息をしていた。

「だけど私は、彼女が死ぬことを知っていたのだ。彼女は自分で私にそういった。美しい小さな娘！」

彼は両拳《こぶし》の中に顔をかくした。

「それで彼女は、私のために、きみに何かいわなかったかね」と、彼は私にたずねた。「何もか」

「うん」

「樹の中に誰かいるのを見た、と彼女はきみにいったんだね。それは妄想だよ。ソワソンでも、私と話していたとき、おなじように彼女は錯乱したね。彼女は私を見ると、いったんだ。ああ、ジャロンさん、あなたでしたの！　私は彼があなたに、悪いことをしに行ったとばかり思ってたわ」

この言葉は、私が陥っていた昏迷から、私を引っぱり出した。私は顫えあがった。

「彼女はそれを何度かいった」と、ジャロンは、またいった。「たぶん彼女は樹の中に見たと信じた、その男のことを考えていたのだろう。可哀そうな娘」

「ええ」と、私は彼の方に身を屈めながら、いった。「彼女はそのほかに何をいったの」

「彼女はいったよ」と、ジャロンは更にゆっくりと続けた。「彼女はいった。ゆうべ彼が、あなたの部屋に入ろうとしたのを、妨げたって」

私の不安の中で、私は両手を握りしめた。

「彼女はおなじく時おりいっていた」と、彼は続けた。「用心しなさい、ジャロンさん、お部屋の戸をしっかり閉めなさい。彼はフェリエールへ死を引っぱって来た。死は手ぶらじゃ帰らないわ、って。可哀そうな娘！　彼女がこんなことをいうなんて、想像できるかい」

そして彼はまた呻吟しだした。私は立ちあがって五六歩あるいた。

「彼女はほかに何もいわなかったの」と、私は、からからの喉で、たずねた。

「彼女は私の代りに選ばれるように、たのんだっていったね。だが、彼女を殺すためなら、ナイフを握る苦労もいらない。神さまは、気がむけば、弓と矢で彼女を殺すだろうって」

私は叫び声を立てた。

「どうしたんだ」と、ジャロンが訊いた。

「あなたのいうことが、こわいんだ」と、私は答えた。

そして私は屍骸のように、地面に倒れた。

その午後も、それに続く日々も、大雨が降った。教会から墓地に行く悪路を、私はどこへ行ったら前進の力を、見つけられるか知らずに、母とジャロンのあいだを歩いて行った。

私は男達が柩を墓穴の中におろすのを、見たくなかった。そして、そこに土を投げ入れるために、母とジャロンの後に従いて、墓のへりまでちかよったとき、そこがあまりにも深く見えて、ちょっと目眩いがし、私は眼を閉じた。それから私はそこを去るために、ひと苦労しなければならなかった。何故ならば、柩の蓋の上の大きな銅の磔刑像が、私の眼を引きつけ、基督者の墓の底から、私達に腕を伸ばしている、この神の視線から、決して自分を引きはなせないように思えたからだ。

（日影丈吉＝訳）

壁をぬける男

マルセル・エーメ

マルセル・エーメ

一九〇二―一九六七。ジョワニーに生まれる。早くパリに出て医学を志すが、叶わず、各種の職業を経験するうちに、小説を書き出す。出世作は二七年の『ブリュールボワ』だった。写実を根本に据えながらも、突飛ともいえる空想を織りなしてゆく手腕には定評がある。戦後はことに劇作に励み、いまなお舞台で上演される現代劇の古典とも言うべき作品を多く発表した。小説に『緑の牝《め》馬《うま》』『へび娘』『学生の道』『天王星』『パリの酒』ほか、戯曲に『クレランバール』『他人の首』『月の小鳥たち』、童話集『おにごっこ物語』などがある。

モンマルトルはオルシャン街七十五番地乙号の四階に、デュティユールと名乗る善良な男が住んでいたが、この男は、壁を通り抜けても痛くも痒《かゆ》くもないという不思議な天分をもっていた。彼は鼻眼鏡に黒い小さな山羊ひげをたくわえ、登記局の三級職員だった。冬は役所にバスで通い、春から秋までは、山高帽をかぶり、おなじ道を徒歩で通った。

デュティユールが自分の能力について啓示を受けたのは、四十三歳になってまもない時分のことだった。ある晩、彼の住む小さな独身アパートの玄関で、突然ちょっとのあいだ停電になったとき、しばらく暗闇のなかを手探りで進んだところ、電気がついてみると、四階の踊り場に出てしまっていたのである。入口のドアは内側から鍵がかかっていたので、この偶然の出来事は彼に反省のきっかけを与えた。そして、理性がとめるのも聞かず、そこから出たときとおなじように、壁を通り抜けて部屋に戻ろうと決心した。この奇妙な能力は、彼の日頃の願望をなにひとつかなえてくれるようには思われなかったが、とにかく彼をすこし狼狽させた。そこで翌土曜日、半休を利用して近所の医者を訪れ、自分の病状を話してみた。医者は、相手の言葉に偽りのないことを確信するにいたった。そして診察の結果、甲状腺括約内膜の螺旋状硬化が病気の原因であることを発見した。医者は処方として、強度の運動と、一年に二服の割合で、米粉にケンタウルスのホルモンを混ぜ合わせた、四価のピレット(1)の粉末を服用するようにすすめた。

最初の一服を飲んでしまうと、デュティユールな薬を引出しに入れ、もうそのことは忘れてしまった。強度の運動の方はといえば、官吏としての彼の仕事は習慣に規制されていて、およそ過労というものとは縁遠かったし、彼の余暇は、新聞を読むことと切手の蒐集《しゅうしゅう》に費やされていたから、エネルギーの馬鹿げた浪費を強いるようなことはなかった。こうして、一年を経たのちも、彼は壁を通り抜けるという能力を無疵のまま保有することになったのである。しかし彼は、不注意からそうする場合をのぞいて、けっしてこの能力を用いたことはなかった。冒険というものにはあまり興味がなかったし、空想に引きずられるのを厭《いと》う性質だったからである。ドアを通る、しかも鍵を使ってちゃんとそれを開けてからにする、こういう手順を踏まないで部屋に入ろうなどという考えは、彼のあたまに浮んだことすらなかった。もしある思いがけない事件が起って、彼の生活を突然滅茶苦茶にしてしまわなかったなら、自分の天分を試験してみようなどという誘惑も受けず、平穏な毎日のうちに年老いていったに違いない。役所の次長だったムロン氏が転任になったので、レキュイエなにがしという男がその後を継いだ。言葉つきがぞんざいな、ブラシのような口ひげを生やした男だった。最初の日から新任の次長は、鎖のついた鼻眼鏡に黒い山羊ひげをたくわえたデュティユールを、底意地の悪い目でみた。そして、厄介な、少々不潔な老ぼれ扱いにしているようなそぶりをみせた。しかしとりわけ困ったのは、次長が彼の業務のなかに、かなり大がかりな、しかも彼の下僚の平穏をわざとかき乱すような改革を持ちこもうとしたことだった。二十年このかた、デュティユールはその手紙を、つぎのような書式で書き出すことにしていた。「某日付の貴殿の書簡、かつは念のため、それ以前にさかのぼる双方の書簡をも参照しつつ、謹んでご報告申しあげます……。」レキュイエ氏はこの書式を、もっとアメリカ式の別の言い方、つまり、「某日のお手紙の返事としてご報告します」といったものに変えようと考えたのである。デュティユールは、このような手紙の形式に慣れることができなかった。そして、知らず知らずのうちに、ある無意識な強情さから、いままでの書き方に戻ってしまうのだった。この強情さは、次長の敵意を次第に増大させる結果となった。登記局の空気は、デュティユールにとって、ほとんど重苦しいまでになった。朝になると、彼は小心翼々として仕事に出かけ、夜は夜で、寝床に入ってから眠りにつくまで、たっぷり十五分もあれやこれや思い惑うことがよくあった。

レキュイエ氏は、自分の改革を不首尾にしかねないこのような逆行的意志に業《ごう》をにやして、デュティユールを、自分の事務室に隣り合った、薄暗い小部屋に追放してしまった。そこへ行くには、廊下に面した低くて狭い戸口を通らねばならなかったが、その扉には、大文字で《物置《デバラ》》(2)という札が掛けっぱなしになっていたのである。デュティユールはあきらめて、この前例のない屈辱を受け入れた。だが、家にいるとき、新聞でなにか血腥《ちなまぐさ》い三面記事を読んだりすると、レキュイエ氏がその犠牲者であるように空想して、自分でもはっとすることがあった。

ある日のこと、次長は一通の手紙を振り廻しながら小部屋に闖入《ちんにゅう》して来たと思うと、わめきはじめた。

「この下書きを書き直したまえ！　私の仕事の面よごしだ。言語道断《ごんごどうだん》なこの下書きを書き直したまえ！」

デュティユールは抗議しようとした。が、レキュイエ氏は、雷のような声で、彼のことを旧弊なごきぶり野郎だときめつけ、部屋を出るまえに、手にしていたその手紙をくしゃくしゃにまるめて、デュティユールの顔めがけて投げつけたのである。デュティユールは、控え目だが誇り高い男だった。小部屋にひとり取り残された彼は、やや身体がほてってくるのをおぼえたが、突然、自分が霊感にとらえられているのを知った。彼は椅子を離れ、自分の事務室と次長のそれとを隔てている壁に入り込んだ。ただしそこに入るに際しては、用心深く反対側に首だけが出るように加減した。レキュイエ氏は仕事机のまえに坐り、まだ興奮の鎮まらぬ手つきで、彼の裁可をあおぐために一人の職員の書いた文面から、カンマをひとつ移しかえていた。彼が自分の事務室のなかに咳払いを聞いたのは、まさにそのときである。目をあげざま、次長は名状し難い驚きをもって、剝製《はくせい》の動物の首よろしく壁にはりついているデュティユールの首をみた。しかもその首は生きていた。そして、鎖つきの鼻眼鏡越しに、憎悪のまなざしを彼のうえに注いでいた。そればかりではない。首は口をききはじめたのである。

「あんたはな、ごろつきだよ。唐変木《とうへんぼく》の、丁稚《でっち》小僧だよ」と。

恐怖のあまり口をあんぐりあけたまま、レキュイエ氏はこの亡霊から目をそらすことができなかった。しかし、やっとのことで肱掛け椅子から身をもぎはなすと、廊下に飛び出し、小部屋まで突進して来た。ところがデュティユールは、ペン軸を手に、静かな勤勉そうな姿勢で、いつもの場所に坐っていた。次長は、ながいあいだ相手をみつめていた。それから、なにかぶつぶつつぶやき、自分の部屋に戻って行った。彼が腰をおろすやいなや、首がまたもや壁のうえに現われた。

「あんたはな、ごろつきだよ。唐変木の、丁稚小僧だよ」

その日一日だけで、恐ろしい首は、壁のうえに二十三回現われた。そのあとも毎日、おなじ割合で現われた。この遊びに一種の気軽さをおぼえるようになったデュティユールは、次長に毒づくだけではもはや満足できなくなった。彼は謎めいた脅迫を口にし、たとえば、悪魔そっくりの笑い声を合の手にいれて、墓場から聞えてくるような声で、つぎのように叫んだりした。

「ガルー[3]だぞお！　ガルーだぞお！　毛むくじゃらの狼男だぞお！（笑い）。みみずくの角も吹き折れるほど、恐怖の風が吹きまくるぞお！[4]（笑い）」

これを聞くとあわれな次長は、すこしずつ顔面が蒼白になり、すこしずつ息がつまってきて、毛髪が頭のうえですっかり逆立ってしまい、みるも無残な断末魔の汗が背中を伝って流れるのだった。最初の日、彼は一ポンド痩せた。その一週間の間に、彼はほとんど目に見えて痩せてきたばかりでなく、フォークでスープを飲もうとしたり、巡査に向って挙手の敬礼をしたりするようになった。第二週目のはじめ、救急車が自宅に彼を引きとりに来て、療養所に連れ去った。

レキュイエ氏の暴政から解放されたデュティユールは、ふたたびもと通りの書式に戻った。「某日付の貴殿の書簡を参照し……」だが、彼はもの足りない気分になっていた。彼のうちのなにものかが、新しい、有無をいわさぬ要求を叫んでいたのだ。すなわち、ほかならぬ壁を通り抜けたいという要求を。もちろん、壁を抜けることなど、いとも簡単に、たとえば自分の家でもやれることだったし、そんなことは、彼にとって朝飯まえだった。だが、いやしくも輝かしい天分を有する男なら、その天分をいつまでもくだらない対象に費やしていられるものではない。それにまた、壁を通り抜けるという行為は、それ自体が目的となることはできないのだ。それは、冒険への出発点であり、続きと、発展と、要するに報酬を求めているのだ。デュティユールにはこのことがよくわかった。彼は自分のなかに、拡充の要求を、自己を完成し、超越しようとするいやまさる要求を、いわば壁の彼方からの呼びかけにも似た一種の郷愁を感じていた。だが不幸にして、デュティユールには目的というものが欠けていた。そこで彼は、新聞、とくに、政治欄やスポーツ欄を読んで、霊感にありつこうとした。彼にとって、政治やスポーツこそ尊敬すべき活動であるように思われたからである。だが、この二つにしたところで、壁を抜ける者たちになんら活路を与え得るものではないということを、彼もついに理解するにいたった。そこで彼は、もっと示唆《しさ》に富む三面記事に方向を転じることにした。

デュティユールが最初におこなった押込みは、セーヌ河右岸の大銀行が舞台だった。十二ほどの壁や仕切りを通り抜けてから、いろいろな金庫のなかに入り込んでポケットを紙幣で一杯にし、退去するに先立っては、ガル・ガルーという変名を用い、きわめてみごとな花押までそえて、赤チョークで自分の窃盗に署名を残したのである。その花押は、翌日の新聞という新聞に転載された。一週間も経つと、ガル・ガルーの名は、異常なまでに世に知られるにいたった。大衆は無条件で、警察当局を小気味よく鼻であしらう、この驚くべき怪盗に味方した。この怪盗は、毎夜、相手が銀行であれ、宝石商であれ、富豪であれ、手あたり次第につぎつぎに荒しまくり、その名声を高めていったのである。パリはおろか地方においても、いやしくもすこしは夢のある女性なら、あげて、その怖るべきガル・ガルーに身も心も捧げたいという烈しい欲望をおぼえたのである。ビュルディガラの有名なダイヤモンド窃盗事件と、おなじ週に起ったパリ銀行侵入事件のあと、大衆の興奮は狂乱状態に達した。内務大臣は辞職し、その際、登記局長官を巻きぞえにした。その間デュティユールは、パリ随一の金満家のひとりに成り上っていたのであるが、あいかわらず役所にはきちんと出勤していた。そして、功労章の噂にさえのぼっていた。毎朝、役所で味わう彼の楽しみは、前夜の手柄について、同僚たちがいろいろ論評するのに耳を傾けることだった。彼らは言った。「あのガル・ガルーは怖るべき男だ。超人だ。天才だ」このような讃辞を聞くと、デュティユールはてれて顔を赤らめ、彼の眼は鎖のついた鼻眼鏡のうしろで、友情と感謝の念に輝くのだった。ある日のこと、共感に溢れたその場の空気にひどく信頼をおぼえた彼は、もはやこれ以上秘密にしてはいられないように思い込んだ。いく分おずおずとした態度で、彼はフランス銀行侵入事件を報じた新聞のまわりに集まっている同僚たちを眺め、それから遠慮がちな声で宣言した。「ねえ、諸君、ガル・ガルーとは僕のことですよ」このデュティユールの告白は、猛烈な、やむことのない哄笑によって迎えられ、彼は面白半分に、ガル・ガルーという渾名《あだな》を頂戴することになった。その夕方も、役所のひけどきに、彼は同僚たちの飽くことを知らぬ嘲弄《ちょうろう》の矢面に立った。人生は彼にとって、いささか味気ないものになってしまった。

　数日後ガル・ガルーは、ラ・ペー街の宝石商のところで、夜のパトロールに逮捕された。勘定台に署名してから、純金の台付大盃をふりかざしてウインドーのガラスを割り、酒飲み歌を歌いはじめていたのである。壁のなかにもぐり込んでパトロールをまくことくらい、彼にとってはいとも簡単だったはずなのだが、どうみても彼は、わざと捕って、自分の言葉を信じないで彼を口惜しがらせた同僚たちをやり込めてやりたいと、ただひたすらそれだけを願っていたらしいのである。事実、同僚たちは、翌日の新聞の第一面にデュティユールの写真が飾られているのをみて、すっかり仰天してしまった。彼らは、自分たちの天才的な仲間に気づかなかったことに苦々しい悔恨の情をおぼえ、小さな山羊ひげを生やすことによって彼へのはなむけとした。またなかには、後悔と讃嘆の念に駆られて、友人知人の紙入れや家宝の時計を稽古台に、盗みのこつをおぼえようとする者さえあった。

読者はおそらく、幾人かの同僚を驚かすためにわざと警察に捕ったというこの態度は、人並はずれた人物にあるまじき、大変軽率な行為であると判断されるであろう。だが、このような決心に際しては、意志のごとき表立った心の動きは、ほとんどそれにあずからぬものなのである。それに、自由を放棄することによってデュティユールは、復讐という傲然《ごうぜん》たる欲求に身をゆだねたと信じたのであるが、実際のところはただ、彼の運命という坂道をすべり出しただけだった。また、壁を通り抜ける男にとって、すくなくとも一度は監獄の味を味わってみなければ、すこしはその道をきわめたなどと、とてもいえた柄ではないのである。デュティユールがラ・サンテ刑務所の牢に入ったとき、自分は運命に甘やかされているという感じをいだいた。その厚い壁は彼にとって、願ってもないご馳走だったからである。彼が収監された日の翌日、看守たちは、囚人がその独房の壁に釘を一本打ちつけ、それに刑務所長のものである金の懐中時計をぶらさげているのを見つけて、唖然としてしまった。デュティユールは、その品物がどうして彼の手に帰したかを明らかにすることはできなかったし、また明らかにしようとも思わなかった。懐中時計は持主に返された。ところがまたその翌日、時計はふたたび、所長の書架から持ち出された『三銃士』の第一巻と一緒に、ガル・ガルーの枕元に発見されたのである。刑務所側はくたくたになってしまった。それればかりか看守たちは、背後から足で蹴られるといってぼやいていた。だが、その足がどこから来るのかは皆目見当がつかなかった。壁は耳ではなく、足をもっているかのようだった。ガル・ガルーが留置されて一週間経ったある朝、刑務所長が事務室に入ってみると、机のうえにつぎのような手紙が置いてあった。

「所長殿、今月十七日におこなわれた双方の会話、かつは念のため、昨年五月十五日付で貴殿が発せられた一般訓令をも参照しつつ、謹んでご報告申しあげます。私こと、現在、『三銃士』の第二巻を読了いたしましたのを機に、今夜半、十一時二十五分より十一時三十五分にいたる間に、かならずや脱獄いたす所存でございます。所長殿、私の深甚なる敬意をご嘉納たまわりたく。ガル・ガルー」

その夜、彼に対して厳重なる警戒がなされたにもかかわらず、デュティユールは十一時半に脱獄した。このニュースは、翌朝はやくも公衆の知るところとなり、いたるところで猛烈な興奮を呼び醒した。その間も新しい押込みをおこなって、いやがうえにも名をあげたデュティユールは、身をかくすことなどあまり考えていない様子で、のんきにモンマルトル界隈を徘徊していた。そして、脱獄後三日にして、正午すこしまえ、数人の友人とレモン入り白葡萄酒を飲んでいるところを、コーランクール街のカッフェ・レーヴで逮捕された。

ラ・サンテ刑務所に連れ戻され、暗い穴倉に三重の鍵をかけて閉じこめられたのに、ガル・ガルーはその晩はやくも脱獄し、刑務所長のアパルトマンの客用部屋に行って寝た。翌朝九時、ベルを鳴らして女中を呼び、朝飯にありつこうとしたため、急を聞いて警官が駆けつけたが、彼はわざと抵抗もせず、寝床のなかで捕縛された。腹に据えかねた所長は、デュティユールの独房の扉のところに番所を設け、彼には水とパンだけしか与えないことにした。正午近く、囚人は刑務所近くの食堂に赴き、コーヒーまで飲み終ってから、所長に電話を掛けた。

「もし、もし、所長さん。いま困っているところなんです。さきほど、出しなに、あなたの紙入れをくすねるのを忘れたものですから。食堂で立往生しています。誰かをお寄こしくださって、勘定を払っていただけないものでしょうか?」

所長はみずから駆けつけて来た。そして興奮のあまり、脅迫や侮辱の言葉を口にした。自尊心を傷つけられたデュティユールは、つぎの夜脱獄し、もう二度と戻らないことにきめた。今度は用心深く黒い山羊ひげを剃り落し、鎖つきの鼻眼鏡を鼈甲《べっこう》の普通眼鏡にかえた。鳥打ち帽に大きな格子縞の服を着、それにゴルフ・ズボンをはくと、彼はすっかり変貌してしまった。そして、ジュノー街の小さなアパルトマンに腰を落ちつけた。そこには、最初に逮捕される直前、家具の一部や、彼が一番愛着をおぼえている品々を運び込ませておいたのである。彼は名声に飽き飽きしはじめていた。ラ・サンテ刑務所に入って以来、壁を通り抜けるという喜びにもいささか不感症になっていた。並はずれて厚く、傲然としている壁も、いまや彼にとって、単なる衝立《ついたて》のように思われた。彼は、内部のつまったピラミッドのようなものの中心に躍り込むことを夢みていた。

そして、エジプトへの旅行計画を着々とすすめながら、切手の蒐集と、映画と、モンマルトル界隈の長い散策とに明け暮れる、このうえなく平穏な生活を送っていた。ひげを剃り落し、鼈甲《べっこう》の眼鏡をかけた彼の変身ぶりは完璧に近く、かつての親友のそばを通っても気づかれなかった。だが、その界隈の古い住人の容貌に生じた変化くらいなら、なにひとつ見逃すことのない画家のジャン・ポールだけが、ついに彼の正体を見抜いてしまった。そしてある朝、ラブルヴォワール街のはずれのところで、デュティユールとばったり出くわしたとき、いつもの乱暴な陰語で、彼は思わずつぎのように言ってしまった。

「なあ！　さつをまくのに、ひも然とやにさがってるじゃねえか」これは普通の言葉で、大体こんな意味である。刑事の目をごまかすために、おしゃれな変装をしましたね。デュティユールはつぶやいた。「ええっ！　私が誰だかわかるんですって！」

彼は狼狽して、エジプトへの出発を早めようと決心した。ところが、そのおなじ日の午後、十五分おいて、ルピック街で二度も出会ったブロンドの美人に惚れ込んでしまったのである。彼はたちまち、切手の蒐集も、エジプトも、ピラミッドも忘れてしまった。ブロンドの女の方も、多大の興味をもって彼をみたのである。ゴルフ・ズボンと鼈甲《べっこう》の眼鏡ほど、今日の若い婦人たちの空想を刺戟するものはない。それは映画監督の匂いがし、カリフォルニアのカクテル・パーティーや夜会を連想させるのだ。デュティユールがジャン・ポールから得た情報によれば、その美人は不幸にして、残虐で嫉妬深い男と結婚していた。猜疑心は強いが、ふしだらな生活を送っていたその夫は、夜の十時から朝の四時まで、きまって妻を置きざりにした。しかし、家を出るに先立って、彼女を部屋にとじこめ、二重に鍵をかけ、鎧戸《よろいど》という鎧戸は南京錠《なんきんじょう》でしめるという工合だった。昼間は厳重に彼女を監視し、ときにはモンマルトルの通りで、彼女のあとをつけることもあった。

「なんでえ、いかれ野郎が。てんからのごろつきでいやがって、てめえの情婦《いろ》に虫がつくのが気に召さねえっていうわけよ」

だが、このジャン・ポールの警告も、デュティユールの恋心を燃えあがらせるばかりだった。その翌日、トロゼ街でその若い婦人にすれ違うと、意を決して牛乳屋の店のなかまであとをつけて行き、彼女が牛乳を渡してもらう順番を待っているあいだに、彼女に敬愛の念をいだいていること、また、性悪の夫、鍵のかかった扉、鎧戸など一切心得ていることを語り、その晩彼女の部屋を訪れるだろうと告げた。ブロンドの美人は顔を赤らめ、牛乳瓶はその手のなかで震えた。そして愛情に目をうるませながら、弱々しく溜息をついた。

「でも、あなた、そんなことできっこありませんわ」

天にものぼる心地のその日の夜、十時ごろ、デュティユールはノルヴァン街に出て張り番をし、頑丈《がんじょう》な仕切り塀をうかがっていた。塀のうしろには、小さな家があり、風見と煙突だけがのぞいていた。と、塀のなかの戸がひらき、ひとりの男が出て来た。そして注意深く戸に鍵をかけると、ジュノー街の方へくだって行った。デュティユールは、男の姿がはるか彼方の坂の曲り角に消えるのを待ち、さらに十まで数えた。それから飛び出して、駈足で塀のなかに入り、いつものように数々の障害を走り抜けて、美しい世捨人の部屋に忍び込んだ。女は彼を狂喜して迎え入れ、ふたりは夜が更けるまで愛し合った。

　その翌日、デュティユールは、まがわるく、ひどい頭痛に悩まされた。だが、重病というほどのこともなかったし、それしきのことで逢う瀬をふいにするつもりもなかった。しかし、偶然、引出しの奥に散らばっている薬の包みをみつけたので、朝に一服、午後に一服の割りでそれを飲んだ。夕方になると、頭の痛みは我慢できる程度のものとなり、ついで、心が昂ぶってくるにつれて感じなくなってしまった。若い女は、前夜の思い出から生じた待ち切れぬ思いに身をこがして、彼の来るのを待ちわびていた。その晩ふたりは、朝の三時まで愛し合った。彼女のもとを辞したとき、デュティユールは、仕切りや家の壁を通り抜けるに際して、腰や肩に、いままでなかった摩擦を感じた。しかし彼は、気にするまでのこともあるまいと考えた。はじめてはっきりと抵抗感をおぼえたのは、塀のなかに入り込んだときだった。その折はまだ、流体のなかを動いている感じだったが、次第に練り粉のようにねばねばし出し、もがけばもがくほど、ますます固くなっていった。ちょうど塀の厚みのなかにすっぽり身体を入れるだけになったとき、彼はもはや先に進めなくなったことに気づき、かつ、昼間に飲んだ二服の薬のことを思い出して慄然とした。アスピリンだと信じたその薬の包みは、その実、前年医者が処方してくれた四価のピレットの粉末だったのである。薬の効果は、強度の運動の効果とあいまって、突然にあらわれたのだ。

　デュティユールは、壁の内部に凝結《ぎょうけつ》したようになってしまった。そして彼は、石と一体になったまま、いまもそこにいる。パリのざわめきが鎮まった頃おい、ノルヴァン街をくだって行く夜遊び人たちは、墓の彼方から聞こえてくるような、声にならぬ声を聞き、ラ・ビュットの四辻を吹き渡る風の歎きと思い込む。だがそれは、その輝かしい生涯の終りをいたみ、あまりにも短かすぎた愛をなつかしむ、ガル・ガルーこと、デュティユールの声なのだ。冬の夜々、画家のジャン・ポールは、ギターを壁からはずし、あわれな捕われびとを歌でなぐさめてやろうと、ひっそりしずまり返って、音を響き伝えるノルヴァン街に、わざわざ出向いて行くことがある。その調べは、彼のこごえた指先をはなれて、月光のしずくのように、石の内部にまでしみ込んで行くのである。

（山崎庸一郎＝訳）

訳注

(1) Pirette tétravalente ピレットは作者エーメの完全な造語である。
(2) débarras 厄介払いの意味もある。
(3) Garou loup-garou におなじ。夜な夜な、狼に化けてさまよい歩くと伝えられる魔法使い、狼人。
(4) Il fait un vent à décorner les boeufs.（牡牛の角が吹き折れるほど風が吹く）という表現があるが、これはそのもじりであろう。

死の劇場

ピエール・ド・マンディアルグ

A・ピエール・ド・マンディアルグ

一九〇九―一九九一。シュールレアリスムの詩人にして小説家。純粋なポエジーは無意義であると主張し、自作からは極力哲学上ないし道徳上の寓意を排する。そうしたいわば純粋な幻想小説が、とりわけ若い世代から圧倒的な共感とともに迎えられている。短篇集『狼の太陽』（五一。批評家賞）『黒い美術館』（四六）、中長篇『大理石』（五三）『海の百合』（五六）『オートバイ』（六三）『余白』（六七。ゴンクール賞）、詩集『記念碑的な不作法さ』などが有名だが、評論や美術エッセイにも見るべきものは尠くない。澁澤龍彥好みの作家に数えられるだろう。

塔を後にしてから、山越えの険路に難渋した末、ようやくフェレオル・ビュックはアドリア海岸に沿って走る大きな道路に出た。彼はこの道路を左に、つまり南に向って折れた。彼の出発の理由を知りたいなら、彼が宿の近くでほとんどすべて採取してしまったので、海松露が極端に少なくなってしまったことを挙げねばならないだろう（宿の遠くまで潜りに行きたいとは彼も思わなかった）。それに、季節の循環によってますます早く日が暮れるようになるとともに、宵の時間が何だか気が滅入って、自分でもやり切れなくなったということをも挙げねばなるまい。この孤絶した場所に、彼は十五日間滞在し、波のうねりの音に耳を傾けながら蠟燭の焰のふるえるのを眺めて、何と五十四本もの蠟燭を燃やしつくしたのだった。

旅行の最初の期間については、立ち寄ったさまざまな都市で、以前なら彼の最大の関心事でもあったろう淫売屋に関する情報を、一度も彼が求めなかったということを別にすれば、語るべきことは何も、あるいはほとんど何もない。前の週に雨が降ったので、街路に立つ女たちの輝やかしい素足には、付着した泥が鱗のように剝げかかっていた。以前ならば、それだけで彼に淫売婦たちの跡を追わせるには十分だったろうが、今度は彼も平然と無感動なままだった。惚れ惚れするような髪の毛のなかの虱を姉に取ってもらっている、十五歳の少女を見た時もぼんやりしていた。彼女たちは全体として、一対の鳩ほどの値打ちがあろうとも見えなかった。しかし頭を椅子の背にのけぞらせ、顔を陽に向け、眼を閉ざし、口をあけ、両腕を地面にまで垂らした妹娘の姿は、かつての彼がつねに探し求め、しばしば高い金を出して手に入れたような、逸楽のイメージそのものだったのである。バリ〔イタリア南部アプリア州の首都。アドリア海岸の港市。〕の遊園地に暇つぶしに入ってみた夜などは、キュレネーのウェヌス〔紀元前三世紀、ローマ国立美術館蔵。完全に衣服を脱いだ立像である。〕と間違えるほど身体にぴったりした水着を着た、ベルギー女に誘いをかけられたこともあった。彼はその女と向き合ってビールのジョッキを一杯飲んでから、指で彼女を刺激してやるだけにした。彼の内なる肉身としての男性は、彼がその変化によく気がつかないうちに消え去って、まだはっきりした形をとらない新しい存在に席を譲りつつあるかのごとくであった。

ある海辺の都市で、ある晩、彼はノルマン人の建てた高大なカテドラルの廃墟と、アンジュー人の城砦の名残りである城壁の一部とのあいだの、排水路をなしている小川に沿って歩いていた。河口には悪臭のする砂浜があり、海のほとりで大きな焚火が燃えていた。漁師たちから鰯の夕食を一緒に食べるように誘われた彼は、その後毎晩、自分の飲む黒ずんだ葡萄酒一瓶の代金を払って、そこへ食べに来るようになった。水から引きあげたままを焼串に刺して、松の棒の上で炙った魚には、一種の粗野な風味があって、凝った料理以上の満足を彼にもたらした。あたかも彼が愛の接吻よりも金で買える愛撫の方を好んだ（もっとも、今ではそれも忘れているが）のと同じ流儀である。葡萄酒を飲むとすぐ眠くなるので、彼は早く帰って早く寝床につき、ぐっすり眠って遅く起きるという風だった。そして一日のうちのいちばん暑い時刻に午睡をとるという習慣を決してやめなかった。

夢はあまり見なかった。というよりも現在では、夢を記憶に留めようという、ほんのわずかな努力をも軽んじて、朝の茫漠とした意識の波のなかに、夢が消えて行くがままにしておいた。その茫漠とした意識の安逸に、彼は抗うことができなかったのである。日ごとに、彼は自分がより一層「獣」になっていくような感じがした。もっとも、彼の場合の獣性には、エロティックなものは一切これを抜きにするという制限をつけなければならぬであろう。おそらく、発情期でない獣のようなものに彼はなったらしいのだ。と同時に、幾何学に対する一種の偏執が、彼の頭のなかに抜きがたく住みつき、彼はまるで本物の偏執狂のように、最も小さな物から最も大きな物にいたるまでのすべての物体、すべての場所、概して彼の目にとまるすべての事象を、規則正しい面積と体積とに分解しなければ気がすまないようになった。

ともあれ、ある朝、ホテルの孔雀(この鳥は廊下に放し飼いになっていて、油虫を駆除する役目を果していた)の啼き声で眼をさまされると、彼はいつもより早く起き出して、車に乗り、観光ガイドを信用すればどうやら名所ということになっているらしい、この地方にある洞窟を見物しに行った。この地下の迷宮で彼が見たものについては、私は何も語らないでおこう。それはサンージャンーデューーデゼールから遠からぬ地方のほとんどいたるところに散在している洞穴や「竪坑《たてあな》」のなかで、彼が以前に見たことのあるものと大差のないものだった。この洞窟を出ると、まだ昼食の時間ではなかったので、フェレオルは行き当りばったりに南へ向う道を選んだ。舗装道路がつきて、道はたちまち土と小石の道になった。進むにつれてオリーヴの樹は矮小になり、やがてオリーヴに代って龍舌蘭や仙人掌《さぼてん》の茂みがあらわれ、次いで、平たい石の上に生える小棕《こじゅ》櫚《ろ》だけになった。石の上には大きな蜥蜴が暖まっていて、自動車が近づくと、のろのろと逃げて行った。

あたりの風景から、円屋根小屋《トルッロ》（アフリカ土人の円錐形の小屋の形をしているが、全体が石造りで、家畜小屋にも物置小屋にも住居にもなる建物）は完全に姿を消していた。けれども道だけは続いていて、はるか向うを見渡すと、道は石ころの多い場所を横切って一直線に伸び、地平線の丘の斜面をのぼっているのだった。豪雨の時以外は水のあったことがないにちがいない、小さな川床を横切るために、フェレオルは速度をゆるめた（ゆるめたとは言葉の綾で、じつは、彼は馬に追い抜かれてしまうほどの速度しか出してはいなかったのである）。

川床を横切って向う岸につくと、自動車と同じ方向に道を歩いていた一人の男が、振り返って、車を止めろという合図をした。非常に年をとった老人で、その儀式張った時代遅れな服装は、ことごとくフェレオルの眼を驚かすものばかりだった。すなわち、老人は桃色の靴下にバックルつきの短靴をはき、刺繍のあるビロードの半ズボンに同じ布の上着を着、カラーに大きな蝶結びのある絹のリボンを巻きつけていたのである。老人の禿げた頭はまさに羊皮紙のような色で、これまでに髪の毛が一本でも生えたことがあるとは到底思えなかった。顎にも髯がなく、顎はあまり張っていなくて、むしろ咽喉の方が飛び出していた。このミイラのような男は、自動車に対して驚きを示すでもなく、乗せてくれないかと身ぶりで頼むのだった。

「ドナ・ラヴィニアが死ぬのを見に、ボルゴロトンド〔イタリア語でボルゴは「村」、ロトンドは「円い」の意。〕へいらっしゃるのですね」と老人は言った（その声は意外に男性的だった）、「あなたに出遭って運がよかった。

さもなければ遅刻するところでした。通知状は昨日の朝、配達されたのですよ。よい席をとるには少し早目に着かなければなりませんからな。」

　フェレオル・ビュックは、お話のなかの婦人については初めて聞くが、とにかく一人の婦人が死ぬのを見るのは、自分にとって決して興味のないことではない（いや、むしろ興味津々たることである）はずだ、と言った。しかし自分はこの地方に初めて来た者だし、おまけに外国人という身分なので、あるいは儀式に招待するにはふさわしからぬ人物と判定されたのかもしれない、と告白した。そして好奇心を露骨にあらわして見せた。すると相手は、服の裏のポケットから、丁寧に四つに折り畳まれた、脂で汚れた一枚の紙をとり出して、彼に差し出すのだった。中心に太陽のように、黒い舌に似た涙を放射している大きな頭蓋骨の絵が描かれ、その周囲をバロック趣味の豪華な額縁のように、申し分ない技術で描かれた幾つかの骨片――脛骨や大腿骨や骨盤や胸郭――が取り巻いている。そして余白には、銀粉を混ぜた緑色のインクで、次のような通知が下手な装飾文字で書かれていた。

「ボルゴロトンド市医師長ジャコメット・ピア博士の意見により、来たる水曜日正午を期して、ドナ・ラヴィニア・ダルバは円形の中央へ運び出され、その死が正式に確認されるにいたるまで、男たちの目にさらされることとなった。彼女の魂が天国に迎え入れられんことを。」

　長く伸ばした小指の爪で、老人はフェレオルの心配を打消す文字を指してみせ、

「あなたは男だというだけの資格で招待されているのですよ」と言った。

　それから老人は、上着の下に隠した頭陀袋から、一つかみの茹でた栗をとり出した。栗の皮を

むいて食べるのに、二人はすっかり夢中になっていたので、気がつかぬうちにずいぶん長い道のりを進んでいた。

平野を過ぎて、道が丘（と言うより山と言うべきだろう）の斜面をのぼりはじめると、土地の性質が変り、景色にもやや変化が生じてきた。植物はさらに少なくなって、風化した岩石のあいだには、円い葉と香ばしい花茎のある珍らしい小さな植物のほかには、もう何も生じていなかった。動物については、観察する暇もないほど早く逃げてしまう、平野のそれとよく似た蜥蜴、毒々しい色の蠅、それに、ほとんどガラスと同じくらい透明な美しい蝶が見られるだけだった。しかし最も目立った変化は、標高が増すにつれていよいよ突兀たる険しさを示し出す、巨大な灰色の岩塊だった。

山の中腹で、これらの岩は驚くほど数を増した。いちばん低い岩でさえ、そのそばを車が通ると、車より一メートル以上も高いことが分った。それでも時刻が正午に近いので、岩の下にはほとんど影もなかった。昇り道の最後の段階では、岩の数はふたたび減って、枯草の生えた地面があらわれた。この丘陵地帯には、どうやら低地の無秩序に取って代って、一定の秩序が支配しているかのごとくであった。つまり、岩塊は（いちばん高い場所に）孤立して立っているか、あるいは三個ないし七個の群に分れているか、あるいは十個ないし十二個の小岩を従えた（三個ないし五個の）巨岩の家族に分れているのである。ところどころに積み上げてある破片の山を眺めると、これらの群や家族に属さない岩は、おそらく人為的に破砕されたのであろうと想像された。また岩は人間の手で修正されたり、削られたりしているようにも思われた。自然にそういう形になったとはとても思えないほど、しばしば同じ二つのタイプの岩が目についたからである。その一つは、狐の茶袋と呼ばれる茸《きのこ》が、盛りを過ぎて黒っぽくなり、孔のあいた頭部から穢い褐色の粉をまき散らした時のそれにも似た、凹んだ巨大な球の形であった。もう一つは、垂直に立った大きな歯の形で、その先端が大抵の場合、二つに裂けていた。そしてこの二つのタイプは、三個の岩の群においては、二つが円く一つが四角く、七個の岩の群においては、三つが四角く四つが円いといった風で、岩家族の場合もまた、円い方が四角い方よりいつも多いのだった。

さらに道をのぼると、岩肌に一目見てぎょっとするような、恐ろしい絵の描いてある岩塊が現われ出した。円い岩には、それぞれ道に面して、大きな白い頭蓋骨の絵が描いてあり、頭蓋骨の顎には歯のかわりに真赤な野薔薇の花が、そして眼窩にも同じ花が描き添えられている。四角い岩の方は、あるいはもっと恐ろしいと言えるかもしれず、褐色の骸骨が、戯画化された薄桃色の裸体をした一人の妊婦を片手で抱いているという絵なのである。こうしてフェレオルとその同伴者は、峠に向って山道をのぼって行きながら、西欧諸国の「死の舞踏《ダンス・マカブル》」のそれよりもはるかにもっと難解な、一種の象徴法による舞踏を眺めたのであった。すなわち、山道をのぼるにつれて、花のある頭蓋骨の図と、骸骨と妊婦の図とが、あたかも舞踏のようなリズムで現われては消え、現われては消えするのである。それは一定のリズムにしたがって正確に反復されるので、これを単なる偶然だなどと言おうものなら、とんでもない間違いだろうと思われるほどであった。一連の絵がつづいた後は、多くの場合、一きわ大きな円い岩が独立して現われた。そして、その岩の頭蓋骨は、カドリール舞曲の二つの楽章のあいだでシンバルやトランペットが一きわ高く鳴り響くように、一きわ恐ろしい渋面をつくり、一きわ鮮明な白と赤とのコントラストをつくっているように見えた。それから、また一連の絵がさまざまなヴァリエーションを示しながら、一定のリズムで続くという風であった。

円い岩と四角い岩との戯れにすっかり心を奪われてしまったフェレオルは（もっとも、彼の同伴者はふたたび栗をかじり出していたが）、ここで問題なのは二つの要素のあいだの「闘争」ではあるまいか、と考えた。そして、かつての自分の婚約者、あのやさしいカリタに宛てた手紙のなかで、将来の二人の抱擁を舞踏あるいは戦闘になぞらえて書いたことを思い出した。この思い出と、失った（あるいは捨てた）婚約者への追憶とが、彼に一種の啓示をもたらした。雨燕が飛び立つ瞬間ほどの、ほんの一刹那に、彼は自分が今まさに、ある深刻な悲劇的な真理に到達しようとしているのを感じたのである。それは彼自身の生活のなかで、これまで女性が演じてきた役割と関係がなくはなかったし、巨大な岩の神秘的な絵が彼の目に明らかにしようとしているのも、その同じ真理なのであった。塔に泊っていたあいだに見た多くの夢が、ふたたび記憶にもどってきた。今初めて、それらの夢の秘密のある部分が解明されようとしており、自分がその真の意味を理解しようとしているのだ、と思われた。けれども、車はすでに峠のいちばん高いところに差しかかっており、エンジンは炎天下の長い道中に過熱せられて、気息奄々としていた。不吉なノックの音を消すために、フェレオルはレヴァーを動かして、ギヤをローに切り換えた。この動作は、たしかにエンジンの調子をよくしたけれども、逆に、運転している彼の思考をすっぱりと断（老人はこれを大声で誉めそやした。ラザロのような老人が機械に通じているとは驚きである）

ち切り、彼が発見しようとしていたすべてのものを、ふたたび無意識のなかへ送り返してしまうのだった。

険しい坂道ではあったが、車は最後の百メートル（あるいは百五十メートル）を一直線に、かなり楽に走り抜けた。坂道の両側には、小さな四角い岩がずらりと並んでいた。もっと正確に言えば、それらの岩は河馬の牙の形に截られていて、この地方の（普通の背丈の）男がそれに馬乗りに跨がったとしても、足が宙に浮くことはまずあるまいと思われるほどの高さであった。それでもやはり滑稽な、恐ろしい絵が描いてあることには変りがなくて、寸法は縮小されていても、前の絵を見た時と同じほどの不安感を惹き起したものである。峠は高地にあるために、峰と峰とのあいだの隘路とは大いに異っていて、山頂のあたりにやや開けた場所、雨後でさえ緑色にはならないにちがいない、棘だらけの乾燥した植物群の密生した、狭い谷間のような場所をつくっていた。しかし、こうした場所を細かく観察している暇もなく、彼らの注意は、それよりもはるかに異様な一つの物体によって否応なく惹きつけられてしまうのだった。ちょうど道が左右に分れている、その分岐点の中央に、四角な台座の上にそそり立つ、巨大な卵のごとき一個の建造物があったのである。四階建ての家と同じほどの高さのある、この奇怪な卵形の建造物は、寄せ集めた白大理石の巨大な塊りから成っていて、見たところ、どこにも接ぎ目が見えず、その輝きや光沢も年月によって一向に弱まってはいないのだった。二つの側面に浮彫りがあり、いずれの側面も、ほとんど鼻持ちならぬ写実主義で、十字架にかけられた裸体の妊婦をあらわしていた。

「孕み女の処刑ということは、つまり二倍の死ということですな」と老人が言った。

「まあね」とフェレオルは答えた（彼はすでに好奇心に駆られて、建造物の下にトレッフルを停めていたのである）。「しかし、ここには孕み女が二人いるんだから、ちゃんと勘定すれば、四倍の死ということになるわけだ。それにしても、どうにも説明がつかないのは卵だね。」

「女というのは、あなた《シニョール》、本質的に卵なんですよ。女から宝石やレースや、絹のドレスを取り去ってごらんなさい。下着類を剥ぎ取って（といっても、べつに淫らなことを考えてるわけじゃありませんよ）、蚤がいるという理由で焼いておしまいなさい。私たちの中にあるように、女たちの中にもある脱落性のもの、つまり長い髪の毛とか、光った歯とか、黒い縮れた毛とかいったものを、すっかり取り除いてしまうのです。そして恐い顔で彼女をにらみつけて、足で地面を蹴るのです。女の罠に落ちるには、あなたが強すぎる獲物だってことを彼女は理解するでしょう。そうなると、女というものは頑張りがききませんから、機能が勝ってしまって、たちまち卵に一変します。まあ、あの卵を見てごらんなさい。何と見事に二人の大女の形をなぞっておりますことか。」

こんな議論がよしんば一カ月前に、彼の前で展開されていたとしても、フェレオルはそれを歓んで傾聴する気にはとてもならなかったにちがいない。いささか自分勝手な気質の命ずるがままに、彼はたぶん、勝手な返答をしていたであろうし、どんな女だって卵になる（あるいはふたたび卵になる）前には、小さな毛の生えた獣なのであって、男たちの快不快に応じるために、時と場合の気まぐれによって、牝狼になることもあれば牝羊になることもあるのだ、と主張していたにちがいない。しかし海辺に滞在して以来、彼の心をとらえていた気分においては、この趣味の悪い服装をした老人の見解も、それほど意外には思えなかった。

「それでは、ボルゴロトンドで私たちに見守られながら割れようとしているのも、卵だというわけですな」とフェレオルは言った。

「それほどのものではない。だって、ドナ・ラヴィニアはもう三十年以上も前から、蟻に食い荒らされた蝸牛の残骸も同然、無用な空っぽな、ただの殻でしかないからです。」

お喋りしながら、二人の男は建造物を眺めるために、また身体を伸ばして寛ぐために、車内から地面に降り立った。フェレオルは建造物に眼を上げて、前面の殉教者の手と背面の殉教者の手とが、それぞれ卵の側面で結ばれていること、したがって二つの掌が一突きで釘づけにされていることを先ず観察した。二人の女の頭はわずかに離れ、髪の毛は、あたかも彫刻家が割れた卵から迸り出る泡立つ液体を表現したかのように、巻き毛の渦をなして頂きで縺れ合っていた。腹は卵の彎曲そのものによって、本物そっくりに表現されているので、鑿はほとんど削り取るべき何物もなかったはずだった。フェレオルは、老人が彼の注意を促すために用いた、「形をなぞっている」という表現の的確さに改めて感心した。彼自身、今後、妊婦を考えずに卵を見たり、あるいは卵を思い出すことなしに妊婦を見たりすることができようか？　一匹の蜥蜴が見物人におびえて、陽の当った小丘の隆起部から乳房のあいだの溝へと走り抜け、そこで見えなくなった。この蜥蜴の不謹慎な逃走には、平野や峠の下でちらりと見た、その同類たちの運動を想い出させるものがあった。世にもやさしい顔つきで巨大な卵を見つめながら、地面を足で蹴ってやりたいものだ、とフェレオルは思うのだった。この女嫌いの老人が説明したのとは全く逆の現象が生じたとしても、彼にはそれを怖れる理由がなかったからである。しかし老人は、ぐずぐずしていると円形の席が満員になってしまうということを言い立てて、彼を車の方へ押しやるのだった。

二人はふたたび車に乗りこんだが、一走り以上は進まなかった。フェレオルが坂道に差しかかるまでに、もう一度車を停めようと言い出したからである。下りの道のりを行くあいだ、彼はさらに何度も車を停めては観察した。老人は車を停めるたびに罵ったが、風景の思いがけない性質に魅せられていたフェレオルは、あえてこれに耳を藉そうとはしなかった。実際、これまで通り抜けてきた乾燥し切った山の斜面とは大いに異って、現在の斜面は、丹精こめて耕作されており、乾いた石の塀で区切られたテラスには、オリーヴや葡萄が青々と茂っていたのである。さらに低いところでは、土地もそれほど痩せてはいず、灌漑用水路のためもあって、レモンやオレンジの樹さえ見られた。そして、これらの囲い地のほぼ中央には、まるで豊饒の守り神のように、つねに必ず石の卵（峠の頂きに立っていた建造物よりはるかに小さい）があり、石灰の白い地の上に野蛮な色で塗りたくられた、十字架にかけられた裸体の妊婦の同じ絵が、その上に必ず描かれていたのである。巨人の手ならば、きっと将棋盤の目の上に歩《ふ》を動かすように、これらの卵を動かして遊んだことでもあろう。

しばらくの間、こうした想像上の巨人の視点を借りて上空から眺めてみるならば、ボルゴロトンドの町は、平野の真直中に環状をなして聳える山々の内側の、盆地の中心にあるのが認められよう。二人が選んだ道よりほかには、この町に車で近づき得る道は一本もない。峠を越えると、道は盆地のなかへ螺旋状に降りて行く。最初の家々が見え出すまでには、完全に一旋回しなければならず、その頃から、道はようやく大通りと呼ばれるにふさわしい外観を示し出すが、依然として同じ方向に旋回をつづける。ボルゴロトンドの町は、周知のように円屋根小屋《トルッロ》という名で呼ばれている、円錐形の屋根のある完全に円形の家々のみから成り立っている。変化と言えば、屋根の高さが違うか、あるいは白から薔薇色、緑色、もしくは薄青色にまでいたる、塗料の色が時たま違っているだけである。螺旋状の大通りよりは幅の狭い円弧状の道が、各大通りを横切って連絡する役目を果していて、そのために、先ほど眺めたように鳥瞰すると、ボルゴロトンドの市街図は、鸚鵡貝の断面図にやや似ている。*

迷信によるのか、はたまた気紛れによるのか、この町では直線が厳密に排除されているというのは事実であった。正方形や長方形をなす建物の正面玄関が一つでもあれば、それは許しがたい目障りであって、住民たちの怒りを招くのでもあるかのようだった。何回もぐるぐる廻ってから、螺旋道路は、低い小さな円屋根小屋に囲まれた、わずかに凸状をなす円形の広場に出たが、これがボルゴロトンドの町の唯一の広場なのであった。広場の中心（むろん、都市の中心とも一致する）には、やはり円形のかなり大きな建物が立っていて、これは昔、教会だったのである。現在では、二つの僧団と一つの尼僧団が使用する礼拝堂は、螺旋道路に沿った、同じような三つの円屋根小屋に移されてしまっている。それというのも、円形の教会は百年以上も前から用途を変更させられていて、その円屋根の下では、公認の宗教のそれとは何の関係もない儀式が行われていたからである。

大通りが尽きたところで、二人の旅行者は、この広場に到着したわけであった。老人の言うところによれば、そのために二人がわざわざ車でやってきた儀式が、ここで行われる予定なのである。これまで町を横切って走っていても、彼らの目にとまるのは、つんとした馬鹿にしたような身ぶりで、ぼろ服の裾を少し持ちあげて彼らに挨拶する小さな女の子か、それとも頭から爪先まで黒いヴェールですっぽり包んで、急ぎ足で街を行く女たちだけだった。女たちは夜の装いをした彫像のように、ヴェールの下はほとんど裸らしかった。ときどき、とある家の窓辺に、一人の女が顔を出して、初めて町へやってきた彼らをじろじろ眺めたりしたが、彼らが眺め返すとすぐ玉簾《たますだれ》が引き下ろされた。この円形都市にやってきたフェレオル・ビュックを歓迎する暖かい微笑は、どこにも見られなかった。

今まで通ってきた街の光景とくらべてみて、まず第一に驚くべきことは、この広場に、どんな年齢のどんな女性も見当らないことだった。円形の建物のまわりでは、腕白小僧たちが追いかけっこをしたり、木剣でちゃんばらごっこをしたりして遊んでいて、粉挽き場の床の上の粉のように、地上の埃を舞いあがらせていた。建物の一方の側に、大きな頭蓋骨の形をした噴水があり、これはこの地方の貴重な噴水(一日の一定時間に顎のあいだから水が流れ出る)の一つなのであった。気味の悪い給水口のまわりには、その多くがフェレオルの連れと同じような服装をした、さもなければ犬の皮の半ズボンにブルボン王朝風の美しいチョッキを着た、幾人かの男たちが集まっていた。建物の反対側には、針金の柵で囲まれた駐車場があって、そこには牡騾馬や小さな驢馬や、馬の繋がれた幌つき荷車や、自転車や、さらに梯形のラジエーターと突き出した車軸のある、フィアットかアンサルドかの、ひどく旧式な一台の自動車も置いてあった。フェレオルも自分のトレッフルをそこに置いたが、それによってこの駐車場の美観が損われるというようなことは少しもなかった。

「ごらんなさい」と老人が言った、「いたるところに死亡広告があります。」

埃だらけの樹の幹に釘で打ちつけられたり、さらに遠くの家々の、円いふくらみのある正面玄関に貼りつけられたりしている掲示の張札を、老人は指さして見せた。それらはいずれも、老人のポケットのなかにある通知状を大きく引き伸ばしたものだった。

「家族がよく承知したものだね」とフェレオルは言った。

「というよりも、習慣に従っているのですよ。この土地には古い習わしがありましてね、よその土地の方には野蛮なものに見えるかもしれませんが、それが完全に法律としての力をもっているのです。この力から逃れようと思う者は一人もおりますまい。不幸にして、そんな考えをいだくようになった者は、この町を出て行かねばなりませんしね。つまり、そういう者には全住民が団結して、彼らが生きて行けないようにしてしまうのですから。」

「まさか！　だって、どんな手段を使うんです？」

「いちばん簡単な手段は、反抗した者から水を奪ってしまうという手段です。御承知のように、この地方の水は、アプリア上水道にほとんど全面的に依存しておりまして、ボルゴロトンドに貴重な水を運んでくる地下の水道管も、これに連結しているのです。一日にたった二回しかない給水時間には、瓶や革袋や水差しをもって、噴水の前に行列をつくらなければなりませんし、灌漑用の掘割に水を送る貯水池をいっぱいにするには、驢馬の背中に甕を積まねばなりません。噴水は全部で四つありまして、教会の左側に見えるのが一つ、それと同じ形ですが、もっと小さいのが他に三つあります。この小さな噴水は、曲線道路のうちの三本の中央にある円形広場に置かれています。この四つの間歇噴水のほかには、山の向う側へでも行かなければ、水は一滴だって手にはいるものではありませんよ。かりにあなたがボルゴロトンドの市民で、頭蓋骨の噴水に近づくのを禁止させられたとしたならば、あなたはそれでも生きていくために、いったい、どうすることができるとお思いになりますか。」

フェレオルが何も言わないでいると、相手はさらに言葉をつづけた。

「私たちが今日、これから見物しようというのは、死の習慣です。つまり、ボルゴロトンドでは、どんな人妻も、十五歳以上のどんな娘も、男たちの視線にさらされながら、円のなかで、言い換えれば、私たちの前にある建物のなかの円形の空間内で、死ななければならないのです。男ならば、大人でも子供でも、この臨終の義務に従う必要は少しもありません。彼らはどこで死のうと勝手ですし、そんなことは全くどうでもよいことなのです。けれども、繰り返して申しますが、もしも十五歳以上の女性で、この定められた場所以外の場所で息を引きとるような女性があったとすれば(決して起り得ないことではありません)、その家族は、最大の不品行あるいは最大の破廉恥な過失を犯した場合よりももっと大きな不名誉を蒙ることになるのです。家族は全員、向う二年間、硫黄を塗った衣服で喪に服することを強制されます。もちろん、言うまでもないことですが、そんなことは滅多に起りません。重大な事故の際に、家族の者がまず最初に考えることは、犠牲者を円のなかへ連れて行くということであって、医者を呼びに行くというのは、よしんば考えたとしても、二の次の問題でしかないからです。」

「この町にも当然、医者がいるはずだと思うがね。もっとも、そんな怪しからぬ習慣に従っているのだとすれば、よほど堕落した医者だろうが……」

「むろん医者はおりますよ。正確に申せば一人おります。張札や死亡通知状に出ている名前を、あなたもお読みになったと思いますが、ジャコメット・ピア博士です。あなたが非難しなさる習慣によって収入の大半を得ているだけに、この習慣に反対というわけでもなく、まあ、あまり潔癖な人物ではありませんがね。何でも噂によりますと、彼はときどき金をつかませられて、蒲団にのせて引きずられてきた、すでに冷たくなった屍体を円のなかへ迎え入れ、心臓が最終的に停止する前に、自分の見ている前で、まだ何分間か打っていたと証言するのだそうです。こうした詐欺行為を実際に犯すには、かなり大胆でなければなりません。何しろ連中は疑い深いし、人が死ぬところを見慣れておりますからね。連中の眼をごまかすのは容易なことではないのです。私なら現行犯の場合、医者もしくは家族の立場に立ちたくはありませんな。」

「何ともかとも、あんまり変ったことばかりなので」とフェレオルは言った、「まるで私は、気違いの王国か共和国にでも迷いこんでしまったような気がするほどだがね。連中はどうしてまた、あわれな女どもを十五歳までは安らかに死なせ、十五歳を過ぎると、苦しめるということに決めたのかね。」

「習慣ですよ。すでに申しあげましたように、それが法律の代りをなしているのです。成文法ではなくて、純粋な口伝《くでん》ですが、祭司たちでさえ今ではもう明らかにすることのできない時代から、ずっと続いているわけです。その事実の深い理由を御説明申しあげるのは私の任ではありませんが、この十五歳という年齢は、ここでは最初の聖体拝受よりも、あるいは結婚そのものよりも重要なことなのでして、その年で娘たちは女の社会に入ったことになるのです。それまでの十四年間は、男の子と一緒に遊んだり喧嘩をしたり、大声でわめいたり、木にのぼったり、恥ずかしげもなく裸に近い恰好か、あるいは丸裸で人前に出たり、塩やボンボンをねだったり、爪で引っ掻いたり、嚙みついたり、万事において小猿のように振舞います。身体にほとんど毛が生えていないということだけが小猿と違うところでしょう。ところが、十五歳の誕生日で、目立って変ります。物腰が重々しくなり、口数が少なくなり、ヴェールをかぶり、足と手と、場合によっては顔よりほかには、もう身体を全く外に出さなくなります。それというのも、今後は女という大きな群に属し、男たちに眺められながら円のなかで死ぬことになるという、自分たちの運命を知ったからなのです。バリ市をはじめとして、全世界の町がボルゴロトンドの法律から何かを学び取るならば、大いに得るところがあると思うのですが、如何なものでしょう？」

「その通りでしょうな。私は昔から、非常識な法律というのが大好きな男でね。しかしまあ、未来のことはともかくとして、もしあなたがポケットのなかに塩の塊りをお持ちなら、十五歳までの女の子のために、一つかみだけ分けてやってくれませんかな。あなたのお話によると、彼女たちは塩が大好きだという。女の子が舌を出して塩を舐めるのを見ているのは、きっと愉快なことにちがいないからね。」

「その楽しみは、あなた《シニョール》、死を見物したあとで幾らでもお出来になりますよ。ごらんのように、臨終までの時間は、広場は男性だけのものでして、女の子は十五歳以上の大人と同様、ここへくる資格はないのです。街を自由に走りまわることが許されているだけです。一方、いちばん年をとった女たちは、街でさえ、できるだけ姿を見せないようにしていなければならないのです。」

「撞球場のドアに書いてあるように、きびしく《紳士専用》というわけか、こいつはどうも面白くないな。たしかに出し物の種類はきまってるんだから、踊り子が出てくるのを期待するわけにはいかぬだろうがね。ところで、べつにすることもないし、あんたは先刻から私をせき立てていたんだから、そろそろ中へはいろうじゃないですか。」

「ドナ・ラヴィニアはきっとまだ家にいますよ。そうでなければ噴水のまわりに、あんなに大ぜいの人々がいるわけはありません。医者は当然、一場の熱狂を盛りあげるために、主演女優が生命のぎりぎりの限界にきていることを望んでいます。大詰めにくるのがあまり長びきますと、どうしたって観客は飽きてしまいますからね。それにしても、一人の女がどれほど生命を持ちこたえるかを言うのは、むずかしいことです。ある女などは、もう虫の息であるようにしか見えなかったのに、予想をみごとに裏切って、その翌日、牡騾馬に乗せてもらって家に連れもどされ、もう一度円のなかへ運びこまれるまで、何年間も生きたというほどでありました。女の身体には信じられないほどの生命力があって、猫の身体と同じくらい、しぶといのですな。しかしまあ、あなたのおっしゃる通り、まだ時間は早いが一足先にはいりましょう。きっと良い席が取れますよ。儀式がはじまるまでに、会場を眺める余裕もたっぷりあります。ちらと見るだけでは惜しいような会場ですからね。」

二人は中央の建物に近づいた。建物の外壁は、美しい金色をした石灰華の石材によって建てられており、それらは売笑婦のようにごてごてと塗りたくられたこの町のなかで、石の素肌を見せている唯一のものだったので、見ているだけでも気持がよかった。卵の殻のように、また妊婦の腹のように（とフェレオル・ビュックは考えた）ふくらんだ円屋根は、付近の円屋根小屋《トルッロ》の小さな尖った屋根屋根を威圧するように聳え、樹の葉を重ね合わせた数多の日除けの反映によって、豪華に陽に照り輝いていた。この日除けは、陶器が高熱によって染め出されるような色、橅《ぶな》の樹が秋に染まるような色で、円屋根の表面を覆っていた。外壁の三分の二の高さのところに（建物の周囲を一まわりする熱意があるならば）十二まで数えることのできる明り取りが、規則的に外壁に孔を穿っていた。そして噴水の前に、低い入口があった。その入口の上部は、石灰華の外壁に嵌めこまれた、乳房の彫刻のある白大理石のアーチで、建物の装飾をなしていたが、ある種の陰気な感じを覆うべくもない、かなり地味な装飾ではあった。もっとも、その方が現在の状況にはふさわしかったかもしれない。そこにはまた死亡告知がこれ見よがしに貼り出されていて、そのそばには、何週間も前の別人の死亡を告げる古い張札もあった。

　フェレオルが姿を現わすや、男たちの眼はもう彼から離れなくなった。フェレオルの普段着は、たしかに別世界の規則による服装をした人々の集まりのなかで、異様に目立ったのである。子供たちは遊びをやめ、外国人のそばに走ってきては、薄荷糖や煙草をねだるのだった。そのどちらも持っていなかったし、子供たちが指を一本さし出しては口に突っこむ仕草を全く理解できなかったフェレオルは、それが何か卑しい好意の「申しこみ」ではなかろうかと考えて、顔にきびしい表情をつくるように努めながら足を速めた。すると、それが子供たちを笑い出させるという結果になり、彼の不愉快な疑いをますます強めることになった。ようやく老人が手の甲で殴りつけ、意味の解らぬ激しい言葉を浴びせかけて、洟たれ小僧どもを建物のうしろへ追いはらってくれた。それでも、フェレオルにとっていちばん気がかりなのは大人たちだった。彼は大人たちに近づきながら、彼らに好意的に迎えられるため、彼らと一緒に死を見物することを禁じられないために、彼らに言うべき最上の言葉をあれこれ吟味していた。

フェレオルが彼らの前にきても、一本の手も彼には差し出されなかった。明らかにフェレオルは同国人ではなかったからだ。それでも彼が通るのを妨げようとする者はいなかった。老人は急いで彼を一同に紹介したが、彼らは軽く頷いただけだった。一同は互いに挨拶を取り交わしたり、これから円のなかへ入ろうとしている女のことを（その遅刻を咎めたり、その断末魔がどれくらい長く続くかを議論したりしながら）話題にしていた。自分の連れがドン・タンクレディという名で呼ばれているのをフェレオルは耳にした。すると、今まで彼の心を占めていた不安の念がすべて消え、かつてスペインで見たことのある、彼が教えられたところではドン・タンクレード競技と呼ばれる、奇妙な催し物のことしか頭に思い浮かばなくなった。ドン・タンクレードというのは、高級官僚か貴族のように大そう勿体ぶった（リボンやレースや金モールを身につけた）、まるで石膏のなかに漬けられたかのように全身白ずくめの服装をした、闘牛場の一登場人物であった。顔や手足にさえも金粉を塗り、やはり真白な小さな樽の上に立っている。大きな黒い牡牛が彼のまわりを回り、匂いを嗅ぎ、行ったり来たりして、少しでも瞬きすれば、この人形を角で突いてやろうと頭を低める。彼には身を守るものとしては、その白さと不動性しかないのである。こんな風に思い出に心を奪われていたフェレオルは、老人の名前がスペインの催し物を思い出させたので、どうやら死の「円」も闘牛場と縁のあるものにちがいない、と空想するのだった。そしてドナ・ラヴィニアにとっても、闘牛のファンが言うように「真実の時」がやってきたのだ、と考えながら上の空で建物のなかへ入った。そこで、彼は敷居を跨いでからやっと、検札係(半ば山羊、半ば教会堂番人の服装をした二人の小男)が、ドン・タンクレディに対するより以上の形式的手続きもなしに、彼を通らせてくれたことに気がついた次第であった。たしかに彼は他国人ではあったけれども、男性であるという必要な条件を満たすのに、何一つ欠けるところはなかったのである。

建物の内部は、壁の明り取りだけを考慮に入れて予想したよりも、むしろ明るかった。綱と滑車によって開閉することのできる円天井の日除けが、日光の降りそそぐ大きな隙間をあけていたからで、日光は建物の中央に誂えむきに差しこんでいた。この巧みな照明法は、日除けの操作によって自由に按配することができ、係りの者がときどき日除けの角度や方向を直すのだった。

建物それ自体について言えば、いちばん基本になるのは円天井の重みを支える列柱で、建築様式としてはバジリカ会堂という名称がふさわしかった。柱は明り取りの数の三倍もあり、玄武岩もしくは古びて艶を失った大理石に似た、くすんだ黒い石をかなり不細工に切ったものだった。淫猥な見世物を眺める恥ずかしがり屋の観客たちのために作られたかのように、列柱は周囲の壁と平行に、狭い円形の見物席をぐるりと取り巻いていた。建物のその他の部分はすべて、外で見られたあの黄色い石灰華から成っていた。司祭たちはここを追い出されるとき、古い教会の装飾物を破壊するか、あるいは持ち去ったのであろうと思われた。絵も彫刻も、その影すらも見当らなかったからで、蠟燭の束の脂っこい煙によって生じたような、長い煤の跡がところどころに見られる以外は、素材の単一性を破るものは何もなかった。これほどの単調さ、これほどの荒廃には、きわめて古い軍艦や武器庫や、廃墟となった修道院に今なお残っているような、いわば「男性的な」一種の偉大さがないこともなかった。

中央には、つまり最良の照明のもとには、膝ぐらいの高さに設置された狭い台があって、これは取り外しがきくものと思われた。その形といい、その場所といい、これが二人のあいだでたえず話題になっていた「円」であることは疑いようがなかった。この円は、薔薇色の羊毛の笹縁と黄金色の総とが台の下に垂れている、古びて汚れた赤いビロードの布で覆われていた。この円を中心として、ベンチや粗末な椅子が、テントの下に即席につくられる演芸場におけるように、それぞれの四分円のところに通路を残すような具合に並べられていた。最前列の席は全部ふさがっていたので、フェレオルとドン・タンクレディは二列目に坐った。そこは中心の台まで、手にした鞭が届くほどの距離で、空席はまだほかにもあった。

「円のまわりに、よくいらっしゃいましたな」と隣席の男が身体を乗り出すようにして言った。

「私の見るところでは」とタンクレディが言った、「ドナ・ラヴィニアはビロードの上で死ぬでしょうな。金持はこの世では、生きて行くに必要なものを何もかも持っている。金持の女房ともなれば、貧乏人の黒い足の置かれた木の上に自分の足を置いたりして、心残りなく往生するというわけには行くまいよ。」

「ビロードだろうとなかろうと、金持の女房も別に変りはなく、最後の瞬間には円のなかにくるのさ。立派な往生ぶりが見られそうだぜ、え、お前さん。ドナ・ラヴィニアは一度もひもじい思いをしたことのない女だ。元気もあったよ。」

「私も、きっと立派な往生ぶりだと思うよ。そうでなければ、外国から来なさった私のお友達も、遠路はるばるやってきた甲斐がなくなっちまうからね。そうはそうと、昔のような死に方はもう見られなくなったな。正直なところ、ドナ・アッスンタやマリア・デッロ・グラッツィエにはがっかりさせられたよ、な、お前さん?」

「まったくだ、あれにゃ手ひどくがっかりさせられた。生きてるというより、死んでるに近いような状態で運ばれてきたんだからな。もうすっかり元気のなくなってる女を円のなかへ送りこむような家族には、罰金を払わせにゃいかんな(もっとも、あの二人の女の家族ときたら、赤貧洗うがごとき有様だったがね!)」

彼らは見世物の観客の常として、しきりにお喋りをしていた。フェレオルは何も言わなかった。まず第一に、目の前にあった死の設備が、彼を不安にしたというか、あるいは幾らか気おくれさせたからであり、第二には、場内をつらつら観察しているうちに、それが闘牛場にも似ているけれども、また拳闘のリングにも似ているような気がしてきたからである。「しかし」と彼は考えていた、「拳闘のリングより以上に、この死の円こそ真のリングだな。だって、拳闘のリングは四角いのだから、言語学的にもおかしいし、許しがたいのだ。だからこそ、私は今まで拳闘を見ようなんて気を起したことがないのだ。」

円天井の下は時間がたつにつれて、暑さがひどくなってきた。間もなく始まりそうな気配は全くなかったので、フェレオルはよっぽど立ちあがって、外へ出ようかと思った（しかし、そうすれば他人の邪魔になるだろう）。いつまでも同じお喋りを聞いているのにうんざりしたが、女たちの死については何の経験もない自分なので、もちろん話に加わるわけにも行きかねた。上着を脱げば、その結果がどうなるかは分り切っていたし、こんな服装をしているのは自分一人だったので、あまり時宜にかなったこととも思えなかった。そうこうするうち、建物の中へなかなか入ってこなかった臍曲がりな連中も、二人の門番と一緒に入ってきて、門番が入口の扉をぴったり閉めてしまった。円形に並んだベンチや椅子は満員になり、腰かけた人々のうしろの回廊は、場末の土曜日の野外音楽会の立見席のように騒がしくなり、むっとするような人いきれが立ちこめた。

三十分ないし四十五分してから、一発の砲声が鳴り響いた。次いで、広場で銃声が起り、慣れない口で吹かれたラッパと横笛の音にも似た、爆竹の音と鋭い炸裂音が聞えた。遠くでは鐘が鳴っていた。すべての会話がやみ、すべての者の顔が入口に向けられた。

「ドナ・ラヴィニアが来ますよ」とタンクレディ老人が言った。

入口があいた。と、腕白小僧たちが押し合いへし合い、人々の怒声を浴びながら、中へ押し入ってきた。

「外へ出るんだ……」と人々は口々に叫んでいた、「まだ子供じゃないか。」

フェレオルの驚いた顔つきを見て、隣席の男が耳もとでささやいた。

「男の子は満十六歳にならなければ、女たちの死に立会うことはできないのです。それにまた、この十六歳という年は、男の子が郡役所のある町の淫売屋や、未亡人フィオレンツォの家へ行くことを許される年齢でもあります。フィオレンツォというのはボルゴロトンドでただ一人の淫売婦でしてね、町はずれにある、牛の血のように赤く塗った円屋根小屋に住んでいるのです。」

厚かましい男の子たちは、やっとのことで追い払われた。入口の外では、さらに騒ぎが高まっていた。そして今、かたかた鳴る木の玩具の音が聞えてきた。次いで、背の高い一人の老人が、黒檀の杖をつき、大きなボタンと銀のバックルのついた、光沢のある真黒な織物でできた短い上着と、半ズボンを身につけて現われた。その目は、ほとんど白くなった眉毛の下で、瑪瑙の玉のように輝き、その眼ざしは、群の人数を数える統率者のそれにも似て、観衆の数を見積っているように見えた。

「今日は、ドン・ジェロニモ、いよいよ奥様の最後の日ですね」と一人が言った。

すると、同じ言葉が声を揃えてふたたび繰り返された。この老人こそ、瀕死の女の夫だったのだ。

老人のあとから、四人の青年（一人は息子で三人は甥だとフェレオルは説明された）がやってきた。老人と同じ服装だが、織物の光沢がやや鈍く、即席につくられた担架の端を四人で持ち上げている。つまり、この担架は庭に置かれるような籐椅子から出来ていて、ただ新たに黒く塗り変えられており、椅子の腕の下に、支え棒として二本の竹竿を差しこんだだけのものだったのである。この椅子の上に、非常に年をとった一人の女がぐったり坐っていて、運ばれる椅子が揺れるたびに、その頭を背凭せの上で、あっちへぐらり、こっちへぐらりと力なく転がしていた。やがて椅子の運び手たちが、円にいたる狭い通路にさしかかると、見物人の多くは立ちあがった。そして、自分の死にざまをこれから見せようとしている憐れな、意識を失った女を、心からなる歓声をあげて迎えるのだった。

「待ってました、ドナ・ラヴィニア……あなたの魂に救いあれ、ドナ・ラヴィニア！　あなたの臨終に栄光あれ！」

担架のうしろから、一人の男がのこのこ随いてきた。背は高くなく、頭は同じ背丈の男の平均よりもはるかに小さい。髭は剃ったばかりだが、全身ひどく毛深く、角刈りにした頭ももしゃもしゃしている。どことい って人目を惹く風采ではない。暑いのに彼が身にまとっている長いケープは、蠟かポマードで汚れたようにぴかぴかし、垢と埃にごわごわになっていて、そのために彼は歩きにくそうであった。

「ボルゴロトンドの医者ピア博士です」とタンクレディがフェレオルにささやいた。そのあいだも、やや藪睨みの医者は、右に左に鋭い視線をちらちら投げかけていたし、人々は彼に向って、「今日は、ドン・ジャコメット！」をひっきりなしに繰り返していた。

行列の殿《しんがり》をなす数人は、家族の残りの者たち（男性であるのは言うまでもない）で、彼らも歓呼の声を浴びていた。

円の前にやってくると、椅子を運んでいた男たちは、その荷物を無造作に下に置き、シャベルをほうり出す火夫のように人のよい笑顔を浮かべて、黒い手袋で額と頬の汗を拭いた。実際、気温はかなり高くて、ボイラー室の赤くなったボイラー板と、石炭の粉の上に指で描いた猥褻な落書のあるボイラー板のあいだで働いている火夫たちが、裸にならなければいられないほどの暑さに近かったのである。背凭せに支えられたドナ・ラヴィニアの頭は、後方へ最大限に傾けられ（儀式用の椅子には、安楽のためを慮って、坐る人がいろんな姿勢をとれるように、背凭せの角度を自由に変えられるような装置がついていた）、衝撃のために激しく揺れた。そこで老女は片目をあけた。その顔はほとんどフェレオルの真正面にあった。眺めてあまりいい気持のするものではなかったが、フェレオルは何一つ見落さなかった。一方の瞼がゆっくりと持ちあげられて（もう一方の瞼は閉じられたままだった）、茹ですぎた卵の黄味のような色をした、ふくらんだ白眼があらわれた。と思うと、瞳孔の収縮によってまだ生きていることが確認された二三分後には、ふたたび瞼は客車の電灯にかぶせた鉄張りの覆いのように、さらにゆっくりと下げられた。満足のざわめきが見物人のあいだから起った。あたかも闘牛場で、牛があんまり勢いこんで暴れまわるので、番人が囲いに跳びあがってようやく難を避けた場合と似ていた。

そうこうするうち、ビロードの敷物の縁《へり》を握った夫と医者とが、両方から敷物をぐいと引っぱって持ちあげて、陽の光にきらめく埃の渦巻を円天井に向って立ちのぼらせた。ビロードがふたたび台の上に敷かれ、薔薇色と金色の円い印のついているビロードの中心が、台の中心とぴったり重なり合ったのが確認されると、

「はい、ここです」と医者が運び手たちに言った、「椅子をここへすぐ置いてください。」

それから観衆の方へ向って、

「仕来りと慣習にしたがって、ドナ・ラヴィニア・ダルバを皆さんの目の前に連れてまいり、彼女が最後の息を引きとるまで、円のなかに置いておくという任務を全ういたしました。ボルゴロトンドの方々も、よその土地の方々も、どうかできるだけ静粛にして、この上なく敬虔な態度を守ってほしいものです。と申しますのは、一人の女が死ぬということは、胡桃の殻を割ることなどとは違うのですから。皆さんのお母さん、奥さん、娘さんも、いずれはこの円のなかに入るのだということを考えていただきたいものです。そして出来ますれば、これから試練を受けようとしている女性が、皆さんのお母さん、奥さん、娘さんででもあるかのような気持になっていただきたい。彼女たちもそれぞれ、これから皆さんがごらんになろうとしている名流の御婦人と全く同じく、やがて死の舞踏のなかで一役演じなければならないわけなのですから。そして、もしこの御婦人あるいは皆さんの身内の方が、立派な死を演ずることができますならば、その御家族は、金持であろうと貧乏であろうと、地位が高かろうと低かろうと、同じ名誉を授かることになるのです。」

そう言うと、医者は肩をすくめて、台のそばの医者用の腰掛に腰をおろした。

運び手たちは、前後で撓んでいる長い竿を、椅子から取り外した。彼らの一人がそれを無造作に見物人の方へ差し出すと、竿は彼らの手から手へと引き渡されて、立見席のところまで持って行かれた。次に四人が籐椅子の脚をつかんで、それを気球の吊籠のように宙に持ちあげてから、指定の場所に置いた。それから四人はドン・ジェロニモとともに、群衆のいる後列の、どうやらもぐりこめそうな場所（というよりも、好んで押し合いへし合いしている場所）へ行って席を占めた。

二十分ないし二十五分のあいだは、目立った変化は何も起らなかった。ドナ・ラヴィニアは、宙に持ちあげられた時にも反応を示さなかったし、台の上に、かなり激しい衝撃とともに下ろされた時にも、もはや瞬き一つしようとはしなかった。老女は腕をむき出しにした、黒っぽいリンネルのゆったりした寝間着を一枚しか着ていなかった。すでに生命がすっかりしぼり取られたかのように痩せてしなびた片方の腕は、椅子の肱掛けの上に置かれていたが、もう一方の腕はだらりと下に落ち、ひらいた掌の指が敷物を掻きむしっていた。足もまたむき出しで、腕と同じように肉が落ち、足の載っている木苺色のビロードから、艶のない白さで浮き出していた。その足の白さは、不思議な液体をしたたらせるガラス箱のなかの、崇拝された骨の白さをどうしても連想させずには措かなかった。下着はきちんと脚の半ばまで垂れ、かつて肉のついていた腓腸《ふくらはぎ》の部分がちょうど露われていた。

老女の疎らな灰色の髪の毛は、きちんと結いあげられているわけではなかった。つまり、ただ蓬々と垂れているだけだったが、思いやりのある人の手によって、髪の毛のあいだに小さな野生の石竹の花が挿されており、それが円天井から降り注ぐ光の反映で、血の滴りのように見えるのだった。頭のてっぺんで疎らな房に束ねられたその髪の毛は、陶器の支那人形の顎に生えている、馬の尾の毛でつくった髯のように、いかにも作りものといった感じだった。老女はネックレスも、腕環も、指環も、ブローチもなく、結婚指環さえ外されていた。この国の金持の既婚婦人の習慣にしたがって、かつては真珠の耳飾りをぶらさげていた耳も、今は孔だけがぽっかりあいているにすぎなかった。自分の死の床になろうとしている黒塗りの籐椅子の上で、ドナ・ラヴィニアが置かれている状態より以上に、完全な無一物の状態を想像するのは容易ではなかったろうし、これほどまでに無一物の女が、医者の演説のなかで仰々しく「名流の御婦人」と呼ばれた女と同一人物であると考えるのは、さらに容易ではなかったにちがいない。しかしフェレオルは、かくべつ腹を立ても驚きもしないで（言っておかねばならないが、それはサン＝ジャン＝デュ＝デゼールの市民の名誉にはならないことだ）、臨終の際に女たちの身につけたものを奪い取るのは、全く道徳上の規定にかなったことであり、その処置は正当な権利として、家族のなかのいちばん小さな男の子たちに委ねられるのだ、ということを聞き知った。つまり、円形の建物へ運びこむのにちょうど頃合だと医者が判断したとき、一家の母あるいは祖母は、男の子たちの手に引き渡されることになるのだそうである。

「男の子たちは隣りの部屋で合図を待っております」とドン・タンクレディは言った、「家に部屋が一つしかない場合は戸口のところで待ちます。彼らは我勝ちに目的物、すなわち瀕死の女に飛びかかろうとして、小競合いを演じるほどです。最も貧しい女たちでも、少なくとも結婚指環と模造の宝石のイヤリングだけは持っているものでして、金持の女ともなれば、枕もとに大蠟燭を燃やして、自分のありったけの宝石の重さで押しつぶされそうになっております。身体中金ぴかずくめで、ゆらめく蠟燭の光に照らされた蒼白い顔の女たちは、時に、ぞっとするほど美しいこともあります。いたずら小僧どもは彼女たちに飛びかかり、身につけているものを片っぱしから、どんなつまらぬものにいたるまで奪い取ってしまいます。それから、今までに一度も袖を通したことのない、厚ぼったいリンネルの寝間着を彼女たちに着せるのです。部屋の入口では、家族の者が分別くさい様子で、小さな掠奪者どもを待っておりまして、分捕品のうちの少なくとも高価なものは、ふたたび子供たちから奪い返してしまいます。そうでもしなければ、遺産の全部がそっくり砂糖菓子や煙草になってしまいますからね……死にかけている女がまだ意識がはっきりしていて、悲しがっているようでしたら、彼女を勇気づけてやるために、小さな花で髪を飾ってやることも許されております。もっとも、こうした寛大な処置は、古い習慣を是が非でも守ろうという狂信的な連中からは非難されております。こうした連中が望んでいるのは、羞恥心を傷つけないために必要な最小限度のものを除いては、女が丸裸で円のなかに入るということなのです。大昔には、どうやら一切の衣類を女の身体から奪ってしまったらしいのです。」

ドン・タンクレディが話をやめた。ドナ・ラヴィニアが生きている証拠を見せたからである。一発の銃声でぴたりと鳥のさえずりが止むように、私的な会話はすべて鳴りをひそめ、全観衆の視線が瀕死の女の上にじっと注がれた。女は頭をふたたび起して、背凭せの真中に位置せしめ、まず片方の瞼を、次いでもう一方の瞼を持ちあげ、恐怖の表情で自分の周囲を眺めまわした。彼女はたしかに、今まで一度も見たことはなかったにせよ、自分のいる場所がどういう不吉な場所かということを覚ったのにちがいなかった。ちょうど犯罪者の夢想のなかに、鉄の頸輪だの、電気椅子だの、絞首台だの、ギロチンだのといったイメージが執念深く姿をあらわすように、ボルゴロトンドの女たちの夢想にも、たえず円のイメージは姿をあらわしていたのである。だから、女たちの一人あるいは犯罪者たちの一人が、その生涯を終えるべき場所に連れてこられるということ、彼女（または彼）は、その場所に関してはどんな些細な点にいたるまで、すでに自分にとって熟知でないものは一つもないという、辛い経験を味わわねばならないことになるのである。このように自分が死ぬ時の「有様」に慣れ親しむということは、世間一般に受け容れられている意見とは反対に、魂の平和よりもむしろ一層の恐怖をもたらすものだ。いったい、魂の平和などというものは、女とか俗っぽい殺人犯とかいった連中の心よりも、もっとしっかりした心の持主に約束されたものでなければなるまい。

だらりと垂れていた手の指が、きわめて緩慢な調子で動きはじめていた。その動きは、海星《ひとで》が浅い水の層のなかで、貝殻の付着した岩礁に這いのぼろうとする時の、五本の腕の動きを思い起させずにはいなかった。手は存在しない何物かをつかもうとしているかのように見えた。というよりも、もっと適切に言えば、この存在しないものに触れようとしているかのようだった。満場は水を打ったように静まり返り、誰もがじっと息を凝らしていたので、ビロードの敷物を引っ掻く長い爪の音も聞えるほどだった。たぶん、この引っ掻く音に誘われたのであろう、一匹の大きな鼠が台の下から飛び出してきて、最前列の見物人の前でしばらくうろうろしてから、床の穴のなかへ姿を消した。それはまるでドナ・ラヴィニアの寝間着のなかから出てきたような、思いがけない、いやな感じのものだった。

鼠を意味するとともに、この動物がそこから発生すると考えられている泥土をも思い出させる、パンティガーナ〔イタリア語の「パンタ｜ノ」は「泥」の意。〕という言葉を、人々は口々に叫ぶのだった。フェレオルは、自分を一種の精神的なカタログないしカード箱と見なす癖があったから、小さな歯と、すばやい小さな手と、黒人の皮膚のような長い尻尾のある、灰色の毛皮でできた一つの袋を、このパンティガーナという名前と結びつけて、そこに記入しておいた。前記の袋には血のほかはほとんど何も含まれていない、と註をつけておくべきだな、と彼は考えた。そしてドナ・ラヴィニアの身体に全く血の気の失せているのをつくづく眺めながら、いったい、この女の身体から、一匹の鼠あるいは野鼠の身体を満たしているほどの、さらに言うならば、ほとんど黄金虫と同じくらいの大きさしかない、あの小さな二十日鼠の身体を満たしているほどの量の血が抜き取れるものだろうか、と怪しんだ。

鼠が出てきた時の見物人の叫び声によって、ドナ・ラヴィニアの身体にあらわれた反応は、まだこの老女が視覚と同時に聴覚をも失っていないということを証明するものだった。彼女は一瞬、ぎくっとして、痩せた背中を背凭せから離し、元気のよい女のように、身体を真直にぴんと伸ばしたのである。そして口をひらいたが、不明瞭な音のほかには何も出てこなかった。それから彼女は籐を軋ませながら、ふたたび椅子にぐったりと倒れこんだ。ただちに目を閉じて、もとの不動の状態にもどった。医者はたぶん、このショックで彼女が死ななかったかどうかを考えたのであろう、しばらく彼女をじっと観察していた。しかし、まだ息があったのか、それとも胸の鼓動が認められたのにちがいなく、万事は順調に運んでおり、見世物は相変らず続行しているということを合図で示すのだった。

死の劇場に一変した昔のバジリカ会堂では、人々の昂奮が次第に高まってくるのが漠然と感じられた。最初のうち、予告された儀式をその悲劇的現実において想像することができず、これを馬鹿げた一種の賭け事か何かのように考えていたフェレオルは、怖ろしさで居たたまれなくなり、立ちあがって逃げ出そうかと何度も考えたものだった。が、やがて彼は、周囲の人々の熱狂と昂奮が、すっかり自分に乗り移っているのを認めないわけには行かなくなった。流血の見世物ないし残虐な見世物が、そこに恐怖ないし嫌悪の種しか見出し得ないと思っていた人々の大部分を、最後に否応なしに惹きつけてしまうのは、珍しくもない事実である。私の下手糞な描写（といって、それにふさわしいだけのリアリスティックな描写をすることは残念ながら不可能である）では、ドナ・ラヴィニアの臨終を眺めたいという気にはとてもならないだろう読者諸子にしても、もし私が読者諸子を案内して、フェレオル・ビュックのさまよいこんだ、この遠いアプリア地方のボルゴロトンドの町の中心にある、建物のなかの「真実の時」に立会うことができるような機会をつくって差しあげたならば、おそらく読者諸子もまた、見物席を立ち去ることができなくなり、無感動のままでいることが到底できなくなるだろうということに、私は一王国（たとえばノルマン人の公国であった野蛮なガルガーノ地方〔イタリア南部、アプリア州北部の山岳地帯。半島をなして突き出ている。〕）を賭けてもよいと思っている。この非人間的な見世物が諸者諸子をして、その最も熱烈な愛好者、その最も貪欲な見物人の一人たらしめないとは、誰にも断言し得ないのである。

　ドナ・ラヴィニアの失神（もっとも、これはおそらく見せかけであろう。瀕死の人間は躁暴性精神病者のように、奇妙な偽装の楽しみをかくしていて、自分の病気の芝居を好んで演ずるものだからである）は、しばらく続いた。次いで、ふたたび生命が戻った。先の場合と同じく、生命の徴候があらわれたのは、眼と垂れた手からであった。それは何物にも妨げられずに、ほぼ十五分間続き、ふたたび消え去った。

このようにして何回かの交替現象があった。それは二本の連通管のあいだの液体の動揺に、さらに適切に言うならば、圧力が不規則の時のガスの焔のゆらめきに比較することができたであろう。その間、生命の噴出は一層短くなるとともに、一層荒々しくなった。そして人事不省はさらに長びくとともに、さらに深くなった。生命がもどってきている時には、寝間着を乱すほどの激しい痙攣が、老女の全身を突っ走るまでになった。そういうとき、自由の方の手は、ビロードの敷物によって妨げられながらも狂った振子のように動き、一方、もう一つの手は椅子の腕の上で麻痺したままだった。口は完全に何もない歯茎を露わして、大きくぽかりと開かれていた。ドナ・ラヴィニアの総入れ歯は、彼女の孫だか甥だかに身ぐるみ剝がれたとき、彼らによって宝石と同じくらい珍重されたからである。鉛色になった上下の顎のあいだには、こちこちに乾いた、子供の靴の底敷のようなものが震えていた。それは舌であった。

台のまわりでは、男たちがみな息をはずませていた。痙攣したり人事不省になったり、そうかと思うとまた息を吹き返したり、また人事不省になったり、大げさな身ぶりや衰弱した身ぶりを見せたりする、この瀕死の女の目まぐるしい一挙一動こそ、明らかに彼らにとって、フェレオルの連れが「立派な往生ぶり」と呼んだところのものを意味していたからである。それは一定の美学の法則にしたがって長引かされた断末魔であった。ドナ・ラヴィニアは、彼女の古びた肉体の活力を知り、彼女を信用していた男たちの誰をも失望させたりはしなかった。意識的であろうと無意識的であろうと、彼女は名人として息絶えようとしていた。何年ものあいだ、円のプリマドンナとして彼女は話題になることであろうし、未来の幾世代もの女たちへの手本として、彼女の名は引合いに出されることでもあろう。ベルモンテ……マノレーテ……そうした女たちのように彼女もまた、おそらく、詩人や弔歌の歌手によって讃めたたえられることであろう。他のどんな女たちも達し得なかった水準にまで死ぬ技術を高めたという評判を、彼女は末長く保ちつづけるにちがいない。そして彼女の家族は、まるでフランスのシャルルマーニュ帝に仕えた勇士の子孫であるかのように、彼女を誇りに思うであろう。

こんなことをあれこれ考えているうちに、フェレオルには、もしかしたらドナ・ラヴィニアの家族が、彼女に自分の死に方を何回となく稽古させたのではあるまいか、という疑問が浮かんできた。しかし、その疑問を隣席の男たちに問いただしてみる勇気はとてもなかった。もし問いただしていたら、彼らは何と答えていたろうか。

もう二度と息を吹き返すことはあるまいと思われるほど完全な人事不省の状態に落ちこむたびに、ドン・ジャコメットは、何度となく台の上に跳びあがり、時計の鎖にお守りと一緒にぶら下げている小さなマッチ箱から一本の蠟マッチを取り出しては、彼女の唇の前でそれに火をつけるのだった。そして焰が少しでも揺れれば安心して、ふたたび台の上から降り、赤い小さな火を足で踏み消すのだった。彼の腰掛のそばには、さらしものにされている肉体のなかの生命の抵抗の証拠とも言うべき、蠟マッチの燃えがらが少なくとも七、八本はあった。

やがて昏睡状態がきて、それが一時間近くも続いた。そのあいだ中、誰も一言も口をきかなかった。下を向いてひそかに時計を眺めていたフェレオルは、修道院の戒律にも似た、このような苦行に最後までつき合うのに苦労した。医者（心のなかで彼は魔法使と呼んでいた）が三度も繰り返して、焔の試験を行うのをフェレオルは見たが、試験はいつも、まだ生きているという結論になった。そこで、時計の鎖にお守り（細い指の手と尖った角のお守りで、それが魔視〔その目で睨まれると禍いが起ると言われる、魔力をもった目のこと。近東地方からヨーロッパにまで広がった迷信である。〕を祓うためのものであることは疑いがなかった）をぶら下げている医者は、ふたたび自分の席にもどり、一方、見物人は極度の昂奮を味わった後、またしても待ちはじめるのだった。

老女はついにもう一度、息を吹き返した。そして彼女が何度か溜息を洩らしたとき、新たな事態が起らんとしているのが分った。今回は両手が一緒に動き、足もまた動き出したからである。ひょっとすると、彼女はこのまま良くなって、生きたまま円の外へ運び出されるのではなかろうか。これほどまでに辛抱強く待っていた、これほどまでに多くの人々が、儀式の最後の土壇場で、失望を味わわされることになるのではあるまいか。と思う間もなく、ドナ・ラヴィニアは痙攣的な動きで身を起し、両腕を前にぐっと伸ばした。次いで、女が無理に抱き締められる時にするような身ぶりで、両腕を左右にひらいた。それにしても、いったい誰が、目に見えない何者が、今この瞬間に、彼女を抱き締めようなどとしているのだろうか。彼女はまるで吐こうとでもしているかのように、大きく口をあけて欠伸をした。咽喉から叫び声を発した。それは人間の声というよりもむしろ獣の声であり、地中海沿岸地方の荒れ果てた山中で、夜間に聞える狐の鳴き声に近かった。痩せているので一層長く見える、彼女のむき出しの両腕は空を打った。そして、さらにもう一度同じ叫び声を発すると、彼女はふたたび死んだように（と言うべきだろうか）打ち倒れたのである。

見物人のなかの熱狂した一人が、思わず感歎の口笛を吹いて、円天井の下に響き渡らせた。これに対して多くの者は抗議をし、静粛を要求した。そして、すでに腰掛から舞台の上に跳びあがっていたドン・ジャコメットに、すべての者の目が向けられ出した。

ドン・ジャコメットは、無気味な操り人形のように老女の身体の上に屈みこんで、彼女の脈をとった。次いで、まるで頭を彼女の脇腹に突っこもうとしているかのように、大へんな意気ごみで、容赦なく、彼女の心臓のあるべき位置に自分の耳をぐいぐい押し当てた。それから身を起すと、どちらの場所にも何の反応も認められなかったということを示すような仕種で、両手を振った。さらに彼はマッチの焔を、ぽかんとあいた老女の口の前へ近づけたが、そのとき焔は少しも揺れず、何度試験を繰り返しても、違った結果は得られなかった。さらにもう一つ、彼は医療箱のなかに持っていた、貨物自動車のバックミラーの破片である、小さな四角い鏡を用いる試験を行った。つまり、蠟マッチの試験の時と同じように、この鏡を口のそばに長いこと当てていたのであるが、鏡にはどんな曇りも現われなかった。そこで彼は、老女の腕と脚とをきちんと揃え、ひどく乱れていた寝間着をぴんと伸ばし、台から下へ跳び降りて、「皆さん《シニョーリ》」といささか勿体ぶった調子で言ったのである。「ドナ・ラヴィニア・ダルバの身体には、もはや生命の片鱗すらも残っておりません。」

こうして儀式は終ったのである。それはいかにも芝居がかった雰囲気だったので、たとえば拍手大喝采とか、足を踏み鳴らす音とか、叫び声とか、涙とか、あるいは馬鹿笑いとかいったものと一緒に、この場に本当に幕が降りたとしても、べつに可笑しくはないような感じだった。けれども、そういったことは何も起らず、ただ、あまりに低いささやき声なので何を言っているのか分らない、切れ切れの言葉が耳に入ってくるだけだった。樹の葉の茂みや麦の穂の上を過ぎて行く風の音にも似た、かすかなざわめきが見物人のあいだを通り過ぎた。すでに若者たちがきて、台の上から肱掛椅子を降ろし、死んだ女を運んで行くことができるように、竹竿を元の位置に差しこもうとしていた。

何人かの男は立ちあがっていたが、まだ坐ったままでいる男たちもいた。入ってきた時と同じように、人々は三々五々、小さな群をなして出て行き、やがて円形の建物は空っぽになった。フェレオルは屍体運搬人のあとから、真先に建物を出ると、ほとんど無理やりにドン・タンクレディを自分の行く方へ引っぱって行った。一つ二つ質問したいと思ったからである。二人が広場にくると、ちょうどそのとき、葬儀の行列は道路から消えていくところだった。

「あの連中はこれからどこへ行くのかね」とビュックは質問した、「あとから随いて行ってみようか。追いつくのはわけもないだろう。」

「連中が行くのは、螺旋道路にある二番目の礼拝堂ですよ。赤髯のカプチン会修道士たちの礼拝堂でしてね、死んだ女は、そこの教区民だったわけです。修道士たちがてきぱきと埋葬をしてくれるので、鰥夫《やもめ》になった夫は、わざわざ埋葬に立会うには及ばないはずです。この国では、大事なのは死でしてね。埋葬は、とくに女の場合、仰々しいことは何もせずに、共同墓地で行われます。まあ考えてみれば、それも当り前のことでしてね。そんなことに驚くのは、パリの町の向うに住んでいる人間だけですよ。」

ドン・タンクレディは、これまでの彼の慇懃な話しぶりを思うと理解に苦しむような、不機嫌な様子で話をしていたが、突然、挨拶もそこそこに行ってしまった。白い埃だらけの広場には、男たちが落着かない牛のようにうろついていた。互いに顔を合わせても、まるで知らない人同士のように眼をそらすのだった。彼らはいずれも疲れ切った様子をしており、それは円形の建物に入る前の、彼らの生き生きした挙動と極端な対照をなしていた。最も不思議なことは、南イタリアの諸都市の公共広場では、お喋りということがほとんど一つの礼儀になっているというのに、ここでは全く会話が行われていないということだった。これらの男たちのあいだには、ある奇妙な「緊張の放出」〔むろん、これは性行為の場合に用いられる言葉である。〕が認められた。それはフェレオルに、彼自身が何度も経験したことのある、といっても一人の女の死とは何の関係もない、ある種の行為後の状態を思い出させた。

連れもいなくなってしまったし、知らない相手に話しかけたとしても、嫌な顔をされるにきまっていたから、彼は家畜と乗り物の置場に置いてあるトレッフルのところへもどった。エンジンをかける前に、まず大ぜいの子供を追っぱらわなければならなかった。子供たちは、おそらく瀕死の女の宝石をかっぱらう時もかくやとばかりの貪欲ぶりで、ボンネットに馬乗りになったり、車輪のあいだにもぐりこんだりして、バルブやボルトをかっぱらおうとしていたのだった。彼は記憶する限り生まれて初めて、ひとりで出発する淋しさを感じていた。

螺旋道路では、彼は可能な限り速度をゆるめていた。道が坂になっているとか、舗石が凸凹しているとかいったためよりも、むしろ通りすがりの男でも女でもいいから、話相手になる人間を拾いたいという気持のためだった。人を小馬鹿にしたような顔をした、あの牝猿のような小娘の一人でも拾えたならば、彼は十分満足したにちがいない。ある家の前にくると、一人のきわめて美しい女の顔が、ちょうど美術館におけるように、窓の円い枠のなかにおさまって見えたので、彼は思わず車をとめた。眺めているうちに、彼は胸が締めつけられるような思いになってきた。ところが、その女はいきなり彼に大きな石を投げつけたのである。石は彼の頭のつい近くの、車体にぶつかって大きな音を立てた。女は彼の方に拳固を突き出して、鎧戸を閉めてしまった。彼はふたたびスタートした。

町はずれにくると、貧弱なオリーヴの樹の垣根のなかに、例の未亡人の住んでいる、牛の血の色をした円屋根小屋が見えた。寄って行こうかな、と彼は思った。金で買える愛撫に対する年来の好みが頭をもちあげた、というのではなく、そのとき円屋根小屋の扉があいていて、涼しそうな薄暗い室内が見えたからである。年齢や職業はどうでもよい、とにかく人間らしい人間と交渉をもちたい、という切実な気持が彼にはあった。けれども、投げつけられた石の思い出が、彼の気持をためらわせた。結局、彼は車を走らせつづけた。自動人形のように手と足とを機械的に動かして、彼は環状をなす山の頂きに立っている、巨大な卵の前に無事に到着した。

峠にきて、彼はふたたび円い岩と四角い岩とに取り巻かれた。薔薇の花のある頭蓋骨と、骸骨と妊婦の群像が、彼のまわりで奇怪な、陰気な輪舞《ロンド》を踊っていた。フェレオル・ビュックがこうした眺めに、このたび、往きに通った時とは全く違ったものを感じ取ったということを、わざわざ言っておく必要があるだろうか。

（澁澤龍彦＝訳）

円形都市について（本文四〇五ページ）

美術史学者アンドレ・シャステルによれば、「ルネッサンスは空想都市の時代」である。シャステルの名著『イタリア・ルネッサンスの大工房、一四六〇―一五〇〇年』（辻茂訳）から、次の部分を引用しておく。「都市の概念は、一つの閉鎖空間のなかで、画定された諸地区を密接に連結するという意味を含む。したがって円形プランは、都市とその諸要素の配置を表現するには最も好都合な形式なのである。それは完璧なまとまり、一つの有機体、一つの人間的統一体を構成しているという感をあたえる。ただし十五世紀の末に、この円形プランは、放射状街路への変遷と要塞化の必要が生じるとともに、上に述べたよりもはるかに明確な価値をもつことになる。フィラレーテは、スフォルツィンダの町のプランをためらいなく円形にはめこみ、中心に広場を設け、都市の諸要素をシンメトリックに配置した。フランチェスコ・ディ・ジョルジオは、町の中心部の周囲に放射状道路を設け、それらに平行道路や長い旋回道路を交差させる。このプランは社会的価値をもっている。つまり聖堂や宮殿など、重要度に準じた建造物の序列が、これではっきりするからである。また、このプランには技術的価値もある。それは位置の照合をやさしくするからである。こうしてレオナルドも、たとえばミラノのような町を明瞭に読みとれるものにしたければ、大聖堂を中心とする円周で囲むべきだと考えた。」

なお、中心から発した道路が螺旋状に回転する城砦都市のプランを考案した学者には、十六世紀フランスの陶工として名高いベルナール・パリッシーがある。カトリーヌ・ド・メディチに献ぜられた『確実な道』（一五六三年）という書物に、彼が貝殻からヒントを得て案出した都市のプランに関する記述がある。それによると、——町の中心に四角い広場を設け、ここに市長の家を置く。この広場から一本の道が出発し、広場をぐるぐる四重に回って、ようやく町の外へ出る。広場を中心に、内側の二回りは四角形で、外側の二回りは八角形をなす。したがって全体として見れば、町は八角形の城壁に囲まれていることになる。この城壁の内側に市民が住むわけであるが、戸口や窓はすべて、城壁の内側に向って開くようになっている。立ち並ぶ家々の背面、つまり城壁の外側は、ただ曲りくねって続く壁だけである。

代書人

ミシェル・ド・ゲルドロード

ミシェル・ド・ゲルドロード

一八九八―一九六二。ベルギーのイクセールに生まれる。ベルギー文壇の中心的存在だったメーテルランクやクロムランクに傾倒し、早くから演劇や音楽、絵画や人形劇に才能を発揮した。一九一八年、処女戯曲『死が窓からのぞく』を発表。以来、十数年にわたって、フラマン民衆劇場の座付作者として活躍した。死がつねに意識されるファルス的な要素を中心に据えたその芝居には、ブリューゲルやボッシュの絵を思わせるものがある。おもな作に、『エスキュリアル』『地獄の狂宴』『赤い魔術』『道化学校』『ハールウィン卿』その他。

その頃私はナザレ街に住処を置いていた。寂れた町はずれで、町をとり囲む古い昔の城壁がつい間近に迫っていた。その辺りは人もめったに住まなくなり、草や木の生い茂るにまかされていたが、それは町の外に追いやられていた野の自然が今や城壁をのり越えて奪われた土地を取り戻しに来たようにも思えた。この付近は歩くと一寸迷路のようで、低い家並の間を縫って狭い路地がくねくねと延び、あるいは家並のかわりに窓のない壁がいつ果てるともなく続いて、仕舞にはどこを歩いているのか見当もつかなくなるのだったが、そうした迷路のおかげでむやみに足を踏み入れようとするものもなく、この古ぼけた区域全体が言わば周りを塀に閉ざされた広大な地所といった趣で、辺りはひっそりとして驚くほど静かだった。通りがかりに朽ちかけた木の扉があるのを試みに押しあければ、さっと目の前に緑の牧場《まきば》が広がり、羊の群が通り過ぎて行くのや、また近くの孤児院の少女たちが忙しくたち働く姿などもよく見かけられた。この辺り一帯を支配する静けさというものはなにか現実離れのした、まさに神の恩寵と言うべきもので、ここでは小鳥が争いを始めれば、それがせいぜい喧騒と呼べるものであった。私としてはこの mystique な地域がいつまでもこのままなくならずにいることを願ってやまなかったが、この辺りの家々が鳩の重みにさえその屋根をたわませているのを思えばそれもおぼつかなかった。ただしここでは時というものがほとんど存在しないと言うことができた。木立の中から聞こえて来る鐘塔の鐘の音もまったく時をわきまえず気紛れに鳴っているとしか思えないのだった。

日が傾く頃に私はぶらりと出掛けることがあったが、そんな時足は自然とある建物の方へ向かうのだった。その建物は修道院風の外観をもち、その頃はまだベギン会修道院《ホフ》という名で呼ばれていた。ただしそこにはすでに修道女の姿はなく、赤煉瓦の切妻に囲まれた建物は見るからに堂々としてはいたが、それに隣接するこれも壮麗なポーチは門を閉ざしてめったに開かれることもなかった。私は鍵を持っていたから、その手に持つとかなり重い鍵を使ってこの時代がかった屋敷のうちに足を踏み入れることを特別に許されていた。この中が実は地味ながら捨てがたい一寸した美術館になっていて、これが民俗、民芸にまつわる品々を収めているということも私の他に知るものは少なかった。世に知られずにいるこの美術館は道行く人にそれと知らせる看板すら掲げていなかったのだが、私は創設の際にいくつかの寄贈もしまた無償でなにかと手伝ったりもしたので自由に出入りすることができるのだった。建物の鍵を持たせてくれるほどに私を信用してくれているこの創設者というのは白髪《はくはつ》のいつもにこやかな友人で教会参事会員《シャノワーヌ》のデュメルシ氏といった。美術館の方はもうかなり前から準備が整っていたにもかかわらず、この参事会員《シャノワーヌ》はなにやかやと口実をもうけて開館を遅らせ、いつ開くとも決めないのだったが、これは見たところ、素朴な収集品の数々が優しく見守られるようにひっそりと眠っているこのいわば避難所が世の人々に踏み荒されることになりはしまいかと危惧するためらしかった。私はこの老人のもちだしてくる延期理由にもっともだと頷いて見せるのだったが、老人はいつも決ってこう話を締めくくった。

「それに第一、うちの美術館にも見物人がない訳じゃない。つまりあなたですよ、それでもう十分ではないですか」こうして私は長い間この美術館唯一人の見物人だったのだが、これには内心いささか得意な気持だった。私が授けられたこの鍵は神秘の扉を開くものではないとしても、ある神秘的な場所——多くの人々の目にはそう映っている筈だった——へ入ることのできる鍵ではないか。そう思うだけで私は幸福な気持になれるのだった。

ポーチを過ぎると庭園が目に入った。真四角で三方が修道院《ベギンホフ》の柱廊で閉じられた形になっていたが、この庭たるや実に大変なしろものだった。庭というよりも処女林と言った方がぴったりするくらい、逞しい生命力を誇る植物群が解き難いほどにからみ合いいつ果てるとも知れぬ戦を演じていた。伸びほうだいに伸びた草の間からは日時計の文字板が顔を出していたり、御影石の円柱に載せられた彫像が今は胴体だけになったその姿をのぞかせていた。この密生した植物の蔭ではまた大変な数の生命が密かに蠢いているのだったが、一方屋敷を囲む古びた外壁は植物の繁茂する力に押され今にも崩れ落ちるかと思われた。とはいえ、庭全体が一応整った体裁を見せているのは、鉄製の井戸があって庭の中心の目印になっているのと、四隅からポプラがすうっと丈高く伸びて羽根飾りのように見えるせいだった。

中に入ると決って不気味な叫び声が先ず私を出迎えた。一羽のかけすが冠を逆立ていまにも飛びかからんばかりの勢いで私が近づいて来るのを籠の奥から睨んでいるのだった。この失敬な鳥が実は下手な犬よりも番犬の役に立っていて、私が現われるとすぐさま飼い主にそれと知らせるのだが、そうすると門番のダニエルが門番小屋からぬっと姿を現わした。門番小屋というのはそれだけ母屋から一寸突き出た正しくは半分小屋のようなもので、このダニエルの面倒を見ている例の参事会員がその住いとしてあてがってくれたものだった。門番のダニエルはというと、一風変わった曰く言い難い人物だった。もう七十を越えていたが、上品な物腰で何でも今の司教と神学校の同級で昵懇の仲だったということだった。そう言えば控え目で大時代な身のこなしのせいかどことなく聖職者風に見えた。一人身で、日が射さねば何時とも分らぬこの庭の中に煙草をのみ夢を見ながらただかけすだけを伴侶として暮しているのだったが、このようにして諦観の哲学を実践する老人に私は尊敬の念を抱いていた。こうして美術館の門番兼監視人の身となるまでにはいかなる不運に見舞われたのであったか。運命には運命の考えがあるのに違いない。確かに老人に関して言えば、ここにこうしているのが一番ぴったりしているように思えた。時代遅れで古ぼけたところはかれに見守られる品々に似ていたし、貴重で魅力あふれるところもまたかれの見守る品々によく似ていた。ダニエルは私の敬意に応えて私にも敬意を払ってくれた。訪問の度に老人は儀式ばって、「どうかご自分のお宅にいらっしゃると思って御随意に御覧下さい」と言うと何度も軽く頭を下げながら後ずさりして門番小屋に帰って行くのだった。

老人の言うとおりこの古風な館は私にとっては自分の家のようなものだった。ステンドグラスを通した光がやわらかく室内を浸している、この静けさと薄明りを私ほど深く味わえるものはいなかっただろう。私は回廊から回廊へ小部屋から小部屋へとあてどもなく歩き回るのだったが、どの敷石がどんな響きをたてるのか、どの扉のむこうにはどんな匂いのする部屋があるのかということまで知っていた。参事会員がこの思い出の館の門を閉ざしたままでいることに、私は心の底でどんなにか喝采を送ったことだろう。子供がそのまま齢をとった感じのこの収集家は集めたものをなにかこう系統だてて分類するというようなことにはほとんど気を配らなかった。そのかわり現在あるものをそのまま背景に使って様々な室内場面を再現しようと考えたので、部屋は衣裳を着けた人形でいっぱいだった。こんな訳でここを訪れるものはレース編みのお針子達や機織職人の仕事場に足を踏み入れることになるのだが、そうした仕事場はつい今しがた覗いて来た市《いち》の日の胸ときめかす掛け小屋やうす汚れた地下室の人形芝居といったものと何の脈絡もなくいきなり繋がっているのだった。こうしたもののどれもが今生きて動いているのではなくても私にはかまわなかった。ここにいるといつもいつの間にか夜が来ていて、炉辺に腰掛けている時や身を屈めて宗教画に見入っている時などにふともう夜かと気が付いて驚かされる。私は渋々腰を上げてこの夢と思い出の館を立ち去ることにするのだった。かけすの籠はすでにとり込まれてなく、門番小屋の窓を通してうとうとするダニエルの姿がランプの炎に照らされている。頭をこくりこくりさせているところはどう見ても今しがた別れて来た人形達にそっくりで、今はこれも陳列品のひとつとなり、頭の上の掛時計だけが円い眼を光らせて番をしているように見えたが、重りはとうに床までとどいて時計はもう止っているのだった。

しかしながら、この修道院で日を送る数々の人形《ひとがた》の中で一番私の心をとらえたのは実は門番ではなかった。もの皆色彩を失うこの薄暮の時に私が訪ねるのを楽しみにしている人物がもう一人あった。この人物もダニエルと同じく参事会員の手助けがなければもうこの世に存在していることはなかっただろう。ピラッスという名で呼ばれていたが、これは本当の名前でかれは実際生前そう名のっていた。かれこれ百年前のことになる。建物の裏手に小さな中庭があってそれをつき切ると正面にもとは礼拝堂だった建物があるが、ピラッスはそこに居た。ペンキ塗りの看板があって次のように読めた。

『代書人。能書。手紙、申請書及特赦請願。各種名簿。各種原稿散文及韻文。秘密厳守誓云々』

礼拝堂に住み、詩文をものし、誓いというものを知る人物にこんな風に呼び掛けられてどうして黙って通り過ぎることができるだろう。ただしその姿を見るのになにも戸を叩いたり中に入ったりするには及ばず、建物の脇に鉛枠を菱に組んだ窓があるからそちらへまわればよかった。覗くとすぐ目のまえにピラッスの机にむかう姿が窓明りに映し出されてはっきり見えた。歳は分らなかったが、赤茶けた服や身づくろいの細かい特徴から判断すると十八世紀の末に生れたものと思われた。ひとつ世代前のように鬘は着けていなかったし、一方灰色の髪の毛はまだ長髪にしてあった。黒い絹のネクタイは三度結ばれていたが、それはエキュ金貨がまだ良質の金で造られ土地が封土であった頃の公証人の書生を思わせた。ただし我がピラッスの出はと言えば、現在のつつましい境遇、控え目な物腰にもかかわらず、どうやらよそにあるようだった。というのもどことなくダニエルに似通った微妙に聖職者風な面差しが見受けられたからである。ダニエルと同じ、ひげの無い一寸ヴォルテール風の顔つき。薄くおとなしい唇。首《こうべ》を少し傾げた所は他人の話にじっと耳を傾けることのできる人物であることを示していたし、そのガラスのまなざしときたらまるで思慮が一杯につまっているようだった。あるいは夢がつまっていると言うべきだろうか。ともかく、楕円形でうっすらと曇りを帯びたこのまなざしの奥には慈悲の仄かな光をとらえることができたが、それは全てを見、全てを知った老人の魂が持つやさしさを秘めていた。一言で言えばそれは懺悔聴問僧のまなざしであった。ピラッスもまた以前は神学生であったのが時の不運に見舞われてかあるいはまた気高くも胸に秘めた情熱の故にか聖職者の道からはずれていったのではないか、私は何故かそんな風に想像した。参事会員デュメルシ氏は私のそうした推測を聞き、冗談としては面白いがしかし代書人というのはこの男にとっては逆に出世だったかも知れないではないかと言うのだった。「代書人といったって捨てたものではない。この男の書いたものの中には当時の滑稽な事どもに関するラテン語の諷刺詩が残っている。それからインク壺《エクリトワール》の脇にそろえて並べてある本をご覧なさい。背表紙はもう色褪せてはいるがホメロスやオビディウスの名前が読めるではありませんか」参事会員はしかしそれ以上調べてみようという気は起さなかったようだ。もし調べていれば、種々の辞引や年鑑に混って『艶書』と題された本や『教皇ホノリウスの魔法書』といった類の仮綴じ本がかれの目にもとまったことだろうし、心乱す閨房の香りと異端の匂いが過ぎ去りし年月を越えてそこからたちのぼっているのを嗅ぎとったことでもあろう。

この人物の近くにいるだけで私はうっとりとするのだったが、この恍惚感がうち破られてしまうことを恐れた私は、外側からこんな風に鼻を窓ガラスに押しあて眺めているだけで長い間満足していた。代書人の生活をそのまま保存しておくためにかれが日常使っていた品々がまわりに集められているのを、私は傾いた陽の反映を頼りにひとつひとつ数え上げていった。麦藁の肘掛椅子に代書人が腰掛けているその脇に空いたままの椅子がお客を待っている。お客はたいていは婦人か若い娘で、かれはそうした女性たちの溜息と甘い嘆きの聞き役を務めるのだった。黄ばんだ紙が右手の届く所に重ねられて出番を待ち、その側に羽根ペンと字消しナイフ《グラトワール》、それに蠟燭と封蠟が置かれていた。この手というのが実に惚れ惚れとする、これを型にとった彫刻家の名を高からしめる見事なものだった。男の尖った顔もさることながら、この手が一層私の心をとらえて離さなかった。かなり長く、まるで透き通っているように見える。どこにでもある手というのとは違う、まさしく作家の持つ右手、学識豊かなどちらかと言うと版画や古銭を扱い慣れたものの右手だった。手が男の性格や趣味を端的に物語っているので、金の指環を嵌めてそうしているのを見ただけで、それが精神の高揚なくしてはものを書くことのできぬ手だということが私には分るのだった。手は白い頁の上で宙に浮いたままペンを握り、今にも下におりるかあるいは逆に上に持ちあがるかする所だった。しかし同時に、達筆を振うかと見えるこの右手にはなにかまた別の奇妙な素振りが伺えた。それは興奮の余り身を乗りだして来た女の客をもとへ押し戻そうとするか、更には窓を塞いでいるやじ馬達を追い払おうとするかのようでもあった。それが為に私は相当心を動かしながらも初めの何週間かは中に入るのを躊躇っていたのだった。

ピラッス先生を初めて訪ねた時は気分の悪くなるような思いをしたと、これは言っても別段恥にはなるまい。ある晩私は心を決めたのだった。内気な気持を押えるとともに、かくも完璧に無言を守りかくも気高く不動を保つ人間の邪魔をして良いものかどうかという躊躇いの気持も押えつけねばならなかったが、結局のところ客を迎えるのがこの男の仕事ではないかと自分に言い聞かせた。礼拝堂の中に入りひと通り家具を見回したあとで私は挨拶をしたが、これは相手が実際に生きているのと同じ真剣かつ誠実な挨拶だった。そればかりか私はいきなりかれに話し掛けさえしたのだが、これはたぶんその場のあまりの静けさを少し打ち消すためだったろう。
「ピラッス先生。どうか宜しくお願いします。先生のことは常々尊敬致しておるのです。いえ、別に何かお願いしに伺った訳ではなくて、ただゆっくりと先生を拝見させて頂ければと思いまして。つまりその、色恋だとか仕事だとかの手紙を書いてくれなどとは申しません。もっとも私は字が下手で自分で書くとなると大仕事なんですが。いえ、私はただ先生の傍に腰掛けて先生のようにしていたいだけなのです。自分自身が昔の人間で今に生き続けているように。私は先生の傍に居て黙って、先生のようにじっとして居たいのです」

こうして許しを乞ううちに、ピラッスはほんの束の間なにか私にだけ分るような仕方で愛想よく微笑むように見えた。私の話が大方すんだ頃にはその顔はまた下を向いているようだったから、それで私は願いが聞き入れられたのが分った。私はそこに眠る品々の眠りを妨げぬように、空中に浮ぶ銀色の塵さえも乱さぬようにと、用心深く人形の脇「無筆」の者の座る椅子に腰を下した。このピラッスは本当にただの人形なのだろうか。常識的に考えれば恐らくそれはただの人形でそれ以上のなにものでもなかった。ただしそれがそれ以上に見えることも事実だった。これはこの人形を拵えた時の蠟が不思議な質感を保っているせいだった。蠟製で彩色されたその顔もそしてその手も何かこう恐くなるような迫真性をもっていた。最初に見た時は妙な考えにとりつかれ、私が今腰を下したその傍にいるのは実は死人で、礼拝堂の中に置きざりにされたままもう何年も何年も誰も足を踏み入れたことがなかったのをここへきて私が見つけたのではないか、死体は空気が乾燥しているために奇蹟的に保存されていて、これが一寸した衝撃あるいは私の息がかかっただけで粉粉に崩れてしまうのではないか、そんな風に思ったほどだった。それほど私は幻想の虜になっていた訳だし、また幻想を求めて楽しんでもいたのだから少々気分の悪くなるような目にあっても文句は言えない訳だが、その時は実際気持が悪くなってきた。それがいつまでも治まらないものだから、会話を続ければ——会話と言っても喋るのは私ばかりだが——それが払いのけられるだろうと考えた。

「ピラッス先生。先生は表の看板で秘密厳守を誓っておられますが、これは実に立派なことです。口の堅さというものは美徳のうちでもなかなか難しいことです。それに誓いという意識を持っておられる。信義、これはすばらしい、私などはその言葉を聞いただけで感動します。嗚呼、先生はしあわせです、こんな風に壁に囲まれて唯一人、現代の世に起ることなど何ひとつ知らないでいられる。今はもう美しい文字を綴るなんてことはしないんです。野蛮な道具や機械を使ってしか書かなくなりました。それどころじゃありません。愚か者中の最たるものですら教養だけは身につけている。あるいは教育だけは受けていて、卒業証書まで持っている。ところが最低限きちんと読み書き話せる人間なんて殆どいないんですよ」

こんな風にとりとめもなく話しながら表向きは落ち着いた振りをしていたが、するとピラッスの微笑みが再び、今度は唇に浮ぶというよりもむしろ瞳の中に点った。私は斜めからその姿を観察していたのだが、かなり近くだったからとり違えたとは思えなかった。私は言葉を続けた。

「結局の所私は先生が好きなんですよ。先生が沢山の秘密を守って居られるのでね。とは言うもののの、在りし日の恋人達だとて今ではこその雪何処なりやと言うばかり。先生が見てこられた数多くの涙にしても今は跡形なく消えてしまった。悩みにしろ望みにしろここに打ち明けに来る者はもう誰もいない。こんな風に打ち捨てられていて寂しくはありませんか。そうだとしたら、誰か時々ここへ訪ねて来るのも悪くないとお考えになりませんか。もしそれがお気に入るならば私がその誰かになりたいと思うのです。思い出が私の胸をしめつけて苦しくなるような日に、もしそれを紙に書き記しさえすれば苦しみから解放されるのにと思う、そんな日に。いえ、それを書いて頂かなくてもいいのです。その必要はありません。ただ私の話を聞いてくれるだけでいいのです。というのも先生の芸術、先生の天才とも言うべきはこの聴きそして理解する才能なのですから」

すべてを包みこむ薄明り《キアロスクーロ》のなせる業だろうか、私には老人が頷いて同意を与えるように見えた。気分の悪さは一気に何段階もその目盛りを上げて最高度に達した。長居をし過ぎたようだった。この時には事物の境目がはっきりしなくなっていたから、私は今にもその人形が何か電気現象《ガルバニズム》のようなもので動き出しもう帰れというような身振りでもするのではないかと恐くなって来た。それほどまでに私は幻想の中に引き込まれ、私の頭は薄明りの魔法にかけられていたのだった。動揺を表に出さぬようにして私は蠟人形に一礼するとその場を後にした。困惑は相当なもので自分のしていることが滑稽だなどと考える余裕はなかった。

二度目からの訪問にはこうした曖昧模糊とした所はなかった。気まずさはほぐれ、ピラッス先生からは例の現実離れした様子は消えていたから気味の悪さもなかった。初めて顔を合わせた時に私が勘違いをしたのは、蠟が、つまり蠟の人形が持つ独特な表情をよく知らなかったせいだと考えた。天の邪鬼をして、ピラッスという人物が作りものだと認めはしなかったが、それでも前ほどの遠慮はなく恐いということは全くなくなっていた。私はかれの周りをぐるりと回ってあらゆる面から観察して見たのだったが、その結果いくつかのことが見てとれた。どうやら「ここに居るこのもの」は私がここに居ることを許してくれているようだ。また鋭敏繊細なこの男に対してはなにも言葉で話さずとも傍でじっと考えさえすればなにか精神感応《テレパシー》のようなものでそれがこの男には聞こえるに違いない。私は早速それを実行したが、なにしろ聞く相手が秘密厳守の誓いまでたてているのだからなおさら心を許して打ち明けることができた。もっとも打ち明けてしまいたいような重大な秘密が私にあったのかと言えば、答は否である。しかし私が聞いてもらいたいと考えていたことは通常の言葉にはなかなかしにくいものだった。私の身の上に起ったそうした事どもは頭ではうまく考えられても口では言い表わせなかっただろう。ピラッスが私の話にどれほどの重きを置いていたかは知らない。驚いた様子は一度も見せなかったし、かといって上の空で聞いている風は全くなかった。だがそれだけで私の心は安らぎを覚えることができた。この気持のよい人物に対し私は厚い感謝をささげるのだった。そこで中国の陶でできた人形《マーゴ》を持ってきてかれに贈ることにした。その次は嗅ぎ煙草入れだったが、これは大層気に入ったらしくその後ずっと机の上に置かれることになった。私達の間には親愛の情が生まれ、一度など私は思い切って手をかれの手の上に重ねたほどだった。かれは手を引かなかった。ただし半透明をしたその手は微かに震えているのが分った。もう随分長い間人に触られたことがなかったのだ。その手は冷たい死人の手とは違っていた。ただひんやりとして少し湿っていた。こうして私達は親しくなった。それからはもう奇異に思うようなことも起らず、私はこの夕べの訪問を繰り返した。私はこの新しい友達付き合いのことが人に知られぬよう気を配った。ところがある時、インク壺が鮮やかな黒インクで満たされ鵞ペンの先が新しく削られているのに気が付いた。「これはあの律儀者のダニエルに違いない」と私は考えた。「私が礼拝堂にいるのを見たかなにかして私の粋狂に付き合うつもりなのだろう。美術館とそしてこの私自身に対して献身的な所を見せてくれているのだ」ある晩修道院《ベギンホフ》を出ようとしていると門番が近づいてきてお相手には気に入っているかといたずらっぽく聞いて来た。私は気に入っていると答え、ポプラの間から四月の小さな星を眺めていた。どうして溜息をつくのかとダニエルがまた聞いて来たので、私は別に隠すこととも思わないから、ピラッスのようになって永遠の沈黙の中に暮せたらと思うのだと言った。ピラッスは人々に忘れ去られて生きる人だ。見事なものが書けるのに決して書こうとしない。一切が虚しいことを知っているから。そう私は答えた。

いわば自分が自分を欺すこの芝居は春の間続いた。五月がやって来ると突然目も眩む強烈な光が地上に満ち溢れた。生命の力が目を醒そうとする時はいつもそうなのだが、この季節の再生は私に軽い目眩と船酔いに似た気持を起させた。船酔いが海に酔うのだとすればこれはむしろ空に酔ったのだと言えた。私は憔悴してピラッスを訪ねたが、これで当分は訪問を休み家でじっと季節が収まるのを待とうと考えた。この時の訪問のことは記憶に残っている。薄紫《モーブ》の夕暮れで、その張り詰めた感じはまるで自然が磁気を帯び事物が電磁波を放つかのように思えた。太陽の最初の一撃でぐったりしてしまった私は日がな一日幼い頃の思い出を反芻して別に心楽しむでもなかったのだが、そうした記憶が悉く心のまわりに淀んだまま衰弱した心にはそれを振り払う力はなかった。私は修道院の中に入った。そこにありとあらゆるものもまた薄紫だった。礼拝堂の白壁も薄紫ならば代書人の厳かな手が見下す紙も薄紫だった。私は椅子に救われるように力なく身を落した。自分がピラッスと同じくらい年老いた気がしていた。ピラッス同様、長い過去の旅から立ち戻った者の覚える苦い哀れみの思いが胸に溢れるのを感じていた。悲しみのあまり思わず私は心を打ち明けるべき友の肩に頭をもたせ掛けた。気持を落ちつけ心地よい夕暮れが身内にしみ入るのを感じながら、浮びくる夢想を黙って意識に止めていくと、夢想までが薄紫に染っていた。こうして夢を意識的に見ていると、それにつれて息苦しさはなくなり逆に清々しさが胸を満していった。私は夢想から徐々に解き放たれ、幼い日々の思い出はその桃源に住む亡霊たちの姿とともに私のもとを遠ざかっていった。この時ほど告白にふさわしい時間というものはいままでになかった。私が心のうちでする物語にピラッスがこれほどまでに傾聴する様子を見せたことはかつてなかったのだ。この老人にも遠い昔に子供だった時があったというのだろうか。私を離れた興奮が今はピラッスを捕えたようだった。二人の魂が通じ合っているとでもいうように。かれの目は潤み今にも涙が光るかと案じられた。代書人の頬をつたわり落ちる筈の涙はしかし私自身の瞼の下に浮んだ。私の目には今まで見えなかったものが見え始め、私は言い知れぬ歓びとともにピラッスが自分と同じく生きていることを知ったのだった。ただしそれを予期していたとでもいうように私は少しも驚かなかった。今やかれの手が動き始めていた。手だけが動いている。頁の上に置かれたその手がゆっくりと文字を綴り、紙の上を走るペンの音も聞こえていた。まったくの所、これが奇跡であるとかなにか甘美なる幻覚であるかも知れぬというようなことは考えもしなかった。久しい前からこの瞬間は準備されていたのだ。この長い間に私の思考が不思議な力でこの魔法の手を少しずつ充たして来たのだった。

夏はひどい暑さになった。疲労感は日増しに募り遂に私は一歩も外へ出ないようになった。ナザレ街は蒸し風呂の中に置かれたようで、なにもかも、鳥たちまでがじっとして動かなかった。目映くも恐ろしい太陽の勝利であり、なにからなにまでが息も絶え絶えの有様だった。私は部屋を閉ざし外からの反射を防ぎながら苦しさに耐えていた。植物や石と同じように強烈な空の蒼に毒された私は激しく物陰を求めるのだったが、物陰は固い地中の奥にしかなく、その泉湧く暗闇の世界はただ憧れるばかりで他になすすべはなかった。太陽の運行に伴うように私は病み、日が沈まなければ苦しみも鎮まらなかった。私はこれに抵抗しようとして空想を働かせ、野に雪の降り積った所だとか氷山の漂う寒い海だとかあるいは西の方から暗雲とともに見る見る近づいてくる大洪水の嵐だとか、とにかくそういうものを思い浮べるのに並々ならぬ努力を払った。体は憔悴しきって頭だけが生きながらえており、大気の温度が上昇するとともに私の思考も熱を帯びて来るのだった。夏はいつまでも終らず、私は自分が少しずつ死んで化石になっていくように感じていた。人は死ぬ前に自分の一生がパノラマのようになって見えることがあるそうだが、私の場合も自分のありふれた人生の一こま一こまが遠い昔のものからごく近頃のものまで仮借ない光に隈なく照らし出されて浮び上がって来るのだった。私には良心に咎むべき重大な過ちこそなかったものの、私自身が私に対して行なうこの罪状告発に手足を鎖につながれたまま立ち合わねばならなかった。私は尋問官以上に厳しく私自身に質問を浴びせ掛け、自分が幸福になれなかったばかりか人を幸福にすることもできなかったではないか、その生来の善良さにもかかわらず、いやその善良さなど何の役にも立たぬのだ、と私自身が私を責めたてた。目まぐるしく疾駆する自分の思考を止どめることができずに私は苦しみ、いっそ失神や脳溢血のようなものでも起って意識が突然掻き消えてしまえばいいものをと願ったほどだった。嗚呼、考えることを止めてしまうか、さもなくば目まぐるしくくるくるとレコード盤のように旋回するこの思考を頭の外へ放り出してしまえぬものか。しかし夕暮れになるとこの狂ったような疾駆もその速度をゆるめ、脳髄を締めつけていた灼熱の冑は徐々に冷えて頭の中は不透明になってくる。この時になってようやく私は自分の衰弱のほどを知るのだった。私は茫然自失の状態から身を引き離し闇に会いに行こうとする。「出掛けなくてはいけない。礼拝堂のピラッスの所へ行かなくては。どうしてピラッスを放っておくのだ。ピラッスなら話を聴いて分ってくれると信じているくせに。明け方からずっと心を蝕んできた思い出を全部打ち明けに行くんだ。話してしまえばもう苦しめられることもない。万一ピラッスが書き留めたにしても、そんなものがあることなど誰にも知られやしない。第一誰が読んだりするというのだ。こうして今晩のうちに今日一日の昂奮を頭から拭い去ってしまえば明日やって来る妄想にまた場所を空けておくことができる。さあ、さもないと頭蓋が太陽にじりじりと照らされてひび割れてしまう。そしてこの焼けつくような日々が終りを告げる頃には、気が狂い不毛で干からびた木偶のようになってしまうだろう」私は何度も自分にそう言い聞かせるのだが、それも無駄だった。私にとって拷問の部屋でしかないこの住処からその度にわが身を引き離そうとするのだったが、私にはそれをする力はなく、医者や司祭に会いに行くことを必要とするものが無気力故に一日延しにするのに似て、いつもこの外出を翌日に延してしまうのだった。それは夕暮れがもう私の魂に作用し始め眠りが星の間から舞い下り近づいて来るせいでもあった。悲しみは消え失せて行く。私がものも言わずただじっと動かなくなった頃、眠りがあの蠟の男のもとへ忍び入るように私の家にもそっと忍び込んで来る。恐らく眠りはこの私も同じ蠟人形のひとつだと考えたに違いない。それほど私は痩せこけ色褪せて体型までが変わり果てていた。

夏は溶岩の流れのように流れていった。一度たりとも私はピラッスをたずねなかったが、一日一日とこの訪問を先へ延しているのがいつも気にかかり悔やまれた。ただし夕暮れが近づくと出掛ける準備はするのだった。とりわけその日一日私にとりついていた様々な幻想を心のうちで要約しその肝心な所をかろうじていくつかのたどたどしい文章にまとめようと努力を払った。私はこの奇妙な話の主題となるものを伝えられれば、あとは足りない部分を推量で補って話を然るべく展開してくれるのがピラッスの義務だろう。それがかれの仕事ではないか。一応ここまでは準備をするが、さてそれからはもう私は動こうとしなかった。肘掛椅子に腰を下したままでいる方が楽だったし、そうしているとやがて眠りがやって来るのが分っていた。私は自分に向かってこう言うのだった。

「一体私の体が友の傍になければ考えも伝わらないというのか。我々を隔てる距離の長さが何だと言うのだ。私の精神は友のもとへ赴くことができるではないか」

この手で行こうと決めると、私は自分がいつもの道を辿ってピラッスのもとへ向かう所を強くはっきりと思い浮べた。私はあの小さな部屋に入りピラッスの脇に腰を下す。そうして私は私の思いを打ち明ける。ピラッスはその霊媒のような手で私の思いを捕え、その手は間もなく動き出して紙の上にアラベスクを描き出して行く。眠りを前にした幸福感も手伝って悦楽の境をさ迷ううち知らず知らずにうつつを離れると、やがて私は夜の闇の中で人間の形だけした空っぽの存在に過ぎなくなっていた。真夜中頃私は時折眠りの底から浮び上がり自分が再び肘掛椅子に腰かけているのに気付くのだったが、そんな時私は本当に夜の散歩から戻って来たとでも言うように穏やかな気持に包まれていた。こんな風にして私は頻繁にピラッスと会ったが、家からは一歩も出ることなく私の精神だけがやすやすと体を離れまた舞い戻っていたのだった。

八月の終りに夏の汽罐《ボイラー》は破裂した。雷雨の爆発が続けざまに起った。空間は数日のうちに浄められ、衰弱の町は息を吹き返す。私は無気力から脱け出し、学校が引けて自由の身となった子供のようにはしゃぎながら匂いのする小路を歩き回った。あの見るも哀れな隠遁暮しは終りを告げたのだ。真直ぐ私は約束の場所へ向かうようにして修道院へ急いだ。赤い正面が僅かにニスをかけられたように見えた。切妻の並びが群青《ウルトラマリン》の空にくっきりと浮き出してデルフトのフェルメールの絵に見られる背景を思わせた。私はポーチの扉を開けたが、それはなにかこの世ならぬ屋敷の入口で私にはもうその先へ進む資格がないように思えた。庭園に数歩足を踏み入れるや例のかけすが恐ろしい叫びをあげた。私の姿を見てこの鳥の狂ったように暴れ回ること、籠の格子に体をぶつけて死んでしまうかと思うほどで、私はその場を後にして建物の方へ向かった。門番は美術館の方に用でもあるのか門番小屋にはいないようだった。私はわが親しき友、代書人の待つ礼拝堂へと足を向けた。恐れていたのは、やっと来ましたねと言いたげな非難と驚きとの混った目を向けられはしないかということだった。だがそこに着いた時の私の驚きというものはただごとではなかった。ガラス窓のむこう机の前に腰掛けている筈の蠟の男が机の上は全く元のままでありながらその姿はそこになかったからだ。しかもその代わりに藁の肘掛椅子に気持良さそうに収まりパイプを燻らしているのは生身の男で、これが私を見つめいたずらっぽそうにようこそというような顔をした。私は吹き出した。それがダニエルだったからだ。

「ピラッスは?」礼拝堂に入るなり私は叫んだ。

門番は私が入ると同時に立ちあがっていて、私に挨拶をすると隅の薄明りの中で布に覆われて横たわっている身体を指し示した。あまりの驚きに私は声もでなかったが、ダニエルは私の唇の動きのうちに「死んだ?」という言葉を読みとったようだ。かれは微笑むと口を開いた。

「死んではおりません。ただ少し具合が悪いだけです。太陽にやられたのです」

それからかれは布を剝ぎ取った。ピラッスが仰むけになって手足を縮め恐らく椅子から崩れ落ちたそのままの姿勢で、膝を浮かせ右手は胸の上でひきつったようにしていたが、そのあまりに年老いて哀れな姿に私は突然こみ上げてくる嗚咽を抑えるのがやっとだった。この光景が私のうちに馬鹿げた思いをあれこれと想起させたが、これを口にせぬだけの自制心はなんとか残っていた。私は人形の上に身を屈めその傷みの原因を知ろうとした。顔色は悪く愁いの色が浮んでいる。目はくぼみ青黒い隈の中に輝きはない。右手は硬く縮んでいた。この手がひどく傷み苦しんだに違いない。「かわいそうに」と私は心の中で呟いた。「私が無理に書かせた為に君を害してしまったのだ。恐らく初めは好意と憐れみから私の告白を聞いてくれたのが、いつか私の思考が君の思考を封じ込めて行くのに反撥したに違いない。遠く離れた所から君を虜にしてしまうこの力に君は抵抗しようとしながら遂に君の力がこれを凌駕することはできず、ペンを支える力すらなくして、君の手がそのねじ曲ったペンを取り落してしまうまで君は書き続けねばならなかったのだ。許してくれ、私は自分が何をしているのかも知らず、ただひたすら君の事を思い、この私の哀れな脳の中に膿み広がる耐えがたい幻想を君のいる所へ向かって投げつけていたのだ」

ダニエルの良識ある声が私に正気をとり戻させた。

「さあ、さあ、どうなさったのですか、今頃になって驚くというのは。三カ月前、五月の末からずっと、ピラッス先生、こうして横になって文句ひとつ言わずにおりますのに。どうしてその様に動転なさいます」

私はどうも腑に落ちないといった目で門番を見た。律儀者の門番は静かに、ただし私から目を離さずに言葉を続けた。

「暑さが始まるとすぐのことだったではありませんか。私は参事会員の御意見も待たずにこの蠟人形をあの猛烈な太陽の熱が及ばぬ所へ移したのでございますよ。今年は随分と展示品がこれでやられましたのです。まあ、手の方はまた溶かし直すことにして、顔の方は化粧を施すだけで大丈夫でしょう。間もなくピラッスも元通りの恰好になりますでしょう、季節も涼しくなりましたから」

私は押し黙ったまま、尋ねるのを憚っていたものの、さっぱり訳が分らなかった。とはいえそのまま黙っている訳にもいかなかった。門番には私のことを気遣っている様子が見受けられた。ようやく私は口を開いた。

「私もこの夏には苦しめられましたよ。どうです私を見て。この前、春に会って以来別人のようでしょう」

今度は私が相手の狼狽を目にする番だった。動転した様子でちらちらと横目で私を見るのだった。余りの動揺に咄嗟には口もきけないようだった。

「さあ、さあ、何をおっしゃるのですか」そう言ってから近づくと私の腕をとり、今度はしっかりした声で「はい、病気でおられたということは分っております、私にも。何度も様子を伺おうと致しましたのですが、お一人でいらっしゃるのをお邪魔しては如何なものかと思ったものですから」かれはここで言葉を切ると私の様子を窺い、私がもの問いたげではあるものの落ち着いているのを見ると先を続けた。「夏の間中、殆ど毎日、夕暮れ時になるとここにお出でになっていたのを、まさかすっかり忘れてしまわれたというのではありますまい？　つい一昨日《おととい》もお見えでしたのに」

私にはこの言葉が夢の中で聞こえて来るように思え、額に手をやると、靄のような、なにか沈む陽の最後の反映のようなものを追い払おうとした。ダニエルはこの手つきを見て、私が病気のせいで相手の言うことがよく理解できなくなっていると考えたらしく、同情するようにこう言った。

「私はそれを習慣にしておられるのを存じておりますから、毎日お見えになることには別にどうということもございませんでしたが、ただどうも御様子が尋常ではないので、実は遠くから見ておりました。それも私の務めで、ただし声を掛けるのは遠慮致しておりました。そんなことで、大抵は礼拝堂の中にも目を配り、ピラッスの席に腰掛け夢想に耽っておられる姿を見ておりました。大抵はペンを手に何か書いておられて、それも随分沢山お書きのようで毎朝ペン先を新しく削り直さなければなりませんでした。時には夕闇が落ちてもまだ書いておられました。それから幽霊のように戻っていかれました。後も振り返らず、脇目もふらず、ゆっくりと。私が挨拶を致しましても、返事もなさいませんでしたが、そんなことはかまいませんでした。私はあなた様のような方々を尊敬致しておりますから」

私はただ「そう」とか「ああ」とか口ごもるばかりだった。私は自分が幾度もそこに腰掛けに来たと言うその机をじっと見つめていた。それは私自身が知らぬ間に、しかも家から一歩も外へ出ることもないままに起ったのだ。私は息苦しさを覚えて扉の方へ動いた。神秘の支配するこの場所から逃れたいという気持もあった。私がもう終りにしたいと思っているのを見てとった門番は、机の上から紙の束を集めて私に差し出した。

「これはお持ち帰り下さい。ここを片付けなければなりませんし、これでお互いにこの原稿があったことは忘れられるでしょうから」

原稿とは一体何だ？　私は説明を求めぬままその紙束を受けとった。ダニエルは私の影のように付き従ってポーチの所まで送って来た。その曇った顔に、話さなければよかったという様子があらわれていた。私を煩わせ疲れさせてしまったと考えているようだった。私は気を利かせて、好意に満ちた挨拶をすると、逃がれるようにその場を離れた。上ったばかりの大きな月のサフラン色の光を浴びていた。


（酒井三喜＝訳）

編者あとがき

フランス怪奇小説瞥見

日影丈吉

この本に集めたようなものを、一口に怪談といってしまうのは、いささか違うという気もする。怪談というのは、誰が最初に話しだしたのか誰も知らないような、たいがいは昔からあるこわい話で、口碑伝説に分類されるものかも知れない。

フランスにも、そういう話はかなり、たくさんある。こわいこわい赤い僧《モアンヌ》の話とか、酒倉の酒壜が女に化ける話。夏の月夜に笛を吹いて人を化かす蟇蛙、夜中に竈の中のパンを、せっせと引っぱって膨らませる妖精のコボルト……

だが、こういう話をまとめた本を、怪談集とはあまりいわないようだ。中国の『聊斎志異』も、人を食う鬼の話があるかと思えば、ある町の街頭で見せていた精巧な細工物の紹介があり、怪談より奇話の方が、たぶん多いだろう。だが聊斎も口碑伝説のたぐいではなく、フランスではヌーヴェルという、新しい話、同時代の出来事の聞書という体裁をとっている。

『四谷怪談』にもお岩稲荷という、物証みたいなものが存在するが、怪奇伝説は、はじめは実際に起こったこととして、実話として喧伝される。ヨーロッパのドラキュラ伝説もそうだった。ブラムストーカーのように、そういう伝説を小説に仕立てる作家も出て来るし、伝説にたよらず、恐怖の原点を創作しようとする作家もあらわれる。

怪奇小説についていえば、二通りの作家がいると思う。こわい話ばかり専門に書いている作家と、いろんな小説を書くが、その中にこわい話もあるという作家。後者の例でいえば、プロスペル・メリメ、モーパッサン、アナトール・フランスなどだが、メリメとフランスはこの本に収録してある。

メリメは十九世紀の作家、考古学者で、『カルメン』が、チガーン（ジプシー語）のかなり長い考証からはじまり、アンダルシアの泉のほとりで、彼女を殺して来たホセに会う場面に導かれる、素晴しい導入部からも、彼の学殖がわかる。まさに短篇の名人というべき人だろう。『イールのヴィーナス』は彼の怪談として有名だが、プーシキンの『スペードの女王』の仏訳もあって、この作品は長いあいだ、メリメの創作だと思われていた。

フランスはメリメとおなじアカデミー会員だが、あまり長くない長篇をたくさん書いていて、『天使の反逆』『ペンギンの島』『焼鳥屋鴨脚女后』など空想的な作品が多いわりに、怪談はあまりない。短篇『影のミサ』が有名だ。

モーパッサンは『女の一生』や『ベラミ』など、いい意味の風俗作家だが、ずいぶん前に読んだ短篇集で、たしかセーヌ川に小舟を浮かべて（月夜だったはずだが）釣をしていた男の舟が、急に動かなくなってしまい、つまり舟が金縛りにあった形だが、夜があけてからしらべてもらうと、舟が動かなくなった地点の水底に、屍骸がひとつあった、という話があった。ふつうの作家で、たまに怪談を書くという人には、技巧家が多い。

しかし作品収集の必要から、怪談集というと、いきおい専門作家の短篇を集めることになってしまう。以下、ここに集めた作家達も、そういう意味で異色ある人達で、ジェラール・ド・ネルヴァルはテオフィル・ゴーチエなどとおなじく、ドイツ・ロマン派の影響を受け、ホフマンの翻訳などしたくらいだから、怪奇ものの嗜好はもちろんだが、彼の『シルヴィー』などは文典にもされている、美しいフランス語の規範なのである。

ジュール・バルベー・ドールヴィイも十九世紀の人だが、暗い悪魔的な作家として定評がある。テオフィル・ゴーチエもホフマンの影響を受けた一人で、幻想的な小説を数多く書いているが、むかし私が読んだ短篇集の冒頭は、垣根にホップの花の咲くフランドルの町へ、面影の女を捜しに行く話だった。その集の中にファウストの話があり、博士を案内して世界の空を飛びまわるメフィストが、女という設定のがあり、その女メフィストの話を今度は採りたかったのだが、残念ながら翻訳がないようだった。

レミ・ド・グウルモンはむかし、文芸評論で鳴らした人だが、『ルクサンブールの一夜』のような不思議な小説を書いている。『水いろの目』は何に載っていた作品か記憶がないが、傑作といえるだろう。マルセル・エーメはユーモラスな作風に特徴があるが、『壁ぬけ男《パス・ミュライユ》』にもその味があり、誰もができたらと思うことが、実際にできる快感や不安がおもしろい。

ジュリアン・グリーンはアメリカ系のフランス作家で、現代のポオという評判のある人だ。『死の鍵』は彼の作品では、あまり有名でない『地上遊歩者』という短篇集の中のひとつで、表題の作品の方がこれよりも、むしろ怪談かも知れない。作品の題が怪談なのである。

マルセル・シュオッブはまことに奇妙な作家で、私は前に彼を、自己の日常を忘れた現状脱却の作家と、いったことがあるけれども、この批評はよく意味が通じないかも知れない。とにかく彼の短篇集『黄金仮面の王《ル・ロア・マスケ・ドール》』の中の、どれをとってみても徹底して、現実と引っかかりがない。ずいぶん前に彼のものを二三篇、訳してみたのが、奇跡みたいに残っていたので、その中の『木乃伊つくる女』か『眠れる市《まち》』のどちらかを活用しようと思ったが、後者の方が優れているという気もしたが、怪談らしい前者を採ることにした。

モーリス・ルヴェルは以上あげた作家達とは、すこしジャンルが違っていて、おもしろいことに日本では、推理作家に親しまれ愛好されている作家である。短篇集が二冊あり、そのうちの一冊を戦前の「新青年」で、田中早苗さんが翻訳紹介してから、愛読者が多くなった。彼の短篇は日本の推理作家の短篇に、どこか似通ったところがある。私は『夜鳥集《オワゾー・ドニュイ》』の巻頭の一篇、霧のたちこめた夜毎、小さな医院に通う青年が、書架の上の頭蓋骨に心を惹かれ、やがてそれが断頭台にかけられた、父親の頭の骨とわかる、という話が好きで、これを本に載せたいと思ったが、これも手に入らなかった。

アンドレ・ピエール・ド・マンディアルグは目下、一種の流行作家といえないこともなくて、わが国でも詳しく紹介されているはずだし、ベルギー作家ミシェル・ド・ゲルドロードも、最近紹介されているので、詳細はその方でお読みねがいたい。これは別に私が手抜きをしているわけではなく、ピエール・ド・マンディアルグの場合など、私にはまだ原文のにおいが、ぷんぷんしている。

さて、ここに集めた作家達のほかに、フランスには無視できない作家がたくさんいる。幻想小説の元祖みたいな、ジャック・キャゾットや、書誌学者のシャルル・ノディエ、そのあとヴィリエ・ド・リラダンあり、ユイスマンズありだが、枚数その他の理由で割愛した。ネルヴァルなども、うまいこと『魔法の手』の翻訳があったので、収録できたのである。

文壇作家の場合は、それでも出版界に、どうにか命脈をたもっているが、ルヴェルあたりでも、いまでは読まれない作家になっているのか、長く復刻されていない。翻訳がなくても、原本があれば、自分で訳してもいいが、私の読んだルヴェルも戦前の本で、出征中の自宅で空襲で焼けてしまった中の一冊だ。私が記憶していて、本にしたいと思う作品の、ほとんどことごとくが、そういう本の中にある。

さいわい出版社の努力で、なけなしの本やファクシミリが手に入るが、私が選んだものには、まだ翻訳されたことがなく、原本もなかなか手に入らないのが多いことを、認めなければならないらしい。そうなると、年月という邪魔物に割りこまれ、不可能という消化のわるいものを、飲みこまざるを得なくなる。こういう出版を試みることが、その理想をつらぬき完璧を期することが、どんなにたいへんかを、いまさらながら思うのである。

出典一覧

「魔法の手」　『世界の文学』52巻（フランス名作集）中央公論社　昭和41年刊

「死霊の恋」　ゴーチエ作　田辺貞之助訳『死霊の恋・ポンペイ夜話』岩波文庫　一九八二年

「イールのヴィーナス」　『メリメ全集』2巻　河出書房新社　一九七七年

「深紅のカーテン」　ジュール・バルベー・ドールヴィイ著　秋山和夫訳『魔性の女たち』（世界幻想文学大系第八巻）　国書刊行会　一九七五年

「木乃伊《ミイラ》つくる女」　新訳

「水いろの目」　『堀口大學全集』補巻2　小澤書店　一九八四年

「聖母の保証」　新訳

「或《あ》る精神異常者」　『新青年傑作選』第四巻　立風書房　一九七七年

「死の鍵」　新訳

「壁をぬける男」　『フランス短篇24』　集英社　一九七五年

「死の劇場」　ピエール・ド・マンディアルグ著　澁澤龍彥・高橋たか子訳『大理石』人文書院　一九七一年

「代書人」　『幻想文学』第13号　幻想文学出版局　一九八五年刊

◉堀口大學(ほりぐち・だいがく)

1892～1981年。東京生まれ。慶應大学中退、のち外遊。詩人・翻訳家。著訳書は数多く、翻訳も含めて『堀口大學全集』にまとめられている。

◉田中早苗(たなか・さなえ)

1884～1945年。秋田市生まれ。早大高等師範部卒、雑誌記者となる。翻訳家。モーリス・ルヴェルの紹介・翻訳はじめ、ガボリオ『ルルージュ事件』など訳書多数。

◉山崎庸一郎(やまざき・よういちろう)

1929～2013年。東京生まれ。東京大学卒。学習院大学名誉教授。フランス文学者。『サン＝テグジュペリ著作集』などの翻訳や、『星の王子さまの秘密』など著訳書多数。

◉澁澤龍彥(しぶさわ・たつひこ)

1928～1987年。東京生まれ。東京大学卒。小説家、翻訳家、評論家、エッセイスト。著訳書は数多く、『澁澤龍彥全集』『澁澤龍彥翻訳全集』にまとめられている。

◉酒井三喜(さかい・さんき)

1950年、愛媛県に生まれる。京都大学卒。白百合女子大学名誉教授。フランス文学者。

訳者略歴

◉日影丈吉(ひかげ・じょうきち)

1908 ~ 1991 年。東京生まれ。アテネ・フランセ卒。小説家、翻訳家。『日影丈吉全集』にまとめられた著作のほか、シムノンやガストン・ルルーなど訳書も多い。

◉入沢康夫(いりさわ・やすお)

1931 ~ 2018 年。松江市生まれ。東京大学卒。詩人、フランス文学者。『入澤康夫〈詩〉集成』にまとめられた詩作のほか、詩論・翻訳など著訳書多数。

◉田辺貞之助(たなべ・ていのすけ)

1905 ~ 1984 年。東京生まれ。東京大学卒。東大教授ほかを歴任、埼玉医科大学名誉教授。フランス文学者、エッセイスト。翻訳のほか、江戸小咄研究・随筆など著訳書多数。

◉杉捷夫(すぎ・としお)

1904 ~ 1990 年。柏崎市生まれ。東京大学卒。東京大学名誉教授。フランス文学者。メリメ、モーパッサンなどの翻訳や、『フランス文芸批評史』など著訳書多数。

◉秋山和夫(あきやま・かずお)

1947 ~ 2005 年。熊谷市生まれ。東京大学卒。元・千葉大学教授。フランス文学・比較文学者、翻訳家。バルベー・ドールヴィイ『魔性の女たち』やコクトーほかの訳書多数。

「死の劇場」
André Pieyre de Mandiargues : “Marbre” より　1953 年

「代書人」
Michel de Ghelderode : L’écrivain public　1962 年

原著者、原題名、制作発表年一覧

「魔法の手」
Gérard de Nerval : La Main enchantée　1832 年

「死霊の恋」
Théophile Gautier : La morte amoureuse　1836 年

「イールのヴィーナス」
Prosper Mérimée : La Vénus d'Ille　1837 年

「深紅のカーテン」
Jules Barbey D'aurevilly : Le rideau cramoisi　1874 年

「木乃伊つくる女」
Marcel Schwob : Les Embaumeuses　1892 年

「水いろの目」
Remy de Gourmont : Les yeux d'eau　1894 年

「聖母の保証」
Anatole France : La Caution　1893 年

「或る精神異常者」
Maurice Level :　不明

「死の鍵」
Julien Green : Les Clefs de la Mort　1930 年

「壁をぬける男」
Marcel Aymé : Le passe-muraille　1943 年

本書は、一九八九年十月に河出文庫より刊行された『フランス怪談集』を新装のうえ復刊したものです。

秋山和夫氏の著作権者・著作権継承者の方、もしくはご連絡先をご存知の方は編集部までお知らせくださいますようお願いいたします。

新装版《しんそうばん》
フランス怪談集《かいだんしゅう》

一九八八年一二月二日 初版発行
二〇二〇年 四 月一〇日 新装版初版印刷
二〇二〇年 四 月二〇日 新装版初版発行

編　者 日影丈吉《ひかげじょうきち》
発行者 小野寺優
発行所 株式会社河出書房新社
〒一五一-〇〇五一
東京都渋谷区千駄ヶ谷二-三二-二
電話〇三-三四〇四-八六一一（編集）
〇三-三四〇四-一二〇一（営業）
http://www.kawade.co.jp/

ロゴ・表紙デザイン 粟津潔
本文フォーマット 佐々木暁
印刷・製本 中央精版印刷株式会社

Printed in Japan ISBN978-4-309-46715-3

エドワード・ゴーリーが愛する12の怪談　憑かれた鏡

ディケンズ／ストーカー他　E・ゴーリー〔編〕　柴田元幸他〔訳〕　46374-2

典型的な幽霊屋敷ものから、悪趣味ギリギリの犯罪もの、秘術を上手く料理したミステリまで、奇才が選りすぐった怪奇小説アンソロジー。全収録作品に描き下ろし挿絵が付いた決定版！　解説＝濱中利信

大いなる遺産　上

ディケンズ　佐々木徹〔訳〕　46359-9

テムズ河口の寒村で暮らす少年ピップは、未知の富豪から莫大な財産を約束され、紳士修業のためロンドンに旅立つ。巨匠ディケンズの自伝的要素もふまえた最高傑作。文庫オリジナルの新訳版。

大いなる遺産　下

ディケンズ　佐々木徹〔訳〕　46360-5

ロンドンの虚栄に満ちた生活に疲れた頃、ピップは未知の富豪との意外な面会を果たし、人生の真実に気づく。ユーモア、恋愛、友情、ミステリ……小説の魅力が凝縮されたディケンズの集大成。

バスカヴィル家の犬　シャーロック・ホームズ全集⑤

アーサー・コナン・ドイル　小林司／東山あかね〔訳〕　46615-6

「悪霊のはびこる暗い夜更けに、ムアに、決して足を踏み入れるな」——魔犬の呪いに苛まれたバスカヴィル家当主、その不可解な死。湿地に響きわたる謎の咆哮。怪異に満ちた事件を描いた圧倒的代表作。

とうに夜半を過ぎて

レイ・ブラッドベリ　小笠原豊樹〔訳〕　46352-0

海ぞいの断崖の木にぶらさがり揺れていた少女の死体を乗せて闇の中を走る救急車が遭遇する不思議な恐怖を描く表題作ほか、ＳＦの詩人が贈るとっておきの二十二篇。これぞブラッドベリの真骨頂！

ラテンアメリカ怪談集

ホルヘ・ルイス・ボルヘス他　鼓直〔編〕　46452-7

巨匠ボルヘスをはじめ、コルタサル、パスなど、錚々たる作家たちが贈る恐ろしい15の短篇小説集。ラテンアメリカ特有の「幻想小説」を底流に、怪奇、魔術、宗教など強烈な個性が色濃く滲む作品集。

幻獣辞典

ホルヘ・ルイス・ボルヘス　柳瀬尚紀〔訳〕　46408-4

セイレーン、八岐大蛇、一角獣、古今東西の竜といった想像上の生き物や、カフカ、C・S・ルイス、スウェーデンボリーらの著作に登場する不思議な存在をめぐる博覧強記のエッセイ一二〇篇。

ボルヘス怪奇譚集

ホルヘ・ルイス・ボルヘス　アドルフォ・ビオイ＝カサーレス　柳瀬尚紀〔訳〕　46469-5

「物語の精髄は本書の小品のうちにある」（ボルヘス）。古代ローマ、インド、中国の故事、千夜一夜物語、カフカ、ポオなど古今東西の書物から選びぬかれた九十二の短くて途方もない話。

夢の本

ホルヘ・ルイス・ボルヘス　堀内研二〔訳〕　46485-5

神の訪れ、王の夢、死の宣告……。『ギルガメシュ叙事詩』『聖書』『千夜一夜物語』『紅楼夢』から、ニーチェ、カフカなど。無限、鏡、虎、迷宮といったモチーフも楽しい百十三篇の夢のアンソロジー。

チリの地震　クライスト短篇集

H・V・クライスト　種村季弘〔訳〕　46358-2

十七世紀、チリの大地震が引き裂かれたまま死にゆこうとしていた若い男女の運命を変えた。息をつかせぬ衝撃的な名作集。カフカが愛しドゥルーズが影響をうけた夭折の作家、復活。佐々木中氏、推薦。

ヌメロ・ゼロ

ウンベルト・エーコ　中山エツコ〔訳〕　46483-1

隠蔽された真実の告発を目的に、創刊準備号（ヌメロ・ゼロ）の編集に取り組む記者たち。嘘と陰謀と歪んだ報道にまみれた社会をミステリ・タッチで描く、現代への警鐘の書。

ウンベルト・エーコの文体練習［完全版］

ウンベルト・エーコ　和田忠彦〔訳〕　46497-8

『薔薇の名前』の著者が、古今東西の小説・評論、映画、歴史的発見、百科全書などを変幻自在に書き換えたパロディ集。〈知の巨人〉の最も遊戯的エッセイ。旧版を大幅増補の完全版。

ナボコフの文学講義　上

ウラジーミル・ナボコフ　野島秀勝〔訳〕　46381-0

小説の周辺ではなく、そのものについて語ろう。世界文学を代表する作家で、小説読みの達人による講義録。フロベール『ボヴァリー夫人』ほか、オースティン、ディケンズ作品の講義を収録。解説：池澤夏樹

ナボコフの文学講義　下

ウラジーミル・ナボコフ　野島秀勝〔訳〕　46382-7

世界文学を代表する作家にして、小説読みの達人によるスリリングな文学講義録。下巻には、ジョイス『ユリシーズ』カフカ『変身』ほか、スティーヴンソン、プルースト作品の講義を収録。解説：沼野充義

ナボコフのロシア文学講義　上

ウラジーミル・ナボコフ　小笠原豊樹〔訳〕　46387-2

世界文学を代表する巨匠にして、小説読みの達人ナボコフによるロシア文学講義録。上巻は、ドストエフスキー『罪と罰』ほか、ゴーゴリ、ツルゲーネフ作品を取り上げる。解説：若島正。

ナボコフのロシア文学講義　下

ウラジーミル・ナボコフ　小笠原豊樹〔訳〕　46388-9

世界文学を代表する巨匠にして、小説読みの達人ナボコフによるロシア文学講義録。下巻は、トルストイ『アンナ・カレーニン』ほか、チェーホフ、ゴーリキー作品。独自の翻訳論も必読。

毛皮を着たヴィーナス

L・ザッヘル=マゾッホ　種村季弘〔訳〕　46244-8

サディズムと並び称されるマゾヒズムの語源を生みだしたザッヘル＝マゾッホの代表作。東欧カルパチアとフィレンツェを舞台に、毛皮の似合う美しい貴婦人と青年の苦悩の快楽を幻想的に描いた傑作長篇。

残酷な女たち

L・ザッヘル=マゾッホ　飯吉光夫／池田信雄〔訳〕　46243-1

八人の紳士をそれぞれ熊皮に入れ檻の中で調教する侯爵夫人の話など、滑稽かつ不気味な短篇集の表題作の他、女帝マリア・テレジアを主人公とした「風紀委員会」、御伽噺のような奇譚「醜の美学」を収録。

フィネガンズ・ウェイク 1

ジェイムズ・ジョイス　柳瀬尚紀〔訳〕　46234-9

二十世紀最大の文学的事件と称される奇書の第一部。ダブリン西郊チャペリゾッドにある居酒屋を舞台に、現実・歴史・神話などの多層構造が無限に浸透・融合・変容を繰返す夢の書の冒頭部。

フィネガンズ・ウェイク 2

ジェイムズ・ジョイス　柳瀬尚紀〔訳〕　46235-6

主人公イアーウィッカーと妻アナ、双子の兄弟シェムとショーンそして妹イシーは、変容を重ねてすべての時代のすべての存在、はては都市や自然にとけこんで行く。本書の中核をなすパート。

フィネガンズ・ウェイク 3・4

ジェイムズ・ジョイス　柳瀬尚紀〔訳〕　46236-3

すべての女性と川を内包するアナ・リヴィア＝リフィー川が海に流れこむ限りなく美しい独白で世紀の夢文学は結ばれる。そして、末尾の「えんえん」は冒頭の「川走」に円環状につらなる。

とうもろこしの乙女、あるいは七つの悪夢

ジョイス・キャロル・オーツ　栩木玲子〔訳〕　46459-6

金髪女子中学生の誘拐、双子の兄弟の葛藤、猫の魔力、美容整形の闇など、不穏な現実をスリリングに描く著者自選のホラー・ミステリ短篇集。世界幻想文学大賞、ブラム・ストーカー賞受賞。

最後のウィネベーゴ

コニー・ウィリス　大森望〔編訳〕　46383-4

犬が絶滅してしまった近未来、孤独な男が出逢ったささやかな奇蹟とは？魔術的なストーリーテラー、ウィリスのあわせて全12冠に輝く傑作選。文庫化に際して１編追加され全５編収録。

ドキュマン

ジョルジュ・バタイユ　江澤健一郎〔訳〕　46403-9

バタイユが主宰した異様な雑誌「ドキュマン」掲載のテクストを集成、バタイユの可能性を凝縮した書『ドキュマン』を気鋭が四十年ぶりに新訳。差異と分裂、不定形の思想家としての新たなバタイユが蘇る。

ランボー全詩集

アルチュール・ランボー　鈴木創士〔訳〕　46326-1

史上、最もラディカルな詩群を残して砂漠へ去り、いまだ燦然と不吉な光を放つアルチュール・ランボーの新訳全詩集。生を賭したランボーの「新しい言語」が鮮烈な日本語でよみがえる。

南仏プロヴァンスの12か月

ピーター・メイル　池央耿〔訳〕　46149-6

オリーヴが繁り、ラヴェンダーが薫る豊かな自然。多彩な料理、個性的な人々。至福の体験を綴った珠玉のエッセイ。英国紀行文学賞受賞の大ベストセラー。

南仏プロヴァンスの木陰から

ピーター・メイル　小梨直〔訳〕　46152-6

ベストセラー『南仏プロヴァンスの12か月』の続篇。本当の豊かな生活を南仏に見出した著者がふたたび綴った、美味なる“プロヴァンスの物語”。どこから読んでもみな楽しい、傑作エッセイ集。

贅沢の探求

ピーター・メイル　小梨直〔訳〕　46153-3

仕立屋も靴屋も、トリュフ狩りの名人もシャンペン造りの名人も、みな生き生きと仕事をしていた……。ベストセラー『南仏プロヴァンスの12か月』の著者が巧みに描く超一流品の世界。

南仏プロヴァンスの昼さがり

ピーター・メイル　池央耿〔訳〕　46289-9

帰ってきてよかった──プロヴァンスは美しく、人々は季節の移り代わりに順応してのんびり暮している。「12か月」「木陰」に続く安らぎと喜びにあふれたプロヴァンス・エッセイ三部作完結篇。

プロヴァンスの贈りもの

ピーター・メイル　小梨直〔訳〕　46293-6

叔父の遺産を継ぐため南仏に来たマックスが出会った魅力的な女性ふたり、ぶどう畑に隠されたひとつの謎。ベストセラー『南仏プロヴァンスの12か月』著者による最新作。リドリー・スコット監督で映画化！